KNAUR

JOSEPH
KNOX

KILL TIME

THRILLER

Aus dem Englischen von
Andrea O'Brien und Karl-Heinz Ebnet

KNAUR

Die englische Originalausgabe erschien 2019 unter dem Titel
»The Sleepwalker« bei Doubleday, London.

Besuchen Sie uns im Internet:
www.knaur.de

Aus Verantwortung für die Umwelt hat sich die Verlagsgruppe Droemer Knaur zu einer nachhaltigen Buchproduktion verpflichtet. Der bewusste Umgang mit unseren Ressourcen, der Schutz unseres Klimas und der Natur gehören zu unseren obersten Unternehmenszielen. Gemeinsam mit unseren Partnern und Lieferanten setzen wir uns für eine klimaneutrale Buchproduktion ein, die den Erwerb von Klimazertifikaten zur Kompensation des CO_2-Ausstoßes einschließt.
Weitere Informationen finden Sie unter: www.klimaneutralerverlag.de

MIX
Papier aus verantwortungsvollen Quellen
FSC® C083411

Deutsche Erstausgabe März 2021
Knaur Taschenbuch

Redaktion: Claudia Alt
Covergestaltung: Stefan Hilden, www.hildendesign.de
Coverabbildung: HildenDesign unter Verwendung mehrerer Motive von Shutterstock.com
Satz: Adobe InDesign im Verlag
Druck und Bindung: CPI books GmbH, Leck
ISBN 978-3-426-52649-1

2 4 5 3 1

Für Elizabeth K.

»Die Lust, den Tod zu riskieren, ist unsere letzte, große Perversion. Wir kommen aus der Nacht, wir gehen in die Nacht. Warum in ihr leben?«

John Fowles, Der Magus

Tessa hatte fertig gepackt und war bereit. Ihr blieben noch ein paar Minuten, so stand sie in der offenen Tür und genoss den leichten Abendwind. Die Dunkelheit hatte noch nicht eingesetzt, aber es kam ihr vor, als hätte sie das klare, tiefblaue Dämmerlicht seit Jahren nicht mehr wahrgenommen, als hätte ihr seit Jahren die Zeit dafür gefehlt. Es war wie eine Vorahnung, eine Verheißung der vielen guten Dinge, die am Horizont auf sie warteten. Unwillkürlich legte sie die Hand auf den Bauch.

In der Straße war es still, Tessa hörte das kleine Mädchen nebenan auf dem Klavier Beethovens »Mondscheinsonate« üben. Sie hatte sich in den letzten Monaten gemausert, was erst stockend geklungen hatte, kam nun ganz natürlich, floss ihr geradezu aus den Fingern. Die Scheinwerferlichter eines Wagens kamen um die Ecke gebogen, strichen über die Häuser auf der gegenüberliegenden Straßenseite, kurz darauf hielt ein mattschwarzer Mercedes pünktlich am Ende ihrer Einfahrt. Der Fahrer, in elegantem dunklem Anzug und getönter Sonnenbrille, kam ihr auf dem Weg entgegen.

»Miss Klein?«, sagte er.

»Nennen Sie mich Tess.«

Er fragte, ob er ihr den Koffer abnehmen könne. Sie sah ihr Spiegelbild in den Gläsern seiner Brille. Sah ihr amüsiertes Lächeln, das zeigte, dass sie so etwas nicht oft tat. Sie folgte ihm zum Wagen, wo er ihr die Tür aufhielt und ihr Gepäck in den Kofferraum lud, bevor er wieder einstieg.

»Wohin?«, fragte er. Ein Scherz, ganz klar.

»Ach, überraschen Sie mich«, antwortete sie mit einem breiten Lächeln.

Der Chauffeur nickte ihr im Rückspiegel zu und fuhr los. Tessa sah durch die Scheiben, zu den Häusern, den erleuchteten

Fenstern, dem Leben, das sie zurückließ. Dann wurden ihre Augen schwer, sie ließ sie zufallen, und als sie sie wieder aufschlug, war es draußen dunkel. Der Chauffeur bog auf einen schmalen Feldweg ab, Schotter knirschte unter den Reifen, sie näherten sich einem kleinen Cottage, das in Dunkelheit lag. Er hielt an und stellte den Motor aus.

»Überraschung«, sagte er.

Es war so still, dass Tessa ihren eigenen Atem hörte. Der Chauffeur stieg aus, ging zum Kofferraum, nahm ihr Gepäck und kam wieder, um ihr die Wagentür zu öffnen.

Er schaltete eine Taschenlampe an und führte sie zum Cottage.

»Wir suchen nach einem Kaktus«, sagte er und ließ den Blick über die an der Wand aufgereihten Blumentöpfe schweifen. Tessa beugte sich zur Pflanze hinunter und fand darunter den Zweitschlüssel. Die Tür öffnete sich mit einem Seufzen, als hätte das Gebäude den Atem angehalten. Sie tastete an der Wand nach den Lichtschaltern und drückte alle auf einmal. Energiesparbirnen, das gefiel ihr. Sie musste lächeln bei dem Gedanken, dass er sie wahrscheinlich nur ihr zuliebe hatte auswechseln lassen. Ihr weicher Lichtschein reichte nicht in alle Ecken des Raums, der daher noch mehr wie eine Höhle wirkte. Es war groß, offen, umfasste eine Küche und ein Wohnzimmer, mächtige Holzbalken zogen sich über die Decke. Für eine Sekunde vergaß Tessa den Chauffeur. Erst als er sich diskret räusperte, fuhr sie herum.

»Entschuldigung, bitte stellen Sie ihn irgendwo ab.«

Er trat ein und stellte den Koffer neben ein Sofa.

»Kann ich Ihnen was zu trinken anbieten?«, fragte sie und ging zur Küche. »Auch wenn ich nicht weiß, wo hier alles ist. Vielleicht sollten wir auf Seine Lordschaft warten.« Als der Chauffeur nicht reagierte, drehte sie sich zu ihm um. Er stand jetzt viel näher bei ihr, und sie fragte sich, wie er sich so lautlos bewegen konnte.

»Er wird leider nicht kommen.«

Sie wich etwas zurück. »Gibt es ein Problem?«

»So könnte man es sagen.« Die getönte Brille verbarg seinen Gesichtsausdruck. »Es ist leider vorbei, Miss Klein.«

»Okay.« Wieder erfasste sie in seinen Gläsern ihr Spiegelbild. Sie sah jetzt ängstlich aus, bemühte sich aber, ganz ruhig zu klingen. »Schon okay, aber in diesem Fall möchte ich nach Hause.«

»Es ist alles aus und vorbei«, stellte er klar.

»Sie müssen sich irren.« Sie lächelte, war erleichtert, dass sie die richtige Antwort parat hatte. »Wir waren gestern noch zusammen …« Sie dachte an ihre ineinander verschlungenen Körper auf dem Boden seines Büros, sie hatte das Ohr an seine Brust gepresst, als wollte sie die Kombination eines Safes erspüren. »… ich bin schwanger.«

»Genau«, sagte der Chauffeur und klang irgendwie dankbar, dass sie ein heikles Thema angesprochen hatte. »Genau, also seien Sie so freundlich und setzen Sie sich«, sagte er und deutete zum Tisch. »Es gibt da noch was, das ich von Ihnen will, das wäre dann alles. Ich nehme Ihnen gegenüber Platz.«

Er legte die Hand auf einen der Stühle.

»Ich stehe lieber, danke.«

»Auch gut«, sagte er. »Dann bleibe ich auch stehen.« Er fasste in seine Tasche, fand einen Stift und ein Blatt und legte beides auf den Tisch. Als er ihr alles hinschob, bemerkte sie, dass beide Gegenstände von ihr waren. »Das ist für Sie. Sie müssen mir was aufschreiben.«

»Wenn es um das Baby geht …«

»Nein, nein«, sagte er. »Nehmen Sie den Stift, es ist ganz einfach.« Ohne ihn aus den Augen zu lassen, nahm sie den Stift zur Hand. »Gut. Dann müssen wir nur noch das hier abschreiben.« Er wühlte in einer anderen Tasche, zog ein bedrucktes Blatt heraus, legte es auf den Tisch und schob es ihr hin. Sie begann zu lesen, trat unwillkürlich zurück und schlug die Hand vor den Mund.

»Lassen Sie mich mit ihm reden«, sagte sie. Der Chauffeur rührte sich nicht. »Ich schreibe das nicht, auf keinen Fall.«

Der Mann nahm die Brille ab und betrachtete sie mit so großem Mitgefühl, dass sie bereits glaubte, ihn erweicht zu haben.

Er nahm einen weiteren Gegenstand aus der Jacketttasche, eine Zange.

»Sorry«, sagte er und suchte nach was anderem. »Ach, hier haben wir es ja.«

Er warf einen schweren Umschlag auf den Tisch.

»Geld?«, sagte sie und konnte es nicht fassen, war aber sehr erleichtert. »Er meint, er kann mich auszahlen?« Der Chauffeur wartete, sagte nichts und sah sie auch nicht an. Sie nahm den Umschlag, öffnete ihn und schüttelte den Inhalt heraus.

Farbfotos.

Das erste zeigte ihre Mutter bei der Arbeit im Co-op, das zweite ihren Dad am Steuer seines Wagens. Der Großteil allerdings waren Bilder ihrer Schwester, ihres Schwagers, ihrer beiden kleinen Kinder Sarah und Max. Die letzten drei waren in ihrem Zimmer aufgenommen, während die Kinder schliefen. Tessa sah auf, brachte aber kein Wort heraus. Plötzlich bekam sie keine Luft mehr.

»Am Ende könnte sich wirklich alles zum Guten wenden«, sagte der Mann. »Tess, heute Abend können Sie ihnen allen das Leben retten. Sie müssen mir dazu nur diesen Zettel abschreiben.«

»Ich glaube Ihnen nicht«, sagte sie atemlos. »Ich …«

Er nahm sein Handy aus der Tasche, scrollte zu einem Eintrag und schob es ihr hin. Sie erkannte die Festnetznummer ihrer Schwester, eine Nummer, die sie seit Jahren nicht mehr angerufen hatte. Ihre Finger zitterten vom Adrenalin, dann drückte sie auf den Anruf-Button und sah den Chauffeur herausfordernd an. Beim ersten Klingeln wurde abgenommen.

Eine unbekannte Männerstimme war zu hören: »Schon eine Entscheidung getroffen?«

»Wer sind Sie?«

»Wichtig ist nur die Frage, wo ich bin. Wo ich bin, wenn Ihre

Schwester in zehn Minuten mit ihren Kindern nach Hause kommt. Unterschreiben Sie, Tess. Ich wüsste sonst nicht, wie ich es ihnen leicht machen sollte.«

Der andere legte auf. Tessa spürte, wie ihr das mit einem Mal glitschige Handy entglitt. Sie sah sich um, dann nahm sie am Tisch Platz und trocknete sich die rechte Hand an der Bluse, damit sie den Stift halten konnte. Stockend schrieb sie zwei Zeilen, vor der dritten Zeile hielt sie lange inne.

Sucht nicht nach mir, stand dort. *Ich mache es so, dass mein Leichnam nie gefunden wird.*

Langsam, zögernd schrieb sie die dritte Zeile und setzte eine einzige Initiale darunter. Als sie wieder aufsah, war der Mann noch näher an sie herangerückt, er stand jetzt fast direkt hinter ihr.

»Sie werden nach mir suchen«, sagte sie.

»Aber sie werden nichts finden.« Er strich ihr sanft über die Schultern. »Überhaupt nichts. Es ist das Baby, verstehen Sie. Das würde auf ihn verweisen, und, na ja, er hat doch jetzt Familie.« Tess stierte in den leeren Raum und glaubte von irgendwo in der Ferne ein Klavier zu hören.

»Hören Sie das?«, fragte sie, hob eine Hand und lauschte.

»Die Leute hören oft irgendwas«, sagte er. »Darf ich fragen, was es ist?«

»Beethoven«, sagte sie, und ihr Blick fiel auf die Zange auf dem Tisch. »Die Mondscheinsonate.« Der Chauffeur umfasste sie an den Schultern, sie sah zu ihm auf und versuchte zu lächeln. Er drückte sie herzlich und lächelte ebenfalls.

»Bezaubernd, nicht wahr?«

I

NIGHT PEOPLE

1

Das verlorene Wochenende, so wurde es später genannt. Mehrere Lastabwürfe führten von Freitagnachmittag bis Sonntagabend in ganzen Stadtvierteln zu stundenlangen Stromausfällen, während derer das Stadtzentrum zu einer aufregenden, unbekannten Zone wurde. Ohne den Lichtschein der Hochhäuser und Straßenlaternen, der grellen Schaufenster und Fassaden gewannen die Menschen wieder eine Art Unschuld, die nur Stunden zuvor für immer verloren zu sein schien. Die Älteren wurden ins Freie gelockt und deuteten auf Sternbilder, die seit Jahrzehnten nicht mehr zu sehen gewesen waren. Gruppen von Jugendlichen streiften ziellos durch die Straßen, ignorierten die polizeilich verordnete Ausgangssperre und erschreckten sich gegenseitig, leuchteten mit dem kostbaren Strom ihrer Handys in die Gesichter ihrer neuen Freunde. Als der Strom wieder da war, ließ er die Stadt aufleuchten, überwältigte die Passanten, als wäre alles eine pompöse Broadwaybühne, die Menschen spürten den Kitzel, als sie sich sahen, wie sie wirklich waren, und sie versuchten sie zu nutzen, diese essenzielle, geborgte Zeit, als die sie ihnen vorkam.

Im Dunkel spürte man, dass man mühelos verschwinden oder sich neu erfinden, dass man aus dem einen Leben heraus- und in ein anderes hineintreten konnte. Auf dem Weg durch die Stadt zu meiner Schicht hätte ich gesagt, dieses Gefühl sei bei allen vorhanden, es liege irgendwie in der Luft, aber wenn ich darüber nachdenke, komme ich zu dem Schluss, dass es vielleicht doch nur mein Gefühl war. Mehr als dreißig Nächte am Stück hatte ich im Krankenhaus St. Mary's in der Oxford Road verbracht und zugesehen, wie ein Mehrfachmörder langsam starb.

Dort hielt ich mich auf, als die Lichter erneut erloschen.

Wir befanden uns in einem kleinen Zimmer, das in einem ansonsten leeren Gang lag, nur ich und Martin Wick. Er war ans Bett fixiert, zu krank, um noch aufzustehen. Durch die Fesseln konnte er noch nicht mal den Arm heben und mir zuwinken, wenn er was von mir wollte. Seine dünnen Arme hatten nur wenig Bewegungsspielraum und schrumpelten so schnell, dass die Riemen jeden Morgen nachjustiert werden mussten. Als der Strom ausfiel, gab es für mich daher keinen Grund, den Blick abzuwenden oder nervös zu werden. Außer dass ich in den Sekunden, bevor sich das Notstromaggregat einschaltete, das Gefühl hatte, ich könnte ihn sehen, wie er wirklich war.

Immer kam es mir so vor, als wäre er in der Dunkelheit besser zu sehen.

Seine Augen glänzten, als würden sie von innen beleuchtet, als loderte hinter ihnen ein Feuer. Eine kalte Flamme, die noch weiterzubrennen drohte, lange nachdem der Körper tot war. Ich atmete aus, als der Strom wieder da war und sich ein mattes Licht im Zimmer ausbreitete.

Als ich zu Martin Wick aufblickte, lächelte er.

Er behauptete, er könne sich nicht erinnern, sie alle umgebracht zu haben, daher sein Spitzname. Keiner glaubte ihm und seiner Version der Ereignisse, der zufolge er blutüberströmt aufgewacht sei. Die Schlagzeilen, Leitartikel und Kommentare, die ihn als den *Schlafwandler* beschrieben, trieften vor Sarkasmus. Sogar Leute, die nicht wussten, was er getan hatte, fühlten sich in seiner Gegenwart unwohl. Ich hörte eine der neuen Schwestern sagen, von ihm gehe was Unheilvolles aus, ohne dass sie von seiner Vergangenheit gewusst hätte.

Das Unheil war bereits eingetreten.

Schon vor Jahren hatte es ihn leicht vom Kurs abgebracht und auf unkartiertes Terrain geführt. Es gab keine Straßenkarte für die Martin Wicks der Welt, keinen Weg zurück in die Zivilisation. Wenn man ihm glauben wollte, war er jetzt also hoffnungslos verloren und an ein Krankenhausbett geschnallt. Wenn man ihm glauben wollte, hatte er keine Ahnung, wie er dahin gekommen war.

Falls man ihm glauben wollte.

Trotz des Zwinkerns waren seine Augen leblos, vollkommen dunkel und bewegten sich nur träge. Manchmal schlief er, obwohl sie weit offenstanden. Man konnte die Pupille nicht von der Iris unterscheiden, man konnte nicht sagen, ob er ins Leere starrte oder einen direkt ansah. In manchen Nächten war es weder das eine noch das andere, in anderen beides zugleich. In manchen Nächten, wenn sein Blick auf mich fiel, war es, als würde er mich beobachten. Ich konnte nie ganz das Gefühl abschütteln, dass irgendeine dritte Instanz die Filmaufnahmen in seinem Kopf prüfte, sie Einzelbild für Einzelbild durchging und nach Schwachstellen suchte.

Mein Job war es, zehn Stunden am Stück hier zu sitzen, zu warten, dass er etwas sagte oder tat, und jede seiner Bewegungen zu dokumentieren. Wenn er während meiner Schicht schwieg, kam er mir vor wie jemand, der ein Geheimnis für sich bewahrte. Wie jemand, der in einer üblen Gegend die Faust um sein Kleingeld in der Hosentasche schloss und sichergehen wollte, dass es nicht zu laut klimperte. Wie jemand, der nichts verraten wollte, bevor er starb.

Klar, es stellte sich heraus, dass er bloß wartete.

Ich war schon etwa eine Stunde hier, als ich eine Bewegung wahrnahm. Ich blickte von meinem Taschenbuch auf und sah ihn nach dem Notizblock greifen. Er umfasste seinen Stift, zuckte zurück, weil die Fesseln ihn hinderten, und schrieb etwas. Seine Handschrift war die kleinste, die ich je gesehen hatte. Hätte ich nicht die Abschrift seines Deals mit der Staatsanwaltschaft gelesen, hätte ich nicht blinzelnd nach der Unterschrift gesucht, die sich unten auf jeder Seite verbarg, hätte ich die Notizen für eine Art Psychospielchen gehalten, das nur darauf abzielte, mich von meinem Stuhl zu locken.

»Bleiben Sie ruhig liegen«, sagte ich, machte ein Eselsohr in die Buchseite und durchquerte das Zimmer.

Im Krankenhauslicht war Martin Wick blasser als blass. Weißer als Hitlers Wichsflecken, um Suttys Worte zu benutzen. Das Resultat von zwölf Jahren Kettenrauchen in Einzelhaft, worauf ihm Lungenkrebs im Endstadium diagnostiziert worden war. Er hatte einen alten verrunzelten Lumpen als Gesicht, seine Haut war dünn wie Pergament. Was darunter lag, wollte man nicht sehen. Ein Lungenflügel war ihm bereits entfernt worden, der andere wurde nur noch lose von Tumoren zusammengehalten, Folge seiner anscheinend eher nachlässigen Arbeit bei der Asbestentsorgung auf Baustellen, damals, bevor sie ihn in Strangeways einlochten.

Ich beobachtete den Herzmonitor, während er vor sich hin kritzelte. Die Spitzen, Höhen und Tiefen. Es sah aus wie ein Lügendetektortest, den er nicht bestehen würde. Als er den Stift aufs Bett fallen ließ und ich den Notizblock nahm, bekam ich einen Schlag ab. Wick reagierte irgendwie seltsam auf die Bettlaken, jede Bewegung führte zu einer statischen Aufladung, und jedes Mal, wenn ich ihn berührte, bekam ich einen elektrischen Schlag, als wäre sein Körper gefährlich aufgeladen, als stünde er unter einer Spannung, die über schlechte Schwingungen hinausging. Ich konnte nie ganz das Gefühl abschütteln, dass mit jedem Funken etwas zwischen uns ausgetauscht werden sollte, dass er ansteckend war und das auch wusste.

Sutte stand da in seiner winzigen Handschrift. Ich ließ den Block aufs Bett fallen, damit ich ihn Wick nicht zurück in die Hand geben musste, dann ging ich durchs Zimmer. Erst eine Stunde zuvor hatte ich Sutty, meinen Vorgesetzten, abgelöst, aber unsere Anweisung war klar. Bis zu dem Tag, an dem Wick auscheckte, würde er bekommen, was er wollte.

»Hoffentlich haben Sie ihm heute Abend auch was mitzuteilen, Martin«, sagte ich und öffnete die Tür.

»Spielt das irgendeine Rolle?«

Ich drehte mich um. Seit mehr als einem Monat war ich auf dieser Station, hatte Martin Wick aber noch nie sprechen hören.

Er hatte sich das Beatmungsgerät abgenommen, doch als ich ihm in die glänzenden schwarzen Augen sah, konnte ich nicht sagen, ob er an die Decke starrte oder mich anblickte. Es konnte beides sein oder etwas ganz anderes.

Er hustete, keuchte die Kiesel aus seinem noch verbliebenen Lungenflügel. »Verschwende dein Leben, Junge ...« Es war ein schmerzhaftes Flüstern. »... es ist sowieso versaut.«

Ich stand da, sah, dass er schwitzte, weil ihn das Reden so anstrengte, dann nickte ich und verließ das Zimmer. Auf dem Weg durch den Gang zu unserem Wachmann rieb ich die Hände in den Hosentaschen, musste an die Funken denken und fragte mich, ob es bloß meine Einbildung war, dass er was gesagt hatte.

Seit Wochen kam es mir so vor, als hätte ich nicht richtig geschlafen und wäre auch nie richtig wach gewesen.

In jeder Schicht hatte ich das Gefühl, ich würde in einen Zustand des Stillstands eintreten, in eine Phase zeitweiligen Irrsinns. Als erneut die Lichter ausgingen, stapfte ich einfach weiter und tastete mich an der Wand entlang. Der Wachmann drehte sich um, blendete mich mit der Taschenlampe, die an seiner Heckler & Koch befestigt war, aber ich hatte noch keine Angst. Ich fühlte mich nicht weniger machtlos oder von Dunkelheit umgeben als sonst auch.

2

Ich hatte die Videoaufzeichnung von Martin Wicks Festnahme nur einmal gesehen, vor einigen Jahren, aber ich war nachhaltig beeindruckt. Es war früh am Morgen gewesen, etwa eine Stunde vor der Dämmerung, Wick war in der Dunkelheit kaum auszumachen, bis sich hinter ihm die Tür schloss und sich seine Silhouette vor dem Mattgrau der Bahnhofshalle abzeichnete.

Wick, den Kopf, Nacken, die Schultern gebeugt, erschien wie eine schlaffe Marionette, er zog ein Bein nach, was man erst sah, als er auf dem Bild ins Licht humpelte. Seine Kleidung war schwarz, vollkommen schwarz. Die Videoauflösung war nicht besonders toll, trotzdem war zu erkennen, dass die Jacke falsch geknöpft war, sie beulte sich an einer Schulter und verlieh ihm einen Buckel. Er bewegte sich ruckartig, abgehackt durch die leere Bahnhofshalle auf einen unbesetzten Fahrkartenschalter zu.

Das körnige Bild der Überwachungskamera hinter dem Schalter war seltsam passend. Er sah aus, als wäre er von einer statisch aufgeladenen Wolke umgeben, einem elektrischen Nebel, der seinen Körper verschwimmen ließ und an den Rändern unscharf machte. Dann schob er sich in den Lichtkegel der schmutziggelben Lampen und war mit einem Mal im Fokus. Den Hemdkragen hatte er hochgestellt, einen Ärmel des Jacketts nach oben gekrempelt, den anderen unten gelassen, die Hosenbeine waren verrutscht.

Wenn ich mich recht erinnere, trug er nur einen Schuh.

Sein rechter Fuß steckte in einer nassen, schlabbrigen Socke, mit der er Abdrücke auf dem Boden hinterließ. Als er den Schalter erreichte, wurde klar, dass seine Kleidung feuchtschwarz glänzte und ihm stellenweise am Körper klebte. Die blauen Lichter, die über seiner Schulter so fern und geisterhaft gewirkt hatten, wurden allmählich heller und blinkten in den Fenstern.

Martin Wick hob den Kopf und sah mit leerer Miene in den Fahrkartenschalter. Schließlich wanderte sein Blick vom Schalter zum eigenen Spiegelbild in der Acrylglasscheibe. Er machte einen Schritt zurück. Über seine Miene huschte ein Ausdruck des Entsetzens und des Erkennens, als wäre er aus dem einen Albtraum aufgewacht und in einen anderen gefallen. Er taumelte nach hinten, weg von sich selbst, und sah kurz hinauf zur Kamera, die seinen Weg durch die Halle aufgezeichnet hatte.

Das Bild bot Anlass für endlose Diskussionen.

War es das unschuldige Zusammenzucken eines Mannes, der nicht wusste, wo er war und was er tat, oder war es die kalkulierte Bewegung eines Psychopathen, der sichergehen wollte, dass sein Auftritt gebührend aufgezeichnet wurde? Danach sackte er zusammen, hatte Schaum vor dem Mund und lag zuckend auf dem Boden.

Wenige Stunden später fand man das Haus der Familie, deren Eingangstür weit offen stand.

Martin Wick war in seiner Kleidung, die mit dem Blut von fünf Menschen getränkt war, durch die Stadt spaziert, die folgenden zwölf Jahre hatte er in Strangeways verbracht.

Das reichte aber noch nicht ganz.

3

Detective Inspector Sutcliffe ging nicht an sein Handy, aber ich fand ihn am ersten Ort, den ich ansteuerte. The Temple war eine kleine Kellerbar in der Great Bridgewater Street, zwanzig Minuten strammen Fußmarsches vom Krankenhaus entfernt. Der Raum im Souterrain, in viktorianischen Zeiten eine öffentliche Bedürfnisanstalt, war in den Achtzigern zu einer Rock-'n'-Roll-Kneipe umfunktioniert worden. Die kleinen Tische standen eng zusammen, die Wände waren zugekleistert mit Bandflyern, Tourpostern und mit Graffiti besprüht. Sutty stand in der Ecke und war dabei, einem der Gäste irgendwas klarzumachen. Um sich dessen ungeteilter Aufmerksamkeit zu versichern, hatte er ihn an den Ohren in die Höhe gelupft und begann gerade dessen Kopf zum Rhythmus der Drums gegen die Wand zu schlagen.

Als er mich erblickte, ließ er theatralisch sein Lächeln ersterben.

»Oh«, sagte er über die Musik hinweg. »Das ganze Elend dieser Welt. Solltest du dich nicht lieber um Brot anstellen, statt Bier zu ordern?«

»Wick möchte mit dir reden.«

Sutty nickte, ließ den anderen los und gab ihm zu verstehen, dass er sich verpissen sollte. »Komisch, nicht?«

»Was?«, fragte ich und sah dem Typen hinterher, der sich die Ohren rieb.

Sutty wischte sich über die Stirn und schenkte mir sein mattgelbes Grinsen. »Dass Wick mich so viel lieber mag als dich.«

»Ja, schon komisch. Ihm ist heute Abend nach Quatschen zumute …«

»Ach ja?« Es war schon einiges nötig, um Sutty aus der Reserve zu locken, aber damit hatte ich ihn. »Vielleicht rückt er endlich mit der Sprache raus. Was hat er gesagt?«

»Ich soll mein Leben verschwenden.«

Er prustete und drehte sich zu seinem Glas um. »Da bist du ja schon gut dabei.«

Sutty leerte sein Glas. Ich konnte ihm schlecht was entgegensetzen.

Mein Kollege war wie ein Flachmann gebaut. Stämmiger, halsloser Schädel auf breiten Schultern mit dazu passendem Whiskyatem. Sein Gesicht sah völlig abgefahren aus, wie kreidebleicher Sauerkäse mit seltsamen Klümpchen unter der Haut. Irgendwie passte das alles zu seiner Person, so wie die aufgedruckten Warnhinweise auf Rattengiftpackungen. Er bügelte seine Anzüge nie, füllte sie aber bis zum Bersten, weshalb sie völlig knitterfrei aussahen. Er knallte sein Glas auf den Tresen und glotzte mich an, als hätte er mich noch nie gesehen.

»Woher weiß ich, dass du dir nicht bloß den Abend freinehmen willst? Hat nicht mal deine Verflossene hier gearbeitet?«

»Ist nicht mehr da«, sagte ich und kramte in meinen Taschen nach dem Zettel, den Wick mir gegeben hatte.

»Eine der vielen, die Reißaus genommen haben. Wahrscheinlich bist du ihr zu oft gekommen.«

»Einer von uns muss es ja tun.«

Ich fand das gefaltete Blatt.

»Jurgh«, sagte Sutty und betrachtete den Zettel. »Jammerschade, dass wir ihm nicht die Hände auf den Rücken binden können.« Er nahm sich seinen Blazer vom Barhocker und zwängte sich hinein wie in eine Zwangsjacke. »Dann mal los, du Flachwichser, ins Spastmobil.«

»Ich bin zu Fuß hier«, sagte ich.

»Na, nehmen wir ein Taxi, und du kommst mit. Sobald er wegpennt, übernimmst du wieder.«

Ich nickte und folgte ihm nach draußen.

Wir stiegen die Stufen zur Straße hinauf, hielten ein Taxi an und starrten während der Fahrt auf die an uns vorbeiziehende Stadt. Sozialarbeiter zwischen Obdachlosen mit wirrem Blick. Schwer gestylte und schwer abgefüllte Jungs auf dem Weg zu oder von den Pubs und Clubs. Und die Mädchen, die in Formation vorbeizogen und sich krummlachten über das Leben. Das war unser Revier, aber die Dinge hatten sich geändert. Sutty saß murmelnd neben mir und rieb sich Desinfektionsgel in die Hände. Er brauchte mittlerweile eine Tube pro Tag, wurde aber irgendwie nie richtig sauber. Manchmal beschlich mich der Verdacht, er nahm den Alkohol über die Poren in die Blutbahn auf.

Bei unserer Ankunft im St. Mary's trugen zwei Männer eine bewusstlose Jugendliche hinein, die sie wie einen aufgerollten Teppich gepackt hatten. Wir betraten das Krankenhaus, die Lichter in der Aufnahme gingen aus und nach einer Sekunde wieder an. Ich sah mich um. Da waren sie, Opfer von Schlägereien, andere, die aus Stichwunden bluteten. Verwirrte, benommene Menschen, Betrunkene, Drogensüchtige, mit Verletzungen, die ihr Leben verändern würden. Spindeldürre alleinerziehende Mütter, die sich von gemeinnützigen Tafeln ernährten, mit fettleibigen Babys. Sutty und ich drehten uns in dem Moment um, als das Mädchen zu sich kam, sich von ihren Helfern losriss und davonwollte, hinaus auf die Straße. Es schien die einzig vernünftige Reaktion zu sein.

4

Seit den Selbstmordanschlägen vom 22. Mai waren bewaffnete Polizeikräfte ein alltäglicher Anblick in der Stadt.

Es kam mir aber immer noch ungewöhnlich vor, einen von denen in einem Krankenhaus zu sehen.

Es hatte einigen Widerstand seitens der Krankenhausverwaltung gegeben, bis wir Wicks Akte vorgelegt hatten mit allen darin enthaltenen Warnungen vor möglichen Mordanschlägen. Die Polizei war gesetzlich dazu verpflichtet, solche Morddrohungen bekanntzugeben, wenn sie glaubhaft erschienen. Wick hatte sich während seiner Haft in Strangeways eine lange Liste äußerst glaubhafter Morddrohungen eingehandelt, die wir in der einen Stunde, in der wir uns mit der Verwaltung zusammengesetzt hatten, gar nicht vollständig durchgehen konnten. Das Krankenhauspersonal weigerte sich, noch mehr davon zu hören, und stimmte einem bewaffneten Wachmann vor dem Krankenhauszimmer schließlich vorbehaltlos zu.

Wir hatten die Strategie absichtlich so gewählt.

Damit wir nicht die tatsächlich auf unseren Gefangenen verübten Mordanschläge erwähnen mussten, hatten wir das Thema vorsätzlich auf die Morddrohungen gelenkt. Ein Zellengenosse hatte Wick mit einem angespitzten Kugelschreiber das Ohr durchstochen, ein anderer hatte versucht, ihn mit seinem eigenen Laken aufzuknüpfen. Beim originellsten Versuch hatte sich eine unbekannte Zahl von Mithäftlingen zusammengetan, um Wick in seiner Zellentoilette zu ersäufen. Gefängnislatrinen sind in weiser Voraussicht entsprechend konstruiert und haben deshalb einen großen Siphon und eine schwache Spülung, sodass es im Grunde an Flüssigkeit mangelt. Laut des Berichts wären mindestens fünf Männer mit vollen Blasen nötig gewesen, um die

Schüssel so weit zu füllen und den Wasserstand eine Minute oder länger aufrechtzuerhalten, damit Wicks Gesicht durchgehend untergetaucht blieb. Die Wärter waren gerade noch rechtzeitig angerückt, im Großen und Ganzen war es aber vermutlich für alle eine Erleichterung gewesen, als seine tödliche Erkrankung diagnostiziert und er auf die Krankenstation verlegt wurde.

Laut Anweisung sollte möglichst immer einer von uns, entweder Sutty oder ich, bei Martin Wick im Zimmer sein. Nicht weil er noch eine Gefahr darstellte, sondern weil man sich erhoffte, dass der nahende Tod ihm vielleicht die Zunge löste. Selbst jetzt noch, zwölf Jahre nach seiner Verhaftung, war vieles ungeklärt.

Als wir den Auftrag annahmen, sagte man uns, er habe noch fünf oder sechs Tage zu leben. Ich war froh, dass wir nicht lange hier sein würden.

Das war vor fünf Wochen gewesen.

Suttys Anwesenheit hatte dem todkranken Mann irgendwie neues Leben eingehaucht, so, als hätte er es mir herausgesaugt und direkt an unseren Gefangenen weitergegeben. Am Ende der ersten Woche war ich überzeugt, dass Wick in der zweiten sterben würde. In der dritten dachte ich, er könnte noch durchhalten, in der vierten, er würde wieder völlig genesen. Jetzt, am Ende der fünften Woche in Schutzgewahrsam, fürchtete ich, Martin Wick könnte ewig leben.

Die Beherbergung einer landesweiten Hassfigur kann recht heikel sein, weshalb beschlossen wurde, dass Wick heimlich untergebracht würde, im dritten Stock eines maroden, gerade in Renovierung befindlichen Krankenhaustrakts. Das Zimmer lag in einem Korridor, der auf ein Viertel seiner ursprünglichen Länge verkleinert worden und nur noch über einen einzigen Zugang zu betreten war. Die Lifttüren waren deaktiviert, zur restlichen Station war eine provisorische Trennwand eingezogen. Der einzige Weg rein und raus bestand über einen Notausgang, der in ein nacktes Betontreppenhaus führte. Um in das eigentliche Krankenhaus zu gelangen, musste man die Stufen runter, durch die Aufnahme und auf der anderen Seite der Trennwand die Haupttreppe hoch. Theoretisch bedeutete das, dass es nur einen Weg in und aus Martin Wicks Zimmer gab.

Tatsächlich kam ich mir vor wie eine Ratte in der Falle.

Rennick, der bewaffnete Polizist, war auf seinem Posten, als ich aus dem Treppenhaus kam. Sutty war noch ein Stück hinter mir. Rennick saß in der ehemaligen Schwesternstation und trug die volle Kampfmontur: Schutzweste, fingerlose Handschuhe, die neue schwarze Basecap. Mit der an die Weste geschnallten Ausrüstung inklusive Speedcuffs, Funkgerät und Taser, mit seiner Handfeuerwaffe, dem Verbandsmaterial und den Ersatzmagazinen sah er aus wie eine Actionfigur. Er las eine Zeitung, lächelte vor sich hin und kratzte sich mit seinem G36-Sturmgewehr am Ohr.

Ich wollte ihn nicht erschrecken.

»Rennick«, sagte ich leise.

»Waits«, antwortete er, ohne den Kopf zu heben. Er legte die Zeitung auf den Tresen, erhob sich und schwang das Gewehr in einer einzigen fließenden Bewegung an mir vorbei.

»Jetzt hättest du dir mit dem Ding fast einen Mittelscheitel gezogen.«

»Ist nicht entsichert«, sagte er gleichmütig.

»Sutty ist im Anmarsch, da wäre es besser, wenn du etwas lebendiger aus der Wäsche schaust.«

Er warf mir einen Blick zu und kam langsam um den Tresen herum, als wäre es seine Idee gewesen. Die Sache war es nicht wert, viel Aufheben darum zu machen. Rennick war Mitte zwanzig, vier oder fünf Jahre jünger als ich, trotzdem hatten wir denselben Dienstgrad. Ich hatte vor Kurzem die Prüfung zum Sergeant abgelegt, erwartete aber keineswegs, befördert zu werden. In meiner Akte fanden sich so viele dunkle Flecken, dass man meinen könnte, sie wäre durch die Scheiße gezogen worden.

Sutty stürmte durch die Tür und marschierte an mir vorbei auf die Schwesternstation zu. Er stülpte die Taschen nach außen, gab sein Handy heraus, lehnte sich über den Tresen und spreizte die Beine.

»Willst du mich nicht filzen?«

Rennick schob ihm wortlos das Blatt hin, auf dem er sich eintragen musste. Sutty richtete sich auf, kritzelte seinen Namen in die Spalte und stapfte weiter. Er besaß die unheimliche Gabe, andere zu erschrecken, und die Freude, die ihm das bereitete, hatte beinahe etwas Lebensbejahendes. Er bog zu Wicks Zimmer ab und verschwand darin.

»Wie geht's meinem großen tapferen Jungen?«, bellte er, bevor die Tür hinter ihm zufiel.

Verächtlich betrachtete Rennick das Blatt mit der Unterschrift. »War er schon immer so?«, fragte er.

»Solange ich ihn kenne.«

Er sah zu Wicks Zimmer, bemüht, die coole Fassade aufrechtzuerhalten, aber seine Neugier auf Sutty gewann die Oberhand. Er packte sein Gewehr und nickte mir zu.

»Ihr macht doch beide sonst die Nachtschicht …«

»Für unsere Sünden«, sagte ich. Sutty und ich hatten so viele angesammelt, dass ein Priester schreiend aus dem Beichtstuhl geflüchtet wäre. Wer bei der Nachtschicht gelandet war, befand sich auf der niedrigsten Stufe der Polizei und übte auf Außenstehende eine makabre Faszination aus.

Es gab nur zwei, die schon lange dabei waren.

Detective Inspector Sutcliffe und ich. Andere Beamte wurden gelegentlich zu uns abgestellt und beäugten uns misstrauisch, als hätten sie Angst, sie könnten sich bei uns anstecken und permanent der Nachtschicht zugeteilt werden. Als Folge davon waren wir relativ selbstständig, setzten uns mit dem Kleinkram auseinander, unspektakulären Verbrechen, ohne von der Dienststelle allzu viel mitzubekommen oder von ihr beaufsichtigt zu werden. Unsere offizielle Dienstzeit ging vom Abend bis in die frühen Morgenstunden, in einer Stadt, die über ein ausgelassenes Nachtleben verfügte. Wer im Dienst für Probleme gesorgt hatte, wurde gelegentlich durchrotiert, bis er sich eines Besseren besonnen oder seine Kündigung eingereicht hatte. Sutty und ich galten als nicht resozialisierbar.

»Detective Inspector *Peter* Sutcliffe …«, sagte Rennick und las vom Blatt ab. »Ein bisschen unglücklich, dieser Name, oder? Der Yorkshire Ripper lässt grüßen.«

Wir hörten leises Murmeln aus dem Gang.

»Keine Ahnung … ich glaube, er passt zu ihm.«

Rennick lächelte. »Unser DS meint, ich müsste mich verhört haben, als ich ihm sagte, dass ihr beide für Wick abgestellt seid. Er meint, der Nachtschicht kann man noch nicht mal trauen, die Schwänze auf einer Klotür zu zählen.«

»Hier geht's nur um die auf einer Krankenhausstation, Rennie.«

»Ich wusste gar nicht, dass man auch Leute in unserem Alter zur Nachtschicht schickt«, sagte er, ohne auf die Beleidigung einzugehen. »Auf Dauer, meine ich …« Er senkte die Stimme. »Was hast du ausgefressen, damit man dir das aufbrummt?«

»Nichts Aufregendes.« Er wartete. »Das Richtige auf die falsche Art.«

»Da hab ich was anderes gehört«, sagte er grinsend. »Ich gehe davon aus, dass du jetzt clean bist?« Als ich nichts erwiderte, fuhr er fort. »Warum bist du hier? Da muss doch was dahinterstecken.«

Klar glaubte er, es müsste was dahinterstecken. Schließlich war er ja hier.

»Sutty gehört zu denen, die Wick festgenommen haben.«

»Echt?« Rennick war sichtlich beeindruckt. »Dachte, das wäre dieser Blake gewesen …«

»Blake hat für die Verurteilung gesorgt, aber Sutty war als Erster am Tatort. Jemand hat einen Typen gemeldet, der blutüberströmt durch die Stadt spaziert ist, und Sutty hat alles stehen und liegen lassen, damit er als Erster dort war.«

Rennick runzelte die Stirn. »Und zwölf Jahre später wird er

von der Nachtschicht abgezogen, damit er Wick das Händchen halten kann, während der stirbt? Kapier ich nicht.«

»Du weißt, eines der Kinder ist nie gefunden worden …«

»Ja«, sagte er. »Lizzie Moore.«

»Genau.« Mit einem Nicken deutete ich in den Gang. »Solange Wick noch lebt, ist es für die Familie die letzte Chance, herauszufinden, was er mit ihr gemacht hat.«

»Ja, aber warum ihr zwei?«

»Wie nennst du den Gefangenen immer?«

»Wichser«, antwortete Rennick ohne zu zögern.

Ich nickte. »Siehst du, Sutty spricht diese Sprache. Fließend. Sie sind gut miteinander ausgekommen, nachdem er Wick verhaftet hat. Die da oben meinen, wenn ihn jemand zum Reden bringt, dann er.«

»Die sind miteinander ausgekommen?« Rennick verzog das Gesicht. Ich glaubte zu sehen, wie sich ihm vor Widerwillen die Haare aufstellten. »Wick hat eine Frau umgebracht, drei Kinder …«

Ich nickte, aber es war schwer zu erklären.

Oberflächlich betrachtet hatte Sutty mit einem Kriminellen mehr gemein als mit einem Polizisten. Nur, während Verbrecher emotional handelten, aus Wut oder aus ökonomischer Notwendigkeit, liebte Sutty das Verbrechen, und je niedriger die Beweggründe, desto besser. Sein Beruf als Polizist ermöglichte es ihm, ständig davon umgeben zu sein, ohne seine Freiheit aufs Spiel zu setzen. Manchmal, wenn es sehr lange zu ruhig gewesen war, hatte er so seine Art, gewisse Sachen anzustoßen.

Insgeheim stimmte ich Rennick zu.

Unsere Abstellung war ungewöhnlich, unwahrscheinlich sogar, aber ich wollte lieber nicht wissen, was der eigentliche Grund dafür gewesen war. Wenn die Antworten von Mal zu Mal übler ausfallen, stellt man irgendwann keine Fragen mehr.

Ich wusste nicht genau, woher die Abstellung kam, aber ich vermutete, dass Sutty seine desinfizierte Hand mit im Spiel hatte.

»Wie ist er denn so?«, fragte Rennick und unterbrach mich in meinen Gedanken.

»Sutty?«

Er rollte mit den Augen. »Martin Wick.«

»Keine Ahnung«, sagte ich. Er sah mich zweifelnd an. »Ich meine, er redet nicht mit mir.«

»Wenn du mit ihm zehn Stunden am Stück da drin bist …«

»Schreibe ich alles auf, was er tut, und rufe Sutty, falls er nach ihm verlangt.«

»Da bist du ja ein echter Glückspilz.«

»Ja«, sagte ich. Es fühlte sich eher an, als hätte ich die Arschkarte gezogen.

Ich ging an ihm vorbei und drehte die Zeitung auf dem Tresen um. Auf der Titelseite prangte ein Foto von Martin Wick, unserem Gefangenen, wie er in seinem Krankenhausbett saß und Cornflakes mampfte. Es war von der Tür zu seinem Zimmer mit einem Handy aufgenommen worden.

Cereal Killer!

»Verdammte Scheiße«, sagte ich und sah zu Rennick.

»Nicht in meiner Schicht. Ich werde immer schon vor dem Frühstück abgelöst.«

»Wenn Sutty das sieht, kriegt er einen Koller.« Ich sah aufs Datum. Die Frühausgabe der sonntäglichen Morgenzeitung. In wenigen Stunden würde die Welt, wenn sie erwachte, das zu sehen bekommen. »Woher hast du die?«

»Hab sie in meiner Pause in der Aufnahme mitgehen lassen.«

»Und dir ist nicht der Gedanke gekommen, das zu erwähnen?«

»Es wurde doch nicht in meiner Schicht aufgenommen«, wiederholte er.

»Aber du lässt schon jeden seine Hosentaschen umdrehen, oder?« Nur überprüfte Personen durften über diesen Punkt hinaus. Pflegern, dem Reinigungspersonal, sogar Ärzten und Krankenschwestern war der Zutritt nur zu festgelegten Zeiten erlaubt. Es war Aufgabe des Wachmanns, sie alle zu durchsuchen.

Keiner durfte über diesen Punkt hinaus ein Handy mitnehmen.

Er runzelte die Stirn. »Sicher mach ich das.«

Wir drehten uns beide um. Sutty kam aus Wicks Zimmer. Er wirkte beunruhigt. Ich versuchte mich zwischen ihn und die Zeitung zu stellen.

»Hast du mal kurz Zeit, Aidan?«, fragte er.

»Klar …«

Ich stülpte die Taschen nach außen, übergab mein Handy und unterschrieb, damit ich den Kontrollpunkt passieren konnte. Ich ging an Rennick vorbei in den Gang hinein und wollte ein wenig Abstand zu ihm haben, bevor ich Sutty die schlechten Neuigkeiten präsentierte.

Große Plastikplanen verhüllten die Wände.

Davor Eimer voller Bauschutt. Überreste der Renovierungsarbeiten, die zurückgestellt waren, bis Wick tot war.

Sutty hielt die Klotür auf, als wollte er mich in sein Büro geleiten. Ich trat ein, fand den Lichtschalter. Seit Wochen war keiner mehr hier gewesen, wahrscheinlich war es der sauberste Raum im ganzen Gebäude. Ich setzte mich auf den Toilettendeckel. Sutty zog die Tür hinter sich zu und lehnte sich dagegen, sodass keiner rein oder raus konnte.

»Wick behauptet, er hätte dich gar nicht gebeten, mich zu holen …«

»Hat er aber. Ich meine, er hat dir diesen Zettel geschrieben. Wenn ich das falsch verstanden habe, tut's mir leid, dass ich dich angeschleppt habe.« Sutty sagte nichts, dachte nach, dann änderte sich seine Miene.

»Jurgh«, sagte er schließlich. »Ich glaub dir. Er hat den Zettel geschrieben und gewollt, dass du mich holst. Irgendwas läuft hier ab.«

»Meinst du, er stirbt?«

»Er stirbt seit Monaten. Mittlerweile sollte er sich daran gewöhnt haben. Nein, was anderes. Er scheint, ich weiß nicht … er scheint Angst zu haben.«

»Du meinst, es liegt ihm was auf der Seele?« Ich dachte an die

Zeitung, erwähnte sie aber nicht und senkte die Stimme. »Was? Warum?«

Sutty starrte finster zu Boden, dann löste er sich von der Tür und öffnete sie. Als er in den Gang hineinsah, schüttelte er den Kopf. Ich steckte ebenfalls den Kopf raus. Rennick war wieder in seine Zeitung vertieft. Er hatte das Kinn auf den Lauf seines Sturmgewehrs gestützt.

»Die Hand am Rohr«, sagte Sutty. Wir gingen raus, und er knallte mit aller Macht die Tür zu. Rennick fuhr zusammen, sprang auf, fummelte an seinem Gewehr herum und konnte von Glück reden, dass er sich nicht die Birne wegknallte. Sutty stapfte zum Tresen, inspizierte die Besucherliste und baute sich vor dem Wachmann auf.

»Constable, hatte der Gefangene in unserer Abwesenheit irgendwelche Besucher?«

»Was?«

»Was, *Sir*«, blaffte Sutty. »Ich glaube nämlich, dass jemand mit Wick gesprochen hat, als wir weg waren. Vielleicht ein Arzt oder eine Schwester bei einer außerplanmäßigen Visite, vielleicht jemand, der sich nicht eingetragen hat. Vielleicht hast auch du dich von deiner Neugier hinreißen lassen, ich weiß es nicht. Aber dieser Typ, der kurz davor war, uns zu erzählen, was er mit einem toten zwölfjährigen Mädchen angestellt hat, kriegt plötzlich den Mund nicht mehr auf.«

»Keiner ist hier reingekommen.«

Suttys Blick fiel auf die Zeitung auf dem Tresen. Er sah das Foto von Wick im Krankenhausbett und griff sich das Blatt. Ich kannte diesen Blick und war froh, dass er nicht mir galt. Der Blick von einem, der vor lauter Scheißungeduld gleich explodieren würde. Er griff sich seine Brieftasche vom Tresen, öffnete sie und begann das Geld zu zählen.

Rennick schnaubte. »Ich würde Ihr Geld nie anrühren, Sir.«

»Das weiß ich«, sagte Sutty. »Aidan, wie heißt dieser Typ, der im Rising Sun seine Dienste anpreist?«

Ich dachte nach. »Rohrbomben-Willy.«

»Genau der. Behauptet, für fünfzehn Mücken bricht er dir sämtliche Knochen.« Sutty knallte die Brieftasche auf den Tresen und beugte sich zu Rennick vor. »So, ich hab seine Telefonnummer und zwei Zwanziger, also rück jetzt raus mit der Sprache.«

»Beim Frühstück hab ich nie Dienst. Ich war nicht da, als das Foto gemacht wurde.«

Schließlich drehte sich Sutty um. »Bestätige mir das, Aidan.« Er packte sich die Zeitung und stürmte in Wicks Zimmer zurück. »Und hol mir einen Kaffee. Schwärzer als ein Hundert-Meter-Lauf.«

Ich wartete, bis ich die Tür knallen hörte, dann nickte ich keinem Bestimmten zu und ging zum Treppenhaus, ohne Rennick noch mal anzusehen.

5

Auf dem Weg nach unten flackerten die Lichter, wurden schwächer und gingen schließlich ganz aus. Sutty verlor die Beherrschung, so wie andere ihre Schlüssel verloren. Leichtsinnig und völlig gedankenlos, manchmal schien er sie auch nicht mehr wiederzufinden. Seltener kam es vor, dass er seinen Zorn wie einen Scheinwerfer auf andere richtete, ihnen dadurch Einhalt gebot und Dinge ins Rampenlicht rückte, von denen sie nicht wollten, dass man sie zu sehen bekam. Wenn ihm Wicks anscheinender Gesinnungswandel Kopfzerbrechen bereitet hatte, dann stand vermutlich etwas dahinter. Besorgniserregend war nur, dass seine Nase ihn sofort zu Constable Rennick geführt hatte.

Vor uns lag eine lange Schicht, und ständig kam es zu Unfällen mit Schusswaffen.

Das Notstromaggregat setzte ein, die Lichter gingen wieder an, allerdings nur mit der Hälfte ihrer üblichen Leuchtkraft. Ich rieb mir etwas Leben ins Gesicht und trat durch die Tür ins organisierte Chaos einer innerstädtischen Notaufnahme an einem Wochenende.

So schnell wie möglich schlängelte ich mich auf dem zerschrammten Linoleum durch den Tumult der ankommenden und abgehenden Patienten.

Ich stieg die Haupttreppe hinauf, fort von dem Trubel, und sah gerade noch ein Notfallteam, Ärzte und Schwestern, die jemanden in den OP-Bereich schoben. In diesem Gebäudeteil gab es keine Fenster, die Tageszeit ließ sich meistens aber ganz gut am Zustand der jeweiligen Patienten ablesen. Heute waren die Betten an den Wänden aufgereiht, in ihnen Menschen in unterschiedlichen Stadien der Versehrtheit, die darauf warteten, dass woanders Platz frei wurde. Ich schob mich zwischen ihnen durch, während ein weiteres Triageteam vorbeirauschte, dem fast sofort ein drittes folgte.

Saturday Night Fever.

Als ein letztes Team vorbeieilte, fiel mein Blick auf die leeren Augen des Mannes auf der Rollbahre, der eine fürchterliche Kopfverletzung aufwies. Das Team drehte in einen Nebenraum ab, hinter ihnen gingen die Türen zu.

»Entschuldigung …« Ich sah auf eine kleine Frau hinab, die dem Team durch den Gang gefolgt war. Ich wollte an ihr vorbei, aber sie legte mir die Hand auf die Brust. Sie wirkte bestürzt, verloren, ihre Stirn war blutverschmiert. Wahrscheinlich stand sie unter Schock. »Arbeiten Sie hier? Wissen Sie, ob er wieder gesund wird?«

»Nein«, sagte ich und wich von ihrer Hand zurück. »Ich meine, ich arbeite hier nicht.«

Ich ging um sie herum bis ans Ende des Korridors und verschwand um die Ecke, ohne mich noch mal nach ihr umzusehen. Weiter, immer weiter, um mich im Labyrinth der Abteilungen und Stationen zu verlieren. Ich erreichte einen völlig leeren Abschnitt, lehnte mich an die Wand und atmete tief durch.

Dem Mann hatte die Hälfte des Schädels gefehlt.

Irgendwann ging ich zum Kaffeeautomaten und wühlte in meinen Taschen nach Kleingeld. Ich befand mich nur wenige Meter weiter genau in dem Gang, in dem auch Martin Wick lag, aber wegen der Trennwand brauchte man zehn Minuten hierher.

Ich warf die erste Münze ein, erfasste im schwarzen Plastik mein Spiegelbild, sah an mir hinunter und entdeckte die Blutflecken, die die besorgte Frau auf meiner Brust hinterlassen hatte. Vermutlich hätte ich ihre Fingerabdrücke abnehmen können. Ich steckte die Münzen wieder in die Tasche und ging auf die Toilette, um mich zu säubern.

6

Der Spiegel über dem Waschbecken war eine blank polierte Metallplatte, damit die Junkies ihn nicht zerbrechen und die Scherben als Messer verwenden konnten. Die Oberfläche war matt und dort, wo sich manche mutwillig daran versucht hatten, voller Dellen. Mich starrte ein so surreales Bild an, als wäre es die schlechte Übertragung aus einer anderen Dimension. Ich musterte mich. Die dunklen Augenringe wurden allmählich rot.

Die Bestätigung, dass ich der Typ im Spiegel war.

In den ersten beiden Seifenspendern war keine Seife, lediglich der Vollständigkeit halber probierte ich auch den dritten. Auch er war leer, also ließ ich die Blutflecken Blutflecken sein, knöpfte mir das Jackett zu und ging zur Tür.

Ich hatte sie schon geöffnet, als aus einer der Kabinen ein seltsamer Laut kam.

So was wie ein Gurgeln. Ich drehte mich um und sah zwei zerfetzte, leere Plastikgelbeutel, die aus den Seifenspendern gerissen worden waren. Schimmernd lagen sie wie zwei riesige zerquetschte Nacktschnecken auf den Kacheln. Dann ein weiteres Geräusch. Ein langer, feuchter Schmatz.

»Hallo?«, sagte ich.

Keine Antwort.

Ich ging auf die Kabine zu. Das Licht wurde dunkler. Auf halbem Weg hielt ich an. Ich wusste ganz genau, was ich vorfinden würde. Die Tür stand halb offen, und als ich sie ganz aufdrückte, sah ich eine ausgemergelte Frau in einem grünen Jogginganzug mit hochgezogener Kapuze. Sie saß auf dem geschlossenen Klodeckel und saugte an einem Beutel Flüssigseife. Jede Packung entsprach angeblich sechs Gläsern Wodka und knallte voll rein.

Auch wenn sie einem nicht unbedingt die Innereien ausputzte, die Nachwirkungen jedenfalls waren drastisch.

Amnesie, Blindheit, Kontrollverlust über den Schließmuskel.

Zumindest war sie dafür am richtigen Ort.

Sie hatte grüne Fingernägel und Tattoos im Gesicht, Fünfecke unterschiedlicher Größe um die Augen. Ihr Alter konnte ich unmöglich schätzen. Ein Leben wie ihres trieb den Tachostand ziemlich nach oben oder nahm eine ganze Menge davon weg, je nachdem, wie man es sehen wollte.

»Verpiss dich«, sagte sie und saugte erneut an der Gelpackung. Sie tat mir leid, deshalb widmete ich ihr nicht die Aufmerksamkeit, die nötig gewesen wäre. Ich nickte und überließ sie sich selbst, hörte noch, wie die Tür zufiel und hinter mir abgesperrt wurde. Ich hätte ihr sagen sollen, dass sie sich den Mund ausspülte, aber es war einfach zu deprimierend.

7

Ich kehrte mit zwei Kaffee in den Trakt zurück, wo Rennick Habachtstellung angenommen hatte. Als ich ihm einen Kaffee auf den Tresen stellte, sah er mich nicht an. Verletzter Stolz, oder doch was Ernsthafteres?

»Prost«, sagte ich. Er antwortete nicht.

Ich ging zu Wicks Zimmer und war hypersensibel, als wäre eine Zielscheibe auf meinen Rücken geheftet.

Von drinnen kam leises Gemurmel, ich lauschte kurz an der Tür, bevor ich anklopfte und eintrat. Sutty saß neben Wick und kam gerade zum Ende einer dreckigen Geschichte.

»Ich hab gesagt, ich hätte schon von anderen Pfarrern gehört, dass sie Babys küssen, aber der ist der Erste, der auch noch die Zunge zum Einsatz bringt.«

Bei schlüpfrigen Geschichten lief Sutty gewöhnlich zu Hochform auf, heute war sein Vortrag allerdings eher lau. Vielleicht weil er damit einen abrupten Themenwechsel kaschieren wollte.

»Schwarz«, sagte ich und reichte ihm seinen Kaffee.

Er nahm den Becher entgegen und ließ ihn auf dem Tisch vor sich hin dampfen, brach eine neue Tube Desinfektionsgel auf und rieb es in die Hände ein.

»Immer noch viel los da drüben?«, fragte er.

Ich nickte und sah zu Martin Wick. Ich hatte das Gefühl, dass ich in was reingeplatzt war, aber seine glänzenden Überwachungskamera-Augen hatten sich, seitdem ich ins Zimmer gekommen war, nicht bewegt. »Ist er wach?«

»Siehst du das nicht?«, sagte Sutty.

»Wie geht's, Martin?« Ein Zucken in seinem Gesicht, dann das vertraute Frösteln bei mir, als er seine schwarzen Augen auf mich richtete. Sutty beugte sich vor, legte das Ohr an Wicks Mund und lauschte der geflüsterten Antwort.

»Sagt, wenn es noch Gerechtigkeit auf der Welt gibt, dann wird er wieder ganz gesund werden.«

»Wenn es Gerechtigkeit auf der Welt gäbe, wären wir arbeitslos. Wie geht es ihm wirklich?«

»Wir wollten gerade zusammen lesen, wie es mit seiner Lebenserwartung steht.« Sutty hielt die Zeitung hoch, damit Wick sie sehen konnte. Erst jetzt erkannte ich, dass das abgedruckte Bild ihn zeigte, wie er ganz offensichtlich Schmerzen hatte und es ihm alles andere als gut ging. »*Was das Leben kostet*«, las Sutty die Bildunterschrift vor. »*Nach Auskunft von Krankenhausmitarbeitern klammert sich Mr Wick ans Leben, wahrscheinlich sind ihm aber nur noch wenige Tage vergönnt.*« Er legte die Zeitung weg und sah zu unserem Gefangenen. »Glaub nicht alles, was in der Zeitung steht, Martin.«

Wicks Lippen bewegten sich. Sutty beugte sich zu ihm hinunter.

»Hm«, sagte er, als würde er eine Frage beantworten. »Krankenhausmitarbeiter, das kann so gut wie jeder auf der Station sein. Ärzte, Schwestern, Putzfrauen. Du würdest doch nicht seine Story verhökern, oder, Aidan?«

»Würde sie mir überhaupt jemand abkaufen?«, erwiderte ich. »Meinst du wirklich, er will das alles lesen?«

Sutty schlug die Seite um zu dem Bild einer lächelnden Familie. Fünf Personen waren zu sehen. Mutter, Vater, zwei Mädchen und ein Junge. Die Moores.

»Du hast doch nichts dagegen, wenn ich deinem Gedächtnis ein bisschen auf die Sprünge helfe, oder, Martin?« Wicks Lippen bewegten sich erneut, Sutty beugte sich zu ihm und lauschte. Als er sich wieder aufrichtete, hatte sich sein Gesicht verfinstert, langsam ging sein Blick zu mir. »Vielleicht solltest du dir diesen Scheiß vom Hemd waschen.«

Ich sah zum eingetrockneten Blut auf meiner Brust.

»Klar«, sagte ich und verließ das Zimmer. »Lass den Kaffee nicht kalt werden.« Sutty wandte sich kommentarlos wieder Wick zu. Draußen im Gang war dann erneut das leise Murmeln zu hören, und erst dann bemerkte ich, dass mich Constable Rennick vorn an der Schwesternstation eindringlich beäugte. So, wie er seine Waffe hielt, starrte ich direkt in den Gewehrlauf. Ich überquerte den Gang zur Toilette und fragte mich, was hier abging.

8

Als ich das Licht anmachte, entdeckte ich ein weiteres ausgepresstes Flüssigseifenpäckchen, exakt so eines wie auf der Toilette hinter der Trennwand. Es war noch nicht dagewesen, als ich mich hier mit Sutty unterhalten hatte. Ich sah zu den Halterungen über den Waschbecken, alle leer, und stieß die halb offene Tür zur Kabine auf. Die beiden noch übrigen Gelpäckchen trieben im Wasser der Kloschüssel. Ich trat zurück, sah hoch und bemerkte eine lose Deckenplatte direkt über der Kabine.

Mein Herzschlag reagierte auf die Unregelmäßigkeit, ich verließ die Toilette.

Rennick gaffte mich an.

»Alles in Ordnung?«, fragte ich.

Er antwortete nicht.

»Ist alles in Ordnung, Constable?«

Er nickte. Ich ging an ihm vorbei ins Treppenhaus.

»Du bist voller Blut!«, rief er mir hinterher.

Ich war diese Stufen in den vergangenen Wochen so oft rauf- und runtergelaufen, dass meine Beinmuskulatur kräftiger geworden war. Jetzt legte ich einen Zahn zu, stürzte durch die Türen im Erdgeschoss, schob mich durch die Menge in der Aufnahme, hoffte, dass alles nur meiner Paranoia zuzuschreiben war, und rannte die Haupttreppe zur Station hinauf. Immer noch war eine Menge los, ich zwängte mich durch den Korridor zur Toilette, wo ich etwa zwanzig Minuten zuvor die Junkiefrau gesehen hatte. Ein Mann stand am Urinal. Als ich gegen die Wand der Kabine schlug, spürte ich seinen Blick auf mir.

Von drinnen war nichts zu hören.

Ich trat einen Schritt zurück und sah, dass auch hier eine Deckenplatte fehlte. Mit der Schulter rammte ich die Tür ein, die

Kabine war leer, in der Kloschüssel trieb eine leere Seifenpackung. Oberhalb der Tür war lediglich ein schmaler Spalt zu erkennen. Entweder hatte sich die Frau selbst im Klo runtergespült, oder sie war zur Decke hinaufgeklettert.

»Fuck«, sagte ich.

Der Mann am Urinal ging, ohne sich die Hände zu waschen. Ich folgte, schob mich wieder an Patienten und Krankenhausmitarbeitern vorbei, schubste die Leute vor mir aus dem Weg und lief die Haupttreppe hinunter. Bis ich den Stau an der Aufnahme wieder hinter mir gelassen hatte und im Treppenhaus war, flackerten die Lichter erneut, wurden fahl, dann gingen sie ganz aus.

Ich tastete nach dem Handlauf und ging nach oben.

In der Luft lag ein starker chemischer Geruch, außerdem glaubte ich von oben Schritte zu hören. Mein Herz schlug so heftig, dass ich schon Angst hatte, ich würde mir die Rippen aufschürfen. Als die Lichter flackernd wieder angingen, strich etwas Kaltes an mir vorbei. Ich drehte mich um. Die ausgemergelte Frau mit dem grünen Hoody ging die Treppe hinunter, dann begann sie zu laufen.

»Hey!«, rief ich ihr hinterher und zuckte zusammen, als der Feueralarm losgellte.

Im engen Treppenhaus hörte sich das an, als würde mir jemand einen Presslufthammer an die Schläfen drücken. Ich hielt mir die Ohren zu und lief nach oben. Schon als ich die Tür aufstieß, ahnte ich, dass etwas nicht stimmte. Rennick war nicht mehr auf seinem Posten. Völlig sinnlos, im Getöse des Alarms nach ihm zu rufen. Ich ging in den Flur hinein, bei der Schwesternstation warf ich einen Blick über den Tresen und wich zurück. Der Constable lag auf dem Boden und hatte beide Hände am Hals. Blut sickerte zwischen seinen Fingern hindurch, und er sah aus, als würde er ertrinken.

In diesem Augenblick stürzte Sutty aus Wicks Zimmer. Er brannte lichterloh und warf sich, begleitet von einem Hitzeschwall, von der einen Wand zur anderen. Ich löste mich aus meiner Erstarrung, riss einen Feuerlöscher von der Wand und richtete den Schaum auf ihn. Er fiel zu Boden und wälzte sich in den letzten Flammen, bevor die Sprinkler ansprangen, uns beide durchtränkten und ihn endgültig löschten.

Ich schob mich an meinem Kollegen vorbei in Wicks Zimmer, wo mir ein unglaublicher Gestank entgegenschlug.

Er wand sich versengt in seinen Handschellen, mit denen er ans brennende Bett gefesselt war. Ich richtete den Feuerlöscher auf ihn und sprühte seinen Oberkörper ein. Die Flammen wurden erstickt, aber ich roch die verbrannte Haut, die verbrannten Haare und schlug mir den Arm vor den Mund, damit ich den Geschmack nicht auf der Zunge hatte. Ich wollte schon raus, als ich sah, dass er noch lebte und im Schrillen des Alarms auf sich aufmerksam machte.

Ich ging zu ihm und legte vorsichtig das Ohr an seinen Mund.

»*Ich war's nicht*«, glaubte ich ihn sagen zu hören.

Ich spürte die Hitze, die von ihm ausging. »Ich weiß, Martin …«

»*Nicht das*«, sagte er. Seine schwarzen Augen starrten mich aus der verkohlten, blasenwerfenden Haut an, sie funkelten vor Wut. »*Die Moores*«, sagte er. Die Haut über seinem Mund platzte auf, er schlug mir mit seiner freien Faust gegen die Brust. Vielleicht sagte er noch mehr, aber es wurde vom Feueralarm übertönt. Als sein Körper auf das schwelende Bett zurücksackte, musste ich seinen Puls nicht mehr fühlen.

Entsetzt, von den Sprinklern klatschnass, taumelte ich in den Gang hinaus. Sutty war zu Rennick gekrochen und versuchte mit den bloßen Händen den Blutfluss aus dem Hals des Constable zu stoppen.

Das Wasser um ihn herum färbte sich rot.

Ich lief zu ihnen und dann an ihnen vorbei zum Treppenhaus. Drei Stockwerke tiefer glaubte ich jemanden davonrennen zu sehen. Ich folgte, nahm zehn Stufen auf einmal, rutschte auf meinen nassen Sohlen weg und schlitterte um jeden Treppenabsatz.

Übers Geländer hinweg konnte ich weitere Leute auf der Treppe sehen, und als ich das nächste Stockwerk erreichte, flog die Tür neben mir auf.

Die Leute flohen über die Notausgänge.

Ich schob mich durch die Menge, glaubte immer noch die Frau zu erkennen, wusste aber nach wenigen Sekunden, dass sie mir entkommen war. Obwohl ich drängelte und aus Leibeskräften brüllte, brauchte ich ewige Minuten, bis ich überhaupt ins Erdgeschoss gelangte. Die, die sich am Ausgang versammelt hatten, sahen mich alle mit der gleichen widerwilligen, erstaunten Miene an. Sie sahen das Blut an meinen Händen, auf dem Gesicht und auf dem von den Sprinklern durchnässten Hemd. Ich hievte mich auf die Motorhaube, dann aufs Dach eines Krankenwagens, blinzelte in die grellen Lichter des Parkplatzes, aber mir bot sich in allen Richtungen nur ein Bild.

Menschen, Wahnsinn, überall.

9

Es war nach vier Uhr morgens. Statistisch die Zeit mit den meisten Todesfällen. Ausnahmsweise waren wir dem Zeitplan voraus. Noch oben auf dem Krankenwagen setzte ich einen Notruf ab, wenige Minuten später traf eine bewaffnete Polizeieinheit ein und sicherte den Tatort. Ich lieferte eine Beschreibung der Junkiefrau, die sich auf der Toilette zugedröhnt hatte, sowie der Umstände, die zum Angriff auf Rennick, zu Suttys lebensgefährlichen Verletzungen und zum Anschlag auf Martin Wick geführt hatten – zumindest soweit ich sie mitbekommen hatte. Noch während ich das alles erzählte, wurde mir klar, dass ich nicht viel mitbekommen hatte. Der diensthabende Chief Inspector entließ mich mit einem knappen Nicken. Ich erhob mich, hoffte, eine Bar zu finden, in die ich mich reinfallen lassen konnte, als ich eine Hand auf der Schulter spürte. Der gepolsterte Handschuh eines Mitglieds der Spezialkräfte, also hörte ich zu, als er mir etwas ins Ohr flüsterte.

»Superintendent Parrs«, sagte er nur.

Ich schloss die Augen, fast erwartete ich, mein Leben würde jetzt an mir vorbeiziehen.

»Bringen Sie mich zu ihm.«

Er führte mich zurück ins Treppenhaus, wo wir nach oben gingen. Ich fühlte mich verdreckt, meine Haut juckte, ich stank nach Blut, nach verbranntem Fleisch und verbrannten Haaren. Bewaffnete Einsatzkräfte standen auf jedem Stockwerk und umfassten fester ihre Waffen, wenn wir uns näherten. Die letzte Tür, die wir erreichten, wollte sich nicht öffnen lassen, der Polizist warf sich mit der Schulter dagegen, bis sie aufsprang. Ich sah ein schwaches Licht und spürte den Wind in den Haaren.

Wir standen auf dem Krankenhausdach.

Der Bereich war nicht für die Öffentlichkeit gedacht, der Weg bestand aus Kies, in dem sich Gräser in die Höhe mühten. Ich sah verrostete, bis obenhin mit Zigarettenkippen gefüllte Coladosen, entdeckte sogar, halb versteckt hinter einem Stapel Backsteine, eine leere Ginflasche. Mein Begleiter streckte den Arm aus wie der Gastgeber einer Gameshow, um mir meinen Gewinn zu präsentieren.

Es sah nicht aus wie der erste Preis.

Superintendent Parrs stand mit dem Rücken zu uns, er war allein und blickte auf das von Scheinwerfern erhellte Chaos hinunter. Seine grauen Haare, der graue Mantel, die graue Hose verschmolzen mit der schartigen Skyline, sodass er aussah, als wäre er eins mit der Stadt. Die Morgendämmerung hatte noch nicht eingesetzt, nur ein diesiger Lichtstreifen lag über dem Horizont. Als hinter mir die Tür zufiel, ruckte der Kopf des Superintendent, er nahm mich zur Kenntnis. Der andere war verschwunden.

»Aidan Waits«, sagte Parrs. Sein schottischer Akzent klang noch härter als sonst. Wie eine an einem Betonziegel geschärfte Klinge. »Als ich gehört habe, einer meiner Leute hätte den Abgang gemacht, da hab ich irgendwie an dich denken müssen …« Er drehte sich zu mir um und sah mich an, seine Augen waren so blutunterlaufen, dass ich dachte, er müsste alles in Rot sehen. »Aber jetzt bist du hier, gesund und munter.«

»Alles Schlechte hat auch was Gutes, Sir.« Er sagte nichts. Ich sah zu Boden. »Guten Morgen, Superintendent.«

»*Herzliches Beileid* wäre wohl eher angebracht, Detective Constable, oder? Sieht so aus, als dürften wir uns mal wieder mit einem richtig tollen Aidan-Waits-Pfusch herumschlagen.«

Ich blinzelte ins vormorgendliche Licht und hielt den Mund.

»Ich hab den Bericht von Chief Inspector James bekommen«, sagte er. Ich runzelte die Stirn. Erst vor zehn Minuten hatte ich mit James gesprochen. »Er hat mir gesagt, dass du nichts weißt. Da könnte was Wahres dran sein. Ich nehme an, du hast bei deiner kleinen Besprechung mit ihm nichts ausgelassen, was du jetzt vielleicht mir erzählen möchtest.«

Ich hatte DCI James die Fakten erläutert und alles weggelassen, was mir als persönliche Interpretation erschienen war. Ich hatte nicht gewusst, ob ich von meiner kurzen Unterhaltung mit Martin Wick erzählen sollte, und mich letztlich dagegen entschieden.

Aber Parrs schien den Braten bereits zu riechen. Er spürte immer, wenn ich etwas verschwieg, und knöpfte es mir später ab wie ein Taschendieb.

»Nur eine Sache, Sir.«

»Du überraschst mich wirklich.«

»Wick hat mir vor seinem Tod noch was sagen wollen.«

»Wenn es nicht um den Ort geht, wo er Lizzie Moores Leiche verscharrt hat, weiß ich nicht, ob ich es überhaupt wissen muss.«

»Er hat gesagt, er war es nicht.«

»Er war zum Zeitpunkt des Angriffs an sein Bett gefesselt, Aidan. Natürlich war er es nicht.«

»Ich meine die Straftat, derentwegen er ans Bett gefesselt war, Sir.« Parrs rührte sich immer noch nicht, ich fuhr fort. »Ich glaube, er wollte mir sagen, dass er die Moores nicht umgebracht hat.«

»Ein typisches Geständnis auf dem Totenbett, was?« Der Superintendent schien erleichtert. »Was hat er genau gesagt?«

»Ziemlich genau das.«

»Ziemlich genau?«, sagte er und kam einen Schritt auf mich zu.

»Er wollte mehr sagen, aber dann ist der Alarm losgegangen. Ich hab ihn nicht mehr verstanden.«

Parrs dachte nach. »Und diese Informationen hast du aus welchem Grund nicht an DCI James weitergegeben?«

»Ich dachte, Sie wollen es als Erster hören, damit Sie entscheiden können, was wir tun sollen.«

»Der Typ war ein verurteilter Mörder, er ist in Polizeigewahrsam gestorben. Ich würde sagen, wir haben alles getan, was wir tun konnten.«

»Aber so wie er es gesagt hat, Sir …«

»Unter großen Schmerzen, möchte man hoffen. Wie auch immer, ich hab ein unterschriebenes Geständnis, das, verdammte Scheiße, das Gegenteil besagt, außerdem haben wir anderes an der Backe.«

»Sir.«

»James sagt, du hast unsere Pyromanin nicht richtig sehen können …«

»Nein, Sir.«

»Wie bequem.«

»Für wen?«

»Für die Pyromanin. Die Spurensicherung wühlt sich noch durch die Trümmer, aber es sieht ganz nach einem klassischen Brandsatz aus. Glasflasche mit Kerosinfüllung.«

»Eine Benzinbombe«, sagte ich.

»Molotowcocktails, zwei Stück. Jemand hat die Tür aufgetreten und eine Runde ausgegeben. Für jeden einen. Man geht davon aus, dass der Angreifer die Tür geschlossen hat …«

Die Brandflaschen, die ich zu meiner Zeit gesehen hatte, waren meistens an Polizeibussen explodiert. Ich zuckte innerlich zusammen, wenn ich mir vorstellte, dass so ein Ding in einem geschlossenen Raum hochging.

»Also«, sagte Parrs. »Was ist deiner Meinung nach passiert?«

»Na, die offensichtliche Antwort lautet, es handelt sich um einen Freund oder einen Verwandten von Wicks Opfern, jemand, der mit der Familie Moore in Beziehung steht. Jemand, der hier seine letzte Chance sah, Rache zu nehmen. Soweit ich weiß, ist Wick seit seiner Verurteilung nie rausgekommen. Vielleicht hat der Täter herausgefunden, wo er steckt, und die Gelegenheit genutzt.«

»Klingt einleuchtend …«

»Wir haben die *Mail* vom Sonntag gesehen, kurz vor dem Vorfall. Das geleakte Foto. Könnte den Mörder hergelockt haben.«

»Frühstück im Bett?«, sagte Parrs. »Irgendeine Idee, woher das Foto stammt?«

»Ich hab Constable Rennick darauf angesprochen. Er meinte, er hätte beim Frühstück nie Dienst gehabt. DCI James und ich haben uns den Dienstplan angesehen, es stimmt.«

»Du hast den Namen des Polizisten, der Dienst hatte?«

»Eine Constable Louisa Jankowski. Er hat nur einmal Cornflakes bekommen, dann, als sie Dienst hatte. Anscheinend ist sie neu bei den Spezialkräften, aber …«

»Aber hat sich schon einen Namen gemacht …«

Jankowskis Name war in der Presse zwar nicht erwähnt worden, aber ihre Arbeit. Im Dezember letzten Jahres war sie auf Streife, als ein großer Transporter in den Weihnachtsmarkt auf dem Albert Square rasen wollte, um die Besucher niederzumähen. Sie hatte schnell reagiert, hatte den Fahrer mit einem gezielten Kopfschuss ausgeschaltet und damit wahrscheinlich Dutzenden Menschen das Leben gerettet.

»Unwahrscheinlich, dass sie was damit zu tun hat«, sagte Parrs. »Was hältst du von Constable Rennick?«

Es schien mir nicht erwähnenswert, im Licht der jüngsten Ereignisse von seinem nachlässigen Verhalten zu berichten. »Er ist ein wertvoller Augenzeuge«, sagte ich, was etwas untertrieben war. Die Stichwunde am Hals war ihm von vorn zugefügt worden. Sofern er die Augen offen gehabt hatte, könnte er uns eine Menge erzählen. »Seine Aussage könnte wesentlich sein, um den Fall schnell abzuschließen.«

»Du meldest dich freiwillig für den Job?«

»Nein, Sir«, sagte ich entschieden. Ich spürte, wie sich seine roten Augen in mich brannten. »Ich nehme doch an, ich werde wieder zur Nachtschicht versetzt.«

»Jemand hat gerade deinen Kollegen gegrillt, Detective Constable. Ich weiß, wahrscheinlich würdest du noch nicht mal auf ihn pissen, wenn er in Flammen steht, aber …«

»Ich war der, der ihn gelöscht hat.«

»Deshalb wird er auch in den nächsten sieben Tagen im künstlichen Koma liegen. Weiß Gott, wie wir den Unterschied feststellen sollen. Ich frage noch mal, meldest du dich freiwillig für den Job?« Ich sagte nichts. Er schnaubte. »Alles, um ein ruhiges Leben führen zu können, was?«

Ein ruhiges Leben.

Superintendent Parrs hatte mich bereits mit einigen Spezialaufträgen betraut, wobei mir vom letzten immer noch die Ohren klingelten. Das alles wusste er natürlich ganz genau, trotzdem kam er immer mit so was an. In den letzten beiden Jahren hatte er mir so viel Salz in die Wunden gerieben, dass ich damit den Gartenweg hätte bestreuen können.

Er lächelte. »Ich weiß nicht recht, ob ich dich zur Nachtschicht schicken soll, wenn Detective Inspector Sutcliffe nicht mehr auf dich aufpasst. Mit ihm, weißt du, sehe ich schon von Weitem, was auf mich zukommt. Er macht nämlich im Zimmer das Licht an, bevor ihn jemand abfackelt. Aber du bist wie ein Dimmer. Ich weiß nicht, ob ich will, dass du dich in den dunklen Ecken rumtreibst, schon gar nicht ohne ihn. Er hat dich an die Kandare genommen, dich und deine schlimmsten Manien.«

»Die hab ich im Griff, Sir.«

»Ach? Dann überrasch mich doch mit etwas Selbsterkenntnis. Sag mir, welche Manien mir im Moment am meisten Sorgen machen.«

Ich stockte. Es gab so viele.

»Selbstzerstörung«, sagte ich schließlich, was so ziemlich alles mit einschloss.

»Ich würde noch weiter gehen, ich würde dein großes Talent zur Selbstaufopferung nennen. Es überrascht mich, dass Sutty die Sprinkler ausgelöst hat, bevor du es tun konntest. Es ist dir gelungen, dich ein- oder zweimal rauszuwinden, aber du weißt ja, was man sagt. Wo Rauch ist …«

»Da war kein Rauch, Sir.«

»Doch, doch.«

Ich wartete.

Es sah so aus, als wollte er den Gedanken weiter ausführen, aber dann schüttelte er den Kopf und schlug eine ganz andere Richtung ein. »Keiner soll mir nachsagen können, dass mir deine geistige Gesundheit nicht am Herzen liegt, Aidan. Ich dachte, wir treffen uns hier oben, um so was wie eine psychische Evaluierung vorzunehmen. Wenn du wirklich so auf diese Selbstmordschiene abfährst, dann tu dir keinen Zwang an und wirf dich von dem verdammten Gebäude.«

Ich rührte mich nicht.

»Gut, dann lassen wir jetzt also das mit deiner Rückkehr zur Nachtschicht.«

»Es gibt bessere Leute für diesen Job, Sir.«

»Ach, bestimmt, und DCI James wird die offiziellen Ermittlungen leiten, mach dir darum mal keinen Kopf. Sein Team kann die nächsten Tage alle aufspüren, die heute Abend hier waren, sie können mit Wicks ehemaligen Zellengenossen reden und die Originalakten noch mal durchgehen – all die schönen Dinge, die nichts bringen. Aber du? Du hast diese Gabe, die Leute an den Rand des Abgrunds zu treiben und ihnen dann einen Schubs zu verpassen. Ich habe das Gefühl, in dem Fall kann man das gut gebrauchen. Du hast gesagt, ein Racheanschlag auf Wick sei die offensichtliche Antwort auf alles, ich bin wirklich fasziniert. Wie lautet die weniger offensichtliche Antwort?«

»Wenn Wick die Wahrheit sagt und er die Moores nicht ermordet hat, dann könnte der wahre Mörder versucht haben, ihn zum Schweigen zu bringen.«

»Er hat es nicht versucht, Aidan. Es ist ihm glorreich gelungen.«

»Ich glaube nur nicht, dass die Verwandten ihn haben umbringen lassen, wenn er doch sowieso schon mit einem Bein im Grab stand. Haben sie gewusst, dass wir versucht haben, von ihm Lizzie Moores Aufenthaltsort herauszubekommen?«

»Ich glaube, sie wurden darüber in Kenntnis gesetzt …«

»Warum sollten sie dann das letzte bisschen Hoffnung zerstören?«

»Man könnte einwenden, dass Wick das vor zwölf Jahren getan hat. Weißt du, es gibt noch eine dritte Möglichkeit. Es war kein schlechter Gedanke, Rennicks Behauptung mit dem Dienstplan abzugleichen. Diesen Geistesblitz hatte ich selbst schon. Und ich musste feststellen, dass *du* zum Zeitpunkt des Anschlags Dienst schieben solltest.«

Ich rieb mir das Gesicht. »Meine Aufgabe war es, bei Wick zu warten und Sutty zu holen, wenn er Lust aufs Reden hat. Er ist sehr viel länger am Leben geblieben, als eigentlich zu erwarten war, klar war aber auch, dass ihm nicht mehr viel Zeit blieb.« Ich spürte wieder Parrs brennenden Blick auf mir. »Er ist aufgewacht und hat nach Sutty verlangt, also bin ich los und hab ihn geholt.«

»Ich stelle das nicht in Abrede. Ich sage nur, jeder, der dich oder das Team beobachtet hat, hätte erwartet, dass Detective Constable Aidan Waits in den frühen Morgenstunden in dem Zimmer Dienst schiebt.«

»Also?«, fragte ich.

»Also könnte es tatsächlich ein Anschlag gewesen sein. Aber was, wenn dein Name auf der Liste gestanden hätte? Der Täter hatte den Auftrag, in dieses Zimmer einzudringen und den dummen Arsch ins Jenseits zu befördern, der neben dem Bett steht …«

»Ich halte mir zugute, dass mich keiner mit Sutty verwechseln könnte, Sir.«

»Manchmal glaube ich eine gewisse Ähnlichkeit festzustellen. Weißt du, warum dir diese Aufgabe übertragen wurde, Detective Constable?«

»Um von Wick zu erfahren, wo Lizzie Moore begraben liegt«, sagte ich. Als sich seine Miene keinen Deut änderte, wurde mir mulmig zumute. »Um Sutty zu unterstützen. Um rund um die Uhr für die Sicherheit des Gefangenen zu sorgen …«

Er schüttelte den Kopf. »Meinst du nicht auch, dass ich jeden x-Beliebigen dazu hätte abstellen können, damit er sich dort hinhockt und wartet, bis dieser Traumtänzer *fickt euch* sagt? Nein, du warst zu deiner eigenen Sicherheit da.«

»Ich?«

»Ja, du. Wir haben Grund zu der Annahme, dass dein Leben in Gefahr ist. Als ich vor ein paar Wochen mit Detective Inspector Sutcliffe über dieses Thema gesprochen habe, sind wir zu dem Schluss gekommen, dass es das Beste wäre, dich von der Straße zu holen, bis wir mehr wissen.«

»Und?«

»Du hast es selbst gesagt. Warum sollten die, die von Lizzie Moores Familie noch übrig sind, den Typen umbringen, der ihnen sagen könnte, wo ihre Tochter begraben ist?«

Ich schüttelte den Kopf, um ihn freizubekommen. »Woher stammt die Drohung gegen mich?«

»Von einem alten Freund von dir, mehr kann ich leider nicht sagen.« Sein Lächeln war reine Bosheit. »Und jetzt weigerst du dich, die Ermittlungen zu übernehmen.«

»Ich dachte, Sie lassen mir die Wahl.«

»Tu ich auch. Entweder machst du, was man dir sagt, oder man wird dich vielleicht in einem Müllsack aus der Erde buddeln. Da dieser alte Freund von dir der Grund ist, warum du so erpicht darauf bist, in die Nachtschicht zurückzukehren und dich zu verkriechen, musst du durchaus damit rechnen, dass er jederzeit eine Nummer wie diese hier abzieht.«

»Alles ist möglich.«

»Ich frage dich also noch einmal: Bist du an dem Fall interessiert?«

Ich zog eine andere Antwort in Erwägung, kurz ging mein Blick zur Gebäudekante.

»Schau«, sagte er. »Es ist ganz einfach. Chief Inspector James und sein Team sind die an der Oberfläche, sie hieven den Felsbrocken den Berg hinauf. Du sollst die Insekten darunter untersuchen. Ich gehe von einer schwierigen, undankbaren und vermutlich brutalen Aufgabe aus, die wahrscheinlich damit endet, dass der eine oder andere Kopf rollt, so oder so. Wir brauchen jemanden, auf den wir gut und gern verzichten können – und glaub mir, den hab ich gerade voll im Blick. Also, das ist der Stand der Dinge. Deine allerletzte letzte Chance …«

»Danke, dass Sie mir die Gelegenheit geben, Sir. Ist das eine dauerhafte oder temporäre Abstellung?«

Er lächelte. »Schau dich doch mal an, wo du stehst, Junge. Das *Leben* ist eine temporäre Abstellung. Wir wollen nur mal sehen, wie lange du durchhältst, na? Sieh es eher als Chance zur Rehabilitierung, versuch ein bisschen zu leben, denn Leute in deiner Position sterben gern. Mach es richtig, und der Fall könnte dein Rettungsanker sein.«

Ich glaubte ihm kein Wort.

Die Rettungsanker des Superintendent hatten die seltsame Angewohnheit, einen in die Tiefe zu ziehen. Außerdem stellte sich meistens erst am Ende heraus, ob er es so hindrehte, dass man versagte oder dass man Erfolg hatte, und nie erfasste man das große Ganze, nie sah man, worauf er wirklich abzielte. Er hatte mich in Situationen gebracht, wo ich gegen das Gesetz verstoßen musste, um überhaupt am Leben zu bleiben, und dann hatte er mir gedroht, mich deswegen festnehmen zu lassen. Später hatte er dafür gesorgt, dass die ganze Welt erfuhr, wie viel Dreck ich am Stecken hatte, hatte mich mit Dingen diskreditiert, zu denen er mich vorher gezwungen hatte. Er verstand es meisterhaft, andere zu isolieren, ich hatte einige miese Fälle gebraucht, um zu erkennen, dass er immer dann auftauchte, wenn ich am Tiefpunkt war, wenn ich unterzugehen drohte. Er machte mir weis, dass er mein einziger Freund sei, warf mir seine berühmten Rettungsanker hin und zog mich mit ihnen noch weiter vom Ufer weg.

Diesmal würde ich nicht danach greifen.

Sobald er die Drohung ausgesprochen hatte, galoppierten meine Gedanken davon. Stürmten durch mögliche Lösungen.

Exitstrategien und Fluchtmöglichkeiten. Ich nickte und nahm den Fall an ohne die geringste Absicht, auch wirklich daran zu arbeiten.

Der einzige andere Weg vom Dach wäre kopfüber gewesen.

»Rede mit allen, die dieses Foto von Wick aus dem Krankenhaus geschmuggelt haben könnten, und finde diese Junkiebraut. Du kennst dich ja mit den Löchern aus, in denen sie sich verkrochen hat. Meinst du, sie ist unsere Pyromanin?«

»Keine Ahnung«, sagte ich. Langsam kehrten meine Gedanken zu ihm zurück. »Sieht so aus, als hätte sie die Trennwand überwunden, indem sie über den Deckenpaneelen gekrochen ist. Sieht mir nicht nach einer Unschuldigen aus.«

»Egal, ob sie es war oder nicht, ich muss dir nicht sagen, was passiert, wenn die Spezialkräfte sie zuerst finden.«

»Nein, Sir.«

»Apropos, du solltest Rennick im Auge behalten.«

»Wissen wir, wie seine Prognose aussieht?«

»Genau wie bei dir, mein Junge. Im Moment stabil.«

»Ich rede mit ihm, sobald er aufgewacht ist.«

»Dann sind wir uns also einig. Wir stufen den Mord als Racheakt ein …«

»Ich denke, Sie sollten zumindest in Betracht ziehen, dass Wick vor seinem Tod die Wahrheit gesagt hat.« Das sagte ich vor allem, um ihn zu reizen, damit dieser Gedanke zumindest in der Fallakte auftauchte. Plötzlich blinzelte er, als hätte ich ihm ins Auge gespuckt.

»Gut. Dann wirst du mit dem ehemaligen Detective Inspector Kevin Blake reden wollen. Immerhin hat er ein Buch darüber geschrieben.« Blake war letztlich für Wicks Geständnis verantwortlich gewesen. Ein fünfundzwanzigseitiges Dokument, das der Mörder unterschrieben und eine Woche nach der Verurteilung zu widerrufen versucht hatte. Was nicht ungewöhnlich war. Blake hatte dann einen Bestseller über die Festnahme, die Gerichtsverhandlung und die Verurteilung verfasst. »Geh zu ihm, bevor die Presse es tut. Als Schriftsteller taugt er nicht viel, aber er kann einem Elefanten den Arsch abquatschen.«

»Sir.«

»Und der Gründlichkeit halber«, sagte er und schlug mir zweimal hart auf den Rücken, »befasst du dich auch mit der Möglichkeit, dass *du* das eigentliche Ziel des Anschlags gewesen sein könntest.«

»Wie soll ich das Ihrer Meinung nach tun?«

»Na, denk mal scharf drüber nach. Wenn du nur lange genug rumläufst, versuchen sie es vielleicht noch mal, dann wissen wir es. Außerdem fällt uns beiden bestimmt jemand ein, der dich auf dem Kieker hat.« Ich bemühte mich, nicht daran zu denken, aber natürlich durchschaute er mich. Er grinste. »Statte ihm einen Besuch ab, lass dich auf den neuesten Stand bringen ...«

»Ich wüsste nicht, wie.«

»Ich hab gehört, er hat einen Club in der Stadt ...«

Ich sagte nichts. Mit einem Nicken erklärte er das Thema für beendet.

»Gut, da Sutty also noch kaputter ist als sonst, brauchst du vielleicht ein bisschen Hilfe. Jemanden, der dich im Auge behält. Ich stelle dir einen neuen Kollegen zur Seite.«

Ich dachte, ich hätte mich verhört.

»Angesichts deiner letzten Testergebnisse und der Situation, in der wir uns befinden, unterstütze ich deine Beförderung zum Detective Sergeant. Mehr Verantwortung. Mehr Druck. Nicht sehr viel mehr Kohle. Als ich Chief Superintendent Chase meine Entscheidung mitgeteilt habe, war sie der Meinung, du könntest dir noch nicht mal die eigene Scheiße aus dem Arsch lotsen. Also belehren wir sie eines Besseren, was?«

»Lotsen?«, wiederholte ich.

»Du kennst Constable Black.«

»Constable Naomi Black?« Er zuckte, als ich ihren Vornamen nannte, nickte aber. Ich war überrascht. Sie hatte einige Observierungen für mich übernommen und machte einen intelligenten Eindruck. Professionell, engagiert, ihre Karriere eigentlich immer fest im Blick.

Sie musste eine Sekunde lang die Augen fest zugedrückt haben.

Parrs antwortete auf meine unausgesprochene Frage. »Sie wurde erst vor Kurzem zum CID versetzt. Als ich nach Freiwilligen zur Unterstützung von Aidan Waits gefragt habe, hat sie sich als Einzige gemeldet. Sie ist noch jung und weiß es nicht besser.«

»Sie ist gut«, sagte ich. »Sie hat mir letztes Jahr bei einem Fall geholfen.«

»Richtig, beim Lächelnden Toten. Ich erinnere mich. Du hättest ihn beinahe aufgeklärt. Vielleicht ist das jetzt dein großer Fall, was?«

Er blickte über meine Schulter an mir vorbei, auf eine Art, bei der mich ein ganz ungutes Gefühl überkam. Klar. Als ich mich umdrehte, sah ich Naomi Black, die die ganze Zeit auf dem Dach gestanden hatte. Sie war auf den Boden konzentriert, sah aber kurz zu mir.

»Ich dachte, es wäre für Constable Black ganz nützlich, wenn sie erst sieht, womit sie es zu tun hat«, sagte er. »Unser Junge hier braucht jetzt vielleicht etwas Schlaf, Naomi. Vielleicht kannst du ihn nach Hause fahren? Ich erwarte euch beide am Montagmorgen in alter Frische.«

Ich kannte Black nicht gut, sah aber, dass diese Vorstellung nicht auf ihrem Mist gewachsen, dass es ihr peinlich war, was sie mit angesehen hatte. Sie setzte sich in Bewegung und ging die Treppe hinunter. Ich folgte und hörte Parrs hinter mir.

»Und, Aidan …«

Ich drehte mich um.

»Wenn du meinst, das wäre der Moment, um mal dein Gewissen zu erforschen, dann spar dir die Mühe. Du hast nämlich keins.« Ich sah ihm in die roten Augen. »Das hast du mir schon vor langer Zeit verkauft. Ich will dich hier an Deck haben, Junge.« Wieder schenkte er mir sein Haifischlächeln. »Also kein Überbordgehen, ja?« Mit einem Nicken wies er in Richtung Constable Black. »Und in deinen Schwanz machst du einen Doppelknoten. Das ist ein Befehl.«

10

Wortlos folgte ich Detective Constable Naomi Black die Treppe hinunter. Bislang hatten wir nur wenige Stunden zusammen verbracht. Einmal hatte ich sie nach Dienstende auf einen Drink eingeladen, aber sie hatte abgelehnt und mich damit gezwungen, meine eigentliche Motivation zu hinterfragen.

Soweit ich mich erinnerte, hatte ich sie noch nie ohne Uniform gesehen, und versuchte jetzt aus ihrem Kleidungsstil schlau zu werden. Schwarze Jeans, Doc Martens, dicker dunkelgrüner Parka. Sie hatte einen kurzen Afro mit blond gefärbten Spitzen und sah alles in allem ein bisschen wie Liam Gallaghers Halbschwester aus.

Ihre gemischte Herkunft war für ihre Karriere gut und schlecht zugleich. Die Polizei versuchte verzweifelt Gesichter mit ein wenig Farbe zu finden; wenn sich dahinter auch noch ein intelligenter Mensch verbarg, umso besser. Andererseits wurde in der Dienststelle jede Beförderung von Angehörigen einer Minderheit – was in unserer Branche jeden bezeichnete, der kein weißer, heterosexueller Mann war – mit Zynismus und versteckten Anspielungen aufgenommen, von den Kommentaren in den Polizeikneipen ganz zu schweigen. Wer zur Zielscheibe dieses Spotts wurde, war vor eine bittere Wahl gestellt. Entweder lachte man mit und zeigte sich als guter Kumpel, oder man riskierte es, von allen geschnitten zu werden. Meinem Eindruck nach hatte sich Constable Black für Letzteres entschieden.

Als meine Kollegin zu arbeiten war nun allerdings eine ganz andere Sache.

Vielleicht waren wir beide suizidal veranlagt.

Sutty, üblicherweise ein gutes Barometer für die meteorologischen Unbilden des Dienststellengeredes, war ihrem Namen in meinem Abschlussbericht zum Lächelnden Toten begegnet. Er hatte noch eine fiese Randbemerkung angefügt: *Sollte sie nicht eher Naomi Half-Black heißen?*

Das ethnische Profiling ging aber noch sehr viel weiter.

Seit einigen Jahren war ich nicht mehr in einer Polizeikneipe gewesen, hatte nur mit Sutty getrunken, sonst mit niemandem. Bei meinem letzten Besuch im Crown, dem nächstgelegenen Pub am Polizeipräsidium Central Park, sollte ich eine Schlägerei schlichten, die längst vorüber war, als ich dort eintraf. Bevor ich ging, musste ich auf die Toilette, wo ich an der Kabinentür amüsiert eine akribisch zusammengestellte Liste sämtlicher Kollegen bemerkte. Zu jedem Eintrag gab es einen Spitznamen, dazu eine kurze Zusammenfassung der charakteristischen Merkmale der jeweiligen Person. Es war nicht schwer, meinen eigenen Eintrag zu finden: »Waits, toxisch«. Daneben war eine Schlange gezeichnet, ein Hinweis darauf, dass ich für die Verhaftung eines Kollegen verantwortlich gewesen war.

Die Schlange verschluckte ihren eigenen Schwanz, was anzeigte, dass der besagte Kollege nachfolgend gestorben war.

Ich hatte schon Schlimmeres neben meinem Namen gesehen, kurzfristig wurde ich aber in eine andere Zeit, an einen anderen Ort versetzt, wo ich dazugehört und mit Menschen zusammengearbeitet hatte, die ich mochte. Ich suchte nach den Namen von Kollegen, von denen ich seit Jahren nichts mehr gehört hatte und wahrscheinlich nie wieder was hören würde, dann hielt ich inne. Mir fiel auf, dass neben den Namen der weiblichen Kollegen Punkte auf einer Skala von null bis zehn verzeichnet waren. Bei manchen fanden sich neben den Namen geschmacklose Beschreibungen, bei anderen Sexualpraktiken, oft in unterschiedlicher Handschrift, Dinge, die sie im Bett machten oder die sich ihre männlichen Kollegen gewünscht hätten. Zufällig war ich über Naomis Eintrag gestolpert, dann hatte ich die Kabine verlassen.

8/10, stand da. Spitzname: *Das N-Wort.*

11

Als wir den Fuß der Treppe erreichten, tat mir sogar das schwache Morgenlicht in den Augen weh. Naomi drehte sich um und vergewisserte sich, dass Parrs nicht mehr bei uns war. Sie stopfte die Hände in ihre Parkataschen.

»Sonntag, was für ein Scheißsonntag«, sagte sie. »Er hat mir nicht erzählt, dass er das vorhat.«

Ich nickte und beobachtete das bunte Treiben der Polizisten um uns herum. Auf dem Parkplatz war eine Menge los, die eine Schicht war zu Ende, die nächste begann. Krankenwagen standen auf der Zufahrt im Stau, zwischen ihnen, nicht zu übersehen, die Sondereinsatzkräfte. Ich wollte irgendwas erwidern, damit sie sich abregte, wechselte stattdessen aber bloß das Thema.

»Gibt es irgendwas, was ich noch wissen sollte?«

Sie wies mit einem Nicken zum Notausgang, durch den wir gerade gekommen waren. »Ist dir die Tür aufgefallen?«

»Es hat sich jemand von außen gewaltsam Zutritt verschafft«, sagte ich, als ich mich umdrehte, um es mir genauer anzusehen. Es war mir weder beim Rauf- noch beim Runterlaufen aufgefallen.

»Warum sollte dein Junkie das tun, wenn sie unentdeckt über die Lüftungsschächte in die Station kommen konnte?« Ich wollte ihr die offensichtliche Antwort nicht geben. Weil ein anderer, jemand, der viel übler war, eingebrochen war, um seinen Job zu erledigen.

»Überwachungskameras?«, fragte ich.

»Es gibt keine Kameras in dem Trakt, aber das Bildmaterial aus der Notaufnahme wird schon untersucht. Ich habe auch die Aufnahmen vom Parkplatz angefordert. Aber vielleicht müssen wir uns hinter DCI James und seiner Truppe anstellen.«

»Ich bin zuversichtlich, dass wir Hand in Hand zusammenarbeiten.«

»Wobei er, so wie ich ihn kenne, gern alles in der Hand hat …«

»Du hast schon unter ihm gearbeitet?«

Sie beäugte mich aus den Tiefen ihres Parkas und wippte auf ihren Docs vor und zurück. Es war klar, dass sie nicht wusste, wie weit sie gehen durfte.

»Ich entnehme dem, dass du nicht ganz so unter ihm gearbeitet hast, wie er es gern gehabt hätte«, sagte ich.

Sie lachte. »Um es unverhohlen zu sagen …«

»Er hat meine Aussage schon aufgenommen.«

»Wie?«

»Er hat sich zumindest alles notiert. Ich hatte den Eindruck, er würde noch nicht mal eine Kaffeebestellung verbocken.« Wir lächelten beide. »Was haben wir sonst noch?«

»Einen gestohlenen Wagen, einen Fiat, gleich nachdem der Feueralarm ausgelöst wurde.«

»Also ziemlich unmittelbar nach dem Anschlag?«

Naomi nickte. »Es wird noch besser. Der Besitzer hat die junge Frau gesehen …« Sie warf einen Blick auf ihre Notizen. »Weiblich, Mitteleuropäerin. Dürr, Gesichtstattoos. Grüner Jogginganzug.«

»Kommt mir bekannt vor. Wir haben die Beschreibung rausgeschickt?«

»Bislang nichts, aber wir werden sie finden. Hast du eine Ahnung, wer sie ist?«

»Vielleicht ist sie unsere Pyromanin. Vielleicht ist sie auch nur eine Komplizin – hat Schmiere gestanden. Vielleicht war sie auch bloß zur falschen Zeit am falschen Ort.« Ich sah auf meinen angekokelten und blutbefleckten Anzug. »Kann passieren …«

»Sorry«, sagte Naomi. Plötzlich fiel ihr was ein. »Möchtest du noch Detective Inspector Sutcliffe besuchen, bevor wir fahren?«

»Nein«, sagte ich. »So ein gutes Verhältnis haben wir nicht«, erklärte ich, als ich ihr Stirnrunzeln bemerkte. Offensichtlich wusste sie nicht recht, was sie sagen sollte, daher war sie froh um die Ablenkung rund ums Krankenhaus. Polizisten sprachen aufgeregt in ihre Funkgeräte oder lauschten gespannt. Wir näherten uns den beiden nächsten.

»Was ist los?«, fragte Naomi.

»Rennick«, antwortete einer von ihnen. »Innere Blutung. Er ist tot.«

12

Ich war ziemlich angezählt, verzichtete aber auf Constable Blacks Angebot, mich mitzunehmen, vorwiegend weil der Superintendent es vorgeschlagen hatte. Dass man mich die letzten zwei Jahre über Sutty zugeteilt hatte, leuchtete schon ein. Parrs hatte diskreditierte Mitarbeiter gern unter seiner Fuchtel, damit er sie, wenn nötig, seinen Vorgesetzten oder der Presse zum Fraß vorwerfen konnte. Und ich hatte ihm ja immer wieder eine Steilvorlage geliefert. Drogensucht, Beweismittelbetrug, gefälschte Berichte, verdächtige Todesfälle. Es gab nichts, was man mir nicht hätte anhängen können. Parrs konnte mich also jederzeit unter Druck setzen und mich zur Mitarbeit in seinen zwielichtigen Ermittlungen erpressen.

Naomi Black, nun, war viel zu gut, um wahr zu sein.

Sie war sauber, karrieremäßig eindeutig auf der Überholspur und derart überqualifiziert für den Posten, dass es schon lachhaft war. Das ließ auf einen tieferliegenden Grund für ihre Versetzung schließen. Zwei wachsame Augen und Ohren, die mir überallhin folgten. Eine vertrauenswürdige Informantin, die überzeugend von meinem Tun berichten und einige der Lücken schließen konnte, die ich in meinen Berichten für den Superintendent immer ließ. Denn bei ihm konnte alles, was ich sagte, gegen mich verwendet werden.

Wenn er Indizien gegen mich zusammentragen wollte, würde Naomi ihm sicherlich hervorragende Dienste leisten.

Sie war geistesgegenwärtig und hatte ein scharfes Auge für jeden Schwachsinn. Das alles war für mich also umso mehr Grund, sie auf Abstand zu halten, jedenfalls hatte ich nicht das Bedürfnis, ihr meine Privatadresse auf die Nase zu binden.

Es war sechs Uhr, Sonntagmorgen. Der blutunterlaufene

Herbsthimmel färbte die Luft rot, die ganze Stadt sah aus wie eine Kneipe, in der für die letzte Bestellung die Lichter angingen. Ich sah Typen, die zum Abschluss ihrer Samstagnacht den letzten Tropfen aus ihren zerknüllten Bierdosen nuckelten und sich am Imbiss anstellten. Frischgebackene Pärchen stoppten Taxis, die Typen hingen wie die Kletten an den jungen Frauen. Ich bog auf die Portland Street ein, ging an Chinatown vorbei, an Vierundzwanzigstunden-Casinos und Stripclubs, aus denen rotäugige Gäste in die Morgendämmerung blinzelten.

Als ich aufblickte, bemerkte ich, dass meine Beine mich vor die Tür eines der neueren Clubs in der Stadt getragen hatten. Das Light Fantastic. Parrs hatte den Namen nicht erwähnt, wir wussten aber beide, dass gegen mich eine Morddrohung ausgesprochen worden war, die vom Mann im Zentrum dieses Clubs kam. Und wir wussten beide, dass wir das nie beweisen könnten. Er war jung, attraktiv und trug sein unerschütterliches strahlendes Grinsen wie eine Maske vor sich her.

Ich hatte nur den Fehler begangen, einen Blick hinter diese Maske zu werfen.

Als ich hier stand und zum einzigen beleuchteten Fenster im ersten Stock hinaufsah, traf ich eine Entscheidung, die ich seit Jahren aufgeschoben hatte. Zwei Tote im Schutzgewahrsam war ein neuer Rekord, ein neuer Tiefpunkt, selbst für mich, und völlig egal, ob Sutty durchkam oder nicht, ich wusste, es würde noch mehr Tote geben, der Tod würde immer näher an mich heranrücken, bis …

Ich beschloss, dass ich nicht darauf warten wollte.

Hier hatte ich mit nichts anderem mehr zu rechnen als einem stumpfen Gegenstand auf den Hinterkopf und einem anonymen Grab. Ich hatte diesen Fall angenommen, damit ich vom Dach kam und dem finsteren roten Blick des Superintendent entkommen konnte, mir war nichts anderes übrig geblieben, aber ich wollte noch weiter gehen, so weit es mir irgendwie möglich war, ohne eine Nachsendeanschrift zu hinterlassen. Es gab nur einen

Menschen, von dem ich mich verabschieden musste, und das war sicherlich nicht der Psychopath im Light Fantastic.

Ich rieb mir die Augen und schlug den Heimweg ein. In den letzten Jahren hatte ich mehrere unterschiedliche Leben in dieser Stadt gelebt und war genauso viele Tode gestorben – so fühlte es sich an. Als ich zum einsamen beleuchteten Fenster zurückblickte, stellte sich das Gefühl ein, dass ich bei meinem letzten angekommen war.

II

SHADOWPLAY

1

Ich rollte die Ärmel hoch und nahm die Abdeckung vom Spülkasten. Das Wasser war eiskalt, trotzdem fasste ich tief hinein, schälte das Klebeband ab und nahm den versiegelten Plastikumschlag heraus, den ich ans Porzellan geklebt hatte. Ich setzte die Abdeckung auf, trocknete mich ab und ging ins Wohnzimmer. Es war Montagmorgen, aber ich war hellwach, vielleicht noch ein wenig übernächtigt, und als ich aus dem Fenster sah, wanderte mein Blick von der körnigen Low-Resolution-Skyline zum gegenüberliegenden Gebäude, wo ein Mann seine Zimmerpflanzen vor dem Fenster goss.

Ich sagte mir, ich würde bloß den Vorhang gegen das grelle Licht zuziehen.

Ich wohnte allein im ersten Stock eines kleinen Apartmentblocks im Northern Quarter, dem quirligen Herzen der Innenstadt. Irgendwie hatte ich es nie geschafft, in einen der Vororte umzuziehen. Das Northern Quarter war ein beliebtes Ausgehviertel, es gab unzählige Cafés, Bars, Pubs und Clubs, dazu Secondhandläden und hippe Kunstgalerien. Unabhängige Buchläden reihten sich an Plattengeschäfte und Modeboutiquen, in den Straßen pulsierte das Leben, hier traf sich ein buntes, nichtbinäres junges Publikum,das den Spott geradezu herausforderte. Abends, wenn sich alles auf der Straße traf, um für die Nacht vorzuglühen, konnte es laut werden, aber zu der Zeit war ich gewöhnlich sowieso bei der Arbeit. Wenn ich nach Hause kam und in Stimmung dazu war, schlief ich schnell ein. Tagsüber pflegte das Viertel seinen Kater und ließ es eher ruhig angehen.

Meine Entscheidung abzuhauen war eine rein emotionale, sie war dem Augenblick und Martin Wicks Ermordung sowie Parrs' Bemerkung geschuldet, dass es eine Morddrohung gegen mich gab. Im kalten Tageslicht betrachtet, schien es allerdings meine einzige Option zu sein. Noch in der Nacht hatte ich mehrere Stunden damit verbracht, einen Brief an meine jüngere Schwester aufzusetzen, die einzige Person, die mir einfiel, von der ich mich verabschieden wollte. Mich von Menschen zu lösen, alle Bindungen für immer zu kappen, gehörte zu den wenigen Talenten, die mir von Natur aus gegeben waren, aber selbst damit war ich hier an meine Grenzen gestoßen.

Ihr überhaupt irgendwas zu sagen, entsprang einem Impuls, der schwierig zu erklären war.

Und nahezu unmöglich umzusetzen.

Wir waren als Kinder voneinander getrennt worden, als wir in staatliche Fürsorge kamen, und hatten uns seit mehr als zwanzig Jahren nicht mehr gesprochen. Die Beziehung zwischen uns war aber nie abgebrochen, wir schienen einander nie ganz abschütteln zu können, was zu einigen Beinahebegegnungen geführt hatte. Augenblicke, bei denen wir uns in der Stadt über den Weg gelaufen waren. Dazu ein abgebrochener Besuch bei ihr zu Hause, südlich der Stadt. Ich hatte wie gelähmt vor der Tür gestanden, hatte keine Luft mehr bekommen, mir war schwarz vor Augen geworden, weiter hatte ich es nicht geschafft.

Auch Anne hatte es versucht, ein- oder zweimal. Sie wusste, dass ich Polizist war, sie hatte nach mir gefragt, als bei ihr eingebrochen wurde. Sie hatte mir sogar einen Brief geschrieben, nachdem sie meinen Namen und mein Gesicht in den Nachrichten gesehen hatte, als ich festgenommen wurde, nachdem ich Drogen aus der Asservatenkammer geklaut hatte. Jetzt nahm ich ihren Brief zur Hand, den ich in den vergangenen zwei Jahren so oft auseinandergefaltet und wieder zusammengelegt hatte, dass das Papier an den Falzen ganz dünn geworden war. Noch ein paar Jahre, und er löste sich vielleicht ganz auf, dann müsste ich ihr nicht mehr antworten. Als ich jetzt mit den Fingern über die Zeilen strich, erkannte ich erneut, warum ich nie dazu in der Lage gewesen war.

Meine Schwester hatte mich mit keiner Silbe verurteilt, sondern mir Mitgefühl, Güte entgegengebracht und versucht, eine immer größer werdende Distanz zu überbrücken.

Wie konnte ich mich in das Leben eines solchen Menschen drängen?

In gewissem Sinn war das Chaos, in dem ich mich befand, die perfekte Lösung. Ich musste schnell handeln, eine kurzzeitige Verbindung herstellen und sie dann für immer kappen.

Hallo und auf Wiedersehen.

Ich griff zu meinen Notizen, der Antwort, die ich bereits aufgesetzt hatte, und spürte, wie ich rot wurde, wie ich mich fast dafür schämte. Alles, was ich sah, war eine lange Liste von Gründen. Warum alles, was sie über mich gelesen hatte, nicht stimmte, warum ich ein Leben lang gebraucht hatte, um mit ihr wieder Kontakt aufzunehmen, und warum ich mich jetzt nur deswegen bei ihr meldete, weil ich ihr sagen musste, dass wir uns nie wiedersehen würden, dass selbst die schattenhafte Beziehung, die wir bislang hatten, beendet werden müsse.

Mein Brief ließ mich als jemand erscheinen, der für alles eine Ausrede hatte, als einen krankhaften Lügner, zumindest in diesem Sinn war ich ehrlich. Ich begann ihn noch mal zu lesen, legte ihn aber nach wenigen Sätzen zusammen, faltete ihn nochmals und nochmals, bis er immer kleiner wurde und ich ihn in der Faust zusammenpressen konnte.

Die Bücherregale an den Wohnzimmerwänden erdrückten mich, die einzigen persönlichen Einrichtungsgegenstände, die ich mitgebracht hatte. Ich fuhr mit einem Finger über die Buchrücken, suchte nach bestimmten Titeln, zog zehn Taschenbücher heraus und entnahm ihnen unterschiedliche Geldbeträge, die ich zwischen den Seiten versteckt hatte. Ich stapelte die Scheine auf dem Plastikumschlag und ging in den Hausflur, um die Trittleiter zu holen. Ich stellte sie in der Mitte des Zimmers auf, holte die Wertsachen und stieg hinauf. Der gesunde Menschenverstand hatte es nahegelegt, diese Dinge getrennt aufzubewahren, jetzt war es an der Zeit, alles an einem Platz zu verstauen.

Es war an der Zeit, paranoid zu werden.

Vorsichtig löste ich die Deckenlampe, stieg eine weitere Stufe hinauf und fasste in den Hohlraum, der sich an der Decke auftat, verdrehte den Arm, bis ich den Griff einer kleinen Tasche zu fassen bekam. Nach den Ereignissen vom Wochenende hatte ich beschlossen, alles für mein Verschwinden vorzubereiten.

Als ich die Tasche zu mir heranzog, klopfte es an der Tür.

Es war 6.30 Uhr, unten am imposanten Eingang des Gebäudes mussten Besucher normalerweise klingeln und auf das Summen des Türöffners warten. Ich rührte mich nicht und hielt die Luft an. Wieder klopfte es, drängender diesmal. Ich schob den Plastikumschlag und das Bargeld in den Deckenhohlraum, kurz entschlossen stopfte ich auch noch den Brief meiner Schwester und meine Antwort hinein.

Die Lampenfassung war schnell wieder montiert. Leise stieg ich von der Leiter, klappte sie zusammen, lehnte sie gegen ein Bücherregal und zuckte zusammen, als sie klapperte. Dann ging ich zur Tür und öffnete. Detective Constable Naomi Black stand davor.

Lächelnd hielt sie mir einen Kaffee hin. »Du hast ihn gehört. Montagmorgen, in alter Frische.«

»Wie bist du reingekommen?«, fragte ich und blockierte die Tür.

»Dein Nachbar.« Ich runzelte die Stirn. »So ein älterer Typ?« Die Wohnung gegenüber stand leer. Unten wohnten zwei Studenten, dann noch eine ältere Frau im oberen Stock. Kein älterer Typ.

»Einen Moment«, sagte ich, trat um sie herum und zog die Tür zu, damit sie nicht hineinsehen konnte. Ich ging an den Treppenabsatz und blickte nach unten. Niemand im Flur, aber die Eingangstür stand offen.

»Er hat mich reingelassen, als er raus ist«, sagte Naomi. »Du benimmst dich komisch.«

»Lass mich.«

Sie murmelte etwas, während ich die Treppe hinunterging. Aus einer der Erdgeschosswohnungen war ein Föhn zu hören, von draußen Straßenlärm. Und hinter der Glasscheibe der offenen Tür zeichnete sich der Umriss einer Person ab. Ich warf sie ganz auf, erschreckte einen Mann in den Sechzigern, der einen großen Karton mit Decken fallen ließ.

Er war feist, hatte einen Vollbart und eine Glatze.

»Großer Gott«, sagte er, fasste sich an die Brust und musste über sich selbst lachen. Dann sah er zu mir. »Waits?«, fragte er. »Ich bin kein Hellseher, ich hab gerade die anderen kennengelernt. Ich ziehe im ersten Stock ein.« Er ließ den Karton zu seinen Füßen liegen und streckte mir seine fleischige Hand entgegen. »Robbie Grant.« Ich schüttelte sie und stammelte eine Entschuldigung, ihn so überrascht zu haben. »Ich sag Ihnen eins«, sagte er. »Mein ganzes Zeug ist noch in Kartons verpackt, aber ich könnte dringend einen Kaffee gebrauchen …«

In der Regel gefiel es mir nicht, wenn meine Nachbarn meinen Namen kannten, hier hatte ich es aber geradezu herausgefordert. Ich hob den Karton auf, und gemeinsam gingen wir die Treppe hinauf. Naomi war in meiner Wohnung. Sie hatte die Vorhänge aufgezogen und betrachtete fragend die Trittleiter am Bücherregal. Ich übergab Robbie den Karton, holte eine Dose Instantkaffee und stellte sie ihm oben auf den Karton.

»Geben Sie uns ein paar Minuten«, sagte er und überquerte den Treppenflur. Er sah so aus und benahm sich wie ein Ex-Polizist, seine Stimme war einen Dezibel zu laut und ging mir auf die Nerven.

Naomi lächelte. »Wie ich sagte, so ein älterer Typ. Sei etwas vorsichtiger, du solltest Pensionäre nicht so überfallen. Sonst musst du sie am Ende noch von Mund zu Mund beatmen …«

Ich versuchte mir eine Erwiderung zurechtzulegen, was aber so klang, als könnte mir das wirklich passieren, also brachte ich einfach nur die Trittleiter in den Hausflur zurück.

»Störe ich dich beim montagmorgendlichen Heimwerken?«, sagte sie, als ich zurückkam.

»Nichts dergleichen …« Sie legte den Kopf schief. »Ich bin bloß wegen Sutty derart geknickt, dass ich mich gerade aufhängen wollte.« Sie lachte nicht. »Constable, es ist halb sieben morgens, und ich habe dir nie gesagt, wo ich wohne. Ich habe dich nicht erwartet.«

»Ich heiße Naomi«, sagte sie kühl. »Und ab jetzt hast du keine Geheimnisse mehr.«

Wenn das wirklich so war, würde ich wahrscheinlich im Knast landen.

Wir starrten uns immer noch an, als Robbie mit dem Kaffee zurückkam. Ihm war nach Plaudern zumute, aber Naomi fiel ihm ins Wort.

»In einer Stunde steht die Pressekonferenz an«, sagte sie. »Wir sollten besser los.«

»Wer von Ihnen beiden hat denn hier das Sagen?«, fragte Robbie.

Ich sah zu Naomi, die in ihren Doc Martens an uns vorbeistapfte.

»Ist kompliziert.«

2

Das gesamte Polizeipräsidium ist heute in Trauer, aber wir sind fest entschlossen, intensive Ermittlungen zu diesem Anschlag einzuleiten. Die Täter werden sich nirgendwo verstecken können, das gilt auch für alle, die ihnen Unterschlupf gewähren oder ihnen anderweitig helfen …« Chief Superintendent Chase hielt inne und ließ den Blick über ihre gebannt lauschende Zuhörerschaft schweifen. »Danke.«

Ein Blitzlichtgewitter begleitete den Schlusspunkt ihrer vorbereiteten Erklärung, das sie mit ernster Miene über sich ergehen ließ. Flankiert war sie von Superintendent Parrs auf der einen Seite und Chief Constable Cranston auf der anderen. Normalerweise wäre Cranston für eine Pressekonferenz dieser Größenordnung zuständig gewesen, aber da er Ende des Jahres in Rente gehen würde, hatte man es als eine gute Gelegenheit gesehen, der Presse ein hochrangiges weibliches Gesicht zu präsentieren.

Wer wusste schon, wann das nächste auftauchen würde?

Chase war jünger als die beiden Männer, Anfang vierzig, und hatte sich bislang im Unterschied zu ihnen ihre Jugend und ihre gesunde Gesichtsfarbe bewahrt. Undenkbar, dass Parrs die Pressekonferenz geleitet hätte. Wenn er mit seinen grauen Haaren, seiner grauen Haut, in seinem grauen Anzug so dasaß, glichen seine roten Augen einem Zwillings-Laservisier, das auf einer neuen und schrecklichen Waffe montiert war. In Chases Augen lag hingegen nur ein Glimmen, außerdem verstand sie es, ihren Ton dem jeweiligen Anlass anzupassen. Beruflich zeugte das von einem scharfen Verstand. In sozialer Hinsicht betonte es ihren Humor, der vermutlich geprägt war von ihren jahrelangen Auseinandersetzungen mit Männern, die sie samt und sonders unterschätzt hatten.

Jetzt glimmte es ganz entschieden in ihren Augen.

Die Pressekonferenz hatte um acht Uhr im Polizeihauptquartier begonnen, für uns gab es nur noch Stehplätze. Naomi und ich hatten von hinten mit angehört, wie Chase die offizielle Version der Ereignisse im Krankenhaus St. Mary's vorgetragen hatte, wobei sie den Tod von Constable Rennick besonders herausstellte. Ich wurde namentlich nicht erwähnt, glaubte aber einen feindseligen Unterton in ihrer Stimme herauszuhören, als sie von dem einen unverletzten Polizisten am Tatort sprach.

Während der Fahrt hatte ich über Naomis unerwartetes Auftauchen am Morgen und an die Tasche im Deckenhohlraum denken müssen. Wenn sie sagte, es gab keine Geheimnisse mehr, lag sie falsch, allerdings hatte ich das Gefühl, dass die Geheimnisse immer weniger wurden. Ich bemerkte, dass sie mich beobachtete, als wollte sie mir meine Gedanken vom Gesicht ablesen.

Ich versuchte, ganz schnell an was anderes zu denken, für den Fall, dass sie auch noch diesen Gedanken registrierte.

Nachdem das Blitzlichtgewitter abgeebbt war, nahm Chase Fragen entgegen.

»Danke, Chief Superintendent«, kam es von einer Frau, die sich dazu erhob. »Können Sie uns etwas mehr über die verdächtige Person erzählen?«

»Wie gesagt, wir fahnden nach *dieser* Person.«

Chase drückte auf einen Knopf auf ihrem Tisch, das Bild im Hintergrund wechselte, Rennicks Porträt wurde durch eine Aufnahme der Überwachungskamera der jungen Frau ersetzt, die ich auf der Toilette gesehen hatte.

Das Bild war nicht toll, aber die Verdächtige war eindeutig zu erkennen.

»Wir nehmen an, dass es sich bei den Zeichnungen im Gesicht um Tätowierungen handelt«, sagte Chase und drehte sich um. »Des Weiteren dürfte sie ein ernsthaftes Drogenproblem haben. Wer diese Frau kennt, möge sich bitte bei uns melden.«

»Ist sie eine Gefahr für die Öffentlichkeit?«, fragte eine Journalistin.

Chase sah aus, als läge ihr bereits eine klare, ehrliche Antwort auf der Zunge, bevor ihr doch noch der entsprechende Textbaustein einfiel. »Ich kann nur raten, sich dieser Person nicht zu nähern, da wir sie als extrem gefährlich einschätzen.«

Die Tatsache war mir neu. Zerknirscht sah ich, dass sich an die fünfzig Reporter dieses Detail notierten. Die Journalistin nickte und nahm wieder Platz. Chase deutete auf einen Mann in der ersten Reihe. Er war untersetzt, hatte ein gerötetes Gesicht und nuschelte in einem vorwurfsvollen Ton.

»Chief Superintendent, Sie werden sicherlich verstehen, dass unsere Leserinnen und Leser aufs Höchste verunsichert sind. Können Sie garantieren, dass als Folge dieses Anschlags die Sicherheitsmaßnahmen entsprechend verschärft werden?«

Chase nickte. »Bewaffnete Polizeieinheiten werden vorerst im Krankenhaus St. Mary's und in der Innenstadt die gesamte Woche, rund um die Uhr, patrouillieren. Diese Polizisten sind hervorragend für ein ganzes Spektrum unterschiedlicher Einsatzszenarien ausgebildet und genießen mein volles Vertrauen.«

»Danke, Chief Superintendent«, sagte der Reporter und setzte zu seiner eigentlichen Frage an. »Sind Sie zufrieden mit den Sicherheitsmaßnahmen, die für Martin Wick angeordnet wurden? Immerhin hat er während seiner Haft insgesamt sieben Anschläge auf sein Leben überstanden.« Gemurmel setzte ein. Nicht alle Angriffe waren der Öffentlichkeit bekanntgegeben worden. Lächelnd wandte sich der Mann seinen Kolleginnen und Kollegen zu. »Ich meine, unsere Gefängnisse scheinen heutzutage sicherer zu sein als die Krankenhäuser …«

Chase blinzelte, ließ die Frage im Raum hängen und drehte sich um. »Vielleicht kann Superintendent Parrs etwas dazu sagen.«

»Guten Morgen, Charlie«, begann Parrs und richtete seine roten Augen auf den Reporter. »Im Licht der Ereignisse vom Samstag überprüfen wir natürlich auch die Sicherheitsmaßnahmen, die für Martin Wick ergriffen wurden.« Seine Stimme war ein kontrolliertes Knurren. »Allerdings sollte erneut betont werden, dass uns im Vorfeld keinerlei Hinweise auf einen Anschlag vorlagen.«

»Sieben Mordanschläge stellen nicht so etwas wie eine laufende Bedrohung dar?«, warf der Reporter ein.

»Außerdem«, fuhr Parrs fort, ohne auf ihn einzugehen, »ist es uns gelungen, den Aufenthaltsort von Martin Wick geheimzuhalten, bis Ihr Blatt ihn gestern auf die Titelseite gesetzt hat.«

»Superintendent, Sie wollen andeuten, dass ein Foto, das nur wenige Stunden vor dem Mordanschlag gedruckt wurde, der Grund dafür sein soll? Der Abdruck des Bildes geschah im Interesse der Öffentlichkeit. Patienten im St. Mary's haben ein Recht darauf zu erfahren, dass sie mit einem Kindermörder unter einem Dach liegen.«

Lautes Stimmengewirr war zu hören, das Parrs erst abebben ließ, bevor er fortfuhr.

»Ich deute damit an, dass es sich um vorrangige Ermittlungen handelt, und wenn sich herausstellen sollte, dass irgendein Zusammenhang besteht, werde ich den dafür verantwortlichen Reporter als einen Komplizen im Mordfall des Constable Rennick betrachten.« Diese Aussage provozierte Zwischenrufe und weitere Fragen, die im allgemeinen Tumult nur schwer auszumachen waren. »Vielleicht werden Sie dann ja aus erster Hand erfahren, wie sicher unsere Gefängnisse sind«, schloss Parrs seine Ausführungen.

Chase ließ ihm einen wohl bemessenen Blick zukommen, bevor sie im Raum für Ruhe sorgte.

»Bitte«, sagte sie. »Mr Sloane, wie Sie sicherlich wissen, habe ich mich nach den tragischen Ereignissen des 22. Mai unermüdlich und erfolgreich für eine weitreichende Integration unserer Spezialkräfte in der alltäglichen Polizeiarbeit eingesetzt. Dieser entsetzliche und beispiellose Anschlag wird mich in meinem Entschluss nur weiter bestärken.«

Das genau waren die entschiedenen Worte, die alle hören wollten, im Raum war fast zu spüren, wie alle schon an ihren Artikeln feilten. Der Reporter sah lächelnd von ihr zu Parrs und nahm wieder Platz. Nachdem die Presse unter Kontrolle war, beendete Chase die Konferenz.

»Es bleibt nur noch Zeit für ein oder zwei Fragen. Ja«, sagte sie und zeigte auf einen jüngeren Mann.

»Chief Superintendent, ich möchte noch einmal auf die Angriffe zu sprechen kommen, die im Gefängnis auf Martin Wick verübt wurden. Sind die dafür verantwortlichen Täter von der Polizei schon befragt worden?«

Chase nickte. »Obwohl wir im Moment nicht glauben, dass der gegenwärtige Anschlag mit den Angriffen im Gefängnis in Verbindung steht, gehen wir allen potenziellen Spuren nach. Ich kann bestätigen, dass die betreffenden Strafgefangenen zur Stunde befragt werden. Was relativ einfach ist, weil die meisten noch ihre Haftstrafen verbüßen. Ebenfalls kann ich bestätigen, dass ein ehemaliger Häftling im Gefängnis Ihrer Majestät uns bei unseren Ermittlungen unterstützt.« Naomi und ich tauschten einen Blick aus. DCI James und sein Team waren uns hier voraus, keiner hatte uns mitgeteilt, dass einer von Wicks Angreifern in der Zwischenzeit aus der Haft entlassen worden war. »Letzte Frage«, sagte Chase. »Ja?«

Eine junge Frau stand auf. »Vor seinem Tod gab es Gerüchte, dass Martin Wick bereit sei, der Polizei Lizzie Moores letzte Ruhestätte zu nennen. Können Sie bestätigen, dass vor dem Anschlag in dieser Hinsicht etwas unternommen wurde, und falls nicht, ob dies das Ende aller Hoffnungen für die Familie Moore bedeutet?«

Chase wurde merklich weicher und kalibrierte sich für die eher persönliche Frage. Sie legte die Hände flach auf den Tisch. »Trotz unserer Bemühungen hat Martin Wick keine weiteren Einzelheiten zum Tod von Lizzie Moore preisgegeben.« Ich sah zu Parrs, der ungerührt dasaß. »Meine Damen und Herren, heute ist ein trauriger Tag für die Polizei von Greater Manchester und für die Polizei überhaupt. Wir haben nicht nur einen Gefangenen verloren, für dessen Schutz wir zuständig waren, sondern auch einen geliebten und wertgeschätzten Kollegen. Die Ereignisse an diesem Wochenende haben uns tief erschüttert, und wir bitten um Ihr Verständnis, wenn wir den Mörder zur Verantwortung ziehen werden.«

Chase betrachtete diesen Satz eindeutig als Schlusspunkt der Pressekonferenz, aber die Journalistin ließ noch nicht locker. »Chief Superintendent, wie Sie wissen, wurde Tessa Klein letzte Woche durch das Büro des Coroner offiziell für tot erklärt. Halten Sie es für möglich, dass zwischen den beiden Fällen ein Zusammenhang besteht? Schließlich ist ihr Leichnam nie gefunden worden, und außerdem kann dieses Verbrechen als ein Anschlag auf die Polizei selbst aufgefasst werden.«

Tessa Klein, eine junge Detective Constable, hatte aufgrund von Stress und Depressionen den Dienst quittiert und sich anschließend das Leben genommen. Das war nun ein halbes Jahr her. Ihr Wagen war mit offen stehenden Türen am Ufer des Irwell gefunden worden, auf dem Armaturenbrett hatte ein Abschiedsbrief gelegen. Kurz wirkte Chase irritiert, dass dieses Thema in einer ansonsten erfolgreich verlaufenen Pressekonferenz aufgeworfen wurde, setzte dann aber eine Miene universaler Besorgnis auf.

»Tessa Klein ist der tragische Fall einer unter Depressionen leidenden Polizistin, die aus dem Dienst ausschied und sich das Leben nahm, ohne dass sie auf die Hilfseinrichtungen der Polizei zurückgegriffen hätte. Mir ist bewusst, dass sie zu den Lieblingsthemen der Presse gehört, dennoch bitte ich Sie, der Familie Zeit für ihre Trauer zu lassen. Hier geht es um einen völlig anderen, hinterhältigen und vorsätzlichen Anschlag.«

Noch immer wollte die Journalistin nicht Platz nehmen. »Würden Sie angesichts der Brutalität in diesem Fall zögern, bei der Fahndung nach den Verdächtigen den Gebrauch von Schusswaffen zu autorisieren?«

Chase schien dankbar, dass sie die Pressekonferenz mit der richtigen Schlussbemerkung beenden konnte.

»Wir werden alles tun, um Constable Rennicks Mörder seiner gerechten Strafe zuzuführen.«

3

Die Konferenz war beendet, die versammelten Pressevertreter erhoben sich und verließen geschlossen den Raum, tauschten Anmerkungen, Witzchen und Saufgeschichten der vergangenen Nacht aus. Ich sah Parrs, der seine roten Augen erst auf mich richtete, dann auf den Reporter, mit dem er aneinandergeraten war. Ich nickte, schob mich durch die Menge und bekam Charlie Sloanes Arm zu fassen.

Er fühlte sich an wie eine warme Wurst.

Langsam drehte er sich um und zeigte mir sein rotfleckiges Gesicht, seine geblähten Nasenlöcher, die aussahen, als hätte er diese Story buchstäblich erschnüffelt.

»Entschuldigen Sie, Mr Sloane, könnte ich kurz mit Ihnen sprechen?«

Er folgte mir in einen Nebenraum. Ich schloss die Tür.

Kurz darauf kam Naomi herein und nahm neben mir Platz. Ich hatte sie nicht gebeten, zu kommen, gewöhnte mich aber allmählich daran, einen Schatten zu haben. Ich hatte kein wirkliches Interesse, mit Sloane zu reden, aber hätte Parrs mitgekriegt, dass er ungehindert davonmarschiert wäre, hätte ich mich womöglich selbst im Krankenhaus wiedergefunden. Der Konferenzraum und die Vernehmungsräume zeichneten sich durch eine moderne Ästhetik aus, die den Geist der Massenfertigung atmete. Wäre Hitlers Bunker von Travelodge entworfen worden, hätte er das Gefühl stiller Verzweiflung kaum besser zum Ausdruck bringen können. Sloane fläzte sich auf seinen Stuhl und drehte seinen kleinen Finger ins Ohr, als wollte er sich selbst aufziehen. Er hatte die Statur eines Baumstumpfs und eine mürrische Knitterfalte als Mund.

»Also«, sagte er und klopfte mit seiner knöchellosen Hand auf den Tisch. »Was kann ich für Sie tun?«

»Wir würden uns gern über das Bild von Martin Wick unterhalten, das Sie in Ihrer Sonntagsausgabe abgedruckt haben.«

»Die *Mail* hat es in ihrer Sonntagsausgabe gedruckt«, korrigierte er mich.

»Mit Ihrer Bildunterschrift …«

»Euch entgeht auch gar nichts, was?«, entgegnete er mit einem Grinsen. »Außer Häftlingen, die ihr schützen solltet.«

»Ich weiß nicht recht, ob Martin Wick seinen schrecklichen Tod als Gefängnisausbruch beschreiben würde, Charlie.«

»Und ich weiß nicht recht, mit wem ich das Vergnügen habe«, sagte er und verschränkte die Arme. Sie waren so kurz, dass er sie mit beiden Händen umklammern musste, damit sie zusammenblieben.

»Ich bin Detective Sergeant Waits, und das ist …«

»Waits«, sagte er. »Die Speerspitze höchstpersönlich. Sie waren dort oder hätten jedenfalls dort sein sollen …«

»Das wurde der Öffentlichkeit nicht bekanntgegeben, ich frage also nicht, von wem Sie es haben. Aber Sie werden sicherlich verstehen, dass ich gern wissen würde, wer das Foto gemacht hat.«

»Nach allem, was ich weiß, waren neben Wick nur drei Personen anwesend. Zwei von ihnen hat man die Luft rausgelassen.« Er blickte zu Naomi. »Wer ihn zuerst gerochen, aus dem ist er gekrochen, wie ich immer sage. Sie sollten diesen Mann verhaften.«

Sie lächelte. »Sie wollen uns nicht sagen, wer Ihnen das Bild verkauft hat, Charlie?«

»Ich schütze meine Informanten.«

»Ihr Wortspiel in der Schlagzeile funktioniert noch nicht mal«, sagte sie. »Wick war kein Serienkiller …«

»Soweit Sie wissen. In Kevin Blakes Buch wird das als möglich erachtet, und wie ich schon dem Dark Lord da draußen gesagt habe, die Leute haben ein Recht zu erfahren, dass ihre Babys im selben Gebäude zur Welt kommen, in der er seine Bettpfanne vollmacht.«

»Wäre es Ihnen lieber, er hätte auf den Boden gemacht?«

»Es wäre mir lieber gewesen, er wäre wie vorgesehen im Gefängnis gestorben.«

»Er war zu lebenslänglich verurteilt, nicht zum Tod.«

»Na, Gott sei's geklagt.« Naomi wollte schon was erwidern, wurde aber von ihm unterbrochen. »Ich bin noch nicht fertig, junge Dame. Wenn ich schon mit jemandem darüber reden soll, dann mit einem von den Erwachsenen. Mit jemandem, der für meine Mühen auch was springen lässt. Chief Inspector James hat den Fall übernommen, soweit ich weiß.«

»Wir folgen zusätzlichen Spuren«, sagte Naomi.

»An der vielversprechendsten war Ihre Chief Super nicht interessiert.«

»Die wäre?«

Er zog sein Handy aus der Tasche und zeigte uns ein Bild der vermissten ehemaligen Detective Constable Tessa Klein. Sie hatte sich zum Ausgehen zurechtgemacht und trug ein schwarzes Kleid mit einer hellrosa Handtasche. Wahrscheinlich war sie mir ein- oder zweimal im Gang begegnet, aber ich konnte mich nicht erinnern, mit ihr jemals zu tun gehabt zu haben.

»Was verbindet sie Ihrer Meinung nach mit diesem Fall?«

»Nach meinen Informationen hat sie im gleichen Jahr wie Rennick ihre Ausbildung absolviert …«

»Das gilt für mich auch«, sagte Naomi. »Und ich bin ihm nie begegnet. Was hat ein sechs Monate zurückliegender Selbstmord mit dem zu tun, was am Samstag hier passiert ist?«

Sloane zuckte die Achsel. »Warum bucht sie einen Wochenendtrip für zwei Personen und bringt sich dann um? Warum ist die Leiche nie gefunden worden?«

»Weil sie nicht mehr rational gedacht hat«, sagte Naomi. »Und die Leiche? Die wird auftauchen, Charlie. Die tauchen immer auf.«

»Tut mir leid«, sagte er. »Wie war noch mal Ihr Name, Kleines?«

»Constable Black.«

»Na, Constable Black, können Sie uns dann mal eine Minute allein lassen?«

Sie sah zu mir, stand auf und ging. Sie schaffte es ziemlich gut, sich unbeeindruckt zu geben. Mir fehlte dieser Liebreiz. Sobald die Tür ins Schloss fiel, beugte ich mich vor.

»Und?«

»Und was?«

»Und, was haben Sie mir zu sagen?«

»Ihnen zu sagen?« Wieder lachte er. »Nein, Junge.« Er nickte in die Richtung, in der Naomi verschwunden war. »Mir hat die Vorderansicht von Black Beauty so gut gefallen, dass ich es gar nicht erwarten konnte, sie auch von hinten zu sehen. Sie sind noch jung. Ich an Ihrer Stelle würde auf jeden Fall mal versuchen, bei ihr die Peitsche zu schwingen.«

Ich stand auf und ging zur Tür. Ich hatte auf eine müßige Plauderei gehofft, die zu nichts führen würde, damit ich mich anschließend ohne Naomi aus dem Gebäude stehlen konnte, aber das hier war einfach für den Arsch.

»Warten Sie«, sagte er. Ich drehte mich um. »Ihnen ist das klar. Oder?«

»Was ist mir klar?«

»Dieses so tun als ob, diese ganze Maskerade, die verdeckten Ermittlungen …« Ich wartete. »Sie sind doch nur eine neue Unterhose, mein Junge. Wenn es so weit ist, werden Sie von denen zum Trocknen aufgehängt. Hoffen wir bloß, dass das Höschen keine Bremsspuren hat, hm?«

Mir wären schon ein paar Dinge eingefallen, die ich ihm hätte entgegnen können, aber ich stapfte nur durch den Raum, zog ihn auf die Beine und beförderte ihn durch die Tür.

»Danke für Ihre Hilfe.«

Naomi stand draußen und beobachtete befremdet meinen groben Umgang mit dem zu Befragenden. Wenn sie es in ihrem Bericht an Parrs erwähnte, wäre das einer der wenigen Punkte, derentwegen er mir auf die Schulter klopfen würde. Außerdem war Sloane so was gewohnt, aber es schien ihn auf etwas gebracht zu haben. Er sah auf seine Uhr und seufzte.

»Geht auf halb neun zu …«

»Richtig«, sagte ich. »Sollten Sie sich da nicht vor irgendwelchen Schultoren verstecken oder so?«

Er lachte. »Wissen Sie, der richtige Polizist, der, der Martin Wick geschnappt hat, wird gleich im Radio zu hören sein und sich dazu äußern.« Er sah meinen Blick. »Ich wette, Sie waren noch nicht bei ihm. Sollten Sie mal machen, irgendwann die Tage. Vielleicht erfahren Sie ja das eine oder andere.«

4

Entschuldigen Sie«, sagte der Wachmann. »Sie können da nicht rein.« Wir waren in der Lobby des Quay House, der BBC-Zentrale in der Media City. Wir ließen unser Abzeichen sehen und baten darum, zu den Studios geführt zu werden. Die Media City war ein achtzig Hektar großes Stadtentwicklungsgebiet am Ufer des Manchester Ship Canal. Aus ein paar vormals tristen Industrieruinen war in den letzten zehn Jahren ein ausgedehnter Medienkomplex geworden, der mehr als eine Milliarde wert war. In sieben monolithischen Gebäuderiegeln waren Fernsehsender, Content-Agenturen, Radiostationen und mehr untergebracht.

Im größten dieser Bauten, dem Quay House, residierte die BBC.

Es handelte sich um einen siebengeschossigen Glasbau, der wie ein von der Flut angespülter prähistorischer Gletscher über dem Kanal aufragte. Es war durchaus beeindruckend, wenn man das zentral gelegene Atrium betrat. Legte man den Kopf in den Nacken, hatte man fünf Etagen im Blickfeld, so, als würde man in der Mitte eines leeren Olympiastadions stehen. Der Wachmann führte uns hinauf, vorbei an offenen Bürolandschaften, Meeting- und Breakout-Bereichen.

Wir waren zu spät dran.

Eine hohe Glaswand schottete das Studio ab, wo Kevin Blake bereits zum Mord an Martin Wick interviewt wurde. Die Sendung wurde nach draußen auf den Flur und ins ganze Land übertragen.

Die Moderatorin sah durch die Glasscheibe zu uns. »Falls Sie gerade neu hinzugekommen sind, unser heutiger Gast im Studio ist Kevin Blake. Als ehemaliger Detective Inspector war er verantwortlich für die Verhaftung von Martin Wick, daneben ist er Autor des Bestsellers *Der Schlafwandler*, in dem er den Fall aufrollt. Kevin, Sie sind der Meinung, dass es sich bei dem Anschlag in der Nacht zum Sonntag um eine vorsätzliche Tat handelt …«

Blake nickte. »Der Mörder hat zwei Polizisten ausgeschaltet, er hat einen Häftling in Polizeigewahrsam exekutiert und hat entkommen können. So etwas geschieht nicht ohne Vorsatz.«

Blake war Anfang sechzig und von einem weitaus gepflegteren Erscheinungsbild als jeder Ex-DI, der mir jemals begegnet war. Keine spinnenbeinigen Nasenhärchen, keine geplatzten Äderchen. Eleganter dunkler Anzug, der seine Haut noch blasser erscheinen ließ, als sie ohnehin war. Das dünne Metallgestell seiner Brille verlieh ihm den Anstrich eines Intellektuellen der Vorkriegszeit, hatte aber auch etwas Affektiertes. Ich hielt ihn nicht unbedingt für eitel, nur für jemanden, der erwartete, dass man ihn wahrnahm. Er sprach mit breitem Yorkshire-Akzent, was gegenüber der gestochenen Aussprache der BBC-Moderatorin ehrlich klang.

»Letzte Frage«, sagte die Gastgeberin. »Wir wissen, dass im Zusammenhang mit dem Fall nach einer Frau um die dreißig mit Gesichtstattoos gefahndet wird. Können Sie mehr zu ihr sagen?«

»Nicht nach allem, was ich gehört habe. Allerdings muss ich noch einmal betonen, dass ich nicht an den Ermittlungen teilnehme. Wer Informationen über diesen Anschlag hat, sollte sich umgehend mit den zuständigen Behörden in Verbindung setzen. Nach meinem Kenntnisstand ist diese Frau dringend tatverdächtig, aber ich denke, Chief Superintendent Chase hat uns heute Morgen auf der Pressekonferenz sehr viel mehr dazu gesagt …«

»Wer das heute Morgen nicht mitbekommen hat, Chief Superintendent Chase hat die Öffentlichkeit eindringlich davor gewarnt, sich dieser Frau zu nähern, da sie als extrem gefährlich eingestuft wird.«

»Tatsächlich geht es noch weiter«, sagte Blake und sah der

Moderatorin fest in die Augen. »Auf die Frage nach der öffentlichen Sicherheit antwortete die Chief Superintendent, dass sie, solange die Verdächtige auf freiem Fuß sei, nicht zögern werde, den Gebrauch von Schusswaffen zu autorisieren …«

Er machte eine dramatische Pause.

»Wie Sie wissen, Miranda, ist das eine äußerst ungewöhnliche Aussage, die im Grunde nur terroristischen Gewalttaten vorbehalten ist.«

»Ungewöhnlich, in der Tat. Sie sprechen von terroristischen Gewalttaten. Muss sich die Öffentlichkeit nach diesem Anschlag um ihre Sicherheit sorgen?«

Blake überlegte. »Dieser Anschlag hat einzig allein Martin Wick gegolten, das können Sie mir glauben. Sein Mörder hatte wahrscheinlich ein starkes Motiv. Es würde mich überraschen, wenn wir jetzt ähnliche Anschläge erleben würden. Dennoch ist die Verdächtige nicht gefährlich genug einzuschätzen. So kann ich nur wiederholen, was die Chief Superintendent gesagt hat: Halten Sie sich von ihr fern.«

»Kevin Blake, ich danke Ihnen.«

Die Moderatorin beendete die Sendung, beide nahmen ihre Headsets ab. Hinter der Glasscheibe konnten wir nicht hören, was sie ohne die Mikros sprachen, aber sie unterhielten sich kurz, bevor Blake ihr bedeutungsschwer mit beiden Händen die Hand schüttelte. Er stand auf, öffnete die Tür und trat hinaus. Damit auch nicht das geringste Missverständnis zu seiner Identität aufkam, hatte er eine Ausgabe seines Buches dabei.

»Kevin Blake«, sprach Naomi ihn an und trat auf ihn zu. »Ich bin DC Black, das ist mein Kollege DS Waits, wir würden uns gern mit Ihnen unterhalten.«

»Ziehen Sie eine Wartenummer«, erwiderte er.

Das Licht fiel auf seine Brille, sodass ich seine Augen nicht sehen und daher auch nicht sagen konnte, ob er wegen der großen Aufmerksamkeit arrogant war oder ihrer einfach nur überdrüssig.

5

Blake führte uns zu einem Coffeeshop auf der anderen Straßenseite, bedeutete uns, Platz zu nehmen, ließ sich uns gegenüber nieder und schob eine Speisekarte aus der Sichtachse. Nachdem er Kaffee und Wasser für den Tisch bestellt hatte, hätte man fast glauben können, er wäre derjenige, der uns befragen wollte. Er legte sein Buch mit dem Cover nach unten auf den Tisch, sodass das Autorenfoto zu sehen war. Auf dem Bild war Blakes Kinn etwas ausgeprägter, ansonsten war es das gleiche ehrliche, offene Gesicht. Das Buch war so erfolgreich gewesen, dass er damit eine Karriere aufbauen konnte, er tauchte in den Medien auf, dozierte über berüchtigte Mörder und war immer für ein Zitat gut, wenn ein Fachmann gefragt war. Obwohl er sich bald nach dem Fall, durch den er sich einen Namen gemacht hatte, pensionieren ließ, genoss er in Polizeikreisen nach wie vor hohes Ansehen und pflegte in der Öffentlichkeit das Image des Insiders, obwohl er bereits gut zehn Jahre außer Dienst war. Die Bedienung brachte drei Kaffee, Wasser und sein Wechselgeld.

Nachdem sie gegangen war, zog er eine Tasse zu sich heran und roch daran. »Ich darf keinen Kaffee mehr trinken, werde vom Aroma aber immer noch high.«

»Hält Sie das am Laufen?«, fragte ich.

Er lachte. »Es rafft mich vielleicht endgültig dahin. Herzprobleme, leider. Ich werde nicht alt werden. Tut mir leid«, sagte er. »Ihr Name war …«

»Waits.«

»Sie waren am Tatort, wenn ich das richtig mitbekommen habe …«

»Sie sind gut informiert«, antwortete ich. Wenn er immer

noch seine Quellen bei der Polizei hatte, dann hatte er wesentlich mehr gehört als nur das.

»Sorry«, sagte er. »Nach zwanzig Jahren im Dienst kriegt man das nicht mehr raus. Ich versuche am Ball zu bleiben, vor allem, wenn es um Martin geht. Es hat mir verdammt leidgetan, als ich das von Detective Inspector Sutcliffe gehört habe.«

»Klar, Sie müssen zusammengearbeitet haben …«

»Waren Sie sein Teamkollege?«, fragte Blake. »Dann wissen Sie vermutlich, dass Sutty manchmal ein wenig …« Wieder nickte ich. »Sie wissen vielleicht, na, vielleicht wissen Sie es auch nicht, dass ich Sutty damals von dem Fall abgezogen habe.«

»Ich weiß nur, dass er als Erster am Tatort war.«

»Es war auch nicht so, dass er nichts draufgehabt hätte. Ich war nur der Meinung, dass er seine Fähigkeiten woanders besser einsetzen konnte.«

»Wie hat er es aufgenommen?«

»Das wissen Sie nicht? Er hat seine Kündigung eingereicht.« Das überraschte mich. Ich konnte mir beim besten Willen nicht vorstellen, dass Sutty irgendwas so wichtig nahm, um so extrem zu reagieren. »Jemand muss es ihm aber ausgeredet haben, denn als Nächstes weiß ich nur, dass er die Nachtschicht machte.«

»Das ist mir alles neu«, sagte ich. Der Typ, der vor mehr als einem Jahrzehnt in den Ruhestand gegangen war, kannte meinen Kollegen besser als ich. Ich fragte mich nur, ob das an Sutty lag oder an mir.

»Wer hat Sie an diesen Fall gesetzt?«, fragte Blake.

»Superintendent Parrs.«

»Der Greyhound höchstpersönlich, was? Ein guter Mann, richten Sie ihm Grüße aus. Er wird von Ihnen sicherlich erwarten, dass Sie Ihr Bestes geben. Ich habe mit Alistair nie direkt zusammengearbeitet, aber ich habe den Eindruck, dass er einem immer zur Hand geht …«

»Nur kann sein Griff manchmal recht schmerzhaft sein.«

»Gut ausgedrückt«, sagte Blake, dem bewusst wurde, dass er

sich zu lange auf mich konzentriert hatte. Er wandte sich an Naomi. »Black, na, Sie sind nicht zufällig mit einem Constable Terry Black verwandt?«

»Das ist mein Dad.«

»Sie machen Witze?«, sagte er und schlug mit der flachen Hand auf den Tisch. »Dann kennen wir uns schon. Ich war bei Ihrer Taufe.« Ich hatte nicht gewusst, dass Naomis Vater Polizist gewesen war. Sie wurde rot, als ich zu ihr sah, sodass sich die Sommersprossen auf ihrer dunklen Haut abzeichneten. Blake bemerkte es ebenfalls. »Nichts macht einen älter als ein lange zurückreichendes Gedächtnis.«

»Wir bauen auf dieses Gedächtnis«, sagte ich. »Naomi und ich, wir sind relativ neu in der Welt des Martin Wick. Nach dem, was sich im St. Mary's abgespielt hat, haben wir gehofft, Sie könnten uns über die Hintergründe zu dem Fall aufklären.«

»Ich beneide Sie nicht, wenn Sie seinen Mörder finden wollen.« Er wischte das Kleingeld vom Tisch in seine Hand. »Als Erstes sollten Sie wissen: Wenn ich diese Münzen über die Schulter werfe, treffe ich wahrscheinlich jemanden, der Wick tot sehen möchte.«

»Wenn Sie den Mörder treffen könnten, wären wir Ihnen dankbar«, sagte ich.

Keiner von uns lachte. Naomi beugte sich vor. »Wir wissen, dass er für die Boulevardpresse eine Hassfigur war, uns interessieren aber mehr seine Beziehungen im richtigen Leben, der Unmut, den er hervorgerufen hat. Die Leute, die so was abziehen können. Statistisch gesehen hat Martin Wick seinen Mörder gekannt, also ist es sinnvoll, mit denen zu beginnen, die ihm nahegestanden haben.«

»Natürlich«, sagte Blake. »Wenngleich man sich ins Gedächtnis rufen sollte, dass die, die ihm in den letzten zwölf Jahren am nächsten gestanden haben, seine Zellengenossen waren. Nach allem, was ich gehört habe, hat es da drinnen jede Menge Typen gegeben, die bereit waren, die Klospülung zu ziehen.«

»Zu unserem Glück verbüßen die meisten von denen noch ihre Haftstrafe in Strangeways.«

»Die meisten?«

»Einer seiner Angreifer ist auf Bewährung draußen«, sagte Naomi und wiederholte, was wir auf der Pressekonferenz gehört hatten.

»Klar. Dieser Spice-Dealer …« Blake blinzelte und versuchte sich an die Details zu erinnern. »Short Back and Sides, so, glaube ich, wird er genannt.«

»Wieso?«, fragte Naomi.

»Ich will Ihnen ja nicht die Überraschung verderben, aber es sollte Sie nicht schockieren, dass er der reinste Abschaum ist.«

»Sie hatten mit ihm zu tun?«

»Zum Glück nicht, dafür ist er viel zu jung, er kam lange nach meiner Zeit. Ist erst letztes Jahr nach Strangeways eingeliefert worden und vor ein paar Monaten rausgekommen. Ich hab mich nur bemüht, bei Martins Spielgefährten auf dem Laufenden zu bleiben. Wenn ich es recht in Erinnerung habe, hat dieser Short Back and Sides ihn mit einem Bettlaken aufknüpfen wollen.«

Naomi schüttelte den Kopf. »Dann sollte Short Back and Sides doch eigentlich im Gefängnis sein …«

»Oder zwei Meter drunter. Sein Urteil wurde gekippt, können Sie das glauben?«

»Die vielen Todesdrohungen und tätlichen Angriffe gegen Wick«, sagte ich. »Ich hab mich immer gefragt, warum er es drinnen so übel erwischt hat.«

Naomi mischte sich ein. »Er hat drei Kinder getötet.«

»Aber er hat recht«, sagte Blake. »Wer hat das in Strangeways nicht? Die könnten dort Tag für Tag einen Kindermörder in die Luft jagen und hätten an Weihnachten immer noch welche übrig.«

»Geht's um diese Sache mit dem Schlafwandeln?«, sagte ich. »Sein Leugnen? Dass er nicht zu dem stand, was er getan hat?«

Blake zuckte mit den Schultern. »Möglich. Wenn man mit diesen Typen einsitzt, die keinen Hehl aus ihren Taten machen, und dann den Unschuldigen spielt oder sagt, dass man sich an nichts erinnern kann, dann kriegen die das schnell in den falschen Hals. Aber ich glaube, es steckt mehr dahinter.« Er dachte kurz nach. »Na ja, er war schon seltsam.«

»Seltsam?«, fragte Naomi.

»Mir gefällt es nicht, aber so ist es nun mal. Schauen Sie sich auf dem Schulhof um, Sie werden mit einem Blick erkennen, wer vom ersten Tag an mit dem Kopf voraus in die Kloschüssel getunkt wird. Ich hätte meine Hypothek darauf verwettet, dass Wick drinnen eine schwere Zeit haben wird, leider.«

»Leider?« Ich widersprach ihm nicht, aber meiner Erfahrung nach vertraten alte Polizisten eher eine harte Linie.

»Diese vielen Übergriffe, die in einer angeblichen Hochsicherheitseinrichtung passieren konnten, ohne dass je einer eingeschritten ist?« Blake verzog schmerzhaft das Gesicht. »Das ist das Gegenteil von dem, was wünschenswert wäre. Und zu den anderen, die ihn drinnen angegriffen haben ...«

Ich nickte. »Aber wie gesagt, die sind schnell aussortiert.«

»Richtig. Sie wollen Hintergrundinformationen.«

»Sie waren der diensthabende Detective Inspector der N Division, als damals die Meldung reinkam ...«

Er nickte. »Ich weiß nicht mehr, liegt es daran, dass ich seither so oft darüber nachgedacht habe, oder hatte ich damals eine Vorahnung, aber ich sage immer, es war das Jahr, in dem sich das Blatt gewendet hat.«

»Das Blatt gewendet?«

»Oder die Blase geplatzt, alles in die Brüche gegangen ist, wie auch immer. Da hattest du die Subprime-Krise, inklusive Rezession, Zwangsvollstreckungen, das ganze Programm, im Irak ging alles den Bach runter, und das iPhone wurde auf den Markt gebracht. Das war der Beginn des ganzen Social-Media-Scheiß. Nuancen gehen verloren, die Aufmerksamkeitsspanne sinkt.« Er schüttelte den Kopf. »Meiner Meinung nach haben wir in jenem

Jahr unseren inneren Kompass verloren. Unser Funke ist erloschen.« Er rieb sich den Nasenrücken und lächelte bescheiden. »Jedenfalls ist meiner erloschen. Ja, ich war damals der diensthabende Vorgesetzte, meine erste Amtshandlung, wenn Sie so wollen, kam aber erst, als Wick blutdurchtränkt ins Polizeipräsidium gebracht wurde. Das war eine ernste Sache, keine Frage, aber erst hatten wir zu tun, um überhaupt irgendeine verständliche Aussage von ihm zu bekommen.«

»In welchem Zustand hat er sich denn befunden?«

»Er war aufgewühlt, verwirrt. Als wir ihn nach dem Blut an seiner Kleidung gefragt haben, hat er gesagt, dass er sich nicht daran erinnern kann, wie das dahin gekommen ist. Aber das wissen Sie wahrscheinlich schon. Er war so fertig, dass wir äußerst vorsichtig vorgehen mussten. Er hat gezittert, wirres Zeug geredet. Hat unter Schock gestanden.«

»Das muss frustrierend gewesen sein.«

»Wäre es normalerweise gewesen, aber eine Mitarbeiterin von der Leitstelle hat eine Verbindung zwischen ihm und der Beschreibung einer verdächtigen Person hergestellt, die von Briars Green Nr. 11 gemeldet wurde. Dem Haus der Moores. Da gab es eine Menge für uns zu tun, das dürfen Sie mir glauben.«

»Können Sie den Tatort beschreiben?«

»Ich wünschte, ich könnte ihn vergessen. Ein etwas abseits stehendes Haus am Ende einer Sackgasse. Die Nachbarn haben alle geschlafen und nichts mitgekriegt. Die Haustür stand sperrangelweit offen, als wir eingetroffen sind, und Maggie …« Er hielt inne. Nahm einen Schluck Wasser und fuhr fort. »Margaret, die Mutter, hat unten an der Treppe gelegen. Viel Blut war zu sehen, Stichwunden im Bauch- und Brustbereich, Abwehrverletzungen an den Händen und Armen. Wir haben daraus geschlossen, dass sie sich gewehrt hat, sie wollte verhindern, dass der Angreifer zu den Kindern kommt. Die haben wir oben gefunden, die Zwillinge. Beide im Badezimmer. Sie hatten sich hinter dem Duschvorhang versteckt, aber …«

»Mehr müssen Sie nicht erzählen«, unterbrach ich ihn. »Wann wurde klar, dass die Älteste fehlt?«

»Wir haben die Bilder an den Wänden gesehen. Auf allen waren immer fünf abgebildet. Margaret, die Mutter. Arthur und Mary, die Zwillinge. Frank, ihr Vater. Und dann Lizzie, die Älteste. Natürlich haben wir uns sofort darauf konzentriert, Frank und Lizzie zu finden, die Einzigen, die nicht im Haus waren.«

Er nickte bei der Erinnerung.

»Eine Stunde lang, eine gute Stunde lang habe ich mir eingeredet, dass ihnen nichts passiert ist, dass sie irgendwo zusammen sind. Meine Tochter war in ihrem Alter, zwölf war sie damals, und ich muss gestehen, ich habe meine Frau angerufen und ihr gesagt, dass sie Lucy von mir umarmen soll.«

Ein rührender Nachtrag.

Den er, Wort für Wort, im Lauf der Jahre in mehreren Interviews gebracht hatte, wie ich mich erinnerte. Allerdings bezweifelte ich keineswegs, dass es ihm damit ernst gewesen war. So ein Detail fasste man nur einmal in Worte und änderte nie wieder was daran.

»Wann ist Ihnen klar geworden, dass Lizzie unter den Opfern war?«, fragte Naomi.

»Inoffiziell? Als wir Frank Moore gefunden haben, den Vater. Er hatte sie nicht gesehen. Von den Nachbarn wussten wir schon, dass Frank und Margaret …« Er suchte nach dem richtigen Ausdruck.

»Sich halb getrennt hatten?«, schlug Naomi vor.

»So ungefähr.« Er nickte. »Eine Trennung auf Zeit, nennt man das nicht so? Er war ausgezogen. Es war ihr Wochenende, die Kinder zu sich zu nehmen, also war er in der Arbeit.«

»Wie hat er darauf reagiert?«

»Was meinen Sie denn? Es gibt gewisse Aspekte in diesem Beruf, die ich nicht vermisse, und das gehört dazu. Er ist einfach zusammengebrochen. Sie müssen wissen, er ist ein großer Typ, körperlich wie mental, war früher bei den Marines, und dann so was – als würde man zusehen, wie ein Gebäude in sich zusammenkracht oder ein Bergrutsch niedergeht. Schwer mitanzusehen. ›Ich hätte da sein sollen‹, hat er ständig wiederholt. ›Ich hätte da sein sollen.‹«

»Und wann haben Sie offiziell gewusst, dass Lizzie ebenfalls tot war?«

»Na ja, die Leiche ist nie gefunden worden, aber die DNA am Tatort war eindeutig.«

»Nach unserem Wissen gab es davon eine Menge …«

»Ein Blutbad«, sagte er und stierte in seinen Kaffee. »Buchstäblich.«

Allmählich dämmerte mir, warum er sich frühzeitig hatte pensionieren lassen und sich nach all den Jahren, möglicherweise, immer noch für die Toten verantwortlich fühlte. Ein stummer Mörder, ein vermisstes Mädchen, eine zerstückelte Mutter, die ihre Kinder zu retten versucht hatte. Ein Fall, aus dem man sich nicht mehr befreite.

»Was hat Ihrer Meinung nach Wick zu ihnen geführt? Warum sie?«

»Der Irrsinn«, sagte Blake und schüttelte den Kopf. »Er war damals viel unterwegs, hat in Absteigen, in B&Bs übernachtet. Er war mit Asbestarbeiten beschäftigt, durch die ist er herumgekommen. Er war in einem nahe gelegenen Gasthaus abgestiegen, dem White Swan. Unserer Theorie zufolge hat er sich auf Lizzie fixiert, die Älteste. Einige Eltern haben später erzählt, sie hätten einen Typen gesehen, auf den Wicks Beschreibung gepasst hat, der habe sich an ihrer Schule rumgetrieben. Wir haben auch einige Kleidungsstücke von ihr in seinem Hotelzimmer gefunden, dazu schließlich die Mordwaffe.«

»Ein Küchenmesser aus dem Haus der Moores?« Ich erinnerte mich.

»Das haben wir hinter dem Heizkörper in Wicks Zimmer gefunden, bei unserem dritten oder vierten Besuch dort.«

»Die Ereignisabfolge war also …«

»Wick kommt eine Woche vor den Morden beruflich in die Gegend. Irgendwo begegnet er Lizzie, er folgt ihr, entweder zur Schule oder nach Hause, damit er sie wiederfinden kann. Wir hatten später Zeugen, die ihn an beiden Orten gesehen haben. Er verfolgt sie, ist hingerissen von ihr, vielleicht kommt es sogar zu einem Kontakt, vielleicht fantasiert er, dass sie beide ein Liebespaar wären. An einem Abend dreht er durch, er muss sie haben. Bricht im rückwärtigen Fenster ein, ermordet unten an der Treppe Margaret, schlachtet im Badezimmer die Zwillinge ab und schnappt sich Lizzie. Wir konnten seine Bewegungen durchs Haus nachvollziehen, er hatte sich nämlich beim Einbruch an der zersplitterten Fensterscheibe geschnitten. Seine Blutspur hat sich von der Küche zur Treppe und zum Badezimmer gezogen, dann wieder runter und durch die Haustür raus. Dann ist er in die Stadt gefahren und zu Fuß zum Bahnhof Piccadilly gelaufen, wo er aufgegriffen wurde. Blut von fünf verschiedenen Menschen an seiner Kleidung. Sein eigenes Blut, das von Margaret, von Arthur und Mary und natürlich von Lizzie. Wir konnten also mit hoher Wahrscheinlichkeit annehmen, dass sie geblutet hatte, als sie das Haus verließ.«

»Was ist mit ihrer Leiche geschehen?«

»Das ist das große Rätsel. Ich weiß, man hat gehofft, er würde Inspector Sutcliffe alles erzählen, aber ich hatte da von Anfang an meine Zweifel. Jetzt werden wir das wohl nie erfahren. Der arme Frank.«

Ich nickte. Keine Ahnung, was aus Frank Moore geworden war, aber wir mussten mit ihm reden.

»Hat irgendwas in Wicks Vergangenheit auf so etwas hingedeutet?«, fragte ich.

»Keine Vorstrafen, aber was sein Verhalten anbelangt, da war nur schwer ein klares Bild von ihm zu bekommen.«

»Weil er ein Einzelgänger war«, sagte Naomi.

Blake nickte. »Und später haben sich die Leute eher bedeckt gehalten und nicht unbedingt zugegeben, dass sie ihn gekannt haben. Durch seinen Job ist er weit rumgekommen. Asbestentsorgung. Er hat als selbstständiger Unternehmer gearbeitet. Perfekt für ein einsames Nomadenleben, darauf hatte er es wohl abgesehen, das heißt, bis Lizzie Moore ihm übern Weg gelaufen ist. Ich hab einige Leute befragt, mit denen er regelmäßig gearbeitet hat, aber da ist nicht viel rausgekommen. Ein stiller Typ, der lieber für sich blieb.«

»Also keine Hinweise, dass er vorher schon mal jemanden umgebracht hat?«

»Wollen Sie meine persönliche Meinung hören? Ich habe es nie ausgeschlossen. Es gab ungelöste Vermisstenfälle in der Gegend, ähnlich aussehende Mädchen, aber wir konnten nie definitiv sagen, ob er was damit zu tun hatte oder nicht. Wie gesagt, er war ständig auf Achse, außerdem gab es nur wenige andere Menschen in seinem Leben.«

»Was war mit seiner Familie?«

»Einzelkind, die Eltern schon gestorben. Gut, es gab eine Ex-Frau …«

Ich sah auf, Naomi unterbrach ihr Mitschreiben. »Ex-Frau?«, sagten wir gleichzeitig.

»War weniger als ein Jahr verheiratet, noch vor den Morden geschieden. Gibt dazu nicht viel zu sagen, aber ich muss noch irgendwo die Nummer haben.«

»Das wäre eine große Hilfe.«

»Sie sagten, Frank Moore sei zusammengebrochen«, sagte Naomi.

»Hat sich später aber wieder gefangen. Erst heute Morgen haben wir uns unterhalten, wir haben mit denselben Wohltätigkeitseinrichtungen zu tun.«

»Darf ich fragen, worum es in Ihrem Gespräch ging?«, sagte ich.

»Sie wollen fragen, ob es ihn freut, dass Martin Wick kremiert wurde? Andernfalls wäre er kein Mensch …«

»Wir brauchen auch seine Kontaktdaten.«

»Unbedingt. Sie sollten sich seinen heutigen Vortrag anhören. Ich denke, er wird ihn trotzdem halten.«

»Seinen Vortrag?«

»Er gibt Motivationsseminare, so nennt man das, glaube ich. Überlebenskurse. Nimm deine Traumata und verwandle sie in was Positives, wirklich beeindruckende Arbeit. Die reine Scheiß-Willenskraft. Verzeihen Sie die Ausdrucksweise.«

Naomi machte sich einen Vermerk. »Hatten Sie mit Wick nach seiner Verurteilung noch Kontakt, mündlich oder schriftlich?«

Blake schüttelte den Kopf. »Der Verleger hat vorgeschlagen, mit ihm für das Buch ein Interview zu führen, damit er auch seine Sicht der Ereignisse erzählen könnte, aber ich war dagegen. Außerdem war er ja, wie gesagt, nicht sehr gesprächig. Dazu kam noch, dass er sein Geständnis widerrufen hat.«

»Haben Sie ihm jemals geglaubt?«, fragte sie.

»Ihm was geglaubt?«

»Dass er sich an die Morde nicht erinnern kann …«

Er überlegte und wandte sich dann an mich. »Sie haben ihn doch wohl kennengelernt, Waits. Was meinen Sie?«

»Er hatte ganz bestimmt Gedächtnislücken.«

»Das war auch meine Schlussfolgerung«, sagte Blake. »Er hat lange gebraucht, bis er den ganzen Schlafwandler-Blödsinn gelassen hat und sich zur Unterschrift unter das Geständnis durchringen konnte, aber er hat es schließlich geschafft.«

Ich wollte ihm nicht sagen, dass Wick mit seinen letzten Worten genau dieses Geständnis so eindringlich widerrufen hatte, sondern ihn bloß zwingen, beim Thema zu bleiben.

»Sie hatten nie Zweifel daran?«

»So würde ich das nicht unbedingt nennen. Ich habe gezögert, in ihm den Täter zu sehen. Seine Zurückhaltung … Manchmal muss man aufpassen, dass man nicht in andere etwas hineinprojiziert. Er hatte diese großen schwarzen Augen, er hat keinerlei Gefühlsregung gezeigt, es war also leicht, ihm alles Mögliche anzuhängen. Ich musste immer aufpassen, dass wir ihm nichts unterjubeln. Viele haben ihn von Anfang an gehasst.«

»Klingt heikel.«

Er nickte. »Vor allem, weil ich andererseits ja auf mein Gefühl hören musste – und das hat mir gesagt, dass Wick der Täter war. Alle Indizien haben ebenfalls darauf hingewiesen. Man trägt ja ständig Indizien zusammen, auch wenn man es gar nicht weiß. Das, was man Intuition nennt, ist manchmal nur das Unbewusste, das schneller zu einer logischen Schlussfolgerung gelangt als der Teil in einem, der für Vorhersagen zuständig ist. Wie auch immer, ich rate Ihnen jedenfalls, hören Sie auf Ihr Gefühl.«

»Wo würden Sie suchen?«, fragte ich.

»Nach Wicks Mörder? Rache scheint mir der offensichtliche Grund für seinen Tod zu sein, allerdings werden Sie ständig ausgebremst. Sie zweifeln an sich selbst, weil Ihr Verstand nach einer Logik sucht. Sie meinen, keiner, der einen Mörder umbringt, würde gleich auch noch einen unschuldigen Polizisten mit töten? Er würde nicht auch noch einen weiteren Polizisten anzünden, weil er gerade so schön in Fahrt ist?« Er blickte zwischen uns hin und her. »Ich rate Ihnen: Bei einem solchen Fall dürfen Sie nicht nach irgendeiner Logik Ausschau halten. Sonst werden Sie keine ruhige Minute mehr finden. An einem Mord ist nichts rational, außer für den Mörder. Das, was auf dieser Krankenstation passiert ist, war für jemanden die einzig mögliche Handlungsweise. Darauf würde ich mich eher konzentrieren.«

6

Und das war ich«, sagte Frank Moore. Wir standen ganz hinten im Veranstaltungssaal des Radisson Hotel, das seinerseits in der Free Trade Hall lag. Moore war am Ende seines einstündigen Vortrags zum Thema Trauerarbeit angelangt. Er war der Vater von drei ermordeten Kindern und der Mann einer ermordeten Frau.

Ich dachte, wenn jemand eine Antwort hatte, dann vielleicht er.

Wir waren verspätet zu den etwa zweihundert Zuhörern gestoßen, die sich in einem Raum drängten, der sonst für Hochzeiten und Wohltätigkeitsveranstaltungen genutzt wurde. Die meisten waren gepflegt gekleidet. Wohlhabende, die die Teilnahmegebühr hinblättern und es sich leisten konnten, den Nachmittag freizunehmen. Bei genauerem Hinsehen erkannte man jedoch die Gemeinsamkeiten.

Erschöpfte Gesichter und gerötete Augen.

Ließ man den Blick über die Menge schweifen, konnte man in ihren Gesichtern den Burn-out lesen. Rastlose Menschen, die sich in ihrer Haut unwohl fühlten. Manche mit den erkennbaren Narben des Leids. Mit eingefallenen, ausgezehrten Gesichtern. Trinkernasen oder Delirium tremens. Essstörungen und Ritznarben. Andere verbargen ihre Verletzungen hinter Designerkleidung oder einer exzessiv ausgelebten Mitgliedschaft im Fitnessstudio. Alle sahen gebannt auf Frank Moore, als wäre er ihre letzte Hoffnung.

Nicht schwer zu erkennen, warum.

Er war stark, attraktiv, ein Meter neunzig voller geballtem Selbstbewusstsein. Er trug ein gestärktes, maßgeschneidertes Hemd über einem gut gebauten Brustkorb. Zu seinem Look gehörten eine blaue Hose und cremefarbene Slipper, aber die Sachen wirkten an ihm wie eine Uniform, vielleicht eine Reminiszenz an seine Zeit beim Militär. Über seinen schwarzen Bürstenhaarschnitt zog sich in der Mitte eine gezackte weiße Strähne.

Alles an ihm war von nervtötender Symmetrie, als wäre er das mit Photoshop bearbeitete Bild seiner selbst. Sein lässiges Auftreten, seine Jovialität, seine Selbstsicherheit erinnerten an einen guten Anwalt, der vor Gericht das Abschlussplädoyer hielt.

»Ich habe in diesen Fotoalben gelebt«, sprach er zur Menge. »Ich habe mich in der Vergangenheit eingerichtet, weil ich keine Zukunft hatte. Und dann habe ich das Schwierigste überhaupt getan. Ich habe eine Seite umgeblättert. Und dort, wo das Bild meiner Familie gewesen war, das Bild meiner beiden Töchter, meines kleinen Sohns, meiner Frau, der Familie, für die ich verantwortlich war und die ich hätte beschützen sollen, dort auf dieser nächsten Seite habe ich etwas anderes gesehen.«

Bedeutungsschwer musterte er sein Publikum.

»Ich habe mich selbst gesehen. Verstehen Sie, ich hatte ganz vergessen, dass ich auch noch da war. Ich hatte vergessen, dass ich ebenfalls in diesem Fotoalbum war, ich hatte vergessen, dass ich ebenfalls zu dieser Familie gehörte. Ich hatte vergessen, dass ich auch einmal diesen Mann geliebt hatte.« Er ersetzte das Bild der Familie Moore hinter sich durch ein Porträtfoto von sich. »Das war so ein Moment, über den wir zuvor gesprochen haben. Einer der Augenblicke, in denen man sich gut fühlt, die man am liebsten in Flaschen abfüllen möchte, um sich gegen zukünftiges Leid zu wappnen.«

Verständnisvolles Nicken im ganzen Raum.

»Aber das Leid gleicht einem Schuldeneintreiber, nicht wahr? Es taucht immer zum schlimmstmöglichen Zeitpunkt auf, nimmt sich immer etwas mehr, als man geben kann. Wenn Sie bereits einen schmerzlichen Verlust der einen oder anderen Art erfahren haben, wissen Sie, wovon wir heute Nachmittag gesprochen haben. Wenn Sie davon noch unberührt sind, dann werden

Sie es, fürchte ich, eines Tages kennenlernen. Denn die Literatur sagt uns, dass es fünf Phasen der Trauer gibt: Leugnung. Wut. Verhandeln. Depression. Akzeptanz.« Er sah sich im Raum um und schüttelte den Kopf. »Aber die Literatur hat unrecht, denn im Grunde gibt es nur eine Phase. William Shakespeare hat gesagt, die ganze Welt ist eine Bühne. Ich sage, die ganze Welt ist eine Bühne des Leids. Also, wie können wir unseren Text neu erlernen? Wie gehen wir wieder hinaus in diese Welt und liefern unseren Auftritt ab?« Er sah ins Publikum, und kurz glaubte ich wirklich, er hätte die Antwort parat. »Ich hoffe, Sie kommen das nächste Mal wieder, um es herauszufinden.«

Unter stehendem Applaus trat er von der Bühne, fuhr sich über die weiße Haarsträhne und ging durch die Mitte des Raums auf den Ausgang zu.

Ich konnte nicht glauben, dass das wirklich das Ende seines Vortrags sein sollte.

Viel zu sehr fühlte ich mich an meine Nachtschichten erinnert, um darüber lachen zu können. Ein Dealer, der seinen Kunden die erste Kostprobe billig abgibt und anschließend, sobald sie angefixt sind, mit dem Preis nach oben geht.

Naomi und ich folgten ihm nach draußen. Frank hatte hinter einem großen Signiertisch voller Broschüren, Flyer und Werbematerial Stellung bezogen. Wir waren die Ersten in der Schlange, aber die Leute strömten bereits aus dem Ballsaal.

Ich näherte mich dem Tisch. »Was für ein beeindruckender Vortrag.«

Er schien darüber nachzudenken, als hätte ich etwas geäußert, was ihm bislang nie in den Sinn gekommen war. »Danke«, sagte er nach einer Pause. »Sie haben in letzter Zeit einen Verlust erlitten?«

»Es ist noch ganz frisch.«

»Sie sind spät dazugestoßen«, sagte er. »Aber das ist in Ordnung. Wahrscheinlich haben Sie nicht mitbekommen, was wir Ihnen alles bieten können. Vermutlich dürften Sie am meisten von unserem vierwöchigen Überlebenstraining profitieren.« Er sah an uns vorbei zur immer länger werdenden Schlange. »In diesen Kursen reden wir über meine Geschichte, und Sie haben Gelegenheit, von sich und Ihrer Geschichte zu erzählen. Begleitet wird das vom Input unserer langjährigen Überlebenden.«

»Und was ist Ihre Geschichte?«, fragte ich.

»Ich denke, Sie kennen meine Geschichte, Officer.« Er streute ein Lächeln ein. »Wie Sie sehen, werde ich in den nächsten zwei Stunden vollauf beschäftigt sein. Aber wir könnten ein Treffen für später vereinbaren. Dann bin ich gern bereit, mit Ihnen darüber zu reden.«

»Tut mir leid, wir wollten nicht …«

Er schüttelte den Kopf. »Es schmeichelt mir, dass Sie sich für mein Programm interessieren. Und es war ernst gemeint, was ich gesagt habe. Ich meine, Sie beide könnten sehr davon profitieren – viele Polizisten tun das.«

»Wie teuer ist so was denn, nur aus Interesse?«, fragte Naomi.

»Wir haben eine ganze Reihe von Programmen, für alle Einkommensgruppen. Wenn Sie Hilfe brauchen, werden wir das schon hinkriegen.«

»Hat Kevin Blake angerufen und unser Kommen angekündigt?«

»Kevin? Nein. Sie sehen einfach wie eine Polizistin aus, Mrs …?«

»Detective Constable Black«, sagte sie mit einem Lächeln.

Ich sah zur immer noch länger werdenden Schlange. »Wir könnten Sie heute besuchen, bei Ihnen zu Hause oder wo es Ihnen passt.«

»Gern«, sagte er, erhob sich und schüttelte mir, aber nicht Naomi die Hand. Dann reichte er mir seine Visitenkarte, und wir verabschiedeten uns.

7

Meinst du, er wird mit uns reden?«, fragte Naomi, als wir zum Wagen zurückkehrten.

»Ich glaube nicht, dass er sich drücken wird. Aber wenn du später noch was vorhast, ich kann das problemlos allein übernehmen.« Ich wusste, die Chancen dafür standen schlecht, aber wenn ich irgendwann diesen Fall hinwerfen und die Stadt verlassen wollte, musste ich Naomi abschütteln.

»Wäre dir das lieber?«, fragte sie.

Fast wäre es mir lieber gewesen, mit Sutty an dem Fall zu arbeiten. Superintendent Parrs hatte immer ganz klargemacht, wie es um die Dynamik zwischen uns beiden bestellt war. Der eine heimste die Lorbeeren ein, der andere musste den Kopf hinhalten. Wer, das war ihm egal. Bei Naomi wusste ich nicht, welche Rolle sie hatte. War sie da, um die Situation zu entschärfen oder um mir die Luft abzuschnüren?

Aber es war interessant zu verfolgen, dass Frank Moore so abweisend auf sie reagiert hatte.

»Wenn wir uns schon damit befassen, ist es wohl sinnvoll, es aus mehreren Richtungen anzugehen«, sagte ich. »Ich weiß nicht, was es bringt, wenn wir beide das Gleiche machen …«

Sie sagte eine Weile nichts. »Was hältst du von der Theorie des Superintendent, dass du das eigentliche Anschlagsziel warst?«

»Wie bitte?«

Sie schaute schuldbewusst drein, als hätte sie es gar nicht wissen dürfen. »Als wir mit Superintendent Parrs nach Wicks Ermordung auf dem Dach waren, hat er gesagt, wir sollen auch dieser Hypothese nachgehen. Bislang ist das die einzige Richtung, die wir nicht …«

»Ich glaube nicht, dass er das sonderlich ernst gemeint hat«, sagte ich. Sie erwiderte nichts. »Liegt dir noch was auf der Seele?« Ich wusste, sie hatte Fragen über mich, sie musste die anstößigen Graffiti gesehen haben, unter denen mein Name stand. Ich hoffte nur, dass sie einen Rückzieher machte, wenn ich sie direkt darauf ansprach.

Es funktionierte nicht.

»Parrs hat gesagt, der, der dich tot sehen will, sei ein alter Freund von dir. Um wen geht es?«

»Das war bloß so dahingesagt«, antwortete ich und war dankbar, dass wir uns dem Wagen näherten. »Da ist seine Fantasie mit ihm durchgegangen.«

»Du traust mir nicht, oder?«

Ich sah sie nicht an, als ich die Tür öffnete. »Sollte ich?«

Sie erwiderte nichts darauf. Als wir einstiegen, glaubte ich zu spüren, wie es in ihr arbeitete und sie das Problem anders anzugehen versuchte. Ihr Blick fiel auf Kevin Blakes Buch, das er uns nach dem Treffen gegeben hatte.

Sie reichte es mir. »Das kannst du behalten. Ich hab mir am Sonntag das Taschenbuch besorgt.«

»Taugt es was?«

»Wie der Superintendent schon gesagt hat, mit dem Schreiben hat er es nicht. Liest sich wie ein Polizeibericht, über dem ein Wörterbuch ausgeschüttet wurde. Ich hab es nicht geschafft …«

»Der Schlafwandler«, las ich vom Schutzumschlag vor. *»Das wilde Tier erwacht.«* Ich legte es aufs Armaturenbrett. »Ich schaffe kaum den Titel.«

»Ich dachte, du wärst ein großer Leser …« Ich sah zu ihr, sie zuckte mit den Schultern. »Deine Wohnung, die Bücherregale.«

»Billiger als eine Isolierung«, sagte ich und beendete damit das Thema. »Hör zu, wenn wir im Präsidium sind, möchte ich, dass du dich bei DCI James und seinem Team meldest und mit ihnen die Aufnahmen der Überwachungskameras von St. Mary's durchgehst. Das ist unsere beste Chance, um die Sache schnell aufzuklären.«

Sie sah mich an, sagte aber nichts.

»Du wirst vielleicht ein paar Tage beschäftigt sein, bis du alles durchgesehen hast, falls du dir das zutraust …«

»Klar«, sagte sie.

»Und wahrscheinlich solltest du auch einen Bericht schreiben über alles, was wir von Blake und Moore erfahren haben, auch wenn ich davon ausgehe, dass James uns, was das anbelangt, dicht auf den Fersen ist.«

Sie nickte.

Parrs konnte sich nicht beklagen, wenn ich ihr so eine Aufgabe anvertraute, vor allem aber verschaffte ich mir damit ein bisschen Freiraum. Ich wollte nicht, dass Naomi weiterhin die Möglichkeit verfolgte, dass ich das eigentliche Ziel des Anschlags gewesen war. Ob es nun stimmte oder nicht, am Ende dieser Sache würde für uns beide nichts Gutes stehen. Das Funkgerät meldete sich, sie schnappte es sich vor mir.

»Constable Black, ich höre.«

Ihre Augen funkelten, als die Leitstelle die Meldung weiterleitete, wonach die Frau im grünen Jogginganzug gesichtet worden sei. Sie ließ den Motor an, schaltete die Sirene ein und drehte um. Wir rasten los.

8

Wir fanden den auf dem Krankenhausparkplatz gestohlenen Fiat in der Lower Ormond Street, einem wohlhabenden Stadtteil mit einem Kulturzentrum, das zwischen Apartmentblocks aus rotem Backstein lag. Der Wagen war in Brand gesetzt worden. Die Frau, die ich im Krankenhaus gesehen hatte, war also volle vierundzwanzig Stunden im Besitz des Fahrzeugs gewesen, ohne erwischt worden zu sein.

Vielleicht war sie doch nicht so zugedröhnt gewesen, wie es den Anschein gehabt hatte.

Wir bekamen gerade noch mit, wie die Feuerwehr die Flammen löschte. Eine effiziente Methode, Fingerabdrücke zu zerstören.

»Ja,«, sagte die Frau, die Meldung erstattet hatte. »Grüner Jogginganzug. Hat überhaupt nicht zum Wagen gepasst. Und dann hab ich den Rauch bemerkt.«

»Haben Sie zufällig gesehen, ob sie was bei sich hatte?«, fragte Naomi.

Die Frau schloss die Augen. »Ich glaube, einen Rucksack – irgend so ein helles Teil, potthässlich. Ist sie die, die in den Nachrichten erwähnt wurde?«

»Möglich«, antwortete Naomi und machte sich eine Notiz. »Haben Sie mitbekommen, in welche Richtung sie verschwunden ist?«

»Ich hab die Kinder einsammeln müssen, tut mir leid.«

Wir überquerten die Straße und sahen zu, wie die Feuerwehrleute zusammenpackten.

»Cleveres Mädchen«, sagte Naomi, was aber irgendwie unheilvoll klang. Sie ließ mir eine Pause, damit ich ebenfalls etwas beitragen konnte, aber ich sah nur den Feuerwehrleuten zu. »Also, was machen wir jetzt? Sehen wir uns um?«

Sie wollte nicht, dass ich sie am Präsidium absetzte.

»Wo sollen wir anfangen?«, fragte ich. »Zwei Minuten, und du bist zu Fuß in der belebtesten Straße der Innenstadt, und das zu der Tageszeit, an der am meisten los ist. Gehst du nach Norden, kommst du zum Bahnhof, und von dort kannst du überall hin. Und in südliche Richtung kommst du zu den beiden Unis. Wir können ein paar Uniformierte von Tür zu Tür gehen lassen, aber mehr als die Richtung, in der sie verschwunden ist, werden wir nicht erfahren.«

»Aber sie ist uns doch höchstens fünf Minuten voraus, so kommt es mir zumindest vor.«

»Dann solltest du dich damit zufriedengeben.«

»Ha!«, entfuhr es ihr nur. »Es interessiert dich nicht …« Ich ging zum Wagen. »Es interessiert dich überhaupt nicht, oder?«

»Es interessiert keinen«, sagte ich, ohne mich umzudrehen.

»Jede Zeitung am Kiosk beweist das Gegenteil. Die Pressekonferenz heute Morgen beweist das Gegenteil.«

»Alle interessieren sich bloß für ein Monster, das in Flammen aufgegangen ist, aber nicht für das, was dahintersteht.«

»Dann sollten wir wenigstens unseren Job gut machen«, sagte sie und trat zu mir. »Superintendent Parrs hat gesagt, wir sollen die junge Frau finden, bevor es die bewaffneten Kollegen tun. Warum wohl?«

»Wenn du Chase zugehört hättest, kämst du von allein drauf.«

»Ich will nur wissen, ob du es auch weißt.«

»Weil sie davon ausgehen, dass sie auch Rennick umgebracht hat«, sagte ich. »Wenn sie sie finden, werden sie sie noch auf der Straße abknallen.«

»Und das ist für dich in Ordnung?«

»Ich kenne das schon.«

»*Was* kennst du schon?«

»Auf der Verliererseite zu stehen, Constable Black. Willkommen an Bord. Wenn wir sie zuerst finden und einsperren, werden die sie eben dort erledigen. Das tun die nämlich.«

»Wer sind *die*?« Ich ging nicht darauf ein und drehte mich zum Wagen hin. »Du hast verdeckt ermittelt«, sagte sie. Ich blieb stehen, sodass sie mit meinem Rücken sprach. »Deine Aufgabe war es, Korruption innerhalb der Polizei aufzudecken … hab ich gehört.« Ich sagte nichts. »Ich gehe davon aus, dass du auf Korruptionsfälle gestoßen bist …«

Ich starrte auf mein Spiegelbild in der Scheibe. »Überall, man muss nur hinsehen.«

Sie war einen Moment still.

»Gut«, sagte sie schließlich. »Das sind *die*. Aber wir reden über *dich*. Es stört dich also nicht, wenn sie sie zuerst finden und umlegen? Eine Frau stirbt, und du hast sie auf dem Gewissen?«

»Eine mehr oder weniger, was soll's?«, sagte ich, öffnete die Tür und stieg ein.

Als ich mich umdrehte, starrte Naomi mit fragendem Blick vor sich hin, so, als würde sie die Straße nicht kennen und wüsste nicht, wo sie sich befand. Sie stieg ein und ließ wortlos den Motor an. Erneut betrachtete ich mich selbst im Außenspiegel. Dann lehnte ich mich zurück, damit ich mich nicht mehr sehen musste.

9

Auf der Rückfahrt zum Präsidium sprachen wir nicht miteinander. Ich konnte es kaum erwarten, dass Constable Black von der mühseligen Detailarbeit bei DCI James und seinem Team völlig mit Beschlag belegt wurde und ich sie los war. Die ersten wenigen Stunden unserer Zusammenarbeit waren nicht sehr vielversprechend gewesen. Klar, zum größten Teil lag das an meinem Zynismus und meiner mangelnden Kooperationsbereitschaft, angesichts der Umstände war ich allerdings wenig bereit, diese Wesenszüge abzulegen. Naomis Frust mit mir zeigte sich in einem abrupten, ungeduldigen Fahrstil, garniert mit heftigen Flüchen, die sie den anderen Verkehrsteilnehmern an den Kopf warf.

»Hast du nichts Besseres zu tun, du Arschloch!«, brüllte sie einem Typen hinterher, der sie geschnitten hatte.

Als er anhielt und sie drohend ansah, zeigte sie ihm herausfordernd den Finger. Er fuhr weiter.

Erst als wir ohne anzuhalten am Präsidium vorbeirauschten, sah ich zu ihr.

»Wohin fahren wir, Constable?«

»Ich dachte mir …«

Mein Handy vibrierte. »Einen Moment«, sagte ich, zog es aus der Innentasche meines Jacketts und nahm den Anruf an.

»Aidan Waits?«

Die Frau sprach meinen Namen seltsam aus, als wollte sie mich anweisen, auf jeden Fall dranzubleiben.

»Ich würde gern mit Aidan Waits sprechen.«

»Am Apparat.«

Sie wollte fortfahren, aber plötzlich war die Leitung tot. Ich sah aufs Display. Der Anruf kam von einer unterdrückten Nummer. Irgendwie war mir die Stimme bekannt vorgekommen, ich konnte sie aber nicht einordnen. Schließlich kehrten meine Gedanken zum Ausgangspunkt zurück.

Der unerwarteten Routenänderung.

»Und?« Fragend sah ich zu Naomi.

Mit einem Nicken wies sie auf die Windschutzscheibe. »Wir sind da.«

Wir bogen in eine Seitenstraße in Newton Heath, nicht weit vom Polizeipräsidium entfernt. Naomi beugte sich aus dem Fenster und zeigte einem Constable in einer verdreckten Warnweste ihren Polizeiausweis. Er winkte uns durch, sie steuerte auf ein riesiges, anscheinend leer stehendes Lagerhaus mit der Aufschrift *Coleridge and Whites* zu. Ein Ort, wie dafür geschaffen, dass ein Killer hier seine Leiche ablegt. Als sie den Motor ausstellte, hörte ich aber Gewehrfeuer.

»Sag mir nicht, dass du einen Termin mit den Spezialkräften auf dem Schießstand vereinbart hast …«

»Hab ich nicht, versprochen.«

»Ich kann sie hören, Naomi.«

»Ja, aber sie wissen nicht, dass wir kommen«, sagte sie und öffnete die Tür. »Los.«

Ich musste an den Ausspruch meines neuen Nachbarn am Morgen denken: *Wer von Ihnen beiden hat denn hier das Sagen?*

Die Spezialkräfte hatten mehrere Trainingseinrichtungen in der Stadt und der näheren Umgebung. Das musste also eine davon sein.

»Louisa Jankowski«, sagte Naomi, als wir uns dem Gebäude näherten. Die Polizistin, die unseres Wissens Dienst hatte, als im Krankenhaus das Foto von Martin Wick aufgenommen wurde. »Ich dachte mir, wir überraschen sie vielleicht.«

»Ich weiß nicht recht, ob man jemanden überraschen soll, der ein Sturmgewehr im Anschlag hat.«

Sie zwinkerte mir zu. »Deshalb hab ich einen menschlichen Schutzschild dabei.«

Bevor ich darüber lachen konnte, kam uns auch schon ein am Eingang postierter Officer entgegen. Er hatte ein nach oben gebogenes Hipsterbärtchen, das aussah, als wollte es sein Gesicht hinaufklettern. Ich konnte ihn auf den ersten Blick nicht leiden.

»DC Black«, sagte Naomi und hielt ihm ihren Ausweis hin. »Das ist DS Waits. Wir würden gern mit einem Ihrer Leute sprechen.«

»Sorry, Kleine«, sagte er, als würde er mit einer Zehnjährigen reden. »Wir stören sie im Allgemeinen nur, wenn es um Leben oder Tod geht.«

»Dann haben wir ja Glück gehabt«, sagte sie. »Es geht nämlich um Letzteres.«

»Um wessen Tod?« Er ließ den Blick zwischen uns hin und her gehen und lächelte. »Wir haben ja so viele.«

»Darüber würden wir gern drinnen reden«, sagte Naomi. »Aber wenn wir eine frische Leiche brauchen …«

Er zog eine Grimasse, dann mischte ich mich ein. »Ich weiß, Wacheschieben ist stinklangweilig, Constable, aber wir sind nicht zum Plaudern hier. Jemand hat bei einem Ihrer Kollegen am Sonntag in den frühen Morgenstunden ein paar Lüftungslöcher angebracht, und wir sind hier, um der Sache nachzugehen.«

»Rennick?«, erwiderte er grimmig. Ich nickte. »Sie könnten das etwas taktvoller formulieren, meinen Sie nicht auch?«

»Wie du willst, Kleiner.«

Er sah mich finster an. Irgendwie schaffte ich es einfach nicht, Männern mit Kanonen das zu sagen, was sie hören wollten.

»Kommen Sie mit«, sagte er. »Ich hoffe bloß, wir finden das Dreckstück zuerst.«

Naomi zog die Augenbrauen hoch. Anscheinend betrachtete sie mich jetzt mit anderen Augen, allerdings wusste ich nicht, ob ich in ihrem Ansehen gestiegen oder gesunken war.

10

Wir wurden zu einem riesigen offenen Raum durchgeführt. Die Wände bestanden bis zu einer Höhe von zwei Metern aus Betonschalsteinen, darauf folgte Wellblech. Ein Vorteil des katastrophalen industriellen Niedergangs war die Verfügbarkeit von vielen provisorischen Schießständen.

Der Lärm des Gewehrfeuers war ohrenbetäubend.

Sechs Polizisten standen in einer Reihe mit dem Rücken zu uns und feuerten auf etwa fünfzehn Meter entfernte Zielscheiben. Hinter ihnen stand ein Sergeant, der bei unserem Eintreten die Stirn runzelte und seine Ohrschützer abnahm. Er sprach mit dem Typen, der an der Tür gestanden hatte, sah zu uns und nickte. Die Polizisten stellten nacheinander das Feuer ein und drehten sich zu uns um. Alle bis auf die einzige Frau unter ihnen.

Louisa Jankowski.

Sie feuerte ungerührt weiter, lud nach, feuerte, als stünde sie einer unaufhaltsam vorrückenden Streitmacht gegenüber. Endlich bemerkte sie, dass alle Blicke auf sie gerichtet waren, ließ die Waffe sinken und drehte sich um. Ich glaubte ein kurzes Flackern in ihren Augen wahrzunehmen, glaubte zu sehen, dass sie einen kaum merklichen Schritt zurücktrat, bis sie die Situation einschätzte, ihre Ohrschützer abnahm und zu uns kam.

Ich kannte sie vom Krankenhaus.

Sie hatte mich in ihrer Kladde mehrmals ein- und ausgetragen, als wir dort Dienst geschoben hatten, allerdings hatten wir kaum ein Wort miteinander gewechselt. Zweite oder dritte polnische Einwanderergeneration. Gesichtszüge, helle Haut und weiße Zähne, wie man sie kaum im Genpool der Stadt fand. Sie war durchtrainiert und groß, mindestens so groß wie ich. Als sie näher kam, sah ich, dass sie außer Atem war und leicht schwitzte.

Mit ihrer Waffe sah sie stark und furchtlos aus.

»Louisa«, sagte ihr Sergeant. »Diese beiden Officer würden gern mit dir reden.«

»Waits«, begrüßte sie mich. Auch sie kannte mich vom Krankenhaus. »Worum geht's?«

»Vielleicht reden wir lieber draußen«, sagte Naomi.

»Die Waffe werden Sie nicht brauchen«, fügte ich noch hinzu.

Die anderen tauschten Blicke aus, als wir das Gebäude verließen. Louisa marschierte voran, als könnte sie die Auseinandersetzung mit uns kaum erwarten. Draußen ging sie um unseren Wagen herum und stützte sich mit beiden Armen auf dem Dach ab, als wäre das Fahrzeug ihr Schutzschild. Sie war dafür ausgebildet, immer die vorteilhafteste Position zu suchen. Ob das auch für unser Gespräch galt?

»Es geht um Rennick?«, fragte sie.

»Herzliches Beileid, Louisa.«

»Sie verschwenden hier Ihre Zeit.«

»Ich war da, als der Anschlag stattgefunden hat«, sagte ich in der Hoffnung, eine gemeinsame Ebene zu finden. »Rennick war ein guter Kerl.« Ich hatte ihn persönlich nicht gekannt, aber vielleicht entsprach das ja der Wahrheit. Unmittelbar nach ihrem Ableben genossen Tote eine gewisse Schonfrist.

»Sagen Sie mir, was passiert ist.«

»Ich weiß es nicht«, antwortete ich ehrlich.

»Aber wir würden es gern herausfinden«, fuhr Naomi fort. »Haben Sie sich nahegestanden?«

»Nahegestanden?«, wiederholte Jankowski. »Sie wissen, wie aufgeladen dieses Wort zwischen männlichen und weiblichen Kollegen ist. Was ist mit Ihnen beiden? Stehen Sie sich nahe?«

»Nein«, sagte Naomi, sehr viel entschiedener, als ich erwartet hätte.

Jankowski lachte halb und nickte. »Gut, ich und Rennie waren befreundet. Ich hab immer noch gehofft, er würde heute durch die Tür kommen …«

»Sie haben sich ziemlich ins Zeug gelegt da drinnen«, sagte Naomi.

»Die Kraft der Visualisierung. Ich hab an die Schlampe gedacht, die ihm das angetan hat. Was läuft eigentlich mit der? Angeblich soll sie gesehen worden sein, dann haben wir nichts mehr gehört.«

»Wir sind uns noch nicht mal sicher, ob sie überhaupt die Täterin ist«, sagte Naomi. Hilfe suchend sah sie zu mir.

»Sie sind sich *was*?«

»Die Situation wird durch Martin Wick verkompliziert«, sagte ich. »Wir ermitteln in seinem Mordfall, neben dem von Rennick.«

Jankowski schnaubte.

»Haben Sie ein Problem damit?«, fragte Naomi.

»Rennie hat Besseres verdient. Von jetzt an werden die beiden immer in einem Atemzug genannt werden, daran wird sich nichts mehr ändern. Es ist zum Kotzen.« Sie löste ihre Fäuste. »Wie kann der Mord an Wick alles noch komplizierter machen?«

Erneut sah Naomi zu mir. Widerwillig antwortete ich. »Die Motive, wie immer sie im Einzelnen aussehen, werden durch ihn noch verworrener.«

»Motive? Was soll das anderes gewesen sein als Selbstjustiz? Die Leute haben ihn gehasst, deswegen waren wir doch überhaupt dort …«

»Es könnte auch mit Dingen zu tun haben, die gar keinen Bezug dazu haben, vielleicht mit unbeantworteten Fragen zu seiner Verurteilung«, sagte ich. »Soweit wir wissen, könnte auch einer der Polizisten, die an dem Abend Dienst hatten, das Anschlagsziel gewesen sein.«

Ich spürte Naomis Blick auf mir.

Jankowski dachte nach. »Gut, sagen Sie mir, wie ich helfen kann.«

Naomi zog ihr Notizbuch aus der Tasche. »Sie waren in den Wochen vor dem Anschlag zu Wicks Schutz abgestellt. Haben Sie in der Zeit irgendwas Ungewöhnliches gesehen oder gehört?«

»Nein. Sonst hätte ich es gemeldet. Sie meinen, sie hätte sich schon eine ganze Weile im St. Mary's rumgetrieben? Die Frau im Jogginganzug?«

»Und die Leibesvisitationen?«, fuhr Naomi fort, ohne auf die Frage einzugehen. »Waren Sie zufrieden mit den Vorschriften, die bei der Anmeldung und Durchsuchung der Besucher gegolten haben?«

»Was wollen Sie damit sagen?«

Naomi blieb ungerührt. »Ich habe Sie gefragt, ob die strengen Besuchsmaßnahmen für Sie okay waren.«

»Ja«, antwortete Jankowski. »Die Vorschriften haben schon einen Grund. Ich kann so was im Schlaf, Constable Black. Können Sie das von sich auch behaupten? Und was hat das überhaupt damit zu tun, dass Rennie erstochen wurde? Ich war ja noch nicht mal da.«

»Wo waren Sie denn, rein aus Interesse?«

Ihr Kiefer malmte. »Im Dienst.«

»Haben Sie die *Mail* von gestern gesehen?«

Jankowski schüttelte den Kopf, aber das nahm ich ihr nicht ab. Es war die Story des Tages gewesen und hatte sie auch noch persönlich betroffen. Ich betrachtete sie eingehender.

Naomi öffnete die Beifahrertür, fand die Ausgabe der Sonntagszeitung und legte sie aufs Dach mit dem Bild von Wick nach oben.

»Wir haben Grund zur Annahme, dass dieses Foto aufgenommen wurde, als Sie dort Dienst hatten, Louisa.«

Jankowski löste sich vom Autodach und richtete sich zu ihrer vollen Größe auf. »Blödsinn«, sagte sie. »Ich war nicht die Einzige, die bei seinem Frühstück da war.«

»Sie sind die Einzige, die Dienst hatte, als er Cornflakes bekommen hat, wie hier zu sehen ist …«

Ich griff den Faden auf. »Als Rennick angegriffen wurde, konnte ich nicht gleich Hilfe holen, weil ich beim Betreten der Station mein Handy abgegeben habe.«

»Rennick hat seinen Job gemacht«, sagte Naomi. »Aber es sieht so aus, als hätte die Person, die zu diesem Zeitpunkt hier Dienst hatte, ihren Job nicht gemacht.«

»Ich widerspreche dieser Version der Ereignisse«, sagte Jankowski.

»Diese Version der Ereignisse ist die, die wir haben«, antwortete Naomi.

Jankowski schüttelte den Kopf und sah zu mir. »Sie wollen mir was über korrektes Verhalten erzählen? Sie? Wie heißt Ihr Vorgesetzter noch mal?«

»Sutcliffe«, sagte ich.

»Ja, genau der. Hat sich den ganzen Tag nicht mehr eingekriegt vor Lachen, wenn er mit dem Kindermörder zusammen war. Er sollte sich schämen.«

»Er ist im Moment ziemlich rot im Gesicht, wenn Ihnen das ein Trost ist.« Sie schien schockiert, dass ich über Suttys Verletzungen Witze machte, aber ich dachte, es war die Pointe wert. »Wir sind nicht unbedingt ein Herz und eine Seele. Sollten die Indizien auf ihn weisen, würde ich ihn persönlich ans Krankenbett fesseln. Aber es ist nicht alles öffentlich gemacht worden. Seine Aufgabe war es, Martin Wicks Vertrauen zu gewinnen. Er sollte von ihm in Erfahrung bringen, wo er eines seiner Opfer vergraben hat. Lizzie Moore.« Ich glaubte zu erkennen, wie sich Jankowskis Miene leicht veränderte. »Das, was Sie gesehen haben, war vielleicht nicht ganz das, was es in Wirklichkeit war.«

Sie deutete auf die Zeitung. »Ich hatte damit nichts zu tun.«

»Laut Anmeldebogen haben sich Sutcliffe und Waits an dem Morgen verfehlt«, sagte Naomi. »Keiner der beiden war in dem Trakt. Es sind auch keine Ärzte oder Schwestern eingetragen. Und korrigieren Sie mich, wenn ich falschliege, aber laut den Vorschriften begleiteten Sie die Pfleger mit den Essen auf Wicks Zimmer?« Jankowski nickte. »Sie haben sich an die Vorschriften gehalten?«

»Penibel.«

»Dann waren Sie die einzige Person in diesem Abschnitt des Korridors«, sagte Naomi. »Und Ihnen ist nichts Ungewöhnliches aufgefallen?«

»Das haben Sie schon mal gefragt. Aber er war da, als die Hinrichtung stattgefunden hat«, sagte sie und deutete mit einem Nicken auf mich. »Ist ihm was Ungewöhnliches aufgefallen?«

Ich nickte. »Ein Polizist mit durchgeschnittener Kehle und ein verbrannter Häftling in Schutzgewahrsam.«

»Langsam habe ich das Gefühl, dass ich meinen Anwalt brauche.«

»Wir sind völlig unvoreingenommen«, sagte ich. »Aber wir sind davon überzeugt, dass jemand Wicks Mörder erzählt hat, wo er sich befindet, wie die Sicherheitsmaßnahmen aussehen und wie man zu ihm kommt. Das verweist auf Insiderwissen. Ich bin mir sicher, DCI James wird sich jeden genau ansehen.«

»Aber nicht Ihren Vorgesetzten.«

»Der ist im Moment kein so schöner Anblick«, sagte ich. »Tatsächlich liegt er im künstlichen Koma. Glauben Sie mir, mein Gesicht wird das Erste sein, was er sieht, wenn er aufwacht. Falls er aufwacht.« Sie nickte und schien endlich zu akzeptieren, dass wir nicht hier waren, um Sutty zu entlasten.

»Sind wir jetzt fertig?«

»Vorerst«, sagte Naomi.

»Wenn Ihnen was einfallen sollte, rufen Sie mich an.« Ich gab ihr meine Karte, die sie über ihre Finger wandern ließ wie ein Blackjack-Croupier. »Wir sind einzig und allein an der Wahrheit interessiert.« Das Gespräch war nicht gut gelaufen, ich wollte es daher mit etwas Positivem beenden.

Ich brauchte nicht noch mehr geschulte Killer, die meinen Namen verfluchten.

Jankowski ging um den Wagen herum und kehrte zum Fabrikgebäude zurück. Mehrere bewaffnete Polizisten standen in der Tür, traten zur Seite, damit sie vorbeikonnte, dann schlossen sich die Reihen wieder. Die ganze Zeit behielten sie uns im Blick.

Ihr brachten sie Misstrauen entgegen, uns Verachtung.

Ich zählte fünf Sturmgewehre, die vage in unsere Richtung zeigten.

Naomi wandte sich an mich. »Danke, dass du zum Schluss doch noch aufgewacht bist …«

»Es war allein deine Show. Außerdem hat es so ausgesehen, als wüsstest du, was du tust.«

»Ich wusste nicht, dass ich es mit einem stummen Kollegen zu tun hatte. Meinst du, sie lügt?«

»Warum nicht? Jeder tut es.«

Wir stiegen in den Wagen, worauf Naomi das Thema wechselte. »Hast du mitbekommen, wie sich alle angesehen haben, als wir mit ihr nach draußen gegangen sind?« Noch etwas, von dem ich gehofft hatte, dass es ihr nicht aufgefallen wäre. »Als würden sie ihr nicht trauen.«

»Das kann eine ganze Menge bedeuten. Es ist nicht einfach, wenn man in Misskredit gerät.« Naomi sah mich an. Ich ging davon aus, dass sie annahm, ich würde von mir selbst reden. Ich konnte mir lebhaft vorstellen, was ihr da so vorschwebte.

»Du meinst, die könnten ihr das Leben schwer machen?«

»Um ihr Leben mach ich mir keine Sorgen. Ich gehe nicht davon aus, dass wir uns hier Freunde gemacht haben.«

Naomi fuhr los. Ich drehte das Funkgerät leiser und schaltete das Radio an, um das Schweigen zwischen uns zu füllen. Mir gefiel nicht, mit welchem Tempo der Fall Fahrt aufnahm, wie sehr einige Leute sich vor unseren Augen als ganz jemand anderes zu entpuppen schienen, außerdem konnte ich kaum noch etwas unternehmen, ohne Naomis Misstrauen zu wecken.

Man konnte sie nicht belügen, dafür war sie zu clever, und ihre Beziehung zu Superintendent Parrs, wie immer sie im Einzelnen aussehen mochte, machte es mir unmöglich, sie zu manipulieren.

Vielleicht würde sie um eine Versetzung bitten, wenn ich mich an den Ermittlungen nicht aktiv beteiligte, aber wollte ich das?

Gewisse Fragen irritierten mich nämlich zunehmend. Wie kam man nahe genug an einen bewaffneten Polizisten heran, um ihn mit einem Messer abzustechen? Und wer brachte einen Typen um, der sowieso bloß noch ein paar Tage zu leben hatte?

Mir war nur eines klar geworden nach unserem Überraschungsausflug: Ich konnte mich nicht mehr einfach nur treiben lassen, weil ich sonst fürchten musste, dass Naomi unsere Verdächtigen oder mich auf dem falschen Fuß erwischte.

Als ich auf mein Handy sah, stellte ich fest, dass ich einen weiteren Anruf von einer unterdrückten Nummer verpasst hatte.

Jemand versuchte mich zu erreichen.

11

Es war schon spät am Tag, aber Frank Moore ließ mich während unseres Gesprächs keine Sekunde aus den Augen, dabei musste ich den Hals verdrehen, um zu ihm aufzusehen. Interessant war, dass Kevin Blake, ein Mann, der nach meinem Dafürhalten noch aus einer ganz anderen Welt stammte, nicht das geringste Problem mit einer Polizistin zu haben schien, während der sehr viel jüngere Moore sichtlich daran zu knabbern hatte. Er hörte Naomi aufmerksam zu, richtete seine Antworten aber immer an mich. Vielleicht lag es nicht so sehr daran, dass sie eine Frau war, sondern an seiner militärischen Vergangenheit, daran, dass ich der vermeintliche Vorgesetzte war. Ich schätzte ihn als einen ein, der schnell und gern den Geschäftsführer zu sprechen wünschte.

Wenn der wüsste.

Nachdem ich Constable Black zur Durchsicht der Überwachungsvideos verdonnert hatte – was einige Stunden dauern sollte –, versuchte ich die Dienststelle ohne sie zu verlassen. Als ich aber den Wagen erreichte, saß sie bereits wieder am Steuer und wartete auf mich. Ich tat so, als hätte ich nichts anderes erwartet, und stieg kommentarlos ein. Schweigend, wie es mittlerweile unsere Gewohnheit war, fuhren wir zu Frank Moores Haus hinaus, den einzigen Soundtrack lieferten das Knistern und Krächzen des Funkgeräts. Moore wohnte in einem symmetrischen Backsteinneubau in Heaton Mersey. Als wir eintraten, stockte er kurz.

»Normalerweise ziehen wir die Schuhe aus …«

Er führte uns nach drinnen, vorbei an einer Reihe von Familienfotos, die zur Ordnung im Haus passten. Ich hätte sie für Stockfotos halten können, die irgendwann mitsamt Rahmen angeschafft und nicht mehr entfernt worden waren, hätte ich nicht Franks schmerzhaft symmetrisches Lächeln bemerkt, das mir auf jeder einzelnen Aufnahme entgegenstrahlte. Zu sehen waren jeweils er, seine neue Lebensgefährtin und ihre drei gemeinsamen Kinder in unterschiedlichen Konstellationen, jedes Mal so in Szene gesetzt, dass die Bilder aussahen wie Werbeanzeigen für Baudarlehen.

Frank führte uns in ein ebenso ordentlich eingerichtetes Wohnzimmer, in dem ich nicht wusste, ob ich mich setzen sollte oder nicht. Die beiden Sofas steckten unter transparenten Schutzüberzügen. Ich sah zu Naomi, die vor dem gleichen Dilemma stand. Etwas verlegen blieben wir neben dem Dekokamin stehen. In die Wand war ein großes Bücherregal eingelassen, auf dem eine Handvoll Titel standen. Allesamt Ratgeber. Mir wurde bewusst, dass ich mein Leben lang kein Selbsthilfebuch gelesen hatte. Vielleicht war das ja mein Problem.

Zum größten Teil standen auf den Regalreihen gerahmte Fotos der Kinder. Einzeln, zu zweit, zu dritt, die ganze Familie. Was man verstehen konnte, nach allem, was den ersten drei Kindern zugestoßen war.

»Gut, Mr Moore«, sagte Naomi. »Wir würden Ihnen gern ein paar Fragen zu Martin Wick stellen.«

»Schießen Sie los«, sagte er und sah zu mir, als hätte ich gesprochen. »Auch wenn ich den Mann nicht gekannt habe.«

»Keiner scheint ihn gekannt zu haben«, sagte ich. »Das größte Ereignis in dessen Leben war Briars Green 11, ohne dass vorher oder nachher Wesentliches passiert wäre.«

Moore rückte näher. »Das war auch für mich ein ziemlich einschneidendes Ereignis.«

»Natürlich«, sagte Naomi und übernahm die Gesprächsführung. »Sind Sie Martin Wick jemals begegnet, haben Sie jemals mit ihm gesprochen?«

Moore schüttelte den Kopf. »Ich habe ihn beim Prozess gesehen, aber da hat er ja nicht viel preisgegeben.«

Wäre es darum gegangen, wer dem jeweils anderen länger in

die Augen starren konnte, Martin Wick oder Frank Moore, hätte es mich nicht überrascht, wenn die beiden immer noch hier gestanden hätten.

»Aber Sie hatten nie Zweifel daran, dass der richtige Mann festgenommen wurde?«, fragte Naomi.

Er runzelte die Stirn. »Warum sollte ich?«

»Er konnte nie zufriedenstellend wiedergeben, was in dieser Nacht passiert ist.«

»Warum sollte er das tun?« Wieder sah er zu mir, als könnte ich ihn besser verstehen. »Er hätte sich ja nur selbst weiter belastet …«

»Zugegeben«, erwiderte Naomi und war bemüht, Moores Aufmerksamkeit auf sich zu ziehen. »Wie war das für Sie, als Sie von seinem Tod erfahren haben?«

Er beugte sich leicht vor und fasste sich mit dem Zeigefinger an die weiße Strähne in seinem Haar. Ich dachte schon, er wollte ihr damit ins Auge stechen. Stattdessen lächelte er.

»Ich hab mir nicht viel dabei gedacht.«

»Sie waren nicht froh darüber?« Moore runzelte die Stirn. Naomi fuhr fort: »Die meisten, die wir bislang getroffen haben, waren froh über seinen Abgang …«

»Ich weiß nicht recht, ob mir Ihre Arbeit gefällt«, sagte er und sprach sie damit zum ersten Mal direkt an. »Wie Sie schon gesehen haben, besteht meine Arbeit darin, Menschen zu helfen, die in ihrem Schmerz versinken. Ich kann sie da nicht allein rausziehen, aber ich kann ihnen eine Hand reichen. Bei Martin Wick nun, da dachte ich immer, dass er ganz allein ist in seinem Leid. Wenn er mir die Hand hingestreckt hätte, hätten wir uns gegenseitig helfen können.«

»Aber das hat er nicht getan, nicht wahr?«, fragte ich.

»Nein, leider nicht.«

»Verzeihen Sie, wenn ich das so sage, aber Ihr Beratungsmodell scheint eine etwas andere Klientel anzusprechen.«

»Ich kann und will mich nicht entschuldigen für meine kostenpflichtigen Seminare. Ich lebe von ihnen, aber das ist nur zweitrangig. Der eigentliche Reiz liegt darin, dass sie unsere Arbeit mit Risikogruppen finanzieren.«

»Wie definieren Sie Risikogruppen?«

»Menschen, die unsere Hilfe benötigen, sie sich aber nicht leisten können. Das kann eine Mutter sein, die ihren Mann verloren hat, jemand mit Drogenproblemen oder ein Obdachloser. Ich möchte den nächsten Martin Wick davon abhalten, dass er den Punkt erreicht, an dem er durchtickt. Ich habe sogar schon mit Polizisten zu tun gehabt.«

»Hat sich Kevin Blake jemals in dieser Hinsicht an Sie gewandt?«

Er schüttelte den Kopf. »Kevin ist mehr wie Sie.«

»Wie das?«, fragte ich.

»Lässt nichts aus sich raus. Tut mir leid, ich weiß so was immer. Ich fand es aber interessant, dass er sofort nach Martin Wicks Verurteilung den Polizeidienst quittiert hat …«

»Warum?«

»Um klarzumachen, welches Ausmaß der Fall hat, würde ich sagen. Als ob es nötig gewesen wäre. Wick hat nicht nur meine Familie zerstört, er hat jeden zerstört, der mit ihm zu tun hatte. Ich denke, Blake ist bewundernswert damit umgegangen.«

»Würden Sie sagen, Sie beide sind miteinander befreundet?«

»Nein, nichts dergleichen, er ist eine harte Nuss. Unsere Wege haben sich oft gekreuzt. Wohltätigkeitsveranstaltungen und dergleichen …«

»Wussten Sie Bescheid über Martin Wicks Lebenserwartung?«, fragte Naomi.

»Ja. Ihre Kollegin, die für den Opferschutz zuständig ist, eine sehr nette junge Frau übrigens, hat uns gesagt, man würde sich erhoffen, dass er Lizzies letzte Ruhestätte verrät.« Seine Stimme brach, unerwartet, nachdem das Thema auf seine Tochter gekommen war, unwillkürlich fasste er sich an die Brust, als wollte er zeigen, wo sie wirklich ruhte.

»Wie ist es Ihnen damit ergangen?«

»Ich hab ihr, glaube ich, gesagt, dass sie ihre Zeit verschwenden würden.« Er musste mitbekommen haben, dass Naomi zu mir sah, weshalb er fortfuhr. »Sie müssen verstehen, Lizzie ist wie die anderen seit Langem für tot erklärt worden. Das hat in gewisser Weise geholfen. Ich konnte …« Er streckte seine riesigen Hände aus, als wollte er einen großen Gegenstand ergreifen und ihn mit Gewalt zu Boden zwingen. »Ich konnte alles zusammenpacken. Und die Seite umblättern. Man muss weitermachen, wenn eine solche Tragödie eintritt. Das heißt, man muss vergeben und vergessen.«

»Sie haben Martin Wick verziehen?«, fragte Naomi.

Ein ungeduldiges Kopfschütteln. »Ich habe mir selbst verziehen.«

»Darf ich fragen, wofür?«

»Das Schuldgefühl des Überlebenden. Es hat schon einen Grund, warum wir in Familien leben. Mütter sind dazu da, die Kinder großzuziehen, sie sind das Gewissen des Hauses. Väter sorgen für Essen, Wärme und Schutz. Ich habe versagt.«

Ich stimmte ihm nicht zu, aber auf diese doch recht komplexe Aussage ließ sich nur schwer etwas erwidern, da er in seinem Fall ja recht hatte. Es bestand die Möglichkeit, dass seine Frau und seine Kinder noch hätten am Leben sein können, wenn er dagewesen wäre.

»Meines Wissens lebten Sie und Margaret zum damaligen Zeitpunkt getrennt?«, sagte Naomi.

»Ihres Wissens, ja?«

»Wir versuchen nur, die Abfolge der Ereignisse zu rekonstruieren«, sagte sie ruhig.

»Wir hatten uns getrennt, aber keiner von uns ist davon ausgegangen, dass es für immer sein würde. Wir wollten beide nur etwas runterkommen.«

»Runterkommen? Wovon?«

»Eines Tages, wenn Sie etwas älter sind, wenn Sie eine Familie gegründet haben, werden Sie das verstehen. Eine Ehe ist wie das Meer. Endlos, bodenlos, rätselhaft. Aber es gibt auch Gezeiten, alles ist in Bewegung, ist unberechenbar. Wir hatten eine stürmische Zeit durchgemacht.«

Abrupt verstummte er, und verwundert stellte ich fest, dass das seine Antwort war.

Naomi hakte nach. »Was für eine stürmische Zeit?«

»Wenn Sie die Wahrheit hören wollen, ich hatte mich auf üble Leute eingelassen«, sagte er und fand damit nur eine andere Ausflucht. »Ich war nicht der perfekte Vater oder Ehemann, aber ich war in der Lage, daraus das eine oder andere zu lernen.«

»Das eine oder andere?« Naomi, wie mir jetzt klar wurde, würde so lange weiterbohren, bis sie eine eindeutige Antwort bekam.

»Ich bin in der Lage, meinen Kindern einige sehr wertvolle Dinge mit auf den Weg zu geben«, sagte er und wies mit einem Nicken auf die Fotos im Bücherregal. »Bring jedem Tag deine Wertschätzung entgegen. Leb ihn so, als wäre er dein letzter.« Das nun erschien mir ziemlich harter Stoff für die Knirpse, ich ließ mir aber nichts anmerken.

»Ich will Ihnen ja nicht zu nahe treten«, sagte Naomi, »aber was war der Grund, warum Sie das erste Mal nicht so perfekt waren?«

»Ich habe gegen die Dinge angekämpft«, sagte er, und jetzt schwang etwas Drohendes in seiner Stimme mit.

»Dinge wie?«

»Maggie. Die Kinder. Mich selbst.« Er zählte sie auf, als wären sie voneinander getrennte Einheiten. »Jetzt habe ich ein Motto, nach dem ich zu leben versuche. Nimm die Dinge, wie sie sind.«

»Werde ich mir merken«, sagte Naomi.

Er hob das Kinn, als wollte er das Gespräch zu Ende bringen. »Noch was?«, fragte er. »Die Kinder werden bald nach Hause kommen, und es wäre mir lieber, wenn sie von dem allem verschont würden.«

»Natürlich«, sagte sie. »Es wäre sehr hilfreich zu wissen, wo Sie am Samstagabend und Sonntagmorgen gewesen sind.«

»Ich bin der glücklichste Mensch auf Erden.« Er strahlte. Ich musste an seine abgeschlachteten Kinder denken. Eine seltsame Feststellung. »Ich war hier, im Bett, neben meiner Frau.«

»Gut, ich danke Ihnen«, sagte Naomi. »Und nochmals vielen Dank, dass Sie sich Zeit genommen haben.«

»Ich bringe Sie raus«, sagte er und begleitete uns an die Haustür. Als ich im Flur meine Schuhe anzog, fiel mein Blick erneut auf die Familienbilder. Mich erstaunte die Ähnlichkeit zwischen Franks neuer Partnerin und der ermordeten Margaret Moore.

»Wir waren füreinander bestimmt«, sagte er und folgte meinem Blick zum Foto seiner zweiten Frau. »Manchmal fügen sich die Dinge wie von selbst.« Ich musste erneut die Stirn gerunzelt haben, denn er hob bereits zu einer Erläuterung an, als wir draußen in der Anfahrt Stimmen hörten, dann einen Schlüssel in der Tür. Sie ging auf, drei Kinder kamen herein. Erst dachte ich, sie wären überrascht, uns zu sehen, etwas eingeschüchtert vom Anblick der Fremden, die hier mit ihrem Dad redeten, aber dann wurde mir bewusst, dass sie immer so das Haus betraten.

Ganz still, die Schuhe in der Hand.

Sie standen da wie aufgereihte Enten, die auf ihre Mutter warteten, damit sie sie ins Haus führte. Als sie erschien, war es, als stünde Margaret Moore vor uns. Sie sah genauso aus, bis hin zum französischen Zopf.

Naomi lächelte den Kindern zu. »Na, das muss wohl …«

»Elizabeth«, sagte die Mutter des Mädchens und wies auf ihr ältestes Kind. »Und das sind Arthur und Mary.«

»Becky, meine wunderbare Frau«, sagte Frank. Wir begrüßten uns, dann führte sie die Kinder ins Wohnzimmer.

»Mrs Moore«, sagte Naomi und folgte ihnen. Frank sah ihnen mit seinem eingefrorenen Lächeln nach, dann hörten wir, wie sie sein Alibi bestätigte. »Danke«, kam es von Naomi, die gleich darauf wieder auftauchte. Sie verabschiedete sich, zog ihren Parka enger um sich und ging zum Wagen voraus.

Draußen war es dunkel, eine nächtliche Kühle war zu spüren.

»Sie sind ein Geschenk des Himmels«, sagte Frank, als ich nach draußen trat.

Ich wollte nochmals auf die Familie zu sprechen kommen, darauf, dass sich alles wie von selbst fügen würde. Seitdem er das gesagt hatte, wirkte er besorgt und schien zu spüren, dass er irgendwo einen Fehler begangen hatte. Ich blieb in der Tür stehen. Er war sicherlich jemand, der gern das letzte Wort hatte. »Detective, Ihre Kollegin hat mich gefragt, wie ich mich nach Martin Wicks Tod gefühlt habe. Ich fürchte, ich habe nicht ganz die Wahrheit gesagt.«

»Ach?«

»Es ist oft hilfreich, wenn man sich selbst diese Leitsätze immer wieder vorsagt. Um loslassen zu können. Aber wenn ich jetzt meine Familie sehe, wenn ich daran denke, was dieser Mann mir genommen hat. Nun. Wenn es nach mir ginge, würde man das Schwein ausgraben und noch mal anzünden.« Ich sagte nichts darauf. Er lächelte. »Aber das ist bloß meine persönliche Meinung.«

»Natürlich.« Ich nickte. »Guten Abend, Mr Moore.«

Ich ging über die Einfahrt und dachte mir, dass wir genauso gut mit einem seiner gerahmten Fotos hätten sprechen können. Sein letzter Kommentar schien bloß dazu bestimmt, um von etwas anderem abzulenken. Ich stieg in den Wagen, schweigend saßen Naomi und ich eine Weile nur da, während der Motor vor sich hin tuckerte. »Die Kinder«, sagte sie. Ich nickte und sah zurück zum Haus, wo sich Frank Moores Silhouette im Fenster abzeichnete. Er beobachtete uns.

Arthur, Elizabeth und Mary. Alle drei trugen die Namen der ermordeten Kinder.

III

REMURDERED

1

Ich wachte früh auf, zog Shorts, T-Shirt und Turnschuhe an und joggte durch die Thomas Street zum Irwell, überquerte den Fluss, weiter auf der Black Friars Road und dann nach Südosten in Richtung Spinningfields. Was wir über Frank Moores Kinder erfahren hatten, war verstörend, außerdem hatte er seine Probleme mit Naomi, er hatte überhaupt Probleme mit Frauen, keine Frage.

Das machte sich nicht gut beim Mann einer ermordeten Frau.

Ich verließ den Irwell, beschleunigte, wurde um das Science and Industry Museum herum wieder langsamer und bog zum Northern Quarter ab, setzte auf den letzten eineinhalb Kilometern zu einem Sprint an, wobei ich die meisten meiner Probleme für eine Weile hinter mir lassen konnte. Ich wurde das Gefühl nicht los, dass unter dem Moore-Fall etwas ganz Großes in Bewegung geraten war. Tektonische Platten, die sich verschoben.

Vor meinem Gebäude, als ich gerade den Schlüssel in die Tür steckte, hörte ich hinter mir einen Wagen anhalten. Ich drehte mich um. Chief Inspector James saß hinter dem Steuer. Ich war ihm nur einmal begegnet, als er meine Aussage zu den Ereignissen im St. Mary's aufgenommen hatte. In seinem faden Anzug, mit seiner leisen, tonlosen Stimme und den sachten, fließenden Handbewegungen hatte er mich an einen Wettermann im Fernsehen erinnert. Er stellte den Motor ab und stieg aus, kam aber nicht um den Wagen herum, sondern sprach über das Autodach hinweg.

»Habe gehört, Sie wären ein Sprintjunkie, aber das ist ja lächerlich …«

»Kann ich Ihnen helfen?«

»Mir helfen?« Er lächelte. »Unwahrscheinlich, mein Freund.

Ich bin nur gerade in der Gegend und dachte mir, ich könnte mit Ihnen reden. Über …«

»Wenn es um den Fall geht, keine Sorge. Meinetwegen gehört der ganz Ihnen.«

»Sie haben sich freiwillig gemeldet, hab ich gehört …«

»Sie meinen, bei Parrs meldet sich irgendjemand freiwillig?«

»Parrs hatte mit Wick also so seine Probleme. Na, klingt plausibel …«

Ich wartete.

»Ich hab gehört, er macht bald den Abgang. Chase ist auf dem Weg nach oben, aber die beiden waren ja nie einer Meinung. Diese Wick-Sache ist seine letzte Chance. Er wollte die Ermittlungen haben, wollte seinen besten Mann darauf ansetzen, aber sie hat abgelehnt, also ist er ihr ganz unterwürfig gekommen und hat gesagt, Sie würden da so eine Art persönliche Verantwortung spüren, wären untröstlich wegen Sutty und hätten ihn regelrecht bekniet, die Sache zu übernehmen. Das alles, nur damit er seinen Fuß in der Tür hat«, sagte er und schüttelte den Kopf, als wäre ihm eine bislang verborgene dunkle Seite der Menschheit offenbart worden.

»Alles gut zu wissen«, fuhr er fort. »Aber ich bin wegen was anderem hier. Wo sind Sie nach dem Brandanschlag im Krankenhaus hin?«

»Ich war eine Weile bei Parrs, dann bin ich nach Hause gegangen. Warum?«

»Sie sind nach Hause gefahren, nehme ich an?«

»Ich bin zu Fuß gegangen.«

»Na ja, es gab da so einen unschönen Vorfall, ganz in der Nähe des Piccadilly. Am Sonntag, in den frühen Morgenstunden. Einem Typen wird der Schädel eingeschlagen, auf den Täter passt Ihre Beschreibung.«

»Wie gesagt, ich bin zu Fuß nach Hause gegangen.«

»Irgendwo einen Zwischenstopp eingelegt?«

Ich schüttelte den Kopf.

»Sie sind nicht auf alte Gewohnheiten zurückgefallen nach einer üblen Nacht im Dienst? Ein bisschen Meth genommen, um die Nerven zu beruhigen?«

»Ich bin direkt nach Hause und ins Bett. Wenn Sie meinen, ich würde was nehmen, dann fordern Sie eine Urinprobe an.«

»Würden Sie denn eine zur Verfügung stellen?«

»Ich denke, Sie würde ich von hier aus treffen.«

»Sie wollen es heute nicht auf ein Wettpinkeln ankommen lassen, Junge.« Er kam um den Wagen herum, in der Hand die ausgedruckte Aufnahme einer Überwachungskamera, ein Bild von mir, laut Zeitstempel in den frühen Morgenstunden des Sonntags aufgenommen, nach dem Anschlag.

Ich starrte darauf hoch in die Kamera, mein Blick jenseits jeder Beschreibung.

»Und?«, sagte ich.

Er zeigte mir einen zweiten, fast identischen Ausdruck, laut Zeitstempel sechs Minuten später. Ich hatte mich kaum bewegt. Erst jetzt wurde mir klar, dass ich zum Light Fantastic hochstierte.

»Nachdem dieser Zwischenfall gemeldet wurde, haben wir die Geschäfte in der Gegend abgeklappert. Einer hat gemeint, er hätte was Seltsames gesehen. Er hatte gerade seinen Club zugemacht und zufällig einen Blick aus dem Fenster geworfen, runter auf die Straße. Da sah er einen wütenden jungen Mann hochstarren. Volle zehn Minuten lang. Die Beschreibung, die er geliefert hat, passt zu unserem Täter, also haben wir uns die Kameraaufnahmen angesehen. Sie können sich unsere Überraschung vorstellen …«

»Es war eine lange Nacht gewesen, ich habe überlegt, ob ich noch auf einen Drink rein sollte.«

»Es war geschlossen«, sagte er. »Total dicht. Die Uniformierten, die sich der Sache annahmen, haben Sie erkannt und es gemeldet. Die Meldung ging durchs Präsidium und landete irgendwann auf Chases Schreibtisch. Sie hat mich gebeten, Sie aufzusuchen und mit Ihnen zu reden, inoffiziell …«

»Reden worüber?«

»Hören Sie«, sagte er, als wollte er mich auf die Matte werfen. »Der tätliche Angriff, der kümmert keinen – irgendein Straßendealer, vergessen Sie's. Aber ich muss Sie fragen, ob Sie den Mann kennen, dem dieser Club gehört.«

»Nein«, sagte ich und hörte selbst das Zittern in meiner Stimme.

»Sie haben also nicht versucht, ihm irgendwas zu beweisen, als Sie so zu ihm raufgestarrt haben?«

Ich schüttelte den Kopf.

»Komisch. Nach allem, was ich gehört habe, war er mal Ihr Dealer. Wenn Sie das nächste Mal am Light Fantastic vorbeikommen, dann tun Sie uns allen einen Gefallen. Gehen Sie die Straße weiter, ohne nach links oder rechts zu schauen.«

2

Ich ging in meine Wohnung und knallte die Tür hinter mir zu. Das Light Fantastic gehörte einem Zain Carver. Rechnete man alles zusammen, gehörte Carver wahrscheinlich ein Prozent jeder Droge, die in der Stadt vertickt wurde. In diesem Sinne war er vielleicht mein Dealer gewesen, aber irgendwie genoss er einen besseren Ruf als ich. Gelegentlich tauchte sein Name in den Nachrichten auf, aber nur im Zusammenhang mit Immobilienportfolios und Baufirmen, mit Aktien und Unternehmensbeteiligungen. Darauf angesprochen, würde er einem erzählen, dass das alles bloß Investitionen seien, Nebenprodukte seines privaten Vermögens.

Zains wahres Talent lag darin, sich Leute zu kaufen.

Prostituierte, Politiker, Polizeibeamte. Er ging mit ihnen mehr oder weniger ebenso skrupellos um wie mit jedem anderen Vermögenswert. Rauschten seine Aktien in den Keller, stieß er sie ab. Erlitten seine Firmen Schiffbruch, wurde ihre Holding für bankrott erklärt und das Betriebsvermögen liquidiert. Hatte er für seine Immobilien keine Verwendung mehr, kam es zu unerwarteten elektrischen Defekten, die Gebäude gingen über Nacht in Flammen auf, und die Versicherung beglich den Schaden.

Wenn also die Leute, in die Carver investiert hatte, ebenfalls nicht die in sie gesteckten Erwartungen erfüllten, wurden sie abgestoßen. Versagten sie, mussten sie feststellen, dass sie rätselhafterweise bankrott waren, und wurden liquidiert.

Hatte er für sie keine Verwendung mehr, gingen sie in Flammen auf.

Früher oder später würde dieses Schicksal unweigerlich auch das Light Fantastic ereilen, denn es gehörte Zain Carver. Ich betrachtete den Ausdruck, den James mir gegeben hatte, und mir wurde flau im Magen. Denn in gewissem Sinn hatte ich auch einmal Zain Carver gehört. Ich versuchte mich an alle zu erinnern, die ich mal gekannt und die er im Lauf der Jahre ebenfalls gekauft hatte. Konnte es wirklich sein, dass ich als Letzter übrig war?

Superintendent Parrs lag falsch, wenn er sagte, ich hätte ihm meine Seele verkauft. Die war vorher schon zur Gänze beliehen gewesen.

3

Ich duschte lang und heiß, kochte mir einen starken Kaffee, setzte mich und versuchte auf cool zu machen. Es klappte nicht ganz. Nach James' Besuch, nach der Neuigkeit, dass ich vor dem Light Fantastic gesehen worden war, lagen in mir drei übermächtige Impulse im Widerstreit.

Der erste Impuls war der der Selbsterhaltung, ein biologischer Imperativ, der mir riet, den Fall sich totlaufen zu lassen, ihn ebenso auszublenden wie die Vermutung, dass ich das eigentliche Anschlagsziel gewesen sei; den Kopf einfach in den Sand zu stecken. Der zweite Impuls kam von meinem Gewissen, von dem ich schon lange nichts mehr gehört hatte und dessen urplötzliche Einmischung mich ziemlich irritierte. Es gab zu bedenken, dass Leben auf dem Spiel standen, weshalb ich den Fall ernst zu nehmen hätte. Der dritte Impuls kam von meiner eigenen Neugier. Unwillkürlich fragte ich mich, ob Martin Wick so kurz vor seinem Tod die Wahrheit gesagt hatte. Was, wenn er tatsächlich nichts mit den Morden an der Moore-Familie zu tun gehabt hatte? Was, wenn der tatsächliche Mörder noch auf freiem Fuß war?

Wenn ich an Carver dachte, beschleunigte sich mein Herzschlag. Mein Blick ging zur Decke, und ich war dankbar für die Notfalltasche, die ich dort versteckt hatte. Das Geld, der Plastikumschlag, alles, was drin lag. Ein Funken Hoffnung auf ein neues Leben. Die mögliche Befreiung von den Drohungen und Einschüchterungen, die das jetzige Leben verfolgten.

Aber dann, als ich die lockere Lampenfassung über mir sah, wurde es sehr still im Raum.

Als ich sie das letzte Mal angefasst hatte, am Morgen zuvor, bevor ich zu Naomi an die Tür gegangen war, hatte ich sie sorgfältig montiert.

Ich war bemüht, das Schrillen in meinen Ohren zu ignorieren, während ich in den Hausflur ging, die Trittleiter holte und sie in die Mitte des Zimmers stellte. Als ich hochstieg und die Hand ausstreckte, zitterte sie. Ich löste die Fassung und griff in den Hohlraum, aber da war nichts mehr. Ich stieg ganz nach oben, reckte den Hals, versuchte in die Öffnung zu spähen. Es war zu finster, um etwas zu sehen. Ich riss mein Handy aus der Hosentasche und leuchtete mit der Lampenfunktion hinein.

Die Tasche war weg.

Ich versuchte zu atmen, aber mein Brustkorb war wie eingeschnürt. Die Trittleiter klapperte, das Zittern in meinen Händen hatte auf die Arme und Beine übergegriffen. Ich stieg vorsichtig von der Leiter und setzte mich auf den Boden. Der Raum um mich herum drehte sich. Eine ganze Galaxie von schwarzen Punkten stürmte auf meine Augen ein. Ich hatte eine Panikattacke, verlor völlig die Kontrolle.

Hässliche Namen und Gesichter blitzten vor mir auf.

Alle, die zu so was fähig waren. Ich legte mich auf den Rücken, keuchte, umfasste meine Brust, versuchte nicht an sie zu denken. Für eine Sekunde verlor ich tatsächlich das Bewusstsein, aber allmählich ließ die Panik nach, schließlich lag ich nur noch zitternd auf dem harten Dielenboden und spürte den kalten Schweiß in meiner Kleidung.

In der Tasche hatte sich eine große Geldsumme befunden, die gesamten Ersparnisse meines Lebens, ein teuer gefertigter gefälschter Pass mit meinem Bild und einem neuen Namen. Wer hier eingebrochen und die Tasche gestohlen hatte, gab mir zu verstehen, dass ich mich in unmittelbarer Gefahr befand. Da aber alle Mittel, die ich zur Flucht benötigte, fehlten, konnte ich nicht mehr weg.

Ich wusste nicht, was ich tun sollte.

4

Ich stellte die Leiter wieder nach draußen und begann jedes Zimmer abzusuchen, jeden Schrank, jede Schublade in der Wohnung. Erst methodisch, dann hektischer, als sich die Angst wieder meldete, ich riss Kleidung aus den Schränken und Bücher von den Regalen. Kippte halb wahnsinnig den Inhalt von Schubläden auf den Boden und versuchte einer weiteren Panikattacke zuvorzukommen.

Als es klingelte, fuhr ich zusammen.

Es war 5.30 Uhr, ich erwartete niemanden.

Ich sah zur Gegensprechanlage und ging ans Fenster. Unten auf der Straße stand Naomi und sah zu mir hoch. Ihr Gesichtsausdruck war nicht zu deuten. Ich zögerte kurz, dann öffnete ich das Fenster.

»Der Superintendent will dich sehen!«, rief sie.

Ich nickte, lehnte mich an den Fensterrahmen und fragte mich, was sie wussten. Naomi war die Einzige, die, als sie mich bei ihrem unangekündigten Besuch auf der Leiter überrascht hatte, in den letzten Tagen in diesem Zimmer gewesen war. Es gefiel mir nicht, dass sie ausgerechnet jetzt wieder auftauchte.

»Wohin fahren wir?«, fragte ich.

»St. Mary's.«

»Parrs bekommt endlich seine Herztransplantation …«

»Ich denke, er ist noch auf der Warteliste«, sagte sie mit einem müden Lächeln. »Alles in Ordnung?« Ich nickte, fühlte mich aber, als hätte ein Auto auf meiner Brust geparkt. »Wir müssen in den nächsten zwanzig Minuten da sein.«

Ich sah zum Chaos im Zimmer. »Was ist los?«

»Keine Ahnung, aber es klang dringend.«

Noch vor sechs Uhr trafen wir am Krankenhaus ein und stürzten uns ins Getümmel, folgten einer Filmcrew drei Stockwerke nach oben und betraten die Station, in der Martin Wick ermordet worden war. Ich hatte angenommen, der Tatort wäre abgesperrt, aber im Gang drängten sich Leute, die sich wahnsinnig geschäftig gaben. Ich musterte Naomi. Wurde ich in eine Falle gelockt?

Ich hatte mir bereits während der Fahrt Gedanken über sie gemacht.

Sie verströmte die Intensität von jemandem, der die ganze Nacht auf gewesen war, weshalb ich ihr noch weniger traute. Was machte sie bloß in ihrer Freizeit? Und wie würde es für denjenigen aussehen, der die Tasche gefunden hatte?, fragte ich mich nervös. Der einzige Polizist, der den brutalen Anschlag unbeschadet überstanden hatte, war im Besitz eines gefälschten Passes und einer großen Geldsumme. Ich hatte mich selbst in die Scheiße geritten.

Superintendent Parrs sprach mit einem jungen Mann, der mit dem Rücken zu uns stand. Parrs' rote Augen blitzten auf, dann legte er seinem Gesprächspartner die Hand auf die Schulter und drehte ihn in unsere Richtung.

»Aidan Waits«, sagte er. »Darf ich dir deinen Ersatz vorstellen.« Zwei Tote am ersten Tag, keine Spuren am zweiten Tag und am dritten Tag vom Fall abgezogen. Ein neuer persönlicher Rekord.

Der Typ kam mir bekannt vor.

Er war so Ende zwanzig oder Anfang dreißig und trug einen ähnlich dunklen Anzug wie ich. Sein Hemd war zerknittert, die Haare waren kurz geschnitten, ordentlicher, als ich es hinbekam, aber trotzdem zerzaust, sein Kiefer markant, fast hatte er was Hageres an sich. Er hatte einen Fünf-Uhr-Schatten und die hohlen Augen eines Lügners samt Tränensäcken.

»Um was geht's hier?«, fragte ich.

»Wir filmen die Rekonstruktion des Tathergangs.« Der andere Typ lächelte. »Ich glaube, ich bin Sie.«

»Mein Beileid.«

Ich wurde von einem Typen abgelenkt, der wie Sutty gekleidet war und sich durch den Gang zwängte. Alle Vernunft schien sich von mir zu verabschieden, so, als folgte alles einer Art Traumlogik, und ich fürchtete, ich würde nackt dastehen, wenn ich an mir hinunterblickte.

»Du entschuldigst uns«, sagte Parrs und gab mir mit einem Nicken zu verstehen, dass ich ihm folgen sollte. Er führte mich den Weg zurück, den ich gekommen war. Entweder wusste er alles, und ich würde gleich verhaftet werden, oder er wusste nichts, und ein anderer hatte es da draußen auf mich abgesehen.

Keine Ahnung, was schlimmer war.

Wir stiegen das Treppenhaus hinauf, weg vom Stimmengewirr und der Action unten. Als ich eine Frau in grünem Jogginganzug mit Tattoos im Gesicht sah, drehte ich mich um. Parrs schüttelte müde den Kopf. Der Ausgang oben, der vor ein paar Tagen noch aufs Dach geführt hatte, ließ sich nicht öffnen, weshalb wir gebückt in der Tür unter einer nackten Glühbirne standen.

»Ich wusste nicht, dass das da unten abläuft«, sagte ich.

»Willkommen im Club.« Er warf einen Blick über meine Schulter, um sicherzugehen, dass keiner in Hörweite war. »Hat sich die Chief Superintendent so eingebildet. Hätte sie mich gefragt, hätte ich vorgeschlagen, dass du dich selbst spielst. Schließlich hast du ja einige Erfahrung damit, so zu tun, als wärst du Polizist. Was haben wir?«

»Gibt nicht viel zu berichten. Wir haben mit Sloane gesprochen, aber der hat einen ziemlichen Eiertanz aufgeführt, von wegen seine Informanten schützen und so. Er hat vorgeschlagen, dass er mit James redet.«

»Klar. Der Chief Inspector sollte Windeln tragen, er kommt doch nicht von der einen Ecke des Zimmers zur anderen, ohne zu tröpfeln. Wenn uns hier einer weiterbringt, dann Sloane.«

»Er war aber ziemlich bockig, was das Thema anbelangt.«

»Könnte ich Detective Inspector Sutcliffe die Hände auflegen und ihn heilen, würde ich es tun. Aber weil ich das nicht kann, brauche ich dich in der Sache. Sloane ist bockig, also statte ihm einen Besuch ab, nimm dein Holzhämmerchen mit und klopf den Arsch butterweich. Denn wenn du mir bis heute Abend nicht sagen kannst, wer dieses Foto geschossen hat, werde ich mich in deiner näheren Umgebung umsehen müssen. Würde dir das gefallen, Aidan? Dir ein bisschen auf den Zahn fühlen?«

»Gibt es da was, was Sie mir nicht gesagt haben, Sir?«

Er atmete tief ein. »Cranston geht am Ende des Jahres in Pension.« Ich nickte und musste daran denken, was mir James über das heikle Kräftegleichgewicht zwischen Parrs und Chase berichtet hatte. »Inoffiziell? Ist Chase bereits als seine Nachfolgerin gesalbt. Natürlich will sie ihren Heiligenschein auf keinen Fall beschmutzt sehen, also hält sie Ausschau nach jemandem, dem sie die Schuld für die Sache hinschieben kann. Deshalb durfte ich mich jetzt, nur ganz kurz, auf dem Schleudersitz niederlassen. Glaub ja nicht, dass ich dir nicht gern den Platz überlasse.«

»Mir?«

»Keiner ist näher dran, vergiss das nicht. Schau dir die Sache mal lieber von allen Seiten an, wenn du beweisen möchtest, dass du nichts damit zu tun hast.«

»Ich hab nichts damit zu tun.«

»Natürlich«, sagte er. »Hat Kevin Blake für heute noch eine Pressekonferenz geplant?«

»Wir haben davon nichts gewusst, erst als es schon ausgestrahlt wurde. Wir tun alles, was wir können.«

»Davon bin ich überzeugt. Vergiss nicht, Junge, ich weiß immer, absolut immer, wenn du mich anlügst. Nämlich dann, wenn du den Mund aufmachst. Wenn du diesen Fall versiebst, werde ich deine Körpertemperatur auf null stellen, glaub mir.« Ich sagte nichts. Nach den morgendlichen Ereignissen musste er sich wohl eher hinten anstellen. »Los«, blaffte er. »Den Rest.«

»Immer noch keine Identifizierung der jungen Frau im Jogginganzug, keine Fingerabdrücke auf der Station oder am Wagen, kein …«

»Schon verstanden«, sagte er und scheuchte mich zur nächsten Frage. »Nichts also. Was ist mit dem Rachemotiv?«

Ich schüttelte den Kopf. »Frank Moore ist ein komischer Typ. Ich kann nicht sagen, ob er wirklich die Eso-Schiene fährt oder einfach nur alles in sich hineingefressen hat. Er hat seine drei Kinder aus zweiter Ehe nach denen benannt, die Wick ermordet hat.« Parrs wirkte vage interessiert, aber mehr hatte ich nicht zu bieten. »Er hat sein ganzes Leben, oder seine äußere Fassade, auf dem Weitermachen aufgebaut. Man muss vergeben und vergessen können. Er gibt Seminare über Trauerarbeit und den Umgang mit Schmerz.«

»Wenn wir hier durch sind, melde ich uns alle an.«

»Ich dachte, vielleicht schlummert was unter der Oberfläche, aber …«

»Ja«, sagte er und griff meinen Gedanken auf. »Seine Familie wurde ermordet, wie sollte es anders sein?« Er wühlte in der Innentasche seines Jacketts und zog eine zerknüllte Zeitung heraus. »Schon gesehen?«

Er drückte mir das Blatt in die Hand. Ich hielt es ins Licht.

Todestattoo, lautete die Schlagzeile.

Im dazugehörigen Artikel, als dessen Verfasser Charlie Sloane firmierte, wurde beschrieben, wie bewaffnete Polizeikräfte eine junge Frau mit Tätowierungen im Gesicht überwältigten, bevor sie feststellten, dass sie nicht unsere Verdächtige war. Weiterhin schrieb er, dass die im Zusammenhang mit dem Anschlag verhaftete männliche Person ohne Anklage wieder auf freien Fuß gesetzt wurde.

»Ist das Wicks ehemaliger Zellengenosse?«, fragte ich.

Parrs nickte. »Ein Spice-Dealer, hört auf den Namen Short Back and Sides. James' Team hat ihn heute Morgen laufen lassen, er sollte also wieder fröhlich unterwegs sein …«

»Haben sie irgendwas von ihm bekommen?«

»Den Tripper, falls sie ihm zu nahe gekommen sind. Das Arschloch hat ein Alibi, aber wer weiß, was das wert ist. Was James' Team fehlt, sind die Talente deiner Constable Black. Sie hat sich die ganze Nacht die Aufnahmen der Überwachungskameras vom St. Mary's angesehen. Sie kann nachweisen, dass sich Short Back während der letzten sieben Tage in der unmittelbaren Umgebung aufgehalten hat.« Das erklärte Naomis übernächtigte Anspannung. »Redet ihr beide eigentlich nicht miteinander, Sergeant?«

»Ich bin noch nicht ganz auf dem neuesten Stand«, sagte ich. »Gibt es irgendwelche direkten Hinweise, die diesen Short Back and Sides mit dem Anschlag in Verbindung bringen?«

»Noch nicht, aber solange man hier keine chemischen Kastrationen durchführt, hat er meiner Ansicht nach hier nichts verloren.«

»Wir werden mal ein bisschen mit ihm plauschen.«

»Vergiss den Plausch und tritt ihm in den Arsch. Und scheu dich nicht, ihn reinzuholen. Der Scheißkerl hat sein halbes Leben im Vernehmungsraum verbracht. Hat James und Co. zum Narren gehalten. Noch mal, ich wünschte mir, Detective Inspector Sutcliffe könnte sich der Sache annehmen, mit seinen Fähigkeiten wäre er wesentlich besser dafür geeignet, aber bitte, zeig dich von deiner übelsten Seite.«

»Gibt's was Neues über ihn?«

Er sah mich an. »Du hast ihn immer noch nicht besucht?« Ich wollte schon was sagen, aber er schüttelte den Kopf. »Na ja, mit Freunden wie dir … Detective Inspector Sutcliffe ist immer noch hinüber. Er liegt zwei Stockwerke unter uns. Du hast noch ein paar Tage, bevor sie ihn aufwecken. Kannst dich ja auf dem Weg nach draußen kurz bei ihm blicken lassen.«

Ich sagte nichts.

»Lies den Rest, solange du noch hier bist.« Er deutete auf die Zeitung. Ich überflog den Text. Sloane war zu seinem Lieblingsthema zurückgekehrt, Ex-Constable Tessa Klein. Trotz neuer Spuren, so der Artikel, habe sich die Polizei geweigert, wegen ihres Verschwindens Ermittlungen einzuleiten.

»Neue Spuren?« Ich sah auf.

»Dazu hab ich ihn heute Morgen befragt. Angeblich hat sie irgendeinen Urlaub gebucht, bevor sie sich das Licht ausgeknipst hat.«

»Sollen wir uns die Sache auch anschauen?«

»Auf keinen Fall. Chase ist sowieso schon sauer, dass Kleins Name wieder in der Zeitung steht. Sie hat mich gebeten, zu bestätigen, dass *du* die Informationen gestern bei eurem Gespräch nicht an Sloane durchgereicht hast …«

»Ich wusste doch gar nichts davon. Ich weiß immer noch nichts.«

»Sorg dafür, dass es auch so bleibt. Soweit es uns betrifft, war Klein Zivilistin, als sie gestorben ist, und sie ist durch eigene Hand gestorben.« Mich beschlich ein ungutes Gefühl, da er so sehr auf dem Thema herumritt, aber ich hakte nicht nach. »Wo stehen wir bei dem dritten Motiv?«

»Wir wollten uns für den Anfang auf Wick konzentrieren. Es gibt da so viel, dem man nachgehen muss, dass es unwahrscheinlich ist …«

»Es ist unwahrscheinlich, dass du deine Befehle missachtest, Sergeant. Ich möchte die Möglichkeit ausschließen, dass *du* das beabsichtigte Ziel des Anschlags warst. Ich hab die Schnauze voll von Überraschungen.«

»Woher stammt diese Information?«

»Endlich stellst du die richtigen Fragen. Ich rate dir nochmals, red mit deiner Kollegin. Ich hab gehört, Constable Black hat sich letzte Nacht auch mit dieser Sache beschäftigt. Hatte um 23.49 Uhr Zugang zu den relevanten Akten. Anscheinend liegt ihr dein Wohlergehen mehr am Herzen als dir selbst, Sergeant.« Es gefiel mir nicht, dass sie in meiner Vergangenheit rumwühlte, aber das war einen Tacken besser, als wenn sie mein Zimmer durchsucht hätte. »So«, sagte er. »Zu dieser Louisa-Jankowski-Sache …«

Ich hatte Parrs am vorausgegangenen Abend eine Nachricht hinterlassen, in der ich empfohlen hatte, sie in den Innendienst zu versetzen. Ich wusste nicht, was mit ihr los war, aber es erschien mir wenig ratsam, dass eine möglicherweise kompromittierte Polizistin mit einer geladenen Knarre durch die Straßen lief.

»Als ich Chief Superintendent Chase deine Befürchtungen vorgetragen habe, war erst langes Schweigen, dann hat sie mich gebeten, sie hier zu treffen. Sie gibt ein Interview, das nach der Rekonstruktion des Tathergangs ausgestrahlt wird. Sie meint, sie kann fünf Minuten für uns erübrigen.« Er musterte mich. »Schon was getrunken?«

»Heute Morgen noch nicht.«

Er nickte und wandte sich zur Treppe. »Gut, dann ist es jetzt an der Zeit, damit anzufangen«, sagte er und stapfte nach unten.

5

Die Innenaufnahmen für die Rekonstruktion des Tathergangs waren schnell abgedreht. Hauptereignis waren die Außenszenen mit der Frau im grünen Jogginganzug, die vom Tatort flieht. Offiziell wurde die Rekonstruktion vorgenommen, um der Erinnerung potenzieller Zeugen, die sie möglicherweise erkennen könnten, auf die Sprünge zu helfen. Daneben schien es sich aber vor allem um eine PR-Aktion zu handeln. Jahrelang hatten polizeiinterne Korruptionsskandale für Schlagzeilen gesorgt, mittlerweile war es wohl schwierig geworden, bei der Öffentlichkeit Mitgefühl für einen toten Polizisten zu wecken, und das auch noch für einen, der ums Leben gekommen war, weil er einen verurteilten Kindermörder beschützt hatte.

Ich sah zu, wie die Szene nachgestellt wurde.

Der Darbietung fehlte Martin Wicks unheilvolle Vorahnung, Rennick zeigte keinerlei zwielichtiges Verhalten, und der Typ, der Sutty spielte, ließ keinerlei Misstrauen gegenüber den Ereignissen erahnen. Der Schauspieler in meiner Rolle schien leicht begriffsstutzig, übersah sämtliche Indizien und verhaspelte sich bei seinen wenigen Textzeilen. Es war die einzige Rolle, die mir authentisch vorkam, außerdem bestand eine große Ähnlichkeit zwischen uns beiden.

Vielleicht würden sie ihn auch einsetzen, wenn ich verloren gehen sollte.

Der Unterschied zwischen der Inszenierung und der Wirklichkeit war so gravierend, dass die tatsächlichen Ereignisse in meinem Gedächtnis umso plastischer hervortraten. Etwas war in dieser Nacht abgelaufen, unter der Oberfläche. Wicks plötzliche Verhaltensänderung, Suttys bemühter Small Talk, als er mich aus dem Zimmer zu schaffen versuchte.

Irgendwas hatte da nicht gestimmt, überhaupt nicht.

»Okay!«, rief der Regisseur. »Danke, Leute.«

Die Crew packte zusammen, ich sah Chief Superintendent Chase aus der Menge auftauchen. Sie trug ein elegantes Businesskostüm, ihre Haare waren nicht mehr streng nach hinten gebunden wie bei der Pressekonferenz, sondern fielen ihr apart über die Schultern. Es war nicht einfach, ganz allein der Polizei ein menschliches Antlitz zu verleihen, aber bei ihr sah es ganz mühelos aus.

Sie nickte Parrs und mir zu. Wir sollten ihr folgen.

Nachdem wir drei oder vier Türen geöffnet hatten, hinter denen überall Leute an der Arbeit waren, entschieden wir uns für die Toilette, wo schon Sutty und ich in der Nacht des Anschlags unsere Konferenz abgehalten hatten. Erst als wir bereits drinnen waren, bemerkten wir, dass sich noch jemand in der Kabine aufhielt.

Chief Inspector James kam daraus hervor. »Entschuldigen Sie«, sagte er und wollte sich rauszwängen.

»Nein«, beschied Chase. »Es ist mir lieber, wenn Sie bleiben.« Da für ihn sonst kein Platz mehr war, kehrte er in seine Kabine zurück. Er mied meinen Blick, als hätte unser Gespräch heute Morgen nie stattgefunden.

Chase schenkte mir ein Lächeln und nickte. »Detective Sergeant, ich habe schrecklich viel über Sie gehört. Also, diese Sache mit Louisa Jankowski …«

»Ma'am«, griff Parrs das Stichwort auf. »Wie bereits erwähnt, hat Sergeant Waits Bedenken angemeldet wegen der Zuverlässigkeit von …«

»Ja, ja«, unterbrach Chase. »Ich will Ihnen sagen, warum mir das nicht gefällt. Erstens liegen mir nach wie vor keinerlei glaubwürdige Beweise gegen Constable Jankowski vor. Zweitens hat Sergeant Halliday von den Spezialkräften eigene Bedenken angemeldet. Er glaubt, ein solcher Schritt könnte sie isolieren und von seinem Team entfremden. Drittens werden die Presse und ihre Kollegen zu dem Schluss kommen, dass sie am Mord an Constable Rennick beteiligt war. Das könnte sich als besonders nachteilig herausstellen, da wir den Spezialkräften in unserem Budget und auf der Straße einen größeren Stellenwert einräumen wollen.«

Sie ließ den Blick zwischen uns hin und her gehen.

»Diese Einwände werden natürlich sofort null und nichtig, sobald handfeste Informationen vorliegen, dass Louisa Jankowski an einer Verschwörung beteiligt war.« Sie wartete. »Jankowskis Leistungen sind herausragend, ihre Prüfungsergebnisse über dem Durchschnitt, vor allem aber genießt sie die Freundschaft und das Vertrauen ihrer Kollegen.« Chase sah mich an. »Und darauf lege ich großen Wert, Sergeant.«

»Ma'am«, sagte ich. »Es war sonst niemand auf der Station anwesend, als das Foto von Wick gemacht wurde.«

»Soweit Sie das wissen.«

»Und vierundzwanzig Stunden später hat sie bestritten, das Foto überhaupt gesehen zu haben.«

»Ist das so ungewöhnlich?«

»Das Foto war überall, es würde bedeuten, dass sie keine Zeitung liest, sich keine Nachrichten im Fernsehen ansieht, und das zu einem Thema, von dem sie ganz persönlich betroffen ist.«

»Haben Sie die Zeitungen gelesen, als Sie vor zwei Jahren wegen Drogenmissbrauchs vom Dienst suspendiert waren, Sergeant?«

Ich zögerte. »Nicht sehr aufmerksam.«

Sie wandte sich an James. »Sie haben mit Jankowski gesprochen. Was meinen Sie?«

»Meiner Meinung nach hat die Anschuldigung sie sehr erschüttert. Ich habe sie auf ihre Behauptung angesprochen, dass ihr das Foto nirgends begegnet sei. Sie meint, das wäre nicht ihr Ding. Sie würde auch keine Artikel lesen, in denen sie als Heldin dargestellt wird.«

Chases Blick richtete sich wieder auf mich. »Mit Bestimmtheit wissen wir über Jankowski nur, dass sie vergangenes Weihnachten durch ihr rasches Eingreifen ein Dutzend Menschen das Leben gerettet hat. Melden Sie sich wieder bei mir, Sergeant, wenn Sie ebenfalls so eine Presse haben. Vergessen wir nicht, es waren noch andere Kollegen am Tatort, die ebenso mit dem Anschlag zu tun haben könnten …«

Parrs holte Luft. »Es erscheint unwahrscheinlich, dass Rennick oder Sutcliffe Komplizen in einem Komplott waren, bei dem sie selbst getötet beziehungsweise schwer verletzt würden.«

»Nach allem, was ich über Inspector Sutcliffe gehört habe, scheint mir das nicht so abwegig. Und Rennick war noch grün hinter den Ohren. Außerdem …«, sie sah mich unverwandt an, »… hat ein Polizist den Tatort völlig unversehrt verlassen …«

»Soll ich das sein?«, fragte ich.

Chase schien amüsiert über meine Frage, aber bevor ich dafür Prügel beziehen konnte, klopfte es an der Tür.

»Bin gleich draußen!«, rief sie und fuhr mit gesenkter Stimme fort. »James befürchtet Kontaminierungen, wenn zwei Teams an dem Fall arbeiten …«

»Das ist richtig«, sagte er. »Es wäre sehr viel einfacher gewesen, wenn wir Jankowski zuerst befragt hätten. Hätte uns eine Menge Ärger erspart.«

»Haben Sie uns deshalb nichts davon erzählt, dass Sie Wicks früheren Zellengenossen befragt haben?« Ich formulierte es so freundlich wie möglich.

Ich meinte Parrs noch weiter von mir abrücken zu spüren.

Chase sah zu ihm. »James ist qualifiziert genug, um die Ermittlungen zu leiten, er braucht keinen Aufpasser dazu, Alistair. Ich weiß es zu schätzen, dass Sie sich berufen fühlen, in diesem Chaos ein wenig aufzuräumen, nachdem Sie es ja verursacht haben. Aber wenn Waits keine Ergebnisse vorlegen kann, würde ich vorschlagen, dass er in den nächsten zwei Tagen Schluss macht und seinen Dienst bei der Nachtschicht wiederaufnimmt.

Es geht um einen toten Kollegen. Da ist keine Zeit für Learning by doing.«

»Ich könnte für Constable Black vielleicht eine Position finden«, sagte James.

Ich musste fast lachen, als ich daran dachte, welche Position ihm so vorschwebte.

Chase nickte. »So, wenn Sie mich nun entschuldigen wollen.«

Sie verließ die Toilette. Parrs wartete, bis die Tür wieder geschlossen war, bevor er sich in die Kabine hineinlehnte. »Verpiss dich«, sagte er zu James.

Der Chief Inspector kam heraus und glotzte ihn an. »Die Dinge ändern sich, Al.« Und an mich gewandt: »Lassen Sie sich alle Zeit der Welt, Waits. Sie werden nichts erreichen.«

Er ging hinaus. Parrs starrte mich finster an, dann senkte er die Stimme.

»Hast du das gehört?«

»Sir?«

»Sie hat sich da geirrt, Junge. Das ist nicht mein Chaos, sondern deins, und der Tag, an dem mir dieses Glücksbärchi sagt, die Dinge würden sich ändern, ist der Tag, an dem ich, verdammte Scheiße, das Geschlecht wechseln werde. Bring mir was, was ich nutzen kann, heute noch. Sag mir, wer dieses Foto geschossen hat, sonst mach ich dir dein Leben kaputt.« Ich wollte etwas erwidern, aber er ließ mich gar nicht zu Wort kommen. »Sonst mach ich es dir noch kaputter.«

6

Kann ich mit dir reden?«, fragte Naomi. Wir fuhren raus zur offiziellen Adresse von Christopher Back alias Short Back and Sides, Martin Wicks ehemaligem Zellengenossen.

Naomi war den gesamten Vormittag ziemlich angespannt gewesen, jetzt, nach dem Gespräch mit Superintendent Parrs, glaubte ich zu wissen, warum. Sie hatte die ganze Nacht über Videoaufnahmen gesichtet, wie sollte ich sie nun tagsüber aus ihrem Überdreht-Modus bringen?

»Worüber willst du reden?«, fragte ich, ohne sie anzusehen. Seit dem Stadtzentrum folgte uns ein mattschwarzer Mercedes, der immer drei Wagen hinter uns blieb. Ich wollte ihn nicht aus den Augen lassen.

»Na ja«, begann sie.

Bevor sie etwas sagen konnte, klingelte mein Handy. Ich ging ran.

»Aidan Waits?«, meldete sich eine Frau. Dieselbe Frau, die am Tag vorher wieder aufgelegt hatte. Im ersten Moment dachte ich, sie sei im Wagen hinter uns, aber im Hintergrund waren ganz deutlich Bürogeräusche zu hören.

»Ja.«

»Hallo, Mr Waits. Ich bin Sandra Allen, Sozialarbeiterin der Stadt Brighton and Hove. Störe ich gerade? Ich versuche Sie schon seit ein paar Tagen zu erreichen.«

»Sie stören nicht«, sagte ich und sah zu Naomi. »Wie kann ich Ihnen helfen?«

»Können Sie mir bestätigen, dass eine gewisse Mrs Christine Farrow Ihre Mutter ist?« Ich nahm das Handy vom Ohr und hätte fast das Gespräch beendet. Naomi sah kurz zu mir herüber, worauf ich mich zur Beifahrertür hindrehte. »Mr Waits?«

»Ich bin noch da«, sagte ich. »Es ist vielleicht doch keine so gute Zeit.«

»Es ist wirklich wichtig, dass wir miteinander reden.«

Ich schloss die Augen. »Wenn Sie eine ehrliche Antwort haben wollen: Ich weiß es nicht. Ich habe keine wie auch immer geartete Beziehung zu meiner Mutter. Schon möglich, dass diese …«

»Christine Farrow.«

»Genau. Als ich sie noch gekannt habe, hieß sie Christine Waits, aber das ist mehr als zwanzig Jahre her.« Ich überlegte, was ich noch sagen könnte. »Ich nehme an, sie ist verheiratet.«

»Verstehe«, erwiderte Sandra und zog das Wort in die Länge. »Mr Waits, wann haben Sie Ihre Mutter zum letzten Mal gesehen?«

Ich spürte Naomis Anwesenheit. Und irgendwie auch die an Sicherheit grenzende Wahrscheinlichkeit, dass dieses Gespräch Wort für Wort Superintendent Parrs vorgetragen würde. Wenn ich ihm noch mehr Schrauben lieferte, die er anziehen konnte, würde er mich an der Wand montieren können. Ich dachte nach, versuchte unsere Beziehung in eine neutralere Formulierung zu packen, gab es aber auf.

»Ich habe seit meinem achten Lebensjahr nicht mehr mit ihr geredet. Ihr Vorname ist Christine, mehr kann ich Ihnen über sie nicht sagen.«

Das war zur Abwechslung mal die Wahrheit.

Wir hatten seit Jahrzehnten keinen Kontakt mehr gehabt, ich wusste nicht, ob sie noch am Leben war oder tot. Ich hätte nur sagen können, was mir lieber gewesen wäre.

Als Sandra nichts darauf erwiderte, fragte ich, ob es noch was gebe.

»Mr Waits, ich muss Ihnen leider mitteilen, dass Ihre Mutter, Ihre leibliche Mutter, seit langer Zeit an psychischen Erkrankungen leidet.«

»Ich hab es miterlebt, als es angefangen hat, ich bin mir dessen durchaus bewusst.« Ich hörte meinen Ton, spürte, wie Naomi peinlich berührt im Sitz hin und her rutschte, und versuchte, ein klein wenig freundlicher zu klingen. »Aber wie gesagt, das ist eine ganze Weile her.«

»Diese Erkrankungen reichen also weit zurück?«

»So weit ich zurückdenken kann. Also, wenn …«

»Darf ich fragen, wie sie sich damals manifestiert haben?«

Plötzlich hatte ich schwarze Punkte im Gesichtsfeld, ich schloss die Augen. Eine Panikattacke, das war das Letzte, was ich jetzt brauchte. »Sie war in einer Missbrauchsbeziehung, das hat sie weitergegeben.«

»An Sie?«, fragte Sandra nach einer kurzen Pause.

»Und an meine kleine Schwester«, sagte ich und schlug die Augen auf. »Erörtern Sie so was immer am Telefon?«

»Es geht nur darum, das Umfeld auszuloten und sie besser zu verstehen. Um ihr zu helfen. Wurde bei Christine, soweit Sie wissen, jemals eine Diagnose gestellt?«

»Nein, und ich bezweifle, ob sie jemals mit einem Arzt darüber gesprochen hat. Sie hat sich selbst behandelt, und wir sind oft umgezogen. Es war eine andere Zeit.«

»Nicht so ganz anders, leider. Aber es gab weniger Hilfe.«

»Ich glaube, dass Sie ihr auch jetzt nicht helfen können. Deswegen rufen Sie doch an, oder?«

»Ja, na ja. Gestern haben wir die Zutrittsgenehmigung für die Wohnung Ihrer Mutter erhalten, um ihren Geisteszustand beurteilen zu können.«

»Wenn Sie mein Einverständnis wollen, können Sie sich die Mühe sparen …«

»Nach allem, was wir wissen, ist die Beurteilung ihres Geisteszustands lediglich Formsache. Christine wird aller Voraussicht nach in Übereinstimmung mit den gesetzlichen Regelungen zwangseingewiesen werden …«

Ich ließ die Scheibe ein Stück weit nach unten und wartete.

»Die Beurteilung wird voraussichtlich nächste Woche stattfinden, abhängig davon, wie die Polizei Zeit hat.« Ich hatte zu meiner Zeit als uniformierter Polizist häufig an solchen Maßnahmen teilgenommen. Meine Mutter würde dabei als eine Gefahr für sich und ihre Umgebung eingestuft. Das hätte ich ihnen wahrscheinlich schon vor dreiundzwanzig Jahren sagen können. »Ich rufe an, weil im Idealfall ein Familienangehöriger zugegen sein sollte …«

»Sie hat keine Familie, soweit ich weiß.«

»Ich respektiere Ihre Gefühle diesbezüglich, aber es handelt sich um einen sensiblen Vorgang. Sie haben eine Schwester erwähnt.« Ich hörte Papiere rascheln, wahrscheinlich suchte sie nach dem Namen. »Ähm …«

»Sorry, wie war noch mal Ihr Name?«, fragte ich.

»Sandra Allen.«

»Und Sie sind beim Sozialamt? Darf ich fragen, wie Sie an meine Nummer gekommen sind?«

»Es ist alles völlig legal, falls Sie deshalb Bedenken haben, Mr Waits. Ihr Name steht in der Akte, und auf meine Nachfrage hat Ihre Mutter mir Ihre Nummer gegeben.«

Ich sah die Straße vorbeiziehen, alles bewegte sich zu schnell.

»Wie kann sie meine Nummer haben?«

»Ich habe sie nicht gefragt, aber Sie dürfen es gerne tun. Ich nehme an, sie hat Sie nachgeschlagen.«

Ich sagte nichts.

»Hier«, sagte Sandra und las aus ihrer Akte vor. »Ihre Schwester. Mädchenname Anna Waits, Bruder Aidan. Sie muss jetzt achtundzwanzig sein?«

»Ich denke, sie wird Anne genannt«, sagte ich. Mir gefiel der Klang meiner Stimme nicht.

»Glauben Sie, Anne könnte sich für uns Zeit nehmen?«

»Unsere Mutter hat ihre Arme als Aschenbecher benutzt«, sagte ich und machte damit jeden Anschein einer höflichen Konversation zunichte. »Also nein. Ich glaube nicht.«

Unsere Geschwindigkeit nahm leicht zu.

Naomi versuchte uns schneller ans Ziel zu bringen.

»Wären Sie bereit, mir Annes Kontaktdaten zu geben?«, fragte sie. »Ich würde gern offiziell mit ihr reden.«

»Wir wurden getrennt, als wir unter staatliche Vormundschaft gestellt wurden. Ich habe seit meinem achten Lebensjahr nicht mehr mit ihr gesprochen.«

»Das tut mir leid, und wie gesagt, es tut mir leid, dass ich Sie störe …« Ich spürte, dass sie sich noch mal einen letzten Ruck gab, bevor das Gespräch an sein Ende kam.

»Sie sind im Besitz einer Zutrittsgenehmigung für die Wohnung meiner Mutter, damit ihre geistige Verfassung beurteilt und eine Zwangseinweisung angeordnet werden kann. Das habe ich verstanden. Es erscheint mir sinnvoll. Wenn Sie jeden Verweis auf mich aus Ihren Akten tilgen und mich in dieser Sache nicht mehr kontaktieren könnten, wäre ich Ihnen sehr dankbar.«

Ich spürte, wie Naomi mich ansah.

»Wie Sie wollen«, sagte Sandra nach einer Pause.

»Und danke für den Anruf.« Ich beendete das Gespräch und presste den Daumen gegen das Handy, bis es wehtat. Schließlich sah ich zu Naomi. Sie hatte den Blick auf die Straße gerichtet, ihr Gesicht war gerötet. »Tut mir leid …«

»Alles in Ordnung?«

»Wunderbar«, sagte ich. »Worüber wolltest du mit mir reden?«

»Ich glaube, das kann warten.«

Ich nickte, dann suchte ich nach dem mattschwarzen Mercedes, der uns gefolgt war.

Er war verschwunden.

7

Short Back and Sides lebte in Harpurhey, einem innerstädtischen Problemviertel mit übelstem Ruf. Es war einmal als die sozial und wirtschaftlich ärmste Gegend des ganzen Königreichs bezeichnet worden und wies exorbitant hohe Verbrechens- und Arbeitslosenraten auf. Unwillkürlich gingen Naomis und mein Kopf zu einem Graffiti an einer Brücke.

SPICE WORLD.

Spice war der eine Teil der lokalen Wirtschaft, der boomte, was vor allem Dealern wie Short Back and Sides zu verdanken war, die sich unermüdlich an junge, oftmals obdachlose oder anderweitig gefährdete Männer heranmachten. Spice war eine synthetische Designerdroge, die in Glanzfolie verpackt wurde und wie ein Bonbon aussah. Leider schmeckte das Zeug wie verbranntes Plastik und führte zu Herzrasen, Panikattacken, Erbrechen und fast apokalyptischer Verwirrung.

Das stand am hellen Ende des Tunnels.

Es verursachte auch Psychosen, Nierenversagen und Herzinfarkte.

Dass ein wenig Vergessen diese Risiken wert war, verriet viel über unser Leben. Die Auswirkungen der Droge waren überall in der Stadt zu sehen. Gewöhnlich begrenzte eine hohe Mortalitätsrate die weitere Verbreitung der Droge, angesichts der Sparmaßnahmen durch die Regierung und Stadtverwaltung wuchsen die Todeszahlen aber nie so schnell wie die Rate, mit der der obdachlose Bevölkerungsanteil zunahm.

Ich versuchte mich in Short Backs Akte einzulesen, um mich von meiner verschwundenen Tasche, dem Anruf wegen meiner Mutter und dem Wagen abzulenken, von dem ich geglaubt hatte, dass er uns folgte. Aber jetzt war nur noch eine kolossale Wut in mir. Laut den Unterlagen hatte sich Short Back auf eine besonders toxische Abart der Designerdroge spezialisiert, die Posh Spice genannt wurde. In den letzten fünfzehn Jahren war er unverdrossen zwischen Knast und Sozialbauwohnung hin und her gependelt und hatte sich ein Strafregister zugelegt, das sich wie ein umfangreiches Lexikon strafwürdiger Vergehen las. Kevin Blakes Informationen, wonach sie seine letzte Verurteilung kassiert hatten, war richtig. Mir verschwamm alles vor den Augen, als ich die Einzelheiten dazu las.

Er hatte zugelassen, dass einer seiner Stammkunden, ein Obdachloser, Spice-Schulden im Wert von hundert Pfund angesammelt hatte. Als der Typ die Kohle nicht auftreiben konnte, hatte Short Back and Sides eine alternative Zahlungsweise vorgeschlagen, die er Fünf-Finger-Discount nannte.

Wenn er ihm für jedes Pfund, das der andere ihm schuldete, einen Schlag verpassen dürfte, wären die Schulden vergessen. Um seinen Standpunkt auch anderen Kunden klarzumachen, sollte das in einem der leer stehenden Häuser geschehen, in Anwesenheit von anderen, die ebenfalls mit den Drogenzahlungen im Rückstand waren. Einige der Typen, die sich dort rumtrieben, suchten schnell das Weite, andere blieben, gebannt von dem, was sie erlebten. Einige wollten eingreifen, wurden aber von Short Backs Handlangern zurückgehalten. Solange das Opfer noch bei Bewusstsein war, hatte es den Zuschauern versichert, dass das alles schon okay sei, selbst als klar wurde, dass Short Back großen Gefallen an der Sache fand und sich keineswegs zurückhalten wollte.

Selbst als klar wurde, dass er einen Schlagring trug.

Short Back verabreichte alle einhundert Schläge. Irgendwann um den siebzigsten herum verlor das Opfer das Bewusstsein und wachte nie wieder auf. Eine Vorerkrankung in Verbindung mit dem ökonomischen Status des Opfers führte dazu, dass Short Back halbherzig wegen Totschlags angeklagt wurde. Als der Richter ihn fragte, ob er wirklich geglaubt habe, ohne Haftstrafe davonzukommen, hatte er bloß mit den Schultern gezuckt. Wahrscheinlich würde er in Strangeways mehr Posh Spice verkaufen als draußen. Naomi bekam mit, als ich von der Akte aufblickte und mir das Gesicht rieb.

Sie nickte. »Es sind immer die Menschen, die unseren Job so lohnenswert machen.«

8

Wir klingelten an der Nummer von Short Backs Wohnung, die im obersten Stock eines brutalistischen zehnstöckigen Sozialbaus lag. Das Gebäude sah aus, als hätte es eine kontrollierte Explosion überstanden und wäre anschließend evakuiert worden, weil die nächste gleich bevorstand. Ich sah nach oben. An mehreren Fenstern hingen zerschlissene Englandfahnen, als wäre das Gebäude ein Zerstörer, der auf Feindfahrt ging. Keine Reaktion auf unser Klingeln. Wir probierten es mit anderen Wohnungsnummern, aber niemand rührte sich.

»Und jetzt?«, fragte Naomi.

Ich hatte darauf bestanden, dass wir diesen Morgen meinen Wagen nahmen, weil ich dachte, ich könnte sie so später leichter abschütteln. Ich ging zum Kofferraum und holte das unter dem Ersatzreifen versteckte Lockpicking-Set für das Öffnen von Schlössern. Wieder an der Tür, führte ich den Spanner ein und suchte mir ein abgeknipstes Kupferstück.

Naomi zog eine Augenbraue hoch.

»Du hast den Anruf wegen meiner Mutter mitbekommen?«

Sie nickte.

Das Schloss klickte, ich drückte die Tür auf.

»Deine Mutter scheint ja eine …«

»Sie war eine Psychopathin«, sagte ich und war über mich selbst überrascht. »Und allem Anschein nach hat sich daran nichts geändert.«

Wir traten in einen graffitibeschmierten, muffig-feuchten Eingangsflur. Der Liftknopf war aus der Wand gerissen, vor den Türen hing zerrissenes Absperrband der Polizei. Wir nahmen die schmale Treppe.

»Hast du jemals daran gedacht, dich wieder bei deiner Schwester zu melden?«, fragte Naomi. »Ich hab nun mal mitgehört …«

»Nein, eigentlich nicht.«

»Sie würde sich bestimmt freuen, von dir zu hören.«

»Oder es geht ihr genau wie mir, wenn sie wegen unserer Mutter angerufen wird.«

Naomi zögerte. »Wie geht's dir damit?«

Ich sah mich um, sah zur schmalen Treppe, der niedrigen Decke, stellte mir den tiefen Fall vor. »Ich fühle mich eingesperrt«, sagte ich und ging schnell weiter. »Blake hat gesagt, dein Dad ist Polizist?«

»War«, sagte sie und beendete damit das Thema. Irgendwie fühlte ich mich betrogen. Ich wusste über Constable Black so wenig wie über Sutty.

Als wir den obersten Stock erreichten, drehte ich mich zu Naomi um, erwartete eigentlich, dass sie schwer schnaufte, aber sie war kein bisschen außer Atem. Wir kamen an einem umgeworfenen Einkaufswagen vorbei, in dem jemand pennte, und erreichten Short Backs Wohnung. An der Tür klebte ein verdrecktes Poster von Victoria Beckham; als ich dagegenpochte, begann ein Hund zu bellen.

»Polizei!«, rief ich. »Aufmachen, oder wir schlagen die Tür ein!« Naomi runzelte die Stirn, aber manchmal muss man irrer klingen als die Leute, mit denen man redet.

Nach dem zurückliegenden Morgen war ich exakt so drauf.

»Was wollt ihr?«, kam es unwirsch von drinnen.

»Herausfinden, wie Vicky ihre Hits geschrieben hat, was meinst du denn?« Ich trat ein paarmal gegen die Tür, um mein Anliegen klarzumachen.

»Er hat doch schon mit euch geredet.«

»Er hat mit einem Parkwächter geredet, der sich für was Besseres hält. Wir werden so lange hierbleiben, bis er mit uns geredet hat. Wenn er abhauen will, muss er schon aus dem Klofenster klettern. Da geht's allerdings ziemlich tief runter …«

Die Tür öffnete sich einen Spaltbreit. Sie war mit einer dicken, schweren Kette gesichert, dahinter stand ein großer Skinhead, der auf den Knöcheln der sichtbaren Hand HASS tätowiert hatte.

»Du kannst also schreiben«, sagte ich.

»Du willst reden?«

»Ich hab mir nichts auf den Körper geschrieben, also muss ich irgendwie anders kommunizieren. Können wir reinkommen?« Der Typ schenkte mir ein Goldzahngrinsen und knallte mir die Tür vor der Nase zu. Er nahm die Kette ab, öffnete wieder und ließ uns in ein spärlich eingerichtetes Wohnzimmer eintreten.

Er hatte auch auf der anderen Hand HASS tätowiert.

Es gab zwei mit Brandlöchern übersäte Sofas, die sich gegenüberstanden, dazwischen ein Beistelltisch mit Spiegeloberfläche. Die Vorhänge waren zugezogen, aber so fadenscheinig, dass es sich nicht lohnte, das Licht anzumachen.

Wir konnten genug sehen.

Das alles hatte die Anmutung eines schäbigen Empfangsbereichs, wahrscheinlich vertickte er hier seine Ware. Auf dem Tisch gab es einen überquellenden Aschenbecher, der nach verbranntem Plastik roch, dazu die eingetrockneten Ringe von unzähligen Dosen, Tassen und Gläsern. Der Pitbull, der im angrenzenden Zimmer bellte, war Versicherung genug, falls einer der Kunden auf irgendwelche Ideen kam oder den Preis mit einem Küchenmesser nachverhandeln wollte. Ich ging zum Beistelltisch, betrachtete einen Moment lang mein Spiegelbild, setzte den Stiefel auf die Mitte der Oberfläche und zerschmetterte sie in tausend Scherben.

»Du Scheiße!«, kam es vom Skinhead.

Ich zog die längste Scherbe aus den Trümmern und hielt sie wie ein Messer hoch. »Nenn mich paranoid«, sagte ich und ließ mich auf dem Sofa ihm gegenüber nieder.

Er sah zu Naomi. »Braucht man für den Typen ’ne Leine oder so?« Sie sagte nichts, sondern setzte sich neben mich. »Gut.« Er klatschte die Hände zusammen. »Ich bin Axel, kann ich euch die Mäntel abnehmen?«

»Wie wär's damit, wenn du Short Back and Sides ausrichtest, dass er Besuch hat?«, sagte ich.

»Sides is voll weggetreten. Wird noch 'n paar Stunden dauern, bis …«

»Du kannst ihn bestimmt antreten lassen«, sagte ich. Axel presste immer noch die Hände zusammen und knetete sie. »Und wenn du es nicht schaffst, dann können wir ihm ja immer noch mit dem hier die Zehen kitzeln.« Ich hielt die Glasscherbe ins Licht.

»Mal sehen, was ich machen kann.«

Als er durch die Tür verschwand, begann der Hund wieder zu bellen und zerrte an seiner Leine. Ich sah zu Naomi. Ihr standen Schweißtropfen auf der Haut. Die kamen nicht vom Treppensteigen. Schnell wandte sie den Blick ab.

Wir mussten einige Minuten warten, bis die Tür wieder aufging und ein schmächtiger Typ in einem offenen Morgenmantel und einem schmutzig-weißen Slip mit Y-Eingriff hereinkam. Er hatte die platten Gesichtszüge, die auf ein fetales Alkoholsyndrom verwiesen. Kleiner Kopf mit kleinen Augen, schmale Nase und dünne Oberlippe. Das Gesicht hatte die Farbe eines noch nicht so alten Blutergusses, aber selbst der verblasste gegenüber Short Backs charakteristischem Merkmal.

Eine Delle mitten im Schädel.

Eine Seite war wegen des Patchwork-Narbengewebes, Folge von mehreren Notfall-Hauttransplantationen, dunkler als die andere. Jemand hatte ihm eins so richtig über den Schädel gezogen. Nach der Lektüre seiner Akte hielt ich es wirklich für eine Schande, dass der Betreffende nicht noch einmal angesetzt hatte. Unter den zahlreichen Tattoos stach eines besonders heraus, eine große Zahl in Frakturschrift, die sich quer über seinen Hals zog. *105.*

Er ließ sich aufs Sofa fallen und nahm uns, chemisch unterstützt, mit zusammengekniffenen Augen ins Visier. Ich versuchte nicht auf seinen Kopf zu starren, sondern sah zu seiner Hand, die er sich in die Unterhose geschoben hatte und mit der er gut sichtbar seine Eier umfasst hielt.

»Du weißt schon, dass sie dir nicht abfallen, wenn du sie loslässt?«, sagte ich.

»Was willst du?«

»Und falls du sie zählen solltest, können wir dir auch in dieser Hinsicht etwas Zeit ersparen …« Als er grinste, sah ich, dass er Goldgrillz trug. Er sah zu Naomi, dann zu mir, dann zog er die Hand aus der Unterhose und streckte sie uns entgegen, damit wir sie ihm schüttelten.

Keiner von uns rührte sich.

Wieder grinste er, bevor er die Hand unter den Gummibund zurückschob.

»Mach dir mal darum keine Sorgen«, nuschelte er aus einem Mundwinkel und sah zu Naomi. »Das hilft mir beim Nachdenken.«

Sie lächelte. »In dem Fall sollten Sie vielleicht beide Hände nehmen. Das ist Detective Sergeant Waits, und ich bin Detective Constable Black. Wir …«

»Ich hab den Tisch sehr gemocht, Constable Black«, unterbrach er sie. »Er war deiner Spalte sehr ähnlich. Ich hab mein Gesicht drin sehen können …«

Ich inspizierte meine Glasscherbe. »Danke, dass du uns empfängst, Christopher.«

»Nimm meinen Namen nicht in den Mund.«

»Dann halt du deinen Mund mal für eine Minute. Wir sind hier, um über Martin Wick zu reden, über nichts sonst.«

»Ich bin grad erst wieder zu Hause – frag deine Kumpel im Präsidium. Seitdem ich aus Strangeways raus bin, hab ich von ihm nichts gesehen und gehört. Ende der Geschichte.«

»Sie haben gewusst, dass er krank war?«, fragte Naomi.

»Besser als die anderen …«

»Was soll das heißen?«, fragte sie. Er schwieg. »Er war ein halbes Jahr Ihr Zellengenosse, Sie müssen ihn gut gekannt haben.«

»Hör zu, ich hab drinnen versucht, ihn fertigzumachen. Er hat's überlebt. Kann passieren. Aber ich hab deswegen keinen Brass auf ihn gehabt. Wer nicht drin ist, kapiert das nicht.«

»Du hast dir Respekt verschafft«, sagte ich.

Er ließ den Hals knacken. »Hier draußen häng ich mir die Eier über die Schulter.« Er ließ sie zur Illustration schlackern. »Weiß jeder. Aber drinnen, da musst du dir schnell einen Namen machen.«

»So einfach ist das?«

»So einfach ist das.«

»Du hast gesagt, du hättest besser als die anderen gewusst, dass Martin Wick krank war«, sagte ich. »Woher?«

»Ach, hab ich …?«

Er zuckte mit den Schultern und legte seine freie Hand in die Mulde in seinem Schädel.

Es passte fast die gesamte Faust hinein.

»Kann mich nicht erinnern.«

»Dann drück mal deine Eier, so fest du kannst, und denk nach. Unserer Meinung nach bist du der Kranke. Du hast wegen hundert Mücken einen Menschen umgebracht.«

»Das Gericht hat gesagt, das zählt nicht, der war schon am Arsch.«

»Das sind die meisten, wenn sie hundert Schläge verpasst bekommen.«

Ich spürte, wie Naomi mich ansah.

Mich und die Glasscherbe, die ich auf ihn richtete.

Ich ließ sie sinken und versuchte wieder in die Spur zu kommen. »Ich denke, Wick war im Grunde ein anständiger Kerl, er war ruhig, für sich. Das ging dir gegen den Strich.«

»Anständiger Kerl?«, spottete er. »Okay, Columbo. Ein anständiger Kerl mit Bildern von den Kids in seinem Kissen.«

»Was für Kids?«

»Haben sie dir ins Hirn geschissen? Von denen, die er umgebracht hat. Besonders von der einen, auf die hat er gestanden.«

»Lizzie Moore?«

»Die Blonde.«

Ich nickte. »Warum hast du den Wärtern nichts von diesen Bildern erzählt?«

»So funktioniert das da drinnen nicht. Und überhaupt, was hätten die denn gemacht? Ihm seine Wichshand auf den Rücken gebunden?«

»Aber anscheinend hat dich das angemacht …«

»*Kids* …« Er schüttelte den Kopf. »So hab ich mir das da eingefangen.« Er deutete auf die Delle in seinem Kopf. »Hab nämlich meinen Stiefdad davon abhalten wollen, sich meine kleine Schwester zu krallen.«

Ich sah zu Boden, die Ränder meines Sichtfelds trübten sich ein.

»Also haben Sie beschlossen, ihn gleich selbst zu bestrafen?«, sagte Naomi.

»Man muss schon gewisse Maßstäbe anlegen, mit wem man sein Zimmer teilt.« Short Back nahm die Hand aus der Hose und schnupperte daran. »Ich hab das alles doch schon mit den anderen durchgekaut. Sobald ich draußen war, war alles vergessen. Aus den Augen, aus dem Sinn.«

»Wie kommt es also, dass Sie sich letzte Woche zweimal in der Nähe des St. Mary's rumgetrieben haben?«, fragte Naomi. »Das hatten Sie anscheinend nicht vergessen …« Er sagte nichts, schob bedächtig die Hand wieder unter den Bund und bewegte sie langsam kreisförmig, so, wie andere sich die Schläfe massieren.

»Hab meinen Kopf anschauen lassen müssen.«

»Klingt nach einer hervorragenden Idee«, sagte sie. »Bloß waren Sie nicht als Patient angemeldet.« Er entblößte seine Grillz. »Warum treiben Sie sich vor dem Krankenhaus rum, in dem Martin Wick, der Typ, den Sie ganz vergessen haben, zum Sterben hingebracht wurde?«

»Hab einen Freund besucht …«

»Klar«, sagte ich. »Axel hat sich die Stirn liften lassen, und du hast ihm ein paar Träubchen gebracht.« Er sagte nichts. »Unsere Kollegen haben dich übersehen, weil sie nicht das ganze Bild vor sich hatten, aber wir haben es, und du steckst da mit drin. Wenn wir zu dem Schluss kommen, dass du am Mord von Martin Wick beteiligt warst, wird es nicht schwer sein, das zu beweisen. Bei deinem Vorstrafenregister, deinem früheren Angriff auf ihn, den Aufnahmen der Überwachungskameras, da müssten wir schon schwer geistig umnachtet sein, sollten wir dich laufen lassen.«

»Ich hab ein Alibi für Samstagnacht. Ich war hier mit Axel. Wenn ihr nicht beweisen könnt, dass ich dort war, könnt ihr einen Scheiß beweisen. So ist das Gesetz.«

»Nie davon gehört«, sagte ich. »Warum warst du am St. Mary's?«

»Hab einen Freund besucht«, wiederholte er.

»Freund oder Freundin?«

Er sagte nichts.

»Beschreib sie mir.«

Sein Gesichtsausdruck änderte sich, schließlich nickte er. »So 'ne Matratzenschlampe. Tattoos im Gesicht.«

Ich griff in meine Tasche und zog einen Screenshot von der Frau im grünen Jogginganzug heraus, faltete ihn auseinander und zeigte ihn ihm.

Er nickte. »Warum ist die so wichtig?«

»Sie ist die Haupttatverdächtige im Mord an Martin Wick. Du kommst gleich hinter ihr. Wenn wir sie finden, würde das dein Leben enorm erleichtern.« Er sagte nichts, aber seiner kreisenden Handbewegung nach zu urteilen war er kräftig am Nachdenken. »Wie heißt sie?«, fragte ich.

Er sah an die Decke. »Sie hat gesagt, ich soll sie Esther nennen …«

»Esther was?«

»Esther weiß der Teufel.«

»Woher kennst du sie?«

»Fick dich.«

»105«, sagte ich und sah auf die Tätowierung an seinem Hals. »Ist das die höchste Zahl, bis zu der du zählen kannst, oder hat sie was zu bedeuten?«

»So alt werde ich mal werden, Chef.«

Ich dachte kurz nach. »Frank Sinatra?«

»›Young at Heart‹«, erwiderte er beeindruckt. »›If you should survive to a hundred and five …‹«

»Problem ist nur, du wirst diese Jahre in Strangeways runterzählen können, wenn du uns nicht sagst, wie du Esther kennengelernt hast. Mit so was hast du noch nie zu tun gehabt, Short Back. Hier reden wir von einem Bullenmord. So eine Scheiße wird immer an dir kleben bleiben, und wenn wir die Frau nicht zu fassen kriegen …«

»Sie ist letzte Woche aufgetaucht, hat gesagt, ich könnte schnelle Kohle machen.«

»Kohle machen? Wie?«

»Sie hat sich als Reporterin ausgegeben.« Er lachte. »Sie hat zwar nicht wie eine ausgesehen, aber es gibt ja solche und solche. Sie wollte ein Foto von Wick für ihre Zeitung, wie er im Sterben liegt. Die Leute wollen so was sehen, hat sie gesagt. Nur gibt es keine Fotos von ihm, seitdem er einsitzt, also weiß keiner mehr, wie er aussieht. Sie hat jemanden gebraucht, der ihn kennt.« Das klang zwar ein bisschen verquer, war aber auch irgendwie plausibel. Martin Wick hatte sich in den vergangenen zwölf Jahren so stark verändert, dass jedes Foto wertlos gewesen wäre, solange es nicht von unabhängiger Stelle verifiziert wurde. Und wer hätte das besser gekonnt als sein vor Kurzem entlassener Zellengenosse? Short Back zuckte mit den Schultern. »Also hab ich mich drauf eingelassen. Sie hat mir das Foto gezeigt, ich hab's bestätigt. Sie hat mich bezahlt, Ende.«

»Wie viel hat sie gezahlt?«

»Einen Riesen.«

»Hat sie gesagt, woher sie das Foto hatte?«

»Du bist doch der verdammte Bulle. Red mit ihrer Zeitung.«

»Ist es Ihnen irgendwie möglich, mit ihr Kontakt aufzunehmen?«, fragte Naomi.

»Nein.«

»Schwer zu glauben.«

»Ich hab hier noch was, was schwer zu glauben ist, Constable Black …«

Ihr Blick wanderte zu seinem Schritt, sie lächelte. »Na, das kommt mir eher wie ein Braille-Hubbel vor.«

»Dann mach doch mal die Augen zu und streich drüber. Wie gesagt, sie ist zu mir gekommen und hat mir Zeit und Ort genannt für unser Treffen am Krankenhaus. Aber sie wollte mir keine Nummer, nichts geben. Als sie das erste Mal ihr Foto schießen wollte, konnte sie nicht zu ihm, aber sie hat mir die Hälfte gezahlt, damit ich wiederkomme.« Wir warteten. »Ungelogen. Hab versucht, die Nummer von ihr zu kriegen. Ich dachte, vielleicht hätte sie ja Lust auf einen Richard.«

Naomi ließ den Blick zwischen uns hin und her gehen. »Richard?«

»Gear«, sagte ich. »Wie hat sie darauf reagiert?«

»Hat mich angesehen, als wär ich Scheiße an ihrem Schuh.«

»Das jedenfalls klingt glaubhaft.«

»Ziemlich krass von einer, die Seife nuckelt …«

Ich nickte. »Martin Wick hat mir vor seinem Tod gesagt, dass er mit den Morden an den Moores nichts zu tun hat. Du warst fast ein ganzes Jahr lang mit ihm in einer Zelle. Hat er dir gegenüber jemals so was verlauten lassen?«

»Dass er unschuldig ist?« Short Back sah zu uns, und sein Grinsen ging in schallendes Gelächter über. »Wenn ihr das glaubt, bekommt mein Arsch einen Michelin-Stern.«

9

Aus Charlie Sloanes Hotelsuite drang Gelächter, davor, im Korridor, stand ein Wagen des Zimmerservice mit leerem Geschirr. Wir hatten nicht gewusst, wie wir ihn erreichen konnten, hatten aber angenommen, dass er im Holiday Inn in der Oxford Road abstieg, wie die meisten der aus der Hauptstadt angereisten Pressevertreter, die über Wicks Tod berichteten. Die Rezeption hatte es Naomi bestätigt und uns mitgeteilt, dass wir sein Zimmer im zweiten Stock finden würden.

Naomi hatte keinen Kommentar dazu abgegeben, dass ich Short Backs Beistelltisch kaputt getreten oder mich sonst wie aggressiv benommen hatte, ich glaubte allerdings wahrzunehmen, dass sie mehr Abstand als sonst zu mir hielt.

Ich bemühte mich, mit mehr Zurückhaltung an die Tür zu klopfen.

»Keiner da«, war Sloane zu hören, gefolgt von betrunkenem Lachen.

»Polizei, Charlie. Die kommen und sperren für mich auf, wenn ich darum bitte.«

Wir hörten Stimmen, dann Schritte, die sich der Tür näherten. Sloane öffnete sie einen Spaltbreit, ich schob sie ganz auf. »Ich hab Gesellschaft«, sagte er.

Ich sah an ihm vorbei auf das totale Chaos.

Handtücher, Laken, Kleidung lagen über den gesamten Boden verteilt, dazwischen Flaschen und Fastfood-Verpackungen. Die Vorhänge waren zugezogen, das einzige Licht kam von einem stumm geschalteten 24-Stunden-Nachrichtensender. Auf der anderen Seite des Betts sah ich die Silhouette einer Frau, die sich eilig in ihre Klamotten warf und wütende Laute von sich gab, die sich wie Rumänisch anhörten.

Sloane sah mich mit weinseligen Augen an. »Wenn du nicht sündigst, ist Jesus umsonst gestorben …«

Als die Frau, immer noch vor sich hin brabbelnd, erschien, sah ich, dass sie schwanger war. Sie redete auf ihn ein, aber er sah nur zu uns und ignorierte sie.

»Wo ist Ihre Brieftasche, Charlie?« Er rollte mit den Augen und wies mit einem Nicken zum Nachtkästchen. Ich ging ins Zimmer, nahm zwei Fünfziger heraus und gab sie ihr. Sie lächelte, sagte erneut was zu Sloane und steckte die Scheine in die Handtasche, richtete ihr Kleid und verließ das Zimmer.

Ich öffnete die Vorhänge, riss die Fenster auf, soweit es möglich war, und sah, wie Sloane gegen das Licht die Augen zusammenkniff. Ich erkannte im Normalfall sehr gut, wenn jemand einen Kater hatte, aber er schien gleich mit drei oder vier zu jonglieren. Er ging um das Bett herum, bewegte sich mit der Anmut eines Müllcontainers, krachte schließlich aufs Bett und legte den Arm übers Gesicht.

»Arbeit und Vergnügen«, sagte Naomi in der Tür.

»Ich hab ihr einen Gefallen getan …«

»Ach ja? In welchem Monat ist sie? Im fünften, sechsten?«

»Sie müssen das als eine Art Schlussverkauf bei Geschäftsaufgabe sehen.«

»Sehe ich nicht so.«

»Klingt, als wäre Ihre Constable etwas angesäuert«, sagte er und zwinkerte mir zu. »Diese feinfühligen Gemüter, was, Waits?«

Naomi machte einen Schritt auf ihn zu. »Noch ein Wort über mich, als wäre ich nicht da, und ich verfrachte Ihren Arsch durch dieses Fenster. Mal sehen, wie feinfühlig Sie das dann finden.«

Sloane sah sie an, sein Gesicht war flammend rot.

»Ich wollte ja nicht glauben, dass man so tief in der Scheiße waten kann«, sagte ich. »Aber Sie schnorcheln fröhlich darin herum.«

»Ihr beide seid wie ein schlechter Witz«, murmelte er. »Was ist schwarz und weiß und voller Scheiße?«

»Ihre Zeitung?«, sagte Naomi.

»Wir kriegen unser Zeug jedenfalls häufiger gebacken als Sie beide«, sagte er. »Und ich hab meine Hausaufgaben über Sie gemacht, Aidan Waits.« Er sah zu Naomi. »Ihr Kollege ist ein Dodekaeder, meine Süße. Der Scheißer hat zwölf Gesichter, sagen meine Freunde von der Bullerei. Hat sich vom Polizisten zum Kriminellen und wieder zurück entwickelt.«

»Und ich kann jeden Moment rückfällig werden, also bringen wir das lieber schnell hinter uns. Sie haben uns nicht nur verschwiegen, wer Ihnen das Foto verkauft hat, zufällig ist sie auch noch unsere Haupttatverdächtige.«

»O Scheiße, ich hab das Mädchen, das mir das Foto verkauft hat, gar nicht getroffen. Woher sollte ich wissen, dass sie die Hauptverdächtige ist? Und um ehrlich zu sein, glaube ich nicht, dass Sie schon so weit sind.«

»Wie haben Sie sie gefunden?«

»Na, das ist wie mit Ihrem Arsch und Ihrem Gesicht, Sergeant, Sie müssen es schon umdrehen. Sie hat mich gefunden. Sie hat im Lauf der Jahre einige meiner Artikel über Wick gelesen und bei mir angefragt, ob ich Interesse an einem Bild von ihm hätte, wie er am Abkratzen ist. Ich hab gesagt, vielen herzlichen Dank, was kostet das? Sie meinte, zehn Riesen, wir haben uns auf fünf geeinigt.«

Sein Atem ging hastig, sein Gesicht war so rot wie rohes Fleisch. Aber ich glaubte ihm. Das erklärte, wie die junge Frau Short Back seinen hübschen Tausender finanzieren konnte.

»Und dann?«

Er breitete die Arme aus. »Sie hat mir das Bild geschickt.«

»Sie haben bar bezahlt?«

»An eine Supermarkt-Paketstation geschickt.«

»Woher wussten Sie, dass das Foto echt war? Es gab von ihm keine neueren Bilder, erst das hier …«

»Sie hat gesagt, sie hat jemanden, der es verifizieren kann.«

»Und wer sollte wissen, wie Martin Wick heutzutage aussieht?«

»Scheiß viele Gefängniswärter? War mir egal, solange sie glaubwürdig sind …«

»Aber sie hat sich das nicht von einem Gefängniswärter bestätigen lassen, oder?«

»Sie hat mir den Namen von seinem ehemaligen Zellengenossen genannt.« Er zuckte mit den Schultern. »Sie hat gesagt, wenn ich seine Adresse rausfinden kann, will sie sich um den Rest kümmern …«

»Das hat sie jedenfalls getan. Ihnen ist schon klar, falls sie eine Auftragsmörderin ist, haben Sie mit Ihrer Zeitung dafür gesorgt, das sie Martin Wick identifizieren konnte?« Zum ersten Mal schienen Charlie Sloane tatsächlich die Worte zu fehlen. »Und dabei haben wir noch nicht mal in Betracht gezogen, dass Sie dem Typen, der ihn im letzten halben Jahr umbringen wollte, seinen Aufenthaltsort verraten haben.«

»Ich habe den Aufenthaltsort nicht verraten, das war sie.«

»Da bewegen Sie sich auf dünnem Eis, Charlie, und das bei Ihrer Figur …«

Er sah zu Naomi. »Haben Sie das gehört, Herzchen, er hat mich wegen meines Körpergewichts diskriminiert und bloßgestellt.«

»Das tue ich erst, wenn ich Sie in Unterhose und Handschellen durch die Lobby schleife.« Ich ließ das auf ihn wirken, bevor ich fortfuhr. »Wahrscheinlich kein so guter Abgang in einem Hotel voller Journalisten. Wir haben uns übrigens gerade mit Wicks Ex-Zellengenossen getroffen. Was für ein Typ …«

»Ja, ja, ist irgendeinem Obdachlosen auf dem Brustkorb rumgetanzt, der würde mir ohne viel Federlesens den Hals brechen. Was Sie aber vergessen: Ich habe nicht den Kontakt zwischen den beiden hergestellt, ich habe nur herausgefunden, wo er wohnt. Woher hätte ich wissen sollen, dass das alles passiert? Das

Mädchen war sehr höflich und wusste sich auszudrücken. Die soll, Scheiße noch mal, eine Krankenhausstation angezündet haben?«

»Höflich? Wusste sich auszudrücken?«, hakte Naomi nach. »Sie haben gesagt, Sie hätten sie nie getroffen.«

»Es gibt so Dinger, die nennt man Telefon«, sagte Sloane.

»Ihre Nummer.«

10

Naomi gab bei unserer Dienststelle die Nummer durch, die wir von Charlie Sloane bekommen hatten, während ich in der Hotellobby saß und zusah, wie die Leute ein- und auscheckten. Wir hatten Sloane zum Schluss noch versprochen, dass sein Name an prominenter Stelle in unserem Bericht an Superintendent Parrs auftauchen würde, was, wie er wusste, unendlich schlimmer war als eine simple Festnahme. Mit etwas Glück konnten wir jetzt das Handy aufspüren und die Frau finden, die Wick fotografiert hatte – Esther, wenn man Short Back and Sides glauben wollte.

Meine Wut schien die Ermittlungen beschleunigt und jede potenzielle Verbindung mit mir eliminiert zu haben. Blieb noch die Sache mit meiner gestohlenen Tasche. Die aber hatte eine ganze Menge mit mir zu tun. Ich spürte mein Handy vibrieren. Eine SMS.

Peter Collins?

Ich las den Namen. Dann noch mal. Ich schloss die App, öffnete sie wieder und las ihn erneut.

Peter Collins war der Name auf meinem gefälschten Pass.

Als Naomi zu mir kam, starrte ich immer noch auf die SMS. Dann steckte ich das Handy weg.

»Sie rufen zurück, wenn sie es geortet haben, aber das kann eine Stunde oder so dauern«, sagte sie. »Um die Besitzerin ausfindig zu machen, wollen sie bei den Telefongesellschaften nachfragen. Du siehst ziemlich weiß aus um die Nase.« Ich nickte, ohne richtig zuzuhören. »Sag mal, Aidan. Ich weiß, es ist nicht unbedingt der passende Moment, aber vielleicht könnten wir ja jetzt miteinander reden.«

»Sorry«, sagte ich und sprang auf. »Mir ist gerade eingefallen, ich muss noch woandershin.«

»Und die Handyortung?«

»Ich bin so schnell wie möglich zurück. Wenn vorher was reinkommt, ruf mich an.« Dann war ich schon durch die Tür und ging die Straße runter, weg vom Hotel, blickte mich um und vergewisserte mich, dass mir keiner folgte. Ich sah auf mein Handy, mein Finger schwebte über dem Anruf-Button, aber ich widerstand. Ich wollte nicht alles noch schlimmer machen, indem ich unnötige Spuren hinterließ, die mich mit demjenigen verbanden, der sich hinter dieser Nummer verbarg.

Ich fand eine der wenigen noch verbliebenen Telefonzellen in der Stadt, warf viel zu viel Kleingeld in den Schlitz und wählte. Es klingelte eine Minute, dann legte ich auf.

Gab es noch andere Möglichkeiten? Wenn ich über offizielle Kanäle versuchen würde, die Nummer aufzuspüren, würde das nur auf mich zurückverweisen, ebenso, wenn ich auf die SMS antwortete.

Ich verließ die Telefonzelle, wollte schon los, als der Apparat plötzlich schrillte. Ich stürzte hinein und riss den Hörer von der Gabel.

»Telefonzelle?«, sagte die Frau am anderen Ende der Leitung. »Vielleicht bist du doch nicht so dumm, wie du aussiehst.«

Ich erkannte ihre Stimme. »Was willst du?«

11

Wir trafen uns im Gas Lamp, einer weiteren Kellerkneipe. Im 19. Jahrhundert, als Deansgate noch ein Slum war, war hier eine Kindermission untergebracht, die kostenlose Mahlzeiten an die Hungrigen verteilte und verwahrlosten Jungen Obdach bot.

Da ich selbst in einem Heim aufgewachsen war, hatte ich das Lokal nie gemocht.

Das Gas Lamp hatte ich vorgeschlagen, weil es gleich in der Nähe lag und man dort ungestört blieb. Ich traf noch rechtzeitig ein, um mir mit einem doppelten Jameson den Rachen zu verbrennen. Dann sah ich sie im Spiegel hinter der Theke, wartete aber, bis sie näher kam und mir auf die Schulter klopfte. Sollte sie ruhig sagen, wo es langging. Sie sah das genauso, wie ich feststellte, als ich mich zu ihr umdrehte.

»Hi«, sagte Constable Louisa Jankowski, beugte sich mit einem Lächeln zu mir und umarmte mich.

Jeder, der uns sah, hätte meinen können, wir träfen uns zu einem Date. Sie war lässig gekleidet, schwarze Jeans, Lederjacke, die Anspannung in ihrem Gesicht war nicht zu übersehen. Sie blickte sich aufmerksam um, damit ihr nichts entging, wobei sich ihre Miene kaum von der auf dem Schießstand unterschied.

»Kann ich dir was bestellen?«, fragte ich.

»Ich trinke keinen Alkohol, ein Mineralwasser wäre nett.«

Ich bestellte das Indian Pale Ale mit dem höchsten Alkoholgehalt, das ich entdecken konnte, und für sie ein Wasser, dann folgte ich ihr zum Tisch. Das Gas Lamp bestand aus einem Gewirr von Alkoven und Nebenräumen, es war also nicht schwer, einen abgeschiedenen Ecktisch zu finden. Eine Kerze stand darauf, ansonsten war nicht viel Platz, weshalb wir dicht beieinandersaßen.

Lächelnd schälte sich Louisa aus ihrer Jacke. Ich hatte den Eindruck, dass sie das alles sehr genoss.

»Prost«, sagte sie und erhob ihr Glas. Ich sah zu ihr, drückte mit Daumen und Zeigefinger die Kerze aus und nahm einen großen Schluck von meinem Pint, ohne mit ihr anzustoßen. Als ich das Glas abstellte, lächelte sie wieder und ließ ihre perfekten Zähne sehen. »Ich war noch nie hier, glaube ich …«

»Was soll das alles, Louisa?«

»Es gibt keinen Grund, es nicht auf die freundliche Tour zu lösen.« Sie sah mich an. »Wir müssen keine Feinde sein.«

»Ich habe uns nicht als Feinde gesehen.«

»Du hast deine Kollegin nicht zurückgepfiffen, als wir uns unterhalten haben. Sie war nicht sehr höflich zu mir.«

»Ach ja?«

»Es klingt vielleicht zickig …«

»Du bist in meine Wohnung eingebrochen. Glaub mal nicht, dass ich dir wohlwollend gegenüberstehe.«

»Sie scheint mir zu den Frauen zu gehören, die andere Frauen immer niedermachen müssen. Ich habe nicht erlebt, dass sie auch auf Jungs so losgeht.«

»Von denen hatte auch keiner Dienst, als von einem Gefangenen in Schutzhaft ein Foto gemacht wurde. Sie hat nur Fragen gestellt wegen Rennick, deinem Freund …«

»Und ich hab die Wahrheit gesagt, ich hatte mit Rennies Tod – oder mit dem von Martin Wick – nichts zu tun.«

»Das ist eine beschissen komische Art, deine Unschuld zu beweisen.«

Sie sah mich kurz an, dann legte sie ihre Hand auf meine, als wären wir ein Liebespaar. Ich hatte mit Drohungen, Einschüchterungen, mit Erpressung gerechnet, aber sie verhielt sich so, als wären wir hier bei unserem dritten Date.

»Ich hab nicht gesagt, dass ich unschuldig bin. Ich hab gesagt, ich habe mit Rennies Tod nichts zu tun. Ich musste mich bloß absichern.«

»Absichern? Gegen was?«

»Gegen übereifrige Polizistinnen, die sich selbst nicht leiden können.«

»Ich kann mich selbst nicht leiden, aber übereifrig und Polizistin, das geht zu weit.«

»Sehr witzig. Worum es mir geht: Kannst du die Schlampe nicht an die Leine nehmen?« Ich zog meine Hand weg. »Hab ich einen Nerv getroffen? Wie kommt ihr beide miteinander klar?«

»Ich weiß nicht, wovon du sprichst, Louisa.«

»Ja, natürlich. Du bist doch genauso scharf drauf, ihr ein Halsband anzulegen, wie ich.«

»Warum sollte ich das wollen?«

Ihr ganzer Körper bebte vor Lachen. »Warum sollte das Goldmädchen vom Präsidium mit dem Bad Boy vom Präsidium für verdeckte Ermittlungen zusammengespannt werden? Um ihn auf den Pfad der Tugend zu bringen? Oder seinen Sarg endgültig zuzunageln?«

»Du liegst meilenweit daneben …«

Louisa befeuchtete ihre Lippen und beugte sich zu mir hin. »Ich bin mit einem Typen im Archiv befreundet. Der sagt, Constable Black hat gestern Abend in deiner Akte gestöbert.«

»Ich hab sie gebeten, sich um ein paar Unterlagen zu kümmern …«

»Deshalb hat sie sich also durch deine Berichte, deine Verhaftungsprotokolle, deine Kollegen gewühlt …«

Ich zögerte. »Das erklärt immer noch nicht, was wir hier tun.«

»Du hast Dreck am Stecken, Aidan Waits. Ich hab die Geschichten gehört – Drogen, Mädchen, Beziehungen zur Unterwelt. Ich dachte mir, ich folge dir nach Hause, vielleicht finde ich ja was Brauchbares. Dass du dich mit den falschen Leuten triffst, vielleicht deine Constable vögelst. Aber selbst in meinen wildesten Träumen hätte ich nicht gedacht …«

»Okay«, sagte ich.

»Es ist nicht okay.« Sie flüsterte mir ins Ohr. »Ich glaube sogar, dass es sich um einen gefälschten Pass handelt. Einen guten. Woher hast du so was überhaupt?«

»Von üblen Freunden.«

»Eigentlich hätte ich dich zur Befragung vorladen sollen.«

»Hast du aber nicht. Was heißt, dass du was wissen musst.« Sie lächelte und lehnte sich zurück. »Louisa, hör zu, hier sind gefährliche Leute mit im Spiel.«

»Und ich denke, du bist einer von ihnen«, sagte sie, nahm wieder meine Hand und grub mir ihre Fingernägel in die Haut.

Ich zog meine Hand zurück. »Leute, die mich umbringen wollen.«

»Es liegt nicht in meiner Absicht, dass so was geschieht.«

»Was willst du? Warum das alles?«

»Vielleicht weiß ich, wie es ist, Geheimnisse zu haben.«

»Wenn das deine Vorstellung von Mitgefühl ist, dann …«

»Bitte. Ich hab gerade einen Crashkurs hinter mir, wie meine Geheimnisse gegen mich verwendet werden.«

»Dass sie so verwendet werden? Zur Erpressung?«

»Oh, werd erwachsen. Du bist nicht der Erste, der unter die Räder kommt, weil andere über ihn Bescheid wissen. Weißt du, wie viele Chief Inspectors ich am liebsten wieder ausspucken würde?«

Ich schwieg. Sie fuhr fort, mit kälterer Stimme.

»Ich bin ohne jeden Zweifel die beste Scharfschützin der Polizei. Ohne jeden Zweifel. Und weißt du was? Ich wurde erst in den Dienst aufgenommen, als ich allen und jedem einen geblasen habe. Bis ich keine Luft mehr bekommen habe.« Ich sah weg. »Was ich sagen will: Ich weiß, dass uns unsere Geheimnisse nicht zu schlechten Menschen machen. Aber gelegentlich müssen wir üble Dinge tun, um sie zu bewahren.«

»Also, los«, sagte ich. »Was ist dein Geheimnis? Verheiratete Bullen vögelst du zumindest nicht.«

Sie nahm mein Glas und leerte es.

»Ich sollte das Trinken lassen, das ist das eine.«

Es hörte sich an, als wäre das nur die Spitze des Eisbergs. »Was solltest du noch alles lassen?«

»Männer, Frauen, vor allem wenn es sich um Kollegen handelt. Kann übel ausgehen. Alkohol.« Sie deutete auf das leere Glas. »Das kann auch übel ausgehen. Wahrscheinlich könnten wir unseren Spaß miteinander haben, wenn wir uns etwas besser kennenlernen würden.«

»Das klingt alles nicht nach einem Grund, in meine Wohnung einzubrechen.«

»Trau dich, mich danach zu fragen.« Ihre Pupillen waren geweitet, ihr Atem ging schwerer.

»Das ist doch lächerlich.«

Sie sah mich herausfordernd an.

»Gut, ich trau mich, dich danach zu fragen.«

»Vor zwei Wochen habe ich im St. Mary's eine junge Frau kennengelernt. Die im grünen Jogginganzug. Deine Tatverdächtige.«

»Esther«, sagte ich.

Sie schien beeindruckt. »Du bist besser, als ich gedacht habe. Esther wollte Zugang zu Martin Wick, damit sie ein Foto machen konnte. Rein, raus, sagte sie. Sie würde noch nicht mal über die Treppe kommen. Ich müsste ihr nur fünf Minuten den Rücken zukehren …«

»Für wie viel?«

»Zwei Riesen.«

»Du riskierst für zwei Riesen, dir dein Leben zu versauen?«

»Nicht schlecht, die Kohle, für fünf Minuten Arbeit.«

»Das nehme ich dir nicht ab.«

Sie zuckte mit den Schultern. »Wenn ich nicht schlafen kann, spiele ich Poker. Aus irgendeinem Grund konnte ich in letzter Zeit selten schlafen. Ich war in Zahlungsschwierigkeiten.«

»Wenn es schon so schlecht steht, helfen zwei Riesen kaum …«

»Es war ein Anfang, um wieder auf die Beine zu kommen. Und nachdem ich dein Versteck gefunden habe, war ich wieder auf der

Gewinnerseite.« Ich schloss die Augen. »Im Ernst. Ich hab deinen Betrag verdoppelt. Wie gesagt, ich sehe uns beide als Freunde.«

»Was ist schiefgelaufen?« Ich wollte zurück zu dem Grund, warum wir hier waren. »Du erzählst mir das nicht alles, weil du ein gutes Herz hast.«

»Nichts ist schiefgelaufen. Die Frau hat mir die Kohle gegeben, sie hat ihr Foto gemacht. So einfach war das.«

»Es sei denn, sie hatte einen Mord geplant, während du ihr den Rücken zugekehrt hast.«

»Sie hätte es gleich erledigen müssen, wenn sie es überhaupt vorgehabt hat.«

»Irgendwas muss aber schiefgelaufen sein, sonst würde ich mir das alles nicht anhören müssen. Abgesehen von den beiden Toten, scheint es doch so zu sein, als wärst du ungeschoren davongekommen.«

»Mit den Toten hab ich nichts zu tun«, sagte sie ernst. »Ich war noch nicht mal dort, als es passiert ist. Nichts verbindet mich mit der jungen Frau – bis auf das Handy, von dem aus sie mich angerufen hat.«

Endlich waren die Karten auf dem Tisch.

Ich lehnte mich zurück und sah sie an. Wenn ich Esther aufspürte und deren Handy, und wenn darauf Louisa Jankowskis Eintrag gespeichert war, war sie am Arsch.

»Ich hab mir gedacht, ich geb dir die Nummer, du könntest es orten …«

»Wir haben die Nummer schon«, sagte ich. »Und die Ortung läuft bereits, jetzt gerade.«

»Ah.«

»Warum hast du es nicht selbst orten lassen?«

»Wie hätte ich erklären sollen, dass ich die Nummer habe? Außerdem wäre damit das Handy lediglich der Polizei zur Verwahrung übergeben worden.«

»Was anderes passiert auch nicht, wenn du mich zum Handy führst.«

»Aber jetzt sind wir ja Freunde, nicht wahr, Aidan? Du sagst, ihr ortet es bereits.« Sie dachte nach. »Das ist noch besser. Ich muss also keinen anonymen Tipp mehr abgeben. Ich bitte dich nur, dass meine Nummer nicht mehr auf dem Handy ist, wenn es als Beweismittel registriert wird, nichts mehr, was darauf verweist, dass sie mich angerufen hat. Das ist alles. Dann kannst du deine Tasche zurückhaben, deinen Pass, dein Geld, alles kein Problem.«

»Ich kann eine Nummer vom Handy löschen«, sagte ich. »Aber früher oder später werden die Einzelverbindungsnachweise angefordert. Da wirst du auftauchen.«

»Du bearbeitest den Fall. Kümmere dich darum, sag, meine Nummer sei die von einem Wegwerfhandy.«

»Und was, wenn wir neben dem Handy auch Esther finden? Was, wenn sie auspacken will? Das Gedächtnis eines Menschen kannst du nicht einfach so löschen.«

»Gut, das ist der schwierige Teil.« Sie sah auf den Tisch. »Ich nehme an, das hängt ganz davon ab, wie sehr dir daran gelegen ist, nicht in den Knast zu wandern.«

Ich schüttelte den Kopf. »Ein Handy zu säubern ist eine Sache …«

»Aber du musst dir was einfallen lassen, nicht wahr? Wenn sie meine Nummer auf dem Handy finden oder wenn sie die junge Frau finden und sie ihnen erzählt, was passiert ist, dann werden sie, wenn sie kommen und mich verhaften, auch deine Tasche bei mir finden. Deinen gefälschten Pass. Wahrscheinlich könnte ich das sogar benutzen, um meine Strafe runterzuhandeln.«

»Könntest du wahrscheinlich.«

»Wenn man so darüber nachdenkt, es ist wirklich ein Wunder, dass du am Tatort eines Doppelmords warst und nicht einen Kratzer abbekommen hast …«

»Bei solchen Sachen hatte ich schon immer Glück«, sagte ich.

»Ich an deiner Stelle würde mich also sehr anstrengen, um mich aus der Sache rauszuhalten.«

Ich überlegte, schließlich nickte ich.

»Das Handy allein wird nicht reichen«, sagte ich. »Und sie umzubringen auch nicht. Du stapelst eine Lüge auf die andere, bis alles über dir zusammenkracht.«

»Bis alles über *uns* zusammenkracht, meinst du? Warum bist du so schwierig? Du glaubst doch nicht im Ernst, dass irgendeine Junkiebraut Rennick getötet und Sutcliffe ausgeschaltet hat. Du hast selbst gesagt, du hast Zweifel …«

»Die hab ich immer noch.«

Sie lächelte. »Ich mach das für Rennie ebenso wie für mich. Das sind gute Informationen. Du folgst den falschen Fährten. Ich hab der Frau nur fünf Minuten den Rücken zugekehrt, als sie das Foto gemacht hat. Wenn du den Fall richtig aufklärst, den wahren Mörder findest, dann verschwendet keiner auch nur einen Gedanken an diese Esther. Oder an mich.«

Ich nickte abgelenkt.

»Übrigens«, sagte sie, »wer ist Anne?« Mir wurde schwarz vor Augen, ich hielt mich am Tisch fest. »Ich hab die Briefe nicht gelesen, keinen der beiden. Sie erschienen mir als zu privat …«

Ich schob meinen Stuhl zurück, starrte sie an und versuchte mich zu beherrschen.

Der Brief, den meine Schwester mir geschrieben hatte, und meine unvollständige Antwort. Ich hatte sie beide in die Tasche gelegt, als Naomi an die Tür geklopft hatte.

»Ich bin zum Abschuss freigegeben, Louisa, absolut, aber tu mir einen Gefallen, so von Mensch zu Mensch. Lass sie aus dem Spiel, bitte.«

Nach einigem Nachdenken nickte Louisa, fast schien sie gerührt von meinem Gefühlsausbruch. Sie griff in ihre Tasche, zog den Brief meiner Schwester heraus und gab ihn mir.

»Eine Geste des guten Willens«, sagte sie und stand auf. »Ruf mich an, Aidan. Meine Nummer hast du.« Sie küsste mich auf die Wange und flüsterte mir zu: »Ich hab jedenfalls deine.«

12

Ich war keine Stunde weg gewesen, aber als ich ins Holiday Inn zurückkehrte, fühlte es sich an wie ein ganzes Leben. Naomi hatte sich nicht gemeldet, deshalb ging ich davon aus, dass bislang keine Ortung erfolgt war. Wenn wir Glück hatten, war das Handy abgeschaltet oder zerstört.

Ich hatte noch nicht mal den Hauch eines Plans, was ich tun sollte, falls wir es fanden.

Wie Louisa gesagt hatte, hing es nur davon ab, wie sehr ich eine Haftstrafe umgehen wollte. Auf dem Rückweg hatte ich an Tessa Klein denken müssen, die einen Abschiedsbrief, aber keinen Leichnam hinterlassen hatte und für tot erklärt worden war. Allmählich sah ich das für mich ebenfalls als praktikable Lösung.

Naomi saß in der Lobby und telefonierte.

»Ich ruf zurück«, sagte sie und beendete das Gespräch.

»Tut mir leid. Irgendwas zur Ortung?«

»Noch nichts. Hör zu, Aidan …«

»Du hast gesagt, du willst reden, gut, dann lass uns reden.«

»Du hast jetzt wirklich Zeit?«

Ich nickte und begleitete sie an die Hotelbar. Es war nicht viel los, nur ein, zwei Pärchen hatten sich zu einem Gläschen oder einem Nachmittagscocktail niedergelassen. Ich näherte mich der Barfrau und sah zu meiner Kollegin. Es hatte mir nicht gefallen, wie Louisa über sie geredet hatte, aber nach meinem Verhalten in letzter Zeit fragte ich mich, ob ihr nicht vielleicht doch ein Posten in James' Team lieber gewesen wäre.

»Ich nehme das Gleiche wie du«, sagte sie.

»Zwei Pint Guinness, bitte.« Während sie bereits Platz nahm, bestellte ich einen weiteren doppelten Jameson und kippte ihn.

Wir saßen an einem Ecktisch mit Blick auf die Straße. In Naomis Augen lag die gleiche Wachsamkeit wie vorher. Irgendwie passte das nicht, irgendwie hatte das nichts mit unseren Ermittlungen in einem Doppelmord zu tun. Lag es an der Betroffenheit, die Superintendent Parrs, völlig untypisch für ihn, an den Tag gelegt hatte? Oder lag es am Anruf wegen meiner Mutter oder doch am Fall?

Etwas völlig anderes war das Problem mit Louisa Jankowski, das ich jetzt so weit wie möglich auszublenden versuchte. Erst als sich Naomi ihre Worte zurechtlegte, dämmerte mir, dass vielleicht ich das Problem sein könnte. Als mein Blick wieder auf den Tisch fiel, bemerkte ich, dass ich etwa ein Drittel meines Stout getrunken hatte, ohne mir dessen bewusst gewesen zu sein.

»Ich hab noch nie im Dienst getrunken …«, begann Naomi.

»Das macht es nur erstrebenswerter«, erwiderte ich und versuchte mich an einem Lächeln. Sie ging nicht darauf ein. »Fühl dich zu nichts gezwungen.«

»Ach, komm«, sagte sie, hob ihr Glas, stieß gegen meins und trank. Dann sah sie mich an. »Das über deine Mum, vorhin …«

»Lieber nicht.«

»Also, was Sloane über deine zwölf Gesichter gesagt hat …«

»Da ist er falsch informiert. Ich hab nur zwei, ich schwöre es.« Als sie nicht lachte, fuhr ich fort: »Tut mir leid, wie es heute gelaufen ist. Sloane, Short Back and Sides …«

Sie zuckte mit den Schultern in ihrem Parka. »Die beiden haben bloß ihre kleinen Pimmel kompensieren wollen. Kommt öfter vor.«

Ihrem Blick nach zu urteilen schien sie anzudeuten, dass ich demselben Club angehörte.

»Also, worüber willst du reden?«, fragte ich.

»Sagt dir der Name Stuart Hawley was?«

»Klingt irgendwie bekannt …«

»Du und Sutty habt ihn vor einem halben Jahr verhaftet.«

Ich musste nachdenken. »Er ist in den Whiskyladen in der Exchange Street eingebrochen. Der Laden war geschlossen, es war mitten in der Nacht.«

»Und dann?«

»Haben wir ihn verhaftet und aufs Präsidium gebracht.«

»Hat er Widerstand geleistet?«

»Im Gegenteil. Bei unserer Ankunft hat er bloß mit einer Flasche dagesessen. Er hat sich sogar vorgestellt und gefragt, mit wem er das Vergnügen habe ...«

»Und du hast es ihm gesagt?«

»Natürlich. Er ist ganz ruhig mitgekommen.«

»Keine Gewaltanwendung?«

»Nein.«

»Noch nicht mal von Inspector Sutcliffe?«

»Nein.«

Sie legte ihr Handy zwischen uns auf den Tisch, sah aufs Display und scrollte zu einem Bild. Stuart Hawley erschien, der Mann, an dessen Festnahme ich mich erinnerte.

Nur war er grün und blau geschlagen.

Beide Augen waren zugeschwollen, die Lippen an zwei Stellen aufgeplatzt.

»Nein«, sagte ich. Es klang nicht mehr ganz so entschieden. »Glaub, was du willst, aber das war ich nicht.«

»Ich weiß nicht. Vorhin dachte ich, du wolltest Short Back eine zweite Delle in den Schädel dengeln.«

»Würdest du mir einen Vorwurf draus machen?« Ich wollte, dass es ganz lässig klang, aber sie schüttelte den Kopf.

»Ja, doch, das würde ich.«

»Schau, es war keine tolle Woche ...«

»Genau das hab ich mich auch gefragt«, sagte sie und sah auf ihr Handy. »War das damals auch eine nicht so tolle Woche?«

»Ich hab mir einiges zuschulden kommen lassen, aber so was nicht.«

»Gut ...«, sagte sie und tippte auf den Bildschirm.

Ich sah zu, wie sie durch weitere Bilder scrollte. Gesichter, an die ich mich erinnerte, die mir undeutlich bekannt vorkamen, von Streitigkeiten, aus Vernehmungsräumen, von Tatorten des vergangenen Jahres. Alle hatten mindestens blaue Flecken, Abschürfungen, im schlimmsten Fall richtige Kopfverletzungen oder gebrochene Knochen.

»Keiner von denen hat dich namentlich beschuldigt. Aber alle sagen, sie wären kurz vor oder nach ihrer Verhaftung angegriffen worden oder hätten den Täter als einen Polizisten erkannt. Sie liefern bloß die einzelnen Fakten und warten ansonsten darauf, dass jemand eins und eins zusammenzählt. Parrs hat das anscheinend schon getan, jetzt ich, und es wird nicht dabei bleiben.«

Ich dachte an den morgendlichen Besuch von Chief Inspector James. Ein tätlicher Überfall in der Nähe des Light Fantastic, als ich zufällig in der Gegend war.

Ein Angreifer, der mir ähnlich gesehen hatte.

Naomi riss mich aus meinen Gedanken. »Wenn das eine Verschwörung gegen dich ist, dann ist sie ziemlich ausgefeilt.«

»Kriminelle verzapfen ständig irgendwelche Lügen über exzessive Polizeigewalt«, sagte ich.

»Ist das so? Was ist mit sexuellen Übergriffen? Denn die Erste hier behauptet, sie wäre begrapscht worden. Ein Polizist, auf den deine Beschreibung passt, hätte ihr zu verstehen gegeben, dass er sie laufen lässt, wenn sie sich erkenntlich zeigt …«

»Wie heißt sie?«

»Im Ernst?« Sie sah mich an. »Das sage ich dir nicht, und frag mich auch nie mehr danach.«

»Was meinst du, was soll ich dagegen tun?«

Unwillkürlich ging ihr Blick zum Handy. »Das ist nicht wichtig«, sagte sie. »Wichtig ist, dass verdammt viele dir Gewaltanwendung vorwerfen. Und ebenso viele sexuelle Übergriffe. Alle, mit denen du im letzten Jahr zu tun hattest. Früher oder später wird jemand das Muster erkennen. Da gehen welche ganz subtil vor. Wer immer diese Leute zu diesen Anschuldigungen anstiftet, er will dich fertigmachen.«

»Zumindest darauf können wir uns also verständigen.«

Sie seufzte. »Du spielst demjenigen doch in die Hände, ich kapier es nicht. Gehen wir mal davon aus, nur für einen Moment, dass diese Anschuldigungen haltlos sind.«

»Sie sind völlig haltlos«, sagte ich.

Köpfe drehten sich in unsere Richtung.

Naomi senkte die Stimme. »Trotzdem hat jemand das alles eingefädelt. Das heißt, er musste erst Leute finden, die bereit waren, sich in diese Situation zu bringen und einen Eintrag in ihr Vorstrafenregister zu riskieren. Dann wurden ihnen die Verletzungen zugefügt, sie wurden durch das Beschwerdeverfahren gecoacht und dazu verdonnert, bei ihrer Aussage zu bleiben. In dieser Größenordnung ist das abgelaufen. So was hab ich noch nie erlebt. Du?«

Ich konnte nur den Kopf schütteln.

»Da ist jemand mit sehr viel Zeit und sehr viel Geld, jemand mit Beziehungen.« Sie atmete tief durch. »Jemand mit viel Hass, Aidan.«

Ich trank einen Schluck.

»Und du weißt, wer es ist, oder?« Alle von ihr aufgezählten Fakten waren einfach zu erdrückend, da konnte noch nicht mal ich mich mehr mit Lügen herauswinden. Ich nickte. »Dieser Freund von dir, von dem der Superintendent gesprochen hat«, sagte sie. »Erzähl mir von ihm. So viel bist du mir schuldig.«

»Was«, begann ich ganz langsam, »weißt du über Zain Carver?«

Ich hielt den Blick auf die Wand hinter ihr gerichtet, bekam aber mit, wie sie den Kopf senkte.

»Du hast wahrscheinlich gehört, dass ich ein Drogenproblem hatte«, sagte ich. »Dass ich dabei erwischt wurde, Drogen aus der Asservatenkammer geklaut zu haben. Wahrscheinlich hast du noch viel mehr gehört.«

»Ich gebe nichts auf Klatsch …«

»Es stimmt, Naomi. Das ist alles wahr.«

Sie schloss kurz die Augen. »Und jetzt stehst du bei ihm in den Miesen?«

»So ähnlich.«

»Aber ich kapier es nicht. Er kann doch nicht gegen jeden Polizisten, der ihm übern Weg läuft, so einen Hass schieben.«

»Tut er auch nicht«, sagte ich. Dann trank ich mein Glas aus und stand auf. »Wir sollten lieber gehen.«

Naomi rührte sich nicht und starrte auf den Stuhl, auf dem ich gesessen hatte. »Ich will dir helfen, ich will es verstehen.«

»Und ich bitte dich, es nicht zu tun, okay?«

»Was hast du für ein Problem mit mir? An meiner Arbeit liegt es nicht, das weiß ich.« Ihr Handy begann auf dem Tisch zu vibrieren. Dankbar griff ich danach.

»Detective Sergeant Waits«, meldete ich mich. »Ja. Ja. Danke.« Ich legte es wieder auf den Tisch, fester, als ich es eigentlich wollte. »Wir haben Esther lokalisiert.«

Naomi nickte, packte sich ihr Handy und erhob sich.

13

Das Handy war im Cornerhouse lokalisiert worden, einem ehemaligen Kulturzentrum und Indie-Kino, das drei oder vier Jahre zuvor dichtgemacht hatte und seitdem leer stand. Es war knapp fünf Minuten von dem am Vortag gefundenen ausgebrannten Wagen entfernt. Naomi war so gnädig, mich nicht daran zu erinnern, dass sie die Durchsuchung der Gegend vorgeschlagen hatte.

Mittlerweile war es Nacht geworden, die Straße strahlte im Lichtergewirr. Die Scheinwerfer von Taxis, Bussen, Motorrädern wetteiferten mit der Neonreklame der Geschäfte.

Das Gebäude lag an der Ecke Whitworth und Oxford Street. Selbst als Kulturzentrum hatte es die Ausstrahlung eines Abbruchgebäudes gehabt. Aber nichts ging über einen tatsächlichen Leerstand. Eingequetscht zwischen modernen Apartmentkomplexen, direkt gegenüber dem Palace Theatre, wirkte es wie ein fauler Zahn in einem ansonsten blendend weißen Gebiss. Noch einige Zeit nach der Schließung klebte auf der Kinomarkise eine Dankesbotschaft an die ehemaligen Gäste, mittlerweile aber hatten sich die Buchstaben gelöst oder waren gestohlen und durch aufgesprühte Logos und politische Slogans ersetzt worden.

Vage war ich mir bewusst gewesen, dass sich der Ton der Graffiti in den letzten Monaten geändert hatte. Aber erst jetzt entdeckte ich die militanten Sprüche und die Verweise auf MAN, das Manchester Activist Network, eine Gruppe anarchistischer Hausbesetzer, die nach der Besetzung von mehreren leer stehenden Immobilien für Schlagzeilen gesorgt hatten. Die Stadt hatte den landesweit höchsten Leerstand an Geschäftsimmobilien. Neben explodierenden Obdachlosenzahlen hatte das zu mehreren sogenannten Großbesetzungen im und um das Stadtzentrum geführt. Alle paar Monate wurden Razzien durchgeführt, nachts fielen Gerichtsvollzieher en masse über sie her, bewaffnete Sondereinsatzkräfte der Polizei warteten in den Seitenflügeln, warfen die Besetzer auf die Straße und beschlagnahmten ihre wenigen Habseligkeiten. Das Ganze kostete die Stadt mehr, als wenn sie einige der Gebäude angemietet und in offizielle Obdachlosenunterkünfte umgewandelt hätte. Aber das hätte bedeutet, dass sie das Problem als solches anerkannte.

Wir traten an die Tür und spähten durch die Scheibe. Ich glaubte schemenhafte Gestalten im düsteren Inneren zu sehen, im Grunde aber war es zu dunkel, um irgendwas mit Bestimmtheit erkennen zu können. Ich schlug mit der Faust gegen den Türrahmen.

Die Gestalten drinnen erstarrten.

Wir warteten einen Moment, dann erschien einer mit Vollbart aus der Dunkelheit.

»Was wollt ihr?« Er klang ängstlich.

»Polizei …« Bevor ich fortfahren konnte, wich er von der Tür zurück. »Wir sind auf der Suche nach einer vermissten Person!«, rief ich und presste beide Hände gegen die Glasscheibe. Ich glaubte ihn immer noch zu sehen, jetzt allerdings weiter weg.

»Ihr braucht ’nen Räumungsbescheid!«, schrie er zurück.

»Wir wollen niemanden rausschmeißen, wir wollen bloß reden.«

Keine Reaktion. Ich sah zu Naomi.

Sie blickte weg.

Ich wollte schon einen anderen Plan vorschlagen, als ein Bus vorbeifuhr. Seine Scheinwerfer wanderten über das Gebäude und tauchten die Lobby kurzzeitig in Licht. Wir sahen den Bärtigen, an der Rückseite des schmalen Raums, keine zwei Meter entfernt, wo er sich mit einer hageren blonden Frau unterhielt.

»Bitte!«, rief ich durch die Tür. »Das Leben eines Menschen steht vielleicht auf dem Spiel …«

Damit meinte ich Esther, genauso gut hätte ich aber von mir reden können. Ein weiterer Augenblick verging, dann schimmerte es hell, blasse Haut und weißblond gefärbte Haare, und die Frau, die wir gesehen hatten, erschien an der Tür. Sie starrte durch die verdreckte Scheibe, erst zu mir, dann zu Naomi hinter mir, schien zwischen Kampf und Flucht zu schwanken, aber ich hoffte auf eine dritte Option. Sie sah zur Straße, ich trat zur Seite, damit sie sehen konnte, dass wir allein waren.

»Wessen Leben ist in Gefahr?«, fragte sie mit hartem irischem Akzent.

»Es geht um eine junge Frau, wir gehen davon aus, dass sie keinen festen Wohnsitz hat, falls Ihnen das wichtig ist.«

Wieder sah sie zu mir und schien eine Entscheidung zu treffen. Ich hörte das Klimpern von Schlüsseln, das Klacken eines Vorhängeschlosses, das geöffnet, dann eine Kette, die aus den Türgriffen gezogen wurde. Sie öffnete und stand vor uns, steif, drahtig, zuckte unablässig und zupfte an der Haut um ihre Fingernägel.

Es wirkte eher wie ein Nervenleiden, nicht wie Schüttelfrost.

»Jazz«, stellte sie sich vor. Sie hatte extrem gerötete Wangen und trug einen großen, dicken Hoody über ehemals pinken Leggings. Naomi und ich traten ein, nannten unsere Namen, während sie wieder die Kette an der Tür hinter uns durchzog. »Folgen Sie mir«, sagte sie, schaltete eine kleine Taschenlampe an und ging wie eine Platzanweiserin voran.

Wir durchquerten die Lobby und traten in einen der alten Kinosäle, wo sie anscheinend ihr Lager aufgeschlagen hatten. Die Sessel waren alle noch da und auf die große schwarze Leere ausgerichtet, wo einmal die Leinwand gewesen war. Tragbare Scheinwerfer waren aufgestellt, deren Licht dem großen Raum etwas Altersloses verlieh. Obwohl wir uns direkt neben einer viel befahrenen Straße befanden, war nichts zu hören. Der Raum war schallisoliert und fühlte sich an wie ein vergessener Atombunker, bereit für den kommenden Weltuntergang. Der Bärtige, den wir an der Tür gesehen hatten, unterhielt sich mit einer Gruppe von fünf oder sechs Obdachlosen. Als wir uns ihnen näherten, verstummten sie.

»Also«, sagte Jazz, die nach wie vor zuckte und überallhin sah, nur nicht zu uns.

»Wir suchen eine junge Frau«, sagte ich. »Oder wären für alles dankbar, was Sie uns über sie erzählen können.«

»Ihr seht, wer und was hier ist«, sagte der Bärtige.

Jazz legte ihm die Hand auf die Schulter. »Warum glauben Sie, dass sie hier wäre?«

»Wir haben ihr Handy an dieser Adresse geortet«, sagte ich. Sie wechselten einen Blick. »Hören Sie, wir haben kein Problem damit, wenn Sie sagen, es ist Ihr Haus. Sie haben alles Recht dazu, uns rauszuwerfen, aber diese junge Frau ist in Schwierigkeiten ...«

»Was für Schwierigkeiten?«, fragte Jazz.

»Größte Schwierigkeiten. Sie hat sich vor ein paar Tagen am Schauplatz eines Gewaltverbrechens aufgehalten, und jetzt wird sie von sehr gefährlichen Leuten gesucht.«

Ich spürte, wie sich etwas im Raum veränderte.

»Gefährlichen Leuten wie Sie?«

»Das kann ich Ihnen nicht sagen, aber ...«

»Woher wissen wir, dass ihr nicht gefährlich seid?«, fragte der Bärtige.

»Wir hätten es uns leicht machen und mit Spezialkräften auftauchen können. Dann hätten wir die Tür eingetreten, und fünf Minuten später wäre alles hier geräumt gewesen und Sie alle in Gewahrsam genommen.« Als einer von ihnen einen Schritt auf mich zumachte, wurde mir klar, dass das in ihren Ohren alles andere als eine leere Ankündigung war. Wahrscheinlich hatten sie alle so was schon mitgemacht. »Das war jetzt nicht als Drohung gemeint. Ich sag bloß, wir hätten das alles auch ganz anders abziehen können.«

»Wie sieht diese junge Frau aus?«, fragte Jazz.

»Sie hat etwa Ihre Statur, ist zwischen zwanzig und Mitte dreißig. Am charakteristischsten aber sind die Tattoos in ihrem Gesicht.« Ich zog den Ausdruck aus meiner Tasche und hielt ihn ihnen hin. Einer aus der Gruppe nahm ihn entgegen. »Das Foto ist nicht sehr scharf, aber um die Augen herum hat sie Fünfecke, wie Sterne.«

Alle aus der Gruppe betrachteten jetzt das Bild. Schließlich entfernte sich einer, ging ganz außen um die Sitzreihen herum und verließ schließlich den Raum.

Kurz darauf folgten zwei weitere.

»Ich gehe davon aus, dass es bei Ihnen klingelt?«

»Wie beim Big Ben«, sagte der Bärtige und rückte ebenfalls von uns ab.

Jazz gab mir das Bild zurück und nickte. »Sie war hier, ja.«

»*War* hier?«

»Sie ist wieder fort. Sie ist vorhin gekommen und wollte ihr Zeug holen, aber ich war nicht da …«

»Was für Zeug?«, fragte Naomi.

»Einen Rucksack«, antwortete Jazz. »Wir haben im obersten Geschoss einen abschließbaren Raum, und ich bin die Einzige mit einem Schlüssel. Ich war nicht da, um sie reinzulassen.«

»Ihre Sachen sind also noch hier?« Jazz nickte. »Und Sie kennen ihren Namen?«

»Esther, hat sie uns gesagt. Aber von uns hat keiner sie gekannt. Sie war nur für zwei Nächte hier.«

»Können Sie uns zu ihren Sachen bringen?«, sagte Naomi.

»Hab ich eine Wahl?«

»Nicht, wenn Sie ihr helfen wollen.«

Sie überlegte kurz, dann nickte sie und ging an uns vorbei in Richtung Ausgang.

Wir wollten ihr nach.

»Einer von euch beiden reicht doch, oder?«, rief uns der Bärtige zu.

»Ich gehe«, sagte ich, bevor Naomi etwas einwenden konnte.

Jazz führte mich zu einer schmalen Treppe und schaltete wieder ihre Taschenlampe an.

Zum letzten Mal war ich in diesem Gebäude gewesen, als es noch geöffnet gehabt hatte, an einem Weihnachten, vier oder fünf Jahre zuvor. Ich war, ziemlich betrunken, zur Matineevorstellung von *Ist das Leben nicht schön?* gekommen. Nach dem Film hatte ich mir an der Bar einen Drink genehmigt und mich anschließend drei Stockwerke durch Kunstgalerien gearbeitet, von Bild zu Bild. Gegenwartskunst, so modern, dass die Farbe wahrscheinlich noch nicht ganz trocken war, aber es war eine schöne Erinnerung.

Dann war ich auf die Straße hinaus und hatte die Hotline der Suizidprävention angerufen.

Und nach zwanzig Minuten oder so hatte ich das Gefühl gehabt, ich hätte den Typen am anderen Ende der Leitung so weit, dass er sich selbst umbringt. Das alles fühlte sich mittlerweile so fern an, als wäre es einem ganz anderen Menschen zugestoßen. Ich erinnerte mich an den Anruf von zuvor, wegen dieser Fremden, Christine Farrow, die zwangseingewiesen werden sollte. Irgendwie musste ich dabei daran denken, wie Naomi mich schon den ganzen Tag angesehen hatte; als versuchte sie meine sich abwechselnden Wut- und Paranoiazustände vorherzusagen.

Vielleicht war ich doch der Sohn meiner Mutter.

Wir kamen zu einer verschlossenen Tür, Jazz zückte einen Schlüssel und öffnete. Ihre Hände zitterten so schlimm, weil sie entweder gerade runterkam oder einen Affen schob. So oder so, sie war gerade durch die Hölle gegangen. Das wusste ich, weil ich es selbst schon ein paarmal hinter mir hatte. Sie ging vor einem Schrank in die Hocke, suchte darin herum und zog einen verdreckten weißen Rucksack heraus.

»Das ist er«, sagte sie und hielt ihn mir hin.

Ich sah hinein. Ich erkannte den grünen Jogginganzug, in dem ich Esther in der Krankenhausstation gesehen hatte, wühlte weiter und entdeckte das Handy, das wir geortet hatten. Ein Funken der Erleichterung glimmte in mir auf. Ich wusste nicht, was ich als Nächstes tun sollte, aber zumindest hatte ich die Sache ansatzweise wieder unter Kontrolle. »Danke«, sagte ich. Dann vibrierte mein eigenes Handy, worauf wir beide zusammenzuckten. Es war Naomi.

»Du solltest lieber mal runterkommen«, flüsterte sie. »Sofort.«

14

Naomi wartete unten im Treppenhaus und blockierte die Tür. »Sie haben die Straße abgeriegelt«, sagte sie. »Sie müssen das Handy ebenfalls geortet haben, da draußen sind nämlich vier oder fünf Züge Spezialkräfte.«

»Scheiße«, sagte ich und überlegte.

Jazz wollte sofort zur Tür. Ich packte sie am Handgelenk. »Jetzt ist nicht der Moment für Panik«, sagte ich. Ich sah zu Naomi. »Wo sind die anderen?«

»Im Kinosaal.«

»Jazz, wenn wir den anderen sagen, was hier los ist, reagieren sie vielleicht nicht gut. Es könnte Verletzte geben.« Ich ließ ihr Handgelenk los, sie rieb es sich wütend. »Tut mir leid. Aber geben Sie mir die Chance, rauszugehen und mit ihnen zu reden.«

Sie nickte und zitterte wie wahnsinnig, ihre Wangen waren knallrot angelaufen.

Ich überdachte die Situation.

Louisa Jankowski hatte das Gas Lamp gleich verlassen, nachdem ich unseren Ortungsversuch von Esthers Handy erwähnt hatte. Wenn sie sich danach zu ihrer Schicht gemeldet hatte, dürfte sie jetzt draußen mit ihrem Sturmgewehr stehen. Vielleicht konnte ich ihr den Rucksack direkt übergeben und uns beide retten.

Ich ging Richtung Tür, aber Naomi streckte die Hand aus.

»Sind das die Sachen von Esther?«, fragte sie. »Das Handy ist auch drin?«

Ich zögerte. »Ja.«

»Wenn du ihnen den Rucksack übergibst und sie Informationen finden, die zu der jungen Frau führen, könnte ihr was zustoßen. Hast du selbst gesagt.«

Jeder hielt einen Riemen des Rucksacks umklammert.

Überreichte ich Jankowski den Rucksack und rettete mich damit selbst, ritt ich womöglich jemand anderen in die Scheiße. Letztlich sah ich keine andere Möglichkeit und ließ los.

Naomi warf sich den Rücksack über die Schulter. »Gibt es einen Hinterausgang?«, fragte sie Jazz.

Jazz nickte. »Ein Notausgang führt zum Bahnhof …«

»Und ich brauche den Schlüssel für den Eingang«, sagte ich. Jazz zitterte mittlerweile am ganzen Leib und ließ den Schlüssel fallen, bevor sie ihn mir überreichen konnte. »Schon gut«, sagte ich und hob ihn auf. »Wenn irgendwas schiefläuft, wenn einer von euch eine Knarre sieht, dann streckt ihr die Hände in die Höhe und macht, was euch gesagt wird.« Sie nickten. »Gebt mir eine Minute, dann haut ihr ab.«

Ich ging in die Lobby und zählte von sechzig runter.

Mein Herz schlug wie eine Kriegstrommel. Ich hörte einen Polizeihubschrauber über uns kreisen, dessen Scheinwerfer auf das Gebäude gerichtet war, was hieß, dass man mich sehen konnte, ich aber sie nicht. Sie hatten die ganz großen Geschütze aufgefahren und direkt auf mich gerichtet. Ich beschattete die Augen und ging zur Tür, ließ das Vorhängeschloss aufschnappen und zog die Kette raus.

Der Rotorenlärm war ohrenbetäubend, als ich nach draußen trat.

Ich ging los, über mir zitterte das Scheinwerferlicht, und ich hörte die schrille Rückkoppelung eines Megafons. *»Hier spricht die Polizei, auf den Boden!«*

Ich hatte die Hände schon gehoben, ging auf die Knie und schrie, dass ich Polizist sei. Ich blinzelte ins grelle Licht, konnte vier oder fünf Mannschaftstransporter sehen, die die Kreuzung in alle Richtungen abgesperrt hatten, dazu die Sichtschutzjacken der uniformierten Beamten um mich herum. Aber um die machte ich mir keine Sorgen.

Die Spezialkräfte waren eins mit der Dunkelheit.

Der Helikopter ging ein Stück tiefer, ich spürte den Luftzug der Rotorblätter, das Licht blendete mich. Ich glaubte Louisa Jankowskis Vorgesetzten, Sergeant Halliday, zu sehen, der sein G36-Sturmgewehr auf mich richtete. Dann erkannte ich weitere Angehörige seines Teams, die ihn flankierten. Jankowski musste ebenfalls irgendwo sein. Unendlich dankbar sah ich, wie Chief Inspector James aus dem grellen Licht heraustrat und auf mich zukam.

»Waits?«, fragte er.

»Ich bin froh, Sie zu sehen …«

»Was zum Teufel treiben Sie hier, Sergeant?«

»Sir, ich bin einer Spur gefolgt, die mit der Frau im grünen Jogginganzug zu tun hat.«

»Ohne Unterstützung?«

»Sie ist nicht da drin«, sagte ich, um der Frage auszuweichen.

Er machte einen weiteren Schritt auf mich zu und schrie: »Ich hab Sie gefragt, ob Sie allein sind?«

»Inspector?« Ich drehte mich um und sah Jankowski in voller Kampfmontur, die Naomi zu uns führte. »Ich hab sie geschnappt, wie sie durch den Notausgang raus wollte.«

Jankowski hatte mit der Frau, mit der ich zwei Stunden zuvor gesprochen hatte, nicht mehr viel gemein. Ihre Waffe war nicht direkt auf meine Kollegin gerichtet, die Drohung aber unmissverständlich.

James sah zu mir und brüllte gegen den Helikopterlärm an. »Ich glaub's einfach nicht. Ist das der Rucksack, mit dem unsere Verdächtige bei dem abgefackelten Auto gesehen wurde?«

»Das nehmen wir an, Sir.«

»Constable Black. Geben Sie Jankowski sofort den Rucksack.«

Naomi zögerte und sah zu mir.

Wir waren im Begriff, unsere einzige Spur zu verlieren und Esthers Leben zu gefährden. Nein, es war noch viel schlimmer, es konnte noch viel, viel hässlicher werden. Im Moment sah ich aber bloß das vage auf sie gerichtete Gewehr. Ich nickte. Sie übergab den Rucksack. Jankowski riss ihn ihr förmlich aus der Hand und trat nach hinten weg.

»Constable Jankowski«, sagte James. »Können Sie bestätigen, dass das Handy drin ist?«

Jankowski zog den Reißverschluss auf und sah hinein. »Bestätige, Sir.«

»Ich will, dass es als Beweismittel registriert wird, sofort.«

Er starrte immer noch mich an, so entging ihm die Erleichterung, die sich auf Jankowskis Gesicht abzeichnete. Sie lief zu einem der Mannschaftstransporter, mit jedem Schritt wurde sie schneller. Falls sie vorhatte, die Beweismittel zu manipulieren oder zu zerstören, wäre jetzt der Zeitpunkt gewesen, um etwas zu sagen, aber damit hätte ich mein eigenes Todesurteil unterschrieben.

»Stehen Sie auf«, sagte James. Ich erhob mich und trat einen Schritt näher, damit ich ihn besser hören konnte. »Gibt es irgendwas, was wir wissen sollten, bevor wir reingehen?«

»Ich weiß nicht …«

»Gibt es irgendwas, was wir wissen sollten, Sergeant?«

»Sir. Es halten sich fünf oder sechs unbewaffnete Obdachlose da drin auf. Sie kennen die junge Frau nicht, sie ist nicht bei ihnen.« James nickte Halliday zu, der zwei Mitgliedern seines Teams bedeutete, ihm zu folgen.

»Keine Schusswaffen!«, schrie ich über den Lärm hinweg. Sie drehten sich zu mir, und für einen Augenblick war da nichts als das grelle Licht und der Lärm der Rotorblätter, die die Luft aufwühlten. Wir standen alle im Scheinwerferkegel. »Die da drin haben in allem kooperiert, es muss keiner verletzt werden.«

James spannte sich sichtlich an und wandte sich an Halliday. »Wir schicken erst die Uniformierten rein, mal sehen, ob wir es nicht in aller Ruhe über die Bühne bringen.«

»Sir«, sagte Halliday und starrte mich an.

»Und was Sie beide angeht, ich werde Chief Superintendent Chase einen vollständigen Bericht dazu vorlegen. Ich rate Ihnen, überlegen Sie sich genau, was Sie sagen, und jetzt verschwinden Sie.«

Naomi und ich verließen den abgesperrten Bereich und gingen hinaus, dorthin, wo sich einige Schaulustige versammelt hatten. Ich behielt den Transporter im Blick, in dem Jankowski verschwunden war. Als er losfuhr, fiel mir ein zweites Fahrzeug auf, das ihm folgte. Ein mattschwarzer Mercedes, genau so einer, wie er uns gefolgt war. Ich versuchte das Kennzeichen zu entziffern, aber er war zu schnell verschwunden.

Erst als Naomi und ich um die Ecke bogen, weg von der Hauptstraße, fiel mir auf, wie schwer wir atmeten. Das ferne Sirren des Helikopters war wie ein abklingender Kopfschmerzanfall.

Bevor ich etwas sagen konnte, schüttelte sie den Kopf und nahm ihr Handy aus der Tasche. Nur dass es nicht ihr Handy war. Wie angewurzelt blieb ich stehen.

»Hab es gegen meins ausgetauscht, bevor sie mich geschnappt haben«, sagte sie. »Sie bekommen bloß ein paar Fotos von deinen misshandelten Verhafteten …« Sie zögerte, bevor sie es mir reichte. »Es ist gesperrt, aber den Startbildschirm sollte man sehen können.«

Ich wischte übers Display.

Das Hintergrundbild von Esthers Handy zeigte die ermordete Familie Moore.

Ich sah zu Naomi. Sie dachte das Gleiche wie ich. Das war nicht das Hintergrundbild einer geldgeilen Journalistin, egal, wie gut sie sich getarnt hatte. Es war das Hintergrundbild von jemandem, der persönlich mit dem Fall zu tun hatte; der persönlich betroffen war.

»Wer ist diese Frau?«, fragte Naomi.

IV

DISINTEGRATION

1

Ausweis?«, fragte der Wachmann. Er war vor Suttys Krankenhauszimmer im St. Mary's postiert und sichtlich erstaunt, als ich ihm sagte, Sutty sei mein Teamkollege. Er besah sich erst eindringlich meinen Ausweis, dann mich. Schließlich warf er einen Blick hinter mich zu Naomi, die er offenbar für vertrauenerweckender hielt. Ich ging durch und schloss die Tür hinter uns.

»Was war das denn?«

»Er ist seit vier Tagen hier abgestellt«, sagte Naomi, ohne mich anzusehen.

»Und?«

»Und deshalb denkt er sich wahrscheinlich, dass sich Suttys Teamkollege längst hätte blicken lassen sollen.«

Ich nickte und ging aufs Bett zu. Es war von einem Vorhang geschützt, kurz sah ich durch den Spalt. Sutty war in seinen weißen Verbänden nicht zu erkennen, er lag immer noch im künstlichen Koma, das ihn vor Herzstillstand aufgrund seiner Schmerzen bewahrte. Ich setzte mich und überlegte, was er täte, wenn ich hier liegen würde. Wahrscheinlich hätte er mir auch keine Blumen gebracht, aber er hätte den Täter gefasst.

Ich spürte Naomis Blick auf mir und die aufkeimende Spannung zwischen uns. In der Nacht war mir der Gedanke gekommen, dass ihre akribischen Beobachtungen, ihre Beschäftigung mit meinen Festnahmen und meiner Personalakte gar nicht dazu gedient hatten, mich endgültig abzuservieren.

Sie hatte gehofft, mich zu rehabilitieren.

»Weißt du«, sagte sie, »als wir bei der BBC Blake befragt haben, da hat er von Sutty erzählt …«

Ich sah auf. »Wann war das?«

»Als du den Wagen geholt hast. Sie sind vor Kurzem zufällig einen heben gegangen, auf die alten Zeiten. Er hat gesagt, Sutty habe dich erwähnt.«

»Ja?«

»Er hat gesagt, du seist brillant.«

Ich sah zu den Vorhängen ums Bett. »Das glaube ich nicht.«

»Glaubst du nicht, dass er es gesagt hat, oder glaubst du nicht, dass du brillant bist?«

Bevor ich antworten konnte, ging die Tür auf, und Superintendent Parrs kam herein. Es war acht Uhr morgens, wir trafen uns hier, weil er es so vorgeschlagen hatte.

»Tut mir leid deswegen«, sagte er, »aber ich weiß nicht, ob ihr euch auf dem Präsidium blicken lassen solltet, solange ich bei Chase nicht die Wogen geglättet habe. Kommt schließlich nicht alle Tage vor, dass wir einen Polizeihubschrauber wegen eines von unseren eigenen Leuten in die Luft schicken, was, Sergeant? Ich dachte mir, an Suttys Krankenhausbett würde dich keiner suchen. Du hast mir eine Menge zum Nachdenken gegeben. Ich dachte, ich hätte dir gesagt, dass du …«

Ich sah zu Naomi. »Wir waren auf mein Betreiben hin im Cornerhouse, Sir.«

»Sehr edel, Junge, aber für dich habe ich andere Schwerter, in du dich stürzen sollst. Meines Wissens seid ihr einer vielversprechenden Spur gefolgt und wart als Erste dort. James und Co. sind einfach nur erbärmliche Loser.«

»Wie haben sie das Handy lokalisiert?«, fragte Naomi.

»Haben sie gar nicht«, antwortete Parrs. »Es hat einen anonymen Hinweis zur tätowierten Frau gegeben. Vielleicht hat einer der Obdachlosen die Zeitung gelesen, unter der er genächtigt hat, und mitbekommen, dass sie gesucht wird.«

Entweder das, dachte ich, oder Louisa Jankowski war uns zum Cornerhouse gefolgt und hat selbst den anonymen Tipp gegeben. Sie hatte ja nichts mehr zu verlieren, nachdem ich ihr erzählt hatte, dass wir Esthers Handy bereits orten ließen. Ihr Plan, es sich zu schnappen, wäre wunderbar aufgegangen, wenn Naomi es nicht gegen ihr eigenes Gerät ausgetauscht hätte.

Naomi hatte, als wir am Abend zuvor auf der Straße gestanden hatten, darauf gedrängt, Parrs anzurufen und ihn ins Bild zu setzen. Also hatte ich es getan, und er hatte mich gebeten, das Handy vorerst zu behalten, bis wir uns am Morgen treffen könnten. Ich hatte versucht, die PIN zu erraten – vielleicht das Datum, an dem die Moores ermordet wurden –, aber es hatte nicht funktioniert, und ich hatte mich nicht mehr getraut, es weiter zu versuchen, um es nicht ganz zu sperren.

Falls Jankowskis Nummer darauf gespeichert war, würde sie sehr wahrscheinlich verhaftet werden, und sehr wahrscheinlich würde ich dann der Nächste sein. Das Bargeld und der gefälschte Pass würden mich im Mordfall Wick überzeugend belasten. Nachdem ich mein Leben lang die Regeln großzügig ausgelegt und Gesetze verletzt hatte, kam es mir wie eine tödliche Dosis Ironie vor, wenn ich letztlich für etwas, was ich gar nicht getan hatte, untergehen würde. Schließlich wurde mir bewusst, dass Parrs und Naomi mich ansahen. Ich reichte dem Superintendent das nun in einem Plastikbeutel steckende Handy.

»Immer noch gesperrt?«, fragte er.

Ich nickte. Solange das so war und solange der Telefonanbieter die Herausgabe der Verbindungsnachweise verschleppte, blieb mir noch etwas Zeit. Parrs drückte auf den Home-Button und atmete hörbar aus, als er das Foto der Moores auf dem Display sah.

»Scheint fast so, als wäre unsere Tätowierte von dem Fall persönlich betroffen«, sagte Naomi.

»Fingerabdrücke?«

»Heute Morgen abgenommen«, sagte ich. »Es muss blank gewischt worden sein, es wurden nämlich nur welche von mir und Constable Black gefunden.«

»Constable Black, das Handy, das du Louisa Jankowski gegeben hast, sollte mittlerweile in der Asservatenkammer aufgetaucht sein …«

»Ich hab es heute Morgen orten lassen. Das Signal war schon tot, kurz nachdem ich es übergeben habe. Der Akku stand bei fünfundvierzig Prozent, entweder ist es also abgeschaltet oder zerstört worden. Letzter registrierter Standort war das Cornerhouse.«

»Du hast ein Ersatzgerät, das du in der Zwischenzeit nutzen kannst?«, fragte er. Sie nickte. »Wenn dein Handy auf dem Weg in die Asservatenkammer abhandengekommen ist oder ausgetauscht wurde, wäre das eine Antwort auf die Frage nach Constable Jankowskis Beteiligung …«

Ich sagte nichts.

Zum Glück war Parrs in Gedanken schon beim nächsten Schritt. Chief Superintendent Chase hatte unsere Empfehlung, Jankowski zu suspendieren, abschlägig beschieden. Dieser Umstand könnte, wurde er entsprechend genutzt, ihre Autorität bei der Polizei unterminieren, vor allem wenn es um die Spezialkräfte ging, die in der Stadt ein heißes Thema waren. Es könnte sogar so weit gehen, dass sie damit ihre Beförderung oder sogar ihre gegenwärtige Stellung gefährdete. Für den Superintendent zählte natürlich nur, inwieweit er damit seine eigene Stellung verbessern konnte.

Er schenkte uns beiden sein Haifischlächeln. »Ein gutes Ergebnis, alles in allem.«

Bei ihm klang das so, als hätten wir den Fall bereits abgeschlossen.

»Darf ich fragen, was Sie mit dem Handy machen, Sir?«, sagte Naomi.

»Ich hab einen sehr willigen Techniker im Präsidium, dem ich trauen kann. Er sagt, die neuesten Modelle sind irreschwer bis unmöglich zu knacken, sogar die Geheimdienste haben damit ihre liebe Not, aber er will sehen, was er tun kann.«

»Sir«, sagte sie. »Ich meine, was machen wir mit den ausgelesenen Informationen?« Parrs antwortete nicht darauf, daher fuhr sie fort. »Ich mache mir Sorgen um das Wohlergehen der jungen Frau, wenn die Spezialkräfte uns wieder zuvorkommen.«

Der Superintendent schien amüsiert und setzte gerade zu einer Erwiderung an, als es an der Tür klopfte. »Herein«, sagte er.

Karen Stromer, eine Rechtsmedizinerin, öffnete die Tür. Sie trug einen eng geschnittenen schwarzen Anzug über ihrer Vogelscheuchenfigur und blieb bei unserem Anblick abrupt stehen. Nicht weil sie zwangsläufig überrascht war, sondern um ihre Gefühle zu dem heimlichen Treffen zum Ausdruck zu bringen. Dann zog sie die Tür hinter sich zu und trat ein. Stromer war Profi, in einer Stadt, die so etwas nicht wertzuschätzen wusste, weshalb sie als Außenseiterin galt. In unserem Temperament waren wir uns wahrscheinlich sehr ähnlich. In unserer beruflichen Auffassung hätten wir nicht unterschiedlicher sein können. Sie hatte kurze dunkle Haare, kleine tief liegende Augen und einen so lippenlosen, schmalen Mund, dass er nur sichtbar wurde, wenn sie ihn aufmachte.

»Schön, dass Sie kommen konnten«, sagte der Superintendent.

»Es gibt sicherlich einen guten Grund, warum dieses Treffen nicht im Präsidium stattfinden kann.«

»Ich fürchte, das haben wir ihm zu verdanken«, sagte Parrs und deutete mit dem Kopf in meine Richtung.

Sie nahm mich mit einem minimalen Nicken und ohne Augenkontakt zur Kenntnis. »Guten Morgen, Aidan. Ich dachte, Sie hätten so was längst den Rücken gekehrt …«

»Wenn, dann fällt er anderen höchstens in den Rücken«, sagte Parrs, bevor ich antworten konnte. »Allein gestern sind bei mir drei separate Beschwerden über Detective Sergeant Waits eingegangen.« Er sah zu mir. »Von Sloane, Short Back und DCI James. Ich hab immer gewusst, du kriegst so was hin …«

»Ich habe eigentlich immer gehofft, dem wäre nicht so«, sagte

Stromer. Ihr Blick ging zum Vorhang um das Bett. Sie wechselte das Thema. »Wie geht es Detective Inspector Sutcliffe?«

»Dem Elefanten im Zimmer?«, sagte Parrs. »Der liefert seinen üblichen Beitrag dazu ab.«

Ich ging davon aus, dass Stromer das nicht unkommentiert ließ, aber sie beschloss wohl, das Treffen schnell hinter sich zu bringen.

»Wenn das so ist, liefere ich lieber mal meinen ab«, sagte sie, öffnete ihre Lederaktentasche und zog einige Papiere heraus. »Sie wissen alle, wie Martin Wick gestorben ist. Bei einem Brand hofft man immer, dass der Verstorbene am Rauch erstickt, das war hier leider nicht der Fall.«

»Waits war zu dem Zeitpunkt ja bei ihm«, sagte Parrs.

»Ja, natürlich. Interessanter aber ist, dass wir bei unserer Untersuchung einen Zettel entdeckt haben, den er in seiner Faust hatte.« Sie ließ Fotokopien herumgehen. Ich musste an Wick denken, der mir, als er starb, mit der Faust gegen die Brust geschlagen hatte.

Er hatte mir etwas zu sagen versucht.

Der Zettel war im Feuer angekohlt, die Schrift nur noch schwer zu erkennen.

»Meines Wissens hat er gern solche Botschaften geschrieben.«

»Das Sprechen war ihm zu anstrengend«, sagte ich. »Das Problem war nur, seine Handschrift ist so klein …«

»Verstehe. Wir haben den Zettel vergrößert, aber das hat uns nicht viel weitergebracht. Hier steht *Strangays*. Sagt Ihnen das was?«

»Strangeways«, sagte ich und besah angestrengt das Blatt.

Ich spürte Parrs rotäugigen Blick. »Er hat zum Zeitpunkt des Anschlags mit Detective Inspector Sutcliffe gesprochen …«

»Und was er ihm gesagt hat, schien Sutty ziemlich zugesetzt zu haben«, sagte ich.

»Hat James' Team Wicks Korrespondenz beschlagnahmt?«

Ich sah fragend zu Naomi.

»Ich glaube nicht, Sir«, antwortete sie.

»Dann schafft euch da mal rüber, aber hurtig.« Ich war schon unterwegs zur Tür, froh, dass ich seinen sechsten Sinn für Unaufrichtigkeit nicht aktiviert hatte. »Und, Aidan.«

»Sir?«

»In der ganzen Aufregung gestern gibt es was, was du immer noch nicht für mich getan hast …« Ich drehte mich nicht um. Eine Sekunde noch, und ich wäre draußen gewesen. »Ich hab dich mehrfach gebeten, der Möglichkeit nachzugehen, dass *du* das eigentliche Anschlagsziel warst. Soweit ich weiß, hat sich Constable Black mit etwas befasst, was man wohl als Kampagne gegen dich bezeichnen könnte.«

»Sir.«

Ich hab's dir schon dreimal ausbuchstabiert, vielleicht willst du es mir mal in Worte fassen.«

»Zain Carver«, sagte ich.

»Genau. Red mit ihm, heute noch. Wenn ich dich noch mal bitten muss, wird das ernsthafte Bedenken auslösen, ob du hier nicht doch deine Finger mit im Spiel hast.«

»Sie werden mich nicht mehr bitten müssen.«

»Klar, ja, ja. Pass auf ihn auf, Constable Black. Was Aidan betrifft, muss man immer damit rechnen, dass er den Karren an die Wand fährt.«

Ich ging nicht darauf ein, öffnete die Tür und trat hinaus. Schwarze Punkte tanzten mir vor den Augen. Ich wusste nur eins: Freiwillig würde ich nie wieder mit Zain Carver reden. Außerdem, wenn die Verbindungsnachweise eintrafen und zur Festnahme von Louisa Jankowski führten, würde ich mich sowieso ganz schnell in Handschellen wiederfinden.

2

Das Gefängnis Ihrer Majestät war ein berüchtigtes Drecksloch. Für mich hatte der Name aber was Fantasievolles, so, als hätte die Queen hier immer ihre Sommerfrische verbracht. In den frühen Neunzigern, nachdem bei einem fünfundzwanzigtägigen Gefangenenaufstand ein Sachschaden in Millionenhöhe entstanden war und zwei Leute – ein Wärter und ein Insasse – ums Leben gekommen waren, hatte man Strangeways eiligst umbenannt. Infolge dieser Proteste und der dabei in den Fokus geratenen herrschenden Haftbedingungen waren die Behörden zu drastischen Renovierungen am heruntergekommenen viktorianischen Gelände gezwungen gewesen.

Der neue Name hatte sich allerdings nicht durchsetzen können, jeder nannte das Gefängnis nach wie vor Strangeways.

Hatton, der Direktor, kam uns nach der Sicherheitsüberprüfung entgegen. Er nickte, als wir uns vorstellten, nannte seinen Namen, marschierte durch einen Korridor voraus, wobei er eine strenge Schweißwolke hinter sich herzog. So knapp und lapidar fiel die Begrüßung häufig aus, wenn der Superintendent angerufen und mich im Voraus angekündigt hatte.

»Kann nicht behaupten, dass wir ihm eine Träne nachgeweint hätten.«

»Wir haben noch keinen getroffen, der was anderes behauptet hat«, erwiderte ich und schloss zu ihm auf. »Aber darum geht es nicht.«

Er sagte nichts.

»Wir wissen, dass Martin Wick hier nicht sehr beliebt gewesen ist«, mischte sich Naomi ein.

»Was Sie nicht sagen! Wir waren überrascht, dass er überhaupt lebend rausgekommen ist.«

»Wenn man das so nennen will …«

»Genau. Wäre er schon vor zehn Jahren draufgegangen, wäre der Welt einiges an Leid erspart geblieben.«

»Von welchem Leid sprechen wir jetzt?«, fragte Naomi. Wir waren immer noch in den Korridoren unterwegs, und ich fürchtete schon, wir würden während der gesamten Unterhaltung seinen feisten Nacken im Blickfeld haben. Sein Hemd strangulierte ihn halb, weshalb ich mich fragte, ob er den obersten Knopf nur unseretwegen geschlossen hatte.

»Ach«, sagte er und winkte ab. »Sind doch alles nur Zahlen. Ihr schickt sie schneller zu uns rein, als wir …« Er blieb stehen, steckte den Schlüssel in eine Tür und öffnete sie. »Schneller als wir …«

»Sie aufgeknüpft in ihren Zellen finden?«, sagte ich. Am schnellsten kann man einen Bullen oder Gefängniswärter aus dem Konzept bringen, wenn man es an dem ihrer Meinung nach gebührenden Respekt mangeln lässt.

Mir war im Moment danach, die Leute aus dem Konzept zu bringen.

Hatton betrat sein Büro und drehte sich zu mir um. »Sie gehören wirklich zu den besten Leuten des Superintendent, oder? Was kann ich heute für Sie tun, Sergeant?«

»Wir sind wegen Wicks Korrespondenz hier.«

»Aber wenn wir Sie schon mal hier haben«, sagte Naomi und trat an mir vorbei ins Büro, »wären wir dankbar, wenn Sie uns etwas über seinen Aufenthalt erzählen könnten.«

»Ich kann ein paar Minuten erübrigen.«

Hatton hatte die Ausmaße eines großen Doppelbetts und stierte immer nur finster vor sich hin. Sein Büro stank so angeranzt nach Körpergeruch, dass ihm das unmöglich entgehen konnte. Vielleicht diente es ihm als Selbstschutz. Ich konnte mir beim besten Willen nicht vorstellen, dass jemand spontan auf einen Plausch vorbeikam. Er wies uns ganz genau an, wo wir zu stehen oder zu sitzen hatten, verschanzte sich hinter seinem Schreibtisch und sah zu, wie wir seinen Anweisungen Folge leisteten. Er war es offensichtlich gewohnt, dass man ihm gehorchte.

»Danke«, sagte Naomi, »es ist nämlich schwierig, sich ein Bild von ihm zu machen …«

»Sie wollen sich ein Bild von Martin Wick machen?«, sagte Hatton. Er sah sich im Raum um, als suchte er nach einer Eingebung, dann fiel sein Blick auf den Schreibtisch, auf ein leeres Blatt Papier. Er tippte darauf. »Hier haben Sie es.«

Naomi lächelte. »Wäre er nicht für den Tod von vier Menschen verantwortlich, würden wir Ihnen vielleicht zustimmen. Jetzt aber hat er einen gewissen Seltenheitswert. Ein verurteilter Mörder, der selbst ermordet wurde.« Hatton rutschte auf seinem Sessel hin und her. Vermutlich schrieb er seinen nächsten Termin in Gedanken bereits ab. Denselben vielsagenden, überdrüssigen Blick gegenüber Naomi hatte ich während unserer Arbeit an diesem Fall schon bei mehreren Männern erlebt. Ich überlegte, ob ich auch einer von denen war.

»Hören Sie, wenn ich sage, er ist ein unbeschriebenes Blatt, dann aus Frust. Solange der Scheißkerl bei uns war, war er völlig unempfänglich für alles, was um seinetwillen unternommen wurde. Gleichzeitig hat er bei den anderen diese Feindseligkeit ausgelöst …«

»Wie das?«, fragte ich und griff die Frage auf, die Kevin Blake nicht hatte beantworten können.

»Ehrlich, wir sind nie ganz dahintergekommen. Aber sieben versuchte Mordanschläge in zwölf Jahren ist selbst nach unseren Maßstäben eine Menge.«

»Wusste gar nicht, dass Sie irgendwelche Maßstäbe haben«, sagte ich. Er winkte nur ab. »Für mich war es jedenfalls seltsam, dass Charlie Sloane rausgekriegt hat, wie viele Anschläge auf Wick verübt wurden …«

»Hat er das?«, sagte Hatton, und sein Blick wanderte zur Wand hinter uns. Interessant, dass er beim Namen des Schmierfinken keine Sekunde stutzte. Wäre er auf Zack gewesen, hätte seine erste Frage lauten müssen: *Wer?*

Ich wartete, bis sich sein Blick wieder auf mich richtete.

»Ja, hat er«, sagte ich. »Er hat es bei einer Pressekonferenz mit Chief Superintendent Chase erwähnt. Stellt sich natürlich die Frage: Wer hat es ihm gesteckt?«

»Sind Sie deswegen hier?«

»Nein.«

»Weil ich nämlich nicht für jedes Gerede, das raussickert, verantwortlich gemacht werden kann. Wenn Sie meine Meinung hören wollen: Wicks Schweigen war sein eigentliches Problem. Er verhielt sich ablehnend, so als wäre jeder unter seiner Würde. Es kann einem schon ziemlich gegen den Strich gehen, wenn man von einem Kindermörder von oben herab behandelt wird.«

Ich nickte. »Ich gehe davon aus, dass Wick hier ziemlich bekannt war …«

»Was sich so oder so auswirken kann. Den Berühmtheiten, also den Jungs mit den großen Fällen, denen kann es ganz gut gehen. Sie müssen ja irgendwie die Zeit rumkriegen, und wenn man eine gute Story auf Lager hat, kann das nicht schaden. Aber sich über die anderen stellen und, wie sagt man …?«

»Sich in Schweigen hüllen?«, kam es von Naomi.

»Damit handelt man sich nur ein geplatztes Trommelfell ein. Er hat sein Herz nicht auf der Zunge getragen, sagen wir es mal so. Offen gestanden, mir kam er immer so vor, als würde er sich in einer Zwangsjacke wohler fühlen.«

»Er hatte hier drinnen also keine Freunde, zumindest keine, von denen Sie wissen?«

»Mit seinem letzten Zellengenossen scheint er einigermaßen klargekommen zu sein, aber das war eine andere Geschichte …«

»In welchem Sinn?«

»Eine notleidende Seele, um es mal so zu sagen.«

»Meinen Sie, diese notleidende Seele wäre bereit, mit uns zu reden?«, fragte Naomi. »Ich bin überzeugt, Superintendent Parrs würde es gern sehen …« Hatton malmte mit dem Kiefer, als hätte er schwer an der Frage zu kauen.

»Natürlich«, sagte er schließlich. »Es wird leider etwas dauern, um das vorzubereiten. Die Strafgefangenen in Trakt E sind unter Zellenarrest. Mit einigen Tagen Vorlauf …«

»Gibt es einen bestimmten Grund für den Zellenarrest?«, fragte Naomi.

»Das ist mehr oder minder so üblich. Wir haben nicht das Personal, um sie so oft rauszulassen, wie wir das gerne möchten.«

»Wie viele Stunden am Tag können sie denn ihre Zelle verlassen?«

»Unter den gegenwärtigen Bedingungen nur eine«, sagte er und sah ihr unumwunden in die Augen.

Wir wussten alle, dass das dreiundzwanzigstündige Eingesperrtsein in den Zellen einer der Hauptgründe für die damalige Gefängnisrevolte gewesen war. Nicht zu fassen, dass die Stadt mittlerweile wieder hier angelangt war.

»Wir brauchen keine besonderen Vorbereitungen«, sagte ich, um die Sache etwas zu beschleunigen. »Wir reden einfach in seiner Zelle mit ihm.«

»Davon würde ich Ihnen abraten.«

»Ist das die Zelle, in der auch Wick gesessen hat?«, fragte Naomi.

»In den letzten fünf Jahren …«

»Dann würden wir sie gern sehen.«

»Ich denke, vor allem für Sie, Constable, wird das kein Vergnügen.«

Sie lächelte. »Ich bin nicht zum Vergnügen hier, glauben Sie mir.«

»Gut«, sagte er, als wäre sie sehr unvernünftig. Etwas Hämisches lag in seiner Stimme, als würde es ihn sogar freuen, wenn es zum Schlimmsten kommen würde. »Einen Moment.« Er löste sich aus seinem Sessel, stand auf und verließ den Raum.

Naomi rollte mit den Augen. »Hier drinnen stinkt es …« Sie

war zum ersten Mal hier und würde das nicht so schnell vergessen. Ich stand auf, um zu sehen, ob sich das Fenster öffnen ließ, von dem man einen Blick in den Innenhof hatte. Sie trat neben mich. Wir sahen, wie eine Häftlingsgruppe der Reihe nach ins Freie trat.

»Ihre eine Stunde pro Tag …«, sagte Naomi. Dann schwiegen wir. Die Strafgefangenen gingen mit gesenkten Köpfen im Hof im Kreis herum. »Komisch«, sagte sie, »alle gehen im Uhrzeigersinn.«

Ich nickte. »Vielleicht hoffen sie, dass die Zeit dann schneller vergeht.«

3

Strafgefangene der Kategorie A strahlen eine Hoffnungslosigkeit aus, die nur schwer zu beschreiben ist. Die meisten gelten als hochgefährlich und sind zu lebenslänglich verurteilt, die Wahrscheinlichkeit ist daher gering, dass sie noch zu Lebzeiten oder vor dem hohen Alter in die Freiheit entlassen werden. Trotz starker Konkurrenz durfte sich Strangeways seit Kurzem der höchsten Selbstmordrate aller Gefängnisse im Land rühmen. Bei fünf Meter dicken Wänden ist das die einzig realistische Fluchtmöglichkeit. Wir wurden zur Absonderungsabteilung begleitet, der Vollzugsbeamte wies uns währenddessen schon mal ein.

»Die meisten sind aus dem einen oder anderen Grund für den normalen Vollzug nicht geeignet. Man hat seine Bekloppten, man hat seine Jugendlichen, die nach Erwachsenenstrafrecht verurteilt wurden, und man hat seine Ritzer.« Er schob den Schlüssel ins Schloss einer eingedellten Stahltür, drehte ihn um und scheuchte uns durch. »Und, klar, man hat seine Kinderschänder.«

Wir sagten nichts.

Er schloss hinter uns die Tür, die mit lautem Knall zufiel, dann drehte er wieder den Schlüssel um.

»Die sind im selben Trakt wie die Jugendlichen?«, fragte Naomi.

»Ja, genau«, antwortete er und interpretierte ihren Ton falsch. »Ausgleichende Gerechtigkeit, was?«

Er führte uns in den Trakt E. Vier Geschosse mit vergitterten Zellen und Rostgitterlaufgängen. Es hörte sich an, als würde eine Suppenküche eine Treppe hinunterfallen. Die Gespräche in den Zellen verstummten, als wir vorbeigingen. Strafgefangene kamen nach vorn, ihre Blicke folgten Naomi. Keiner rief und tat irgendetwas, ich hatte nur das Gefühl, dass sie alle Naomi mit ihrem Blick regelrecht auffraßen.

»Was ist unser Mann hier?«, fragte ich.

»Mann?« Er lachte. »Sie werden gleich sehen …«

»Wir sind schon aufgeregt genug, weitere Überraschungen können Sie sich gern sparen«, sagte ich.

»Na ja, Adam ist das, was man einen Switch nennt. Manchmal ist er Männlein, manchmal Weiblein. Heute ist er irgendwas dazwischen.«

»Wurde er deshalb abgesondert?«

»Deshalb – und wegen seiner Drogenprobleme.«

»Welche Drogen?«

»Spice«, sagte der Wärter. »Genau wie alle anderen. Damit vergeht die Zeit schneller, ist hier drin sehr beliebt.«

Ich hatte von Familienvätern gehört, die clean reinkamen und mit einer ausgewachsenen Drogensucht wieder entlassen wurden. Erst hatte das Leben sie zugrunde gerichtet, dann das System. Wer in Strangeways eingelocht wurde, lernt schnell, sich selbst zugrunde zu richten.

Wir erreichten Adams Zelle. Der Wärter fragte den anderen Insassen, ob er eine Minute erübrigen könne. Mit einem fügsamen Schulterzucken stimmte er zu und wartete, während Adam Handschellen angelegt wurden. Das geschah behutsam wegen der alten und frischen Narben, die sich über beide Arme zogen. Adam war schlank und hatte sich kurze Zöpfe geflochten, dazu trug er ein dezentes Make-up.

Es verdeckte nur unzureichend sein blaues Auge.

Darunter hatte er eine einzelne Träne tätowiert, was meines Wissens bedeutete, dass er jemanden ermordet hatte. Keiner sagte etwas, bis der Gefängniswärter den anderen Zellengenossen klirrend fortgebracht hatte. Ich wollte mich vorstellen, aber Adam kam mir zuvor.

»Wissen Sie, dass die dieses Ding 1868 gebaut haben?«

Ich schüttelte den Kopf und sah zur abblätternden Farbe, zu den Dellen in den Wänden, erfasste das fahle Licht. »Es sieht älter aus«, sagte ich.

Er lachte hell auf.

»Das war zwei Jahre, nachdem Dostojewski *Schuld und Sühne* veröffentlicht hat.« Er sagte *Dostotschewski*, wahrscheinlich hatte er nie gehört, wie man den Namen richtig aussprach. »Was sagt Ihnen das?«

»Dass der Architekt den Roman nicht sehr aufmerksam gelesen hat«, antwortete ich.

Wieder prustete er, und ich fragte ihn, ob wir uns setzen dürften.

Er nickte. Ich ließ mich auf der Bettkante nieder, sodass Naomi näher bei ihm sein würde. Ihre Anwesenheit machte ihn sichtlich nervös. Er wandte den Blick ab, als suchte er nach einer weiteren Frage dieser Art. Er wirkte auf mich, als unterhielte er sich gern, hätte aber nicht sehr häufig Gelegenheit dazu.

»Sie haben also *Schuld und Sühne* gelesen?«, fragte ich, um ihm entgegenzukommen.

»Ich hab's, verdammte Scheiße, selbst erlebt«, schnaubte er. »Sie?«

»Ich hab es ein paarmal angefangen …«

»Das ist das Problem. Man braucht schon lebenslänglich, um das Scheißding ganz zu lesen.«

»Aber es hat Ihnen gefallen?«, fragte Naomi.

»Ich bin nicht zu lebenslänglich verurteilt worden«, sagte er und klang verwirrt. Er saß uns gegenüber, allerdings leicht von uns abgewandt. »Aber das Buch hat mir gefallen. Es ist fantastisch. Und das Ende ist auch nicht so, wie man es erwartet. Sie sollten es lesen.« Er nickte Naomi und mir zugleich zu. »Ihr alle solltet es lesen.« Er blickte auf und sah, dass ich die nächste Frage stellen wollte. »Wie alt sind Sie?«, fragte er schnell.

»Einunddreißig.«

»Ich auch.« Er senkte ein wenig den Kopf.

»Adam«, sagte Naomi. »Wir sind hier, um mit Ihnen über Ihren ehemaligen Zellengenossen zu reden, Martin Wick …«

»Das war schon, na ja, eine richtige Unterhaltung, kurz zwar, aber …«

»Keiner, mit dem wir in dem Fall zu tun hatten, war in der Lage, sich über Bücher zu unterhalten«, sagte ich. »Glauben Sie mir.«

»Hier hat man jede Menge Zeit zum Lesen. Das ist alles, was ich habe. Wissen Sie, wer Martin umgebracht hat?«

»Das wollen wir herausfinden.«

»Dann kapier ich nicht, warum Sie hier sind. Hier drinnen weiß keiner was, von gar nichts.«

»Sie beide haben viel Zeit miteinander verbracht. Sie sind vielleicht in der einzigartigen Position, uns helfen zu können.«

»Martin …« Sacht rieb er sich die Narben an seinen Handgelenken. »Er war nicht so wie richtige Menschen.«

»Andere haben Ähnliches gesagt. Was meinen Sie damit?«

Er dachte ernsthaft darüber nach. »Haben Sie mal diesen alten Horrorfilm gesehen, *Sie leben*?«

»John Carpenter«, sagte ich.

»Nein, kann mich nicht erinnern, wer die Hauptrolle gespielt hat, aber er findet so eine Sonnenbrille, und wenn er sie aufsetzt, kann er sehen, dass manche Menschen gar keine Menschen sind, sondern so Wesen, die verkleidet durch die Straßen laufen. Er war auch so, genau wie die.«

»Wie ein Ungeheuer?«, fragte Naomi.

Er runzelte die Stirn. »Eher umgekehrt, so wie einer, der sich als was ganz anderes ausgibt. Jeder hat in ihm ein Ungeheuer gesehen, aber mir ist er eigentlich immer als einer vorgekommen, der ganz einfach ist. Manchmal dachte ich, er wäre ein bisschen zurückgeblieben. Haben Sie mal seine Handschrift gesehen?«

»Ein- oder zweimal.«

»Seine Rechtschreibung, die war ihm peinlich, ich glaube, das war der Grund, warum er so klein geschrieben hat. Bevor er hier reingekommen ist, hat er kaum lesen können.«

»Haben Sie beide sich oft unterhalten?«, fragte Naomi.

»Hab ich doch grade gesagt.«

Es war zu sehen, wie sie ihn verunsicherte, ich schaltete mich dazwischen. »Kurz vor seinem Tod hat er sein Geständnis widerrufen. Hat er jemals darüber gesprochen?«

Adam schüttelte den Kopf.

»Von einem anderen Zellengenossen haben wir gehört, dass er hier Bilder versteckt hat, unter anderem von seinen Opfern.«

Adam sah zu Boden.

»Wie haben Sie sich gefühlt, als Sie gehört haben, dass er ermordet wurde?«, fragte Naomi.

»Wie glauben Sie denn? Krebs hat nicht gereicht, auch noch Brandbomben. Als hätte er zweimal sterben müssen …«

»Warum hat jemand gemeint, so was tun zu müssen?«

»Weil wir beschissener Abschaum sind. Ist doch klar.«

»Adam«, sagte ich. Nach einigen Sekunden sah er zu mir, seine Empörung hatte sich etwas gelegt. »Fällt Ihnen irgendjemand ein, der ihn hätte umbringen wollen?«

»Außer halb Strangeways?«

»Er war nicht beliebt?«, sagte Naomi.

»Ich weiß, Sie halten uns für Tiere«, sagte er leise. »Aber wir fassen Kindermörder nicht mit Samthandschuhen an.«

Ich wartete kurz. »Es gibt viele Kindermörder, trotzdem schaffen die es hier drinnen irgendwie …«

»Manche werden sogar wie Royals behandelt«, sagte er.

»Na ja, ist ja auch ein Gefängnis Ihrer Majestät.« Wieder lächelte er, aber es war klar, dass er sehr an sich halten musste. »Ich frage mich, ob Sie sich mal Gedanken darüber gemacht haben, was ihn so von den anderen unterschieden hat. Warum haben die anderen ihn so gehasst?«

»Kindermörder. Okay. Vergewaltiger. Okay. Mit der richtigen Einstellung kann man schon durchkommen. Aber Martin hat auf jeden runtergeschaut, wissen Sie?« Er rieb sich jetzt zwanghaft die Narben, eine der Wunden war wieder aufgerissen, sodass er sich das Blut auf dem Handgelenk verschmierte. »Es war die Art, wie er uns alle angesehen hat.«

»Wie hat er Sie denn angesehen?« Er stierte jetzt auf den Boden, mehrere Sekunden vergingen. »Adam«, sagte ich leise.

»So wie die verdammte Schlampe mich ansieht. Als wäre ich eine verfickte Bazille. Wenn sie nicht in drei Sekunden damit aufhört, reiß ich ihr die Scheißaugen raus.«

Unsicher sah Naomi zu mir.

»Constable Black, vielleicht könnten Sie uns einen Moment allein lassen?«

»Natürlich«, sagte sie. »Danke, dass Sie mit uns gesprochen haben, Adam.« Sie stand auf und verließ die Zelle. Ein Hauch ihres Parfüms streifte mich. Wir lauschten ihren sich entfernenden Schritten, dann dem Tor, das der Wärter ihr öffnete. Adam zitterte.

»Tut mir leid«, sagte er, kratzte an seinem Nagellack und fuhr sich übers Gesicht. »Sie ist zu hübsch, tut mir leid.«

Ich hatte nie jemanden gesehen, der so allein war wie er hier im Absonderungstrakt von Strangeways, mit seinen Zöpfen und den selbst zugefügten Narben. Als ich näher rückte, zuckte er zusammen, als könnte ich ihn gleich schlagen. Ich hielt ihm beschwichtigend meine offenen Hände hin. Er sah auf, lächelte fast und nickte. Wischte sich mit dem Gefängnis-T-Shirt über das Gesicht und verschmierte sein Make-up.

»Darf ich fragen, wofür die Träne steht?«, fragte ich und deutete auf das Tattoo in seinem Gesicht.

»Dafür, wenn man einen umgebracht hat …«

»Sie kommen mir nicht wie ein Mörder vor, Adam.«

»Es ist für mich, wenn ich mich selbst umbringe.« Ich sagte nichts. »Hören Sie, wenn ich Ihnen was zeige, das, wonach Sie gefragt haben, meinen Sie, Sie könnten mir dann helfen?«

»An was für Hilfe haben Sie denn gedacht?«

»Mir Geld leihen? Ich schulde …«

»Ich könnte Ihnen Geld leihen, oder ich könnte mit den Wärtern reden …«

»Egal«, sagte er schnell und schüttelte den Kopf.

Ich holte meine Brieftasche heraus. »Wie viel brauchen Sie?«

»Fünfzig«, sagte er durch die Finger hindurch.

Ich fand zwei Zwanziger. »Mehr hab ich im Moment nicht.« Ich hielt sie ihm hin. »Aber erst möchte ich was wissen …«

»Was?«, sagte er und sah von den Geldscheinen zu mir.

»Wer kontrolliert das Spice hier drinnen?«

»Kommen Sie …«

»Bis vor Kurzem war hier einer«, sagte ich. »Short Back and Sides, sagt Ihnen der Name …« Aber er hatte schon angefangen zu lachen.

»Sides? Meinen Sie, ich würde mich bei Sides wegen fünfzig Mücken anscheißen? Der würde mich bloß kaltmachen.« Ich wartete, sah, wie er all seinen Mut sammelte. »Es ist schlimmer.« Seine Stimme war nur noch ein Flüstern.

Mein eigener Puls dröhnte mir in den Ohren. »Es ist Zain Carver?«

»*Still*«, zischte er.

Ich nickte und gab ihm das Geld. »Sind die Wärter mit daran beteiligt?«

»Alle stecken mit drin. Die Wärter bringen das Zeugs rein, die Dealer verticken es …«

»Wenn die Wärter nur Kuriere sind, warum machen die Ihnen dann Probleme?«

»Ist nicht wichtig«, sagte er und wühlte in einem Kissen. »Sie haben danach gefragt …« Er nahm einen zerknüllten Umschlag heraus und gab ihn mir. Er war mit klarer, ausladender Handschrift an Martin Wick adressiert. Drinnen fanden sich zahlreiche Zeitungsausschnitte, die allesamt Fotos der lächelnden zwölfjährigen Lizzie Moore zeigten.

Unwillkürlich ließ ich den Kopf sinken. Wicks Obsession mit dem Mädchen war einfach ekelhaft.

»Gut«, sagte ich schließlich.

»Sie bescheißen ihn«, flüsterte Adam.

Ich sah vom Umschlag auf. »Die Wärter hintergehen Carver?«

Er nickte, dann sah er auf die Faust, in der meine Geldscheine verschwunden waren. »Ich glaube, ich möchte jetzt allein sein.«

Ich stand auf und legte ihm kurz die Hand auf die Schulter.

Dann verließ ich die Zelle und sah zurück, den Laufgang hinunter zu dem Wärter, der uns hergeführt hatte. Er war zu weit weg, hatte also unser Gespräch nicht belauschen können, wofür ich dankbar war. Wenn sie Carver wirklich hintergingen, würden sie auch vor einem Mord nicht zurückschrecken, um das zu vertuschen.

4

Du hältst dich wohl für besonders schlau«, sagte Naomi.

Wir waren auf dem Weg zum Ausgang, aber an der Sicherheitsschleuse ging es nur langsam voran. Hatton hatte einen Wärter abgestellt, der auf uns wartete, einen Karton mit Wicks Korrespondenz auf dem Arm. Es war nicht viel, was kaum verwunderte nach dem, was Adam über Wicks Analphabetismus gesagt hatte. Ich erwartete keine dramatischen Enthüllungen. Trotzdem unterschrieb ich die Empfangsbestätigung und nahm den Karton entgegen.

»Schlau? Wieso?«

»Du hast dafür gesorgt, dass ich direkt neben ihm sitze und genau das sage, was er nicht hören wollte.«

»So gut bin ich auch wieder …«

»Gut? Wohl eher dumm und manipulativ.«

Sie wartete, bis der vorbeigehende Wärter außer Hörweite war, bevor sie fortfuhr. »Aber es geht hier nicht um meine gekränkte Eitelkeit, sondern um den Mann da drin. Hast du seine Arme gesehen?«

»Klar.«

»Aber beim Mitgefühl Fehlanzeige, oder?«

»Das ist also dein Urteil?«

»Basierend auf dem, was du mir an Fakten lieferst? Ja. Du kannst nicht jeden so behandeln wie Short Back and Sides. Suttys Art ist offenbar ansteckend.«

»Haha. Wohl kaum, wo er doch täglich in Desinfektionsmittel badet.«

Als sich auch die letzte Tür endlich öffnete, drängte Naomi sich an mir vorbei und marschierte zum Wagen voraus. Während ich ihr folgte, fragte ich mich allerdings, ob sie vielleicht recht hatte. Am Anfang war die Zusammenarbeit mit Sutty der reine Horror gewesen, ich verabscheute ihn für seinen Zynismus und seine Grausamkeit. Aber war es so abwegig, dass Naomi das Gleiche von mir dachte? Als ich sie endlich eingeholt hatte, deponierte ich den Karton auf dem Rücksitz und stieg auf der Beifahrerseite ein.

»Was hat er gesagt, als ich weg war?«, fragte Naomi.

Ich dachte an den Umschlag, den Adam mir zugesteckt hatte. An die selbst zugefügten Narben an seinen Armen und die Schuld, die er begleichen musste. An die korrupten Wärter und – am allerschlimmsten – an den Mann, vor dem er sich so fürchtete.

Naomi brauchte keinen wie Zain Carver in ihrem Leben. Niemand tat das.

»Nichts hat er gesagt. Wollte sich nur entschuldigen, weil er so ausgeflippt ist.«

»Warum glaube ich dir nicht?«

»Weil du die geborene Zynikerin bist, Naomi.«

5

Zurück im Präsidium, beackerten wir Martin Wicks Post der letzten zehn Jahre, überwiegend juristische Korrespondenz, als das Telefon klingelte. »Waits«, sagte ich mit einem vielsagenden Blick zu Naomi. Sie legte die Briefe beiseite und ging an ihren Apparat, um mitzuhören.

»Hier ist Linklater. Wir haben vorhin gesprochen …« Der von Parrs eingeschaltete Techniker. Er hatte sich nur unwillig Esthers Handy angenommen, meinte, er würde sowieso nichts finden, und sich verärgert gezeigt, dass er seine Arbeit vor den Kollegen verheimlichen musste. Insgeheim hatte ich gehofft, wir würden nichts mehr von ihm hören. »… ich glaube, Sie sollten runterkommen. Passt es jetzt gleich?«

Unwahrscheinlich, dass er die PIN geknackt hatte. Blieb also nur, dass der Anbieter ihm die Verbindungsnachweise geschickt hatte. Scheiße!, dachte ich. Kacke am Dampfen.

»So, so, das ist …«, sagte ich, um Zeit zu schinden. Naomi sah mich an. »Klar, bin gleich da!« Ich legte auf, schnappte mir meine Jacke und rannte ohne ein Wort hinaus. Wenn ich Glück hatte, blieb sie sitzen, und ich könnte die Katastrophe aufhalten.

Ich drückte den Liftknopf, doch als ich einsteigen wollte, kam sie schon hinterher.

Linklater wartete bereits vor seinem Büro, er wollte die Sache hinter sich bringen.

»Gute und schlechte Nachrichten«, sagte er, als er uns hineinführte. »Wir haben es hier mit einem X zu tun, dem neuesten Modell. Android lässt sich leicht knacken, aber bei Apple sieht man das immer als Herausforderung. Jede neue Generation will die Nase vorn haben, die Techniker hecheln hinterher. In ein, zwei Monaten haben wir das Problem im Griff, aber …« Er zuckte die Achseln.

»Und was jetzt?«, fragte Naomi.

»Normalerweise würde ich das Ding mit einem offiziellen Wisch an Apple schicken.«

»Gehen die auf so was ein?«

»Selten, und wenn ja, dann ist das Gerät monatelang aus dem Haus. Wie gesagt, bis dahin haben wir es auch selbst geknackt. Aber ich frage mich, wie eine Obdachlose an das neueste iPhone kommt.«

»Und wie lautet Ihre Antwort?«

»Gestohlen«, sagte er grinsend. »Das Handy hab ich zwar nicht geknackt, wir warten noch auf die Daten vom Anbieter, aber ich habe einen Fingerabdruck gefunden.«

»Das Gerät ist doch schon auf Abdrücke untersucht worden«, sagte ich.

»Stimmt, aber die SIM-Karte nicht. Ich hab einen Teilabdruck genommen.«

Ich las die Post-it-Notiz, die er mir unter die Nase hielt, und schloss die Augen.

»Kevin Blake?«, rief Naomi, die sich zu mir vorgebeugt hatte. »*Der* Kevin Blake?«

»Mehr können Sie uns über das Gerät nicht sagen?«, fragte ich. In meinen schweißnassen Fingern löste sich der Zettel langsam auf.

Der Techniker schüttelte den Kopf. »Aber jetzt kennen Sie den Namen des Besitzers und können mit ihm sprechen. Und das Ding mit seinen biometrischen Daten öffnen.«

Ich nickte und verließ das Zimmer. Wenn Blake das Handy freigab, würden wir Louisa Jankowskis Nummer darauf finden. Über das, was danach passieren würde, hätte ich keine Kontrolle mehr.

Ihre Festnahme, meine.

Auf dem Weg zum Lift mied ich Naomis Blick.

»Wir müssen das still und heimlich machen«, sagte sie.

Ich starrte auf die vorbeiziehenden Stockwerke, versuchte krampfhaft, wieder normal zu atmen. Vor meinen Augen tanzten schwarze Punkte.

»Ganz langsam«, sagte ich schließlich. »Wir müssen Parrs ins Bild setzen und in Ruhe darüber nachdenken. Schon jetzt haben wir uns ziemlich weit von der offiziellen Linie entfernt, einen ehemaligen Polizisten zu verhaften könnte das Fass zum Überlaufen bringen.«

»Keiner spricht von Verhaftung. Mit ihm reden. Wir müssen an die Handydaten und …«

»Dazu ist noch genug Zeit«, sagte ich mit Blick auf meine Armbanduhr. Wir stiegen aus dem Aufzug.

Mir war schwindelig, daher ging ich direkt auf die Toiletten zu, schloss mich ein und riss meinen Hemdkragen auf. Ein schmerzhaftes Schrillen gellte mir in den Ohren, ich grub mir die Fingernägel in die Knie, um nicht in Panik zu verfallen. Meinen Angstschrei erstickte ich in meinem Oberarm, irgendwann ließ das Schrillen nach, und ich hörte mich keuchen.

Mir blieb keine Wahl. Bevor mich der Mut verlassen konnte, lief ich schnurstracks in mein Büro und erzählte Naomi, dass ich zu einem Termin müsse.

»Wie immer«, lautete ihr Kommentar.

Ihren Unterton ignorierte ich. »Mit Parrs rede ich noch, aber heute kommt dabei garantiert nichts mehr raus.« Sie runzelte die Stirn. »Wir haben gute Arbeit geleistet und einige vielversprechende Hinweise aufgetan, aber wir müssen uns gut überlegen, wie wir damit weiter verfahren.« Ich quasselte mich um Kopf und Kragen. »Wir sehen uns morgen.«

Bevor sie zu einer Antwort ansetzen konnte, war ich schon weg. Der Aufzug raste in die Tiefe, zumindest kam es mir so vor, und ich streckte die Hand aus, um sie zittern zu sehen. Dass Kevin Blake der Besitzer des Handys war, konnte man als bahnbrechende Erkenntnis betrachten, eine Verbindung zwischen dem

Ex-Ermittler im Fall Martin Wick, der ihn hinter Schloss und Riegel gebracht hatte, und der jungen Frau, die wir des Mordes an ihm verdächtigten.

Diese Verbindung könnte alles Mögliche bedeuten.

Vielleicht hatte sie das Gerät gestohlen, hatte ihn genau wegen seiner Verbindung zum Fall ausgewählt. Oder Blake hatte es ihr gegeben. Die Tatsache, dass sie das Handy benutzt hatte, deutete auf Letzteres hin. Egal, Naomi hatte recht. Der nächste logische Schritt wäre ein Gespräch mit Blake gewesen, aber ich handelte längst jenseits jeder Logik.

Ich verließ das Gebäude und überquerte den Parkplatz.

»Aidan!«, rief jemand. Naomi war mir gefolgt. »Ich will sofort wissen, was hier läuft, verdammt!«

»Keine Ahnung, wovon du redest!«, blaffte ich sie an.

Mein harscher Ton verunsicherte Naomi für einen Moment, doch sie ließ nicht locker. »Hab ich was übersehen? Wir sollten uns sofort an Blake wenden. Dieser Hinweis könnte uns direkt zu Esther führen, der Mörderin von Martin Wick.«

»Ganz deiner Meinung, und das wird auch passieren. Gleich morgen früh.«

Ich wandte mich meinem Wagen zu.

»Das reicht nicht. Jeden anderen hätten wir längst hergeschleppt. Würde ich dich nicht besser kennen, müsste ich glatt behaupten, dass du die Verfolgung der Spur absichtlich verzögerst.«

»Aber du kennst mich besser.« Ich sah sie eindringlich an.

»Ach ja? Von Anfang an hast du dafür gesorgt, dass es nur schleppend vorangeht, du treibst Spielchen, wenn wir Leute vernehmen …« Mein Kopfschütteln hielt sie nicht auf. »Sogar die Anordnungen von Parrs sitzt du aus. Er wollte doch, dass du die Drohungen gegen dich genauer untersuchst. Selbst als ich in den Akten nachgesehen und dich über die Beschwerden informiert habe, bist du dem nicht nachgegangen. Was soll ich daraus schließen? Dass sie gerechtfertigt sind?«

»Sehe ich aus wie ein Schläger?«

Sie zögerte, und ich schüttelte den Kopf.

»Ich glaube, jemand versucht, dich in Verruf zu bringen«, sagte sie schließlich. »Manchmal glaube ich …«

»Was willst du von mir, Naomi?«

»Ich will dir vertrauen. Aber du machst es mir unmöglich.«

»Nichts mache ich. Bei uns stimmt die Chemie einfach nicht.«

»Dann sollte ich mich vielleicht der offiziellen Ermittlung anschließen.« Sie sah meinen überraschten Ausdruck. »James hat mir heute Morgen einen Platz in seinem Team angeboten.«

»Ja, vielleicht solltest du das tun. Unsere Ermittlungsmethoden sind nicht kompatibel.«

»Du Scheißkerl! Das hier ist nicht meine Schuld! Ich verfolge Hinweise, und du tust, als gäbe es sie gar nicht.«

»So kann man es auch sehen.«

»Wie denn sonst? Hm? Ich lausche gebannt.«

»Lauschen, ja. Besser hätte ich es nicht ausdrücken können.«

»Was soll das heißen?«

»Dass ich aufpassen muss, was ich sage, wenn du in der Nähe bist.«

»Wir sind ein Team, du Arschgesicht!«

»Und wissen beide, warum.«

»Das musst du mir näher erklären«, stieß sie hervor.

»Damit du alles, was ich sage und tue, brühwarm an Parrs weitertratschen kannst. Stimmt's?«

»Blödsinn. Dazu kann mich keiner zwingen.«

»Nein. Das kann keiner.«

»Weißt du, warum ich mich für diese Ermittlung gemeldet habe, Aidan?«

Ihre Stimme zitterte.

»Weil ich dich *mochte.*« Ihre Miene verriet, dass sie die Wahrheit sagte. »Weil ich unbedingt mit dir arbeiten wollte.« Ich öffnete den Mund, aber nichts kam heraus. Als sie meine Verrenkungen sah, schüttelte sie den Kopf. »Das ist dir gar nicht in den

Sinn gekommen, richtig? Dir geht's nicht gut, Aidan«, sagte sie mit aufrichtigem Mitgefühl. »Keine Ahnung, ob es an diesem Fall liegt, an Zain Carver oder an deiner Familiengeschichte …«

»Ganz richtig, du hast keine Ahnung.«

»Aber du bist völlig neben der Spur. Du brauchst Hilfe.«

»Lass uns morgen darüber reden«, sagte ich und ging weiter zum Wagen. Meine Brust fühlte sich eng an, Tränen schossen mir in die Augen. Als ich den Motor anließ und losfuhr, stand sie immer noch da, fassungslos, den Blick ins Leere gerichtet. Ich schaffte es bis zur nächsten Ecke, dann musste ich anhalten und mit beiden Fäusten aufs Lenkrad einschlagen, um eine weitere Panikattacke abzuwehren.

6

Zu Hause schenkte ich mir erst mal ein Glas Gin ein, randvoll. Dann setzte ich mich und trank, bis es draußen dunkel wurde. Ich kämpfte gegen die zweite oder dritte Panikattacke des Tages an.

Sobald Blake sein Handy freigab, käme die Polizei auf Jankowski und danach direkt auf mich. Geld und Pass würde man als Beweise deuten, dass jemand mich für den Mord an Martin Wick bezahlt hatte. Bei meinem Ruf, meiner gewalttätigen Vorgeschichte, dem Drogenmissbrauch und den Regelverstößen wäre lebenslänglich nicht weit. In Strangeways überlebten Polizisten nicht lang. Neben mir lagen Stift und Zettel. Ich war mit meinem Latein am Ende. Mit zitternden Fingern machte ich mich daran, meinen Abschiedsbrief zu schreiben.

Immer öfter musste ich an Tessa Klein denken.

Ihr Auto, einfach am Fluss stehen gelassen. Vielleicht könnte ich es genauso machen, einen Abschiedsbrief schreiben, damit man mich für tot hielt, und dann verschwinden. Ein Wort hatte ich bereits geschrieben. *Liebe* … Doch dann fiel mein Plan wie ein Kartenhaus zusammen, und ich musste lachen. An wen sollte ich den Brief denn richten? Außerdem würde ich ohne Pass nicht sehr weit kommen.

Wie gut, dass genau in dem Moment mein Handy vibrierte.

»Waits«, sagte ich.

»Ja, hallo, Mr Waits, wir hatten gestern miteinander gesprochen …«

Die Sozialarbeiterin, die mich wegen meiner Mutter angerufen hatte. Ich trank einen großen Schluck.

»Sandra, richtig? Hatte ich Ihnen nicht gesagt, dass Sie mich nicht mehr anrufen sollen?«

»Ja, hatten Sie«, erwiderte Sandra, doch ihr Ton klang besorgt. »Aber es ist eine Veränderung eingetreten.«

»Inwiefern?«

»Wie gesagt, wir haben die Genehmigung erhalten, die Wohnung Ihrer Mutter zu betreten ...«

»Entschuldigung, könnten Sie diese Frau bitte nicht als meine Mutter bezeichnen? Christine oder Mrs Wie-sie-gerade-heißt.«

»Ja, selbstverständlich. Es geht uns darum, eine Beurteilung ihrer ...«

»Sandra? Darf ich Sie darauf hinweisen, dass ich Polizist bin und mit behördlichen Vorgehensweisen vertraut bin?«

»Ah, verstehe. Nun, wir würden mit der Durchführung gern warten, bis Ihre Schwester, ähm ...«

»Anne«, sagte ich. »Hatten wir uns nicht darauf verständigt, dass Sie diese Kontaktaufnahme unterlassen?«

»Bei allem Respekt, Mr Waits, diese Entscheidung unterliegt nicht Ihrer Befugnis. Vor allem nicht, da das Verhältnis zu Ihrer Schwester laut Ihren eigenen Angaben zerrüttet ist.«

»Nicht zerrüttet.«

»Ich bemühe mich wirklich, in der gegebenen Situation das Beste zu tun.«

»Tut mir leid, wenn ich störrisch wirke, mir ist schon klar, dass Ihre Aufgabe nicht leicht ist. Aber es geht hier um eine Person, die mir und meiner Schwester großes Unglück und Leid zugefügt hat. Es wäre mir lieber, wenn Sie meine Schwester in Ruhe lassen könnten.«

»Gut, das habe ich verstanden. Jedenfalls habe ich sämtliche Maßnahmen momentan erst mal auf Eis gelegt, zumindest, bis wir mit ihr gesprochen haben, aber ich fürchte, Ihre Mutter, Mrs Farrow, wurde gestern Nacht ins Krankenhaus eingeliefert.«

»Was ist passiert?«

»Sie hat versucht, sich das Leben zu nehmen.«

Ich blickte auf den Block neben mir. »Aha.« Ich sprang vom Sessel und suchte den größtmöglichen Abstand dazu.

»Ich dachte, das sollten Sie vielleicht wissen.«

»Ja, sicher. Danke.«

»Jetzt wäre es natürlich umso wichtiger, bei der Beurteilung Angehörige an der Seite zu haben. Ich weiß nicht, ob Sie nach den Ereignissen der vergangenen Nacht anders dazu stehen.«

»Die Beurteilung soll trotzdem vorgenommen werden?«

»Das wirkt jetzt vielleicht etwas taktlos, aber anders können wir ihre Sicherheit nicht garantieren. Mit guter Betreuung …«

»Es klingt doch so, als würde sie alle Ihre Probleme auf einen Schlag lösen, Sandra. Und meine auch. Also meinetwegen lassen Sie sie einfach in Ruhe.«

Schweigen.

Dann: »Es tut mir leid, Mr Waits. Sie hatten mich gebeten, Sie nicht mehr zu kontaktieren, und ich habe mich Ihrem Wunsch widersetzt. Das war ein Fehler und wird nicht wieder vorkommen. Einen schönen Abend noch.«

»Moment …«

Sie hatte bereits aufgelegt. Völlig gerechtfertigt. Ich hatte das Handy noch am Ohr, starrte auf den Notizblock, tote Leitung. Mein Leben lang hatte ich mir meine Mutter als böse Kraft vorgestellt, ein einfaches Konzept, das alles erklärt, was mit der Welt nicht stimmt. In Wahrheit wusste ich, dass sie vom Leben eigentlich immer nur aufs Maul bekommen hatte und in ihrer Welt gefangen war.

Emotional, finanziell, geistig.

Durch ihre Probleme als Alleinerziehende mit nicht diagnostizierter Schizophrenie. Durch einen manipulativen und gewalttätigen Mann, der völlig willkürlich in unser junges Leben getreten und genauso willkürlich verschwunden war. Sie selbst war bei meiner Geburt noch sehr jung gewesen. Ich stellte sie mir vor, wie sie im Krankenhaus saß und mich im Arm hielt, allein, wie sie es ganz sicher gewesen ist, und ich wünschte, ich hätte ihr als Erwachsener zur Seite stehen können. Irgendjemand hätte bei ihr sein sollen, dachte ich. Ihr die Hand halten.

Ich pfefferte den Notizblock durchs Zimmer und versuchte, mich meiner Situation zu stellen. In vierundzwanzig Stunden säße ich hinter Gittern. Meine einzige Hoffnung, dem Gefängnis zu entkommen, befand sich im Besitz einer unberechenbaren Scharfschützin, die ich decken sollte.

Als ich mein Glas geleert hatte, überkam mich plötzlich große Leichtigkeit.

Ich hatte gezögert, Parrs Anordnungen Folge zu leisten, wollte mich nicht weiter mit der Frage beschäftigen, wer mich bedrohte. Selbst dann nicht, als Naomi Beweise für Carvers tiefen Groll gegen mich gefunden hatte. Ein Gespräch mit ihm würde meine Lebenserwartung nur weiter verkürzen, dachte ich. Diese Sorge war mittlerweile überflüssig. Also knallte ich mein Glas auf den Tisch und machte mich auf den Weg.

Vielleicht könnte ich in meinen letzten Stunden noch jemandem helfen.

7

Das Light Fantastic war wie ein Tor zu einer anderen Welt. Der Club, nicht besonders groß, war vor ein paar Jahren scheinbar über Nacht aufgetaucht und hatte sich schnell zu einer Stammadresse für diejenigen etabliert, für die Geld keine Rolle spielte.

Seit ich wusste, wem der Laden gehörte, hatte ich einen großen Bogen um ihn gemacht, daher überraschte mich der Türsteher, als er mich wie einen Stammgast begrüßte und mich ohne Eintrittsgeld einließ.

Im Club hatten locker hundert Leute Platz, aber an diesem Abend war er nur halbvoll. Aus unsichtbaren Lautsprechern scholl angenehme, elektronische Musik, der wahre Soundtrack aber kam aus den in heimeligen Nischen an der Wand oder um Zweiertische gruppierte Sitzecken. Dort wurde geplaudert, man war gut gelaunt, strotzte vor Selbstvertrauen, war sich einig und lachte viel. Was draußen in der Welt passierte, war den Gästen des Light Fantastic egal, für sie war alles rosig. In diese Welt wurden sie hineingeboren, und wenn sie starben, würden ihre Kinder sie beerben.

Bevor ich die Bar erreicht hatte, kam eine Hostess auf mich zu. Sie trug ein schwarzes Cocktailkleid und ein Lächeln im Gesicht, als wüsste sie die Antwort auf alle Lebensfragen.

»Guten Abend, Mr Waits«, begrüßte sie mich, sehr zu meiner Verblüffung. »Hier entlang, bitte.«

Ich zögerte kurz, folgte ihr aber in den hinteren Teil des Clubs. Wir verschmolzen mit dem surrealen Neonschein, kamen vorbei am strahlenden, smart gekleideten Personal. Schwarzlicht ließ ihr Lächeln und das Weiß ihrer Augen leuchten, als hätte man es extra für diesen Zweck installiert, um ihre synthetische, elektrisierende Jugend zum Strahlen zu bringen.

Sie geleitete mich an einen stimmungsvoll beleuchteten Tisch für zwei.

»Erwarten Sie noch jemanden?«, fragte sie.

»Ich glaube nicht …«, begann ich, doch bevor ich den Satz beenden konnte, trat Naomi aus dem Schatten und setzte sich zu mir. »Nur wir beide.«

Die Hostess lächelte erneut und glitt anmutig davon.

»Hab mich schon die ganze Zeit gefragt, was du so am Abend machst«, sagte Naomi.

»Wie hast du mich gefunden?«

»Ich bin Ermittlerin«, sagte sie und sah sich um. »Bin dir gefolgt. Hier ist es netter als in der letzten Kaschemme.«

»Da wäre ich mir nicht so sicher.«

Die Hostess schwebte wieder in unser Sichtfeld und servierte uns Hennessy auf Eis in zwei gefrosteten Schwenkern.

Naomi sah sie an. »Light Fantastic – woher kommt der Name?«

»Milton«, antwortete die Hostess eifrig. *»Come and trip as you go, on the light fantastic toe.«*

»Müssen Sie das auswendig lernen?«

»Ich studiere Anglistik«, sagte das Mädchen lächelnd.

»Also, Mr Waits, wenn Sie noch einen Wunsch haben, drücken Sie einfach hier …« Im Tisch war ein kleiner Knopf angebracht. Sie trat einen Schritt zurück, machte eine leichte Verbeugung und verschwand in der Dunkelheit.

Naomi beäugte ihren Drink. »Na gut. Trinken wir auf deine Gesundheit!«, sagte sie schließlich.

»Vergebliche Liebesmüh«, erwiderte ich, stieß aber trotzdem mit ihr an. Unsere Blicke trafen sich, es war anders als vorher, und ich löste mich zuerst, trank einen Schluck und spürte das warme Glühen im ganzen Körper. Unsere Beziehung war kompliziert genug, auch ohne aufgeladene Blicke. »Wenn du mich nach oben begleiten willst, empfehle ich dir einen Drink.«

»Wieso?« Wieder dieser suchende Blick.

»Der Mann da oben wird uns vermutlich nicht empfangen,

wenn du nicht austrinkst. Er gibt einen aus, und er mag es, wenn man bei ihm in der Kreide steht. Ein Teil von dir gehört dann ihm.«

Sie trank. »Wie viel von dir gehört ihm schon?«

»Glaubst du die Gerüchte tatsächlich?«

Sie zuckte die Achseln. »Du trinkst in seinem Club, das Personal kennt deinen Namen.«

»Ich bin heute das erste Mal hier. Die Hostess oder den Türsteher habe ich noch nie zuvor gesehen. Und wie viel von mir ihm gehört? Parrs behauptet, ihm gehört meine Seele, du hast meine Eier, die Polizei hat mein Hirn. Keine Ahnung, was da noch übrig bleibt …«

»Dein Herz?« Sie unterdrückte ein Lächeln.

Wir prusteten los. »Aus unerfindlichen Gründen kann ich es nicht verschenken.«

Ihre Miene wurde wieder ernst. »Du könntest mir auch einfach erzählen, was zwischen euch passiert ist …«

»Das willst du nicht wissen«, sagte ich, als jemand auf uns zukam.

»Danke für Ihre Geduld«, flötete die Hostess. »Mr Carver hat jetzt Zeit für Sie.«

Ich kippte meinen Drink und hielt ihr das leere Glas hin. »Wir brauchen noch zwei.«

8

Wir folgten der jungen Frau in den hinteren Teil des Clubs und eine Metallwendeltreppe hinauf in den ersten Stock. Als wir oben ankamen, war mein Glas wieder leer. Die Hostess kam an eine geschlossene Tür und wollte gerade klopfen, als jemand sie von innen aufzog. Eine weitere junge Frau in identischer Aufmachung rauschte an uns vorbei, sie hatte die Hände vors Gesicht geschlagen. Naomi sah mich nur besorgt an. Vermutlich hatten wir das arme Mädchen mit unserem Auftauchen vor Schlimmerem bewahrt.

Zain Carver hatte ein echtes Händchen dafür, Frauen das Leben zu ruinieren. Er umgab sich mit wunderschönen, blutjungen »Assistentinnen« und machte sich einen Spaß daraus, sie zu vernichten und anschließend verschwinden zu lassen. Ein neues Mädchen, vorher noch an seinem Arm, konnte im Handumdrehen zum Anschaffen auf der Straße oder im Krankenhaus oder, um Jahre gealtert, mit leerem Blick, wieder bei den Eltern landen.

Manche tauchten nie wieder auf.

Als wir sein Arbeitszimmer betraten, wurde es gleich einige Grade kälter. Es war geräumig, düster, nur schwach von diskreten Lichtquellen beleuchtet. Die Hostess zeigte auf zwei Plätze, dann nickte sie dem Psychopathen im Stand-by-Modus zu, als wollte sie ihn anknipsen. Bei unserer ersten Begegnung trug Zain Carver angesagte Streetwear, das Teuerste, was seine jungen Kunden und Kundinnen sich leisten konnten. Perfekte Mimikry. Heute begrüßte er uns im maßgeschneiderten Designeranzug, womit er den Eindruck erweckte, dass er sich in anderen Kreisen bewegte.

Er lächelte, aber sein Blick folgte der sich entfernenden Hostess, selbst als sie die Tür bereits hinter sich geschlossen hatte, als wüsste er genau, dass sie auf der anderen Seite mithörte.

»Guten Abend, Aidan.« Endlich sah Carver mich an. »Oder sollte ich Detective Sergeant Waits sagen? Ich hoffe, es macht dir nichts aus, dass ich dir einen Drink ausgesucht habe. Ich finde, wir sollten auf deine Beförderung anstoßen, der alten Zeiten wegen …«

»Ach, lass uns doch nach vorn blicken.«

»Nun, da gibt's wohl nicht viel zu sehen. Wie ich höre, sagt man dir keine große Zukunft voraus. Ach, dein Glas ist leer, das müssen wir gleich ändern.«

»Gern, aber nur, wenn du aus derselben Flasche trinkst.«

Carver erhob sich, schenkte uns eine großzügige Menge Hennessy nach und hielt Naomi die Flasche hin. Sie sah ungerührt zu, wie er auch ihr nachschenkte.

»Hab leider kein Eis …«

Er starrte sie lange an, bis ich ihn unterbrach. »Wie wär's als Ersatz mit einem Stück von deinem Herzen …«

Das entlockte ihm ein Grinsen. »Willst du uns nicht vorstellen, Aidan?«

»Zain Carver, das hier ist Detective Constable Black.«

»Naomi«, sagte er und setzte sich mit der Flasche in der Hand auf die Schreibtischkante. »Ich darf dich doch duzen?« Sie nickte. »Wie geht's deinem Dad, Naomi?«

Sie sah von Carver zu mir. »Gut.«

»Ist er zu Hause?«

Sie bewegte den Mund, sagte aber nichts.

»Im Vergleich zu seinem früheren Kollegen bist du ein echtes Upgrade.« Er nahm mich ins Visier. »Wie ich höre, schläft er zurzeit viel.«

»Womit wir beim Thema wären«, sagte ich. Mir reichte sein Geplänkel, und ich wollte ihn von Naomi ablenken. Carver hob die Brauen und ließ sich hinter dem Schreibtisch nieder.

»Doch hoffentlich nicht. Ich bin ganz spießig geworden, Aidan.«

»Was soll das heißen? Dass man sich verletzt, wenn man dir zu nahekommt?«

»Ach, jetzt gehst du aber bisschen zu weit, findest du nicht? Was ich damit sagen wollte: Ich habe so viel mit dem Club zu tun, dass ich mich nicht mehr um andere Sachen kümmern kann. Warum willst du ausgerechnet mit mir über diese ganze Angelegenheit sprechen?«

»Sagt dir der Name Martin Wick was?«

»Dieser Typ, der seine Familie abgeschlachtet hat?«

»Die Familie eines anderen. Er hat im Krankenhaus St. Mary's auf den Tod gewartet. Der kam dann ganz plötzlich, weil sich jemand auf die Station geschlichen und nachgeholfen hat.«

Carver nickte. »Wenn du den Mörder je erwischst, solltest du ihm die Schlüssel zur Stadt überreichen.«

»Ihm?«, fragte Naomi.

»Verzeihung! Immer dieser Sexismus. Aber mit den ganzen Anredeformen kenne ich mich nicht aus.«

»Wicks Mörder hat auch einen Polizisten umgebracht«, fügte sie hinzu.

»Stehst du neuerdings wieder auf Cops?«, fragte Carver Naomi, als hätte ich nichts gesagt. Als sie nicht reagierte, fuhr er fort. »Wo du doch jahrelang keinen Kontakt mehr zu deinem Dad hattest. Da dachte ich, du hättest vielleicht ein Problem mit Polizisten.«

Sie lächelte, blickte aber zu Boden. »Soll mich das jetzt beeindrucken, Mr Carver? Sie sollten mal hören, welchen Scheiß man über Sie erzählt.«

»Beeindrucken? Nur weil ich ein bisschen über dich weiß? Nee, gar nicht. Wir ziehen doch alle erst mal Erkundigungen ein, wenn wir neue Freunde in unser Leben lassen, oder? Aber ich hätte dir die Zeit ersparen können, die du damit verbracht hast, Aidans Akte zu studieren. Das richtig Wichtige steht nämlich zwischen den Zeilen …«

Carver hatte verschiedene Polizisten in der Tasche.

Manche durch Erpressung und Einschüchterung, andere

durch monatliche Bezahlung, allerdings über dunkle Kanäle. Es gehörte zu seinem Geschäft, zu wissen, was lief, wer befördert wurde und warum; auf diese Weise besaß er trotz seiner mittlerweile zehn Jahre andauernden Machenschaften in der organisierten Kriminalität ein sauberes Führungszeugnis. Seine Connections erwähnte er allerdings gern mal, wenn er die Muskeln spielen lassen wollte. Um uns daran zu erinnern, dass die Stadt ihm gehörte und wir nur darin wohnten.

»Wir sprachen über Martin Wick«, sagte ich.

»Und ich habe ein neues Thema zur Sprache gebracht, mit dem ich mich besser auskenne. Wieso sollte mich dieser Mann interessieren?«

»Weil ich zum Zeitpunkt seiner Hinrichtung auf der Station Wache halten sollte. Jemand mit Zugang zu internen polizeilichen Informationen hätte das gewusst.«

»Interne polizeiliche Informationen«, höhnte Carver.

»Du weißt von meiner Beförderung, du kennst Constable Blacks Familiengeschichte …«

»Ein blindes Huhn findet auch mal ein Korn.«

»Und auf mich ist ein Kopfgeld ausgesetzt.« Daraufhin herrschte zunächst Schweigen. Ich fuhr fort. »Von dir. Eine Theorie besagt, dass ich das eigentliche Ziel des Anschlags war. Wick, Rennie und Sutty waren Kollateralschaden.«

Plötzlich wurde Carver ernst. »Du weißt, dass ich damit nichts zu tun hatte.«

»Woher sollen wir das wissen?«, fragte Naomi.

Carver nickte mir zu, und ich beantwortete die Frage für ihn.

»Weil er's nicht verkackt hätte. Ich nehme an, du hast ein Alibi für Samstagnacht?«

»Wenn ich wollte, könnte ich mir ein Alibi für diese beschissene Unterhaltung zulegen. Ich könnte dich vor Naomis Augen aus dem Fenster werfen, und der Bürgermeister würde unter Eid aussagen, mich zum fraglichen Zeitpunkt bei sich bewirtet zu haben.«

Ich wartete.

»Ich war zu Hause«, sagte er und drehte an seinem Ehering.

»Gratulation.«

»Irgendwann sind die wilden Jahre vorbei.«

»Wir müssen Ihr Alibi von Ihrer Frau bestätigen lassen«, bemerkte Naomi. »Würden Sie uns die Adresse und Telefonnummer mitteilen?«

»Nur über meine Leiche.« Er grinste. »Aber ich kann es auch ohne sie beweisen. Mein Haus wird rund um die Uhr von der Polizei bewacht. Frag einfach deine Kollegen.« Naomi sah mich verunsichert an. »Ich mach es dir leicht«, sagte Carver, schrieb etwas auf einen Zettel und reichte ihn ihr. »Das ist die Nummer des Zivilfahrzeugs, das in der betreffenden Nacht vor meinem Haus stand. Deine Kollegen werden dir das sicher bestätigen. Kann ich sonst noch was für euch tun?«

»Danke«, sagte Naomi. »Nur weil Sie zu Hause waren, sind Sie noch lange nicht aus dem Schneider. Ein Mann mit Ihren Mitteln könnte einen anderen für den Mord bezahlen, einen, der den Kopf hinhält, einen Fluchtfahrer …«

Jetzt war Zains Lachen echt. Ein seltener Anblick.

»Ich will dir mal erklären, was ein Mann mit meinen Mitteln so macht. Zunächst einmal hätte ich nicht so einen Scheiß abgezogen wie die Sache im Krankenhaus, wo auch Unschuldige gestorben sind. Nicht mein Stil. Überhaupt nicht. Und ein Fluchtfahrer? Wenn man es richtig anstellt, schlendert man einfach davon, ein munteres Liedchen auf den Lippen, die Hände in den Hosentaschen. Und vor allem anderen wäre mein Timing perfekt gewesen.«

»Wie, perfekt?«, fragte Naomi.

»Warum sollte jemand Aidan umlegen, solange er noch ein Cop ist? Wozu alle Welt gegen sich aufbringen, wenn es ihm sowieso demnächst an den Kragen geht?« Er sah Naomi eindringlich an. »Ich glaube, ein Mann mit meinen Mitteln würde einfach abwarten. Den Jackpot immer mal um ein paar Tausender erhöhen, damit die Sache interessant bleibt, ein bisschen Blut ins Wasser träufeln, damit die Haie weiter kreisen. Und sicherstellen, dass Aidans Name und Adresse nicht aus ihren schwarzen Büchlein verschwinden. Ein Mann mit meinen Mitteln würde klare Ansagen machen. Keinen Penny, sollte er sterben, solange er noch im Dienst ist. Dann würde ein Mann mit meinen Mitteln einfach warten, bis die Liste der Beschwerden gegen ihn so lang wäre, dass sie den armen Tropf rauswerfen müssen.«

»Beschwerden?«, fragte Naomi.

»Noch so ein Korn fürs blinde Huhn. Aber dir ist sicher auch schon aufgefallen, dass er ein bisschen ruppig werden kann. Fragst du dich nicht, warum man ihn so plötzlich befördert hat? Weil er ein Blutbad verhindert hat? Dieser Mann hat mehr Leichen im Keller als ein Totengräber. Sie brauchen nur ein passendes Bauernopfer, wenn die Kacke am Dampfen ist. Danach?«, fragte Carver lächelnd. »Ist die Jagdsaison eröffnet. Danach passiert, was passieren muss. Danach könnte ich ihm am helllichten Tag die Kerze ausblasen und davonschlendern, ein munteres Liedchen auf den Lippen, die Hände in den Hosentaschen.«

»Warum wollen Sie, dass er stirbt?«, fragte sie zu meiner und offenbar auch zu Carvers Überraschung.

Zain grinste. »Wenn ich dir das verriete, würdest du mir nicht glauben. Wie hieß sie noch gleich, Aidan?«

»Es reicht!« Ich erhob mich.

»Es ist fast, als wäre sie einfach vom Erdboden verschwunden, nicht wahr? Wie lange ist es jetzt her? Zwei, drei Jahre?«

»Sie wollen mir weismachen, es geht hier um eine Frau?«, fragte Naomi sichtlich erregt. »Ach, kommen Sie! Das sind wir doch nicht wert.«

»Es ist mir über hunderttausend wert«, sagte Carver.

Naomi schüttelte den Kopf. »Das wäre das höchste Kopfgeld der Geschichte …«

»Weil nur diejenigen Geschichte machen, die erwischt werden. Es gibt keine Grenze, glaub mir. Außerdem sprechen wir hier von Aidan, dem Ex-Bullen«, sagte er mit vielsagendem Blick in meine Richtung. »Und dann wollen da noch gewisse Spezialleistungen vergütet werden …«

»Zum Beispiel?«, fragte Naomi, um Kontrolle bemüht.

Ich wollte das Gespräch beenden, aber er antwortete bereits.

»Lang und qualvoll.«

Schweigen.

»Ist er gut zu dir, Constable Black?«, fragte Carver schließlich.

»Wir sind Kollegen.«

»Ja, das war dein Vorgänger auch. Die Leute in Aidans Nähe sterben wie die Fliegen. Schwer, da den Überblick zu behalten. Du solltest dir für jedes Opfer eine Träne ins Gesicht tätowieren lassen.«

»Wenn ich das richtig sehe, stehen dir ein paar dieser Tränen zu.«

»Mit dem Unterschied, dass ich keine vergieße. Kauf ihm diese Geschichte vom armen Trauerkloß bloß nicht ab, Naomi. Wenn er den Hebel umlegt, hast du einen völlig anderen vor dir.«

»Wo wir gerade von Tränen sprechen. Wir haben uns mit Wicks ehemaligem Zellengefährten unterhalten.«

»Ach ja? Wo?«

»Strangeways.«

»Hatte nie selbst das Vergnügen. Was ich auch anstelle, in dieser Stadt werde ich einfach nicht verhaftet.«

»Darauf würde ich mich nicht verlassen. Er hat mir von dem lebhaften Handel mit Spice unter den Insassen erzählt …« Carver schwieg, wirkte aber etwas verkrampft. »Ich hab meinen Ohren nicht getraut. Ein Mann wie du ist in den Schmuggel dieser Pennerdroge involviert? Im Gefängnis? Dass dein Ansehen schweren Schaden genommen hat, wusste ich ja, aber hast du das nötig?«

»Worauf willst du hinaus?«, fragte er mit aufgesetztem Lächeln.

»Du weißt sicher, dass der arme Kerl von den Wärtern ziemlich gepiesackt wird.«

»Vielleicht sollte er einfach mal die Schnauze halten.«

»Ach, interessiert es dich nicht, dass die Wärter was von deinem Erlös abschöpfen?« Endlich war ich zum wahren Grund für diesen Besuch vorgedrungen. Naomis Anwesenheit hatte mich gezwungen, Parrs lächerlichen Anweisungen vorgeblich Folge zu leisten. Egal, wie hintertrieben Carver auch sein mochte, in diesem Fall glaubte ich ihm. Wenn er meinen Tod gewollt hätte, säße ich nicht hier.

»Abschöpfen«, wiederholte er. »Tatsächlich.«

»Ja, tatsächlich. Wenn er das ins richtige Ohr flüstert, könnte man dem Burschen das Leben vielleicht etwas erleichtern?«

Carver sah ernsthaft besorgt aus. Das war seine Masche, deswegen hatte er so viel Erfolg. Dieser Mann verfügte über eine Menge Mitgefühl und konnte es je nach Bedarf aufdrehen.

»Er hat's schwer, sagtest du?«

»Sehr.«

Carver nickte. »Wenn das stimmt, ist sicher jemand dankbar für den Hinweis.« Er grinste. »Wusste ich doch, dass du einen Grund hattest, hier aufzukreuzen.«

»Die Drinks haben geholfen.« Ich sprang auf, um die Unterhaltung zu beenden. Naomi ging vor, aber ich war nicht schnell genug und wandte mich um, als Carver mich zurückpfiff.

»Traurige Geschichte, die ich da gehört habe«, sagte er. »Die verschwundene Polizistin? Wie hieß sie noch gleich?«

Ich brauchte kurz, um die Fassung zurückzuerlangen. »Tessa Klein?«

»Ja, genau!«

Bei seinem fiesen Grinsen gefror mir das Blut in den Adern. »Sie haben sie undercover bei dir eingeschleust, richtig?«

»Hat sich umgebracht, wie ich gehört habe.« Sein Lächeln war verschwunden. »Ist es normal, dass man die Leiche nicht findet?«

Ich schüttelte den Kopf.

»Na, Gesuchtes findet man immer dort, wo man zuletzt nachgesehen hat, stimmt's? Komm nicht mehr her, Aidan. Sonst liegst du vielleicht bald neben ihr. Ich hab ja schon viele Typen gesehen, die das Schicksal herausfordern. Wenn du nicht aufpasst, schlägt es dir voll in die Fresse.«

Ich nickte und trat den Rückzug an. »Manche Leute sind eben geborene Opfer.«

9

Trinken wir noch einen Absacker?« Statt einer Antwort marschierte Naomi direkt an der Bar vorbei Richtung Ausgang. Ich folgte ihr. »Warte!«, rief ich.

»Was war das denn für eine Scheißnummer da drin?« Sie hatte die Arme um ihren Körper geschlungen.

»Reiner Neid«, sagte ich.

»Meine Güte, Aidan.« Sie schüttelte den Kopf. Schweigend liefen wir eine Weile nebeneinander her, über die Piccadilly Richtung Northern Quarter. »Schwör mir, dass er dich nicht in der Tasche hat.«

»Ich würde lieber sterben, als mich von dem bezahlen zu lassen«, sagte ich.

»Was hat er dann gegen dich?«

»Alles.«

»Ich höre.«

»Er hat mal kurz nicht aufgepasst, aber das ist schon eine Weile her.« Ein scharfer Schmerz fuhr mir durchs rechte Knie. »Und ich auch nicht.«

»Diese Frau?« Sie blieb stehen und sah mich an. »Ich kapier schon, du hast eine schillernde Vergangenheit. Aber wenn wir weiterhin zusammenarbeiten wollen, muss ich wissen, wo die Wurzel liegt und wie tief sie reicht.«

Ich nickte, den Blick zu Boden gerichtet. Passanten liefen an uns vorbei.

»Wir waren beide in sie verliebt«, gestand ich ihr schließlich.

»Scheiße.« Naomi schwieg eine Weile. »Was ist mit ihr passiert?«, fragte sie daraufhin.

Ich bemühte mich um einen sachlichen Ton. »Wenn Zain mit

Menschen fertig ist, verschwinden sie meist. Er war wahrscheinlich mit ihr fertig.«

»Verdammt …«

»Sie war nicht die Erste und wird bestimmt nicht die Letzte sein.«

Naomi schüttelte den Kopf. »Wieso … kommt er damit durch?«

»Junge Frauen, Mädchen, die von zu Hause abgehauen sind und zur Prostitution gezwungen wurden, manche mit Suchtproblemen, andere psychisch labil. Auf solche Menschen pfeift die Gesellschaft.«

»Du nicht.«

Wir hatten uns wieder in Bewegung gesetzt. »Woher willst du das wissen?«

»Ich hab gehört, man hätte dich grün und blau geprügelt …«

»Und noch ein paar Farben dazu. Erstaunlich, wie bunt die Haut werden kann.«

Naomi lächelte. »Wenn du mich fragst, hast du wohl irgendwas richtig gemacht.« Dann sagte sie lange nichts mehr. Dachte nach. »Junge Frauen, die psychisch labil sind, hast du gesagt …«

»Als du schon raus warst, hat er Tessa Klein erwähnt.«

»Wir müssen Parrs Bescheid sagen, und dann …«

»Nein! Wir sagen niemandem Bescheid.«

»Er hat angedeutet, in den Mord an einer Polizistin verwickelt zu sein.«

»Parrs hat sie vermutlich zu ihm geschickt. Genau wie er es mit mir getan hat.«

»Und jetzt? Sitzen wir zwischen den beiden fest?«

»Teufel auf der einen Schulter, Teufel auf der anderen.«

»Ich hoffe, du hast Alkohol im Haus.«

Als ich den Schlüssel ins Schloss steckte und mich zu ihr umwandte, stand sie dicht hinter mir. Ich war froh, dass sie bei mir war. Und plötzlich glücklich, dass ich lebte. Sie lächelte vorsichtig. Ich zögerte, wollte mir nicht eingestehen, dass ich Lust auf sie hatte, genoss das Gefühl aber trotzdem. Wir gingen hinauf, oben waren Stimmen zu hören. Mein Nachbar Robbie sprach mit einer jungen Frau.

»Da ist er ja!«, rief er.

Louisa Jankowski lächelte mich an. Sie trug knallroten Lippenstift, Signalfarbe, wie die Feuerwehr, passend zum Kleid. Bei Naomis Anblick wich ihr das Lächeln nicht aus dem Gesicht.

»Hey, du«, sagte sie und berührte mich am Arm. »Hab ich den falschen Abend erwischt?« Bevor ich mich Naomi zuwenden konnte, war sie schon verschwunden. Ihre Schritte hallten durch den Flur, dann knallte die Haustür zu.

10

Ich schloss die Wohnungstür auf und ging wortlos hinein. Ohne das Licht einzuschalten, trat ich ans Fenster und verharrte dort, bis die Tür zufiel. Louisa knipste das Licht an. Ich wandte mich um. Sie stand mit dem Rücken an die Wand gelehnt, ein Bein lässig angewinkelt. Sie trug einen rattenscharfen Cocktaildress und Absatzschuhe. Über der Schulter hing eine kleine schwarze Tasche. Meine Reisetasche hatte sie offensichtlich nicht dabei.

»Hab ich euch unterbrochen?«, fragte sie.

Ich sah sie nur an. Sie hielt meinen Blick und schüttelte den Kopf.

»Du hast versucht, mich zu ficken.«

»Nein, bestimmt nicht.«

»Nicht so, wie du es mit deiner süßen Kollegin tun wolltest …« Sie stieß sich von der Wand ab und schlenderte auf mich zu. Mitten im Zimmer blieb sie stehen. »… aber du hast das Handy vertauscht.« Um zu vermeiden, dass sie sich noch mehr auf Naomi einschoss, nickte ich einfach. »Das war keine gute Idee«, sagte sie und trat näher.

»Ich hatte Angst davor, was du anstellen würdest, wenn ich dich zu Esther führe, aber ich versuche immer noch, dich da rauszuhalten, ehrlich.«

»Wie?« Sie neigte den Kopf. »Ich weiß, dass es schon bei der Kriminaltechnik ist.«

»Aber die Verbindungsnachweise sind noch nicht da. Sie können es nicht knacken.«

»Was, wenn Esther wieder auftaucht?«

Ich fürchtete, dass Jankowski das Mädchen unschädlich machen wollte. »Sie hat das Handy jemandem gestohlen.«

»Wem?«

»Das kann ich dir nicht sagen.«

»Wieso nicht?«

»Weil ich auch nicht will, dass du demjenigen was antust.«

Sie grinste und trat ganz dicht an mich heran. »Manchmal ist es besser, sich auf Augenhöhe zu begegnen, findest du nicht? Weißt du eigentlich, wie leicht ich dich fertigmachen könnte?«

»Ich weiß, mein Pass.«

»Oha! Viel mehr. Kein Wunder, dass ich den Brief an deine Schwester nicht lesen sollte. Das ist ja ein verdammtes Geständnis, von dir unterschrieben. Wann hast du übrigens das letzte Mal Amphetamine genommen?«

»Wir hatten doch vereinbart, meine Schwester rauszulassen.«

»Um sie musst du dir keine Sorgen machen …«

»Wenn du mich fertigmachst, kannst du sehen, wie du klarkommst.«

»Sag mir, wem das Handy gehört hat, und du kriegst deine Sachen zurück. Geld, Pass, Brief. Dann kannst du noch heute Nacht verschwinden, wenn du willst.«

Ich schloss die Augen, rieb mir das Gesicht, damit sie nicht sah, dass ich ernsthaft darüber nachdachte. Schließlich schüttelte ich den Kopf.

»Glaubst du wirklich, ich würde ihnen was antun?«

»Ich werde dich nicht noch mal unterschätzen, Louisa. Du fährst nicht zufällig einen schwarzen Mercedes?«

»Bei meinem Gehalt? Leider nein. Soll das heißen, dass dir noch jemand auf den Fersen ist?« Sie lachte. »Denk dran, wer zuerst da war. Warum setzen wir uns nicht zusammen, trinken ein Gläschen …«

»Ich hab nichts da.«

»Das kannst du jemandem erzählen, der deine Wohnung nicht schon durchsucht hat.« Ihr Kleid berührte mein Bein. »Constable Black hast du sicher was anderes erzählt.«

»Was ist mit dir passiert?«, fragte ich.

»Ich habe einen Mann getötet.« Die Worte schienen sie zu verstören. »Dem Brief an deine Schwester entnehme ich, dass du weißt, wie sich das anfühlt.«

Dazu fiel mir erst mal nichts ein.

»Deiner Akte entnehme ich, dass du ein paar Leben gerettet hast«, sagte ich schließlich.

»Genau.« In ihren Augen glitzerten Tränen. »Es ist alles ein Spiel. Man nimmt einer Person das Leben, um damit Dutzende zu retten.«

»Hast du schon mit einem Therapeuten darüber gesprochen?«

»Man muss Risiken eingehen«, fuhr sie unbeirrt fort. »Je größer, desto besser.«

»Eines Tages könntest du alles verlieren.«

»Aber nicht heute.« Sie wischte sich über die Augen. »Ich hab alles auf dich gesetzt, und jetzt gehörst du mir.«

»Soweit ich das sehe, sind wir quitt.«

»Ach ja?«

»Du besitzt etwas, das mich umbringen könnte, ich hab etwas, das dich umbringen könnte. Keiner von uns will, dass der andere stirbt. Also belassen wir's für heute dabei, okay?«

Sie schluckte und legte mir unbeholfen die Hand auf den Nacken. »Hast du Lust, eine Etage tiefer zu gehen?« Ihre Hand war eiskalt, vermutlich hatte sie lange unten gestanden, bevor Robbie sie reingelassen hatte. Plötzlich wurde mir klar, wie einsam sie war. »Wir müssen keine Feinde sein.«

»Nein«, sagte ich und schob ihre Hand weg.

»Wer nicht will, der hat schon«, sagte sie, wandte sich zur Tür. »Aber versuch nie wieder, mich zu verarschen.« Ich hatte ihr zwar gerade einen Korb gegeben, aber sie schien mich bereits abgeschrieben zu haben. Ohne einen Blick zurück verschwand sie aus der Wohnung, ihre Schritte hallten durch den Hausflur und verklangen.

»Du auch nicht«, sagte ich, aber erst, als ich sicher wusste, dass sie weg war.

Ich schnappte mir mein Handy, aber noch während ich Naomis Nummer suchte, fragte ich mich, was ich ihr sagen sollte. Die Sorge hätte ich mir sparen können. Es klingelte dreimal, dann drückte sie mich weg. Beim nächsten Versuch hatte sie ihr Gerät ausgeschaltet.

V

INTO THE FIRE

1

Weil es immer noch sehr früh war, wartete ich, bis in ihrem Haus das Licht anging. Nach einer weiteren halben Stunde ging ich durch den Garten zur Haustür und klopfte. Ein Mann mit dunkler Hautfarbe und Handtuch um die Hüfte öffnete mir. Er sah mich verwirrt an.

»Morgen. Ich möchte zu Naomi.«

»Aidan Waits?«

»Mein Ruf eilt mir voraus.«

»Könnte man so sagen.«

Er musterte mich von Kopf bis Fuß, dann rief er nach Naomi.

Ich hatte erwartet, dass er mich hereinbitten oder sich zumindest zurückziehen würde, um sich ein paar Klamotten überzuwerfen, aber er ließ mich vor der Tür stehen und beäugte mich weiterhin, als wäre ich ein Vampir. Als Naomi endlich auftauchte, schon halb in der Jacke, blieb sie bei meinem Anblick zunächst stocksteif stehen, legte dem Mann dann aber die Hand auf den Arm, um ihm zu signalisieren, dass er gehen konnte.

»Woher weißt du, wo ich wohne?«

»Ich bin ebenfalls Ermittler, jedenfalls manchmal.«

»Und?«

»Ich wollte mich entschuldigen wegen …«

»Ab in die Schule!«

Über Naomis Schulter hinweg erblickte ich einen älteren Herrn, der uns anstarrte. Dann legte ihm der Jüngere, mit dem ich es gerade zu tun gehabt hatte, den Arm um die Schulter und erklärte ihm, dass Naomis Freund sie heute zur Schule bringen werde.

Als ich Naomi ansah, bedeutete sie mir, den Mund zu halten, trat hinaus und schloss die Tür hinter sich. Die Vögel gaben noch immer ihr Morgenkonzert. Der sonnenlose, bedeckte Himmel tauchte uns in graues Licht.

»Deine zögerlichen Ermittlungen in diesem Fall, die Hinweise, denen du nicht nachgegangen bist, deine ständigen Stimmungswechsel. Mitten im Dienst verschwinden, dein komisches Verhalten, als ich in deiner Wohnung aufgetaucht bin, jetzt ergibt das alles einen Sinn«, sagte Naomi. »Du vögelst Louisa Jankowski.«

Es war eine von mehreren Erklärungen, auf die sie hätte kommen können, und als ich den Kopf senkte, um über eine passende Antwort nachzudenken, deutete sie die Geste als Zustimmung.

»Ach, Aidan!« Offenbar hatte sie ihre Meinung über mich ein weiteres Mal geändert. Nur war diesmal klar, wie sie über mich dachte. »Darum wolltest du sie nicht befragen«, sagte Naomi. »Verdammt, deswegen warst du bei dem Gespräch mit ihr so wortkarg. Wie lange läuft das schon?«

»Nicht lange.«

»Das reicht mir nicht. Wie lange?«

»Wir haben uns bei der Bewachung von Martin Wick kennengelernt.«

»Sie ist erst zwei Wochen vor dem Angriff ins Team gekommen«, sagte Naomi. »Ich habe mir angesehen, zu welcher Zeit ihr gemeinsam Schicht hattet. Vor zwölf Tagen hast du sie das erste Mal getroffen.«

»Bin eben immer am Ball.«

»Außer wenn es um Mordermittlungen geht. Warum hast du es mir nicht gesagt?«

»Wie hätte ich das tun sollen?«

»Wie konntest du mir so was verschweigen? Ich hab mich doch bei der Vernehmung komplett zur Idiotin gemacht.«

»Hast du nicht. Du bist keine Idiotin.«

»So komm ich mir aber vor. Seid ihr noch zusammen?« Ich schüttelte den Kopf. »Wegen des Falls? Oder weil du mich gestern Abend abgeschleppt hast?«

»Hab ich das?«

»Na, vielleicht hast du es dir eingebildet. Wo du doch immer am Ball bist.«

»Louisa und ich, das war eine einmalige Sache«, sagte ich. Das war die harmloseste Erklärung. »Offenbar hat sie was falsch verstanden.«

»Aha. Du hast sie gefickt und dich danach tot gestellt?« Ich nickte. »Und eure nächste Begegnung war ihre Vernehmung? Kein Wunder, dass sie nicht mit uns sprechen wollte.«

»Tja, ich glaube, ich hab ein Problem.«

»Hm, und ich auch, weil mir gerade kein einziger Grund einfallen will, warum ich nicht sofort Parrs informieren sollte.«

»Ich nenne dir zwei. Erstens: Zwischen uns läuft nichts mehr. Ich würde sogar behaupten, es hat nie was angefangen.«

»Sehr aufschlussreich, Aidan. Und der zweite?«

»Ich habe Kevin Blake für heute Vormittag zur Vernehmung vorgeladen.« Das überraschte sie offenbar. »Du hattest recht, wir hätten ihn schon gestern vernehmen sollen.«

»Und warum haben wir das nicht?«

»Aus Sorge um Adam. Ich wollte erst mit Carver sprechen und die Situation in Strangeways abklären.«

»Aha! Also waren wir nur deswegen im Light Fantastic?«

»Zain ist nicht für den Mord an Martin Wick verantwortlich. Das wäre reines Wunschdenken.«

Sie sah mich eindringlich an. Da wurde mir klar, dass die zarten Bande, die wir am vergangenen Abend vielleicht geknüpft haben mochten, nun komplett gerissen waren.

»Blake«, sagte sie.

Ich nickte. »Ich will wissen, welche Verbindung er zu Esther hat und was auf dem Handy ist. Es ist Zeit, in diesem Fall gründlich zu ermitteln.«

»Ich bin nicht sicher, ob wir zusammenarbeiten sollten«, sagte Naomi leise.

»Hat James dir wirklich einen Platz in seinem Team angeboten?« Sie nickte. »Ohne dich krieg ich das hier nicht hin.«

»Mein bisheriger Eindruck ist, dass du gar nichts hinkriegst. Du bringst mich in eine beschissene Lage.«

Ihr Blick umspannte Welten. Schaffte Verbindung zwischen dem, der ich sein sollte, und dem, der ich war.

»Dein Dad«, sagte ich, um das Thema zu wechseln.

»Demenz.«

»Das wusste ich nicht.«

»Jeder hat seine Probleme, Aidan.«

Sie schlang die Arme um ihren Körper und beäugte mich kritisch. Offenbar war ihre Entscheidung noch nicht gefallen.

2

Danke, dass Sie gekommen sind«, sagte ich zu Kevin Blake, der sich vor uns niederließ.

Naomi und ich saßen in einem Befragungsraum des Präsidiums. Sie hatte sich bereit erklärt, uns noch einen Tag zu geben, aber nicht weil sie sich *mir* verpflichtet fühlte, sondern den Ermittlungen. Jetzt ging es darum, die Katastrophe abzuwehren, ohne den Verdacht auf Louisa Jankowski oder mich zu lenken.

»Wenn es weiterhilft, stehe ich gern zur Verfügung«, erwiderte der ehemalige Detective Inspector lächelnd. Naomi legte ihm eine Aufnahme aus dem Überwachungsvideo vor. Es zeigte Esther im St. Mary's.

Naomi nickte. »Wir würden gern wissen, ob Ihnen diese Frau bekannt vorkommt, Mr Blake«, sagte sie.

»Nennen Sie mich doch Kevin«, sagte er und betrachtete das Bild. Die Tattoos um die Augen der Frau entlockten ihm ein Kopfschütteln. »Nein, kenn ich nicht. Meine Güte, früher haben sich die schweren Jungs noch mit einem stahlharten Blick begnügt.«

»Wenn das so ist«, Naomi zog das Handy vom Cornerhouse aus einem Umschlag, »könnten Sie uns bitte sagen, ob dieses Gerät Ihnen gehört?« Blakes Blick senkte sich tiefer, als es nötig gewesen wäre, und verbarg seine Reaktion.

»Darf ich?«, fragte er. Naomi nickte, und er betastete das Gerät im Asservatenbeutel. »Sieht aus wie eins von meinen.«

»Können Sie uns erklären, wie es in den Besitz dieser jungen Frau gekommen ist?« Naomi zeigte auf das Bild.

»Nein, eigentlich nicht.« Blake straffte den Rücken, fühlte sich wohl wieder sicherer. »Aber bei mir ist vor ein paar Wochen eingebrochen worden. Das hier wurde gestohlen.«

»Haben Sie den Einbruch gemeldet?«, fragte ich.

»Nein, ist mir völlig entfallen.«

»Hm. Und als ehemaliger Polizist finden Sie das nicht komisch?«

»Wie Sie sicher wissen, machen Polizisten auch mal komische Sachen, Sergeant.« Das klang wie ein persönlicher Vorwurf, auch glaubte ich in seinem expliziten Verweis auf die Rangordnung eine gewisse Verärgerung herauszuhören.

Ich beschloss, ihm den Wind aus den Segeln zu nehmen. »Nennen Sie mich doch Aidan.«

»Nun, Aidan, um auf Ihre Frage zurückzukommen … nein, ich finde es nicht seltsam. Eigentlich wollte ich es melden, aber uns ist sonst kein Schaden entstanden, nichts ist zu Bruch gegangen, keine Wertgegenstände gestohlen …«

»Abgesehen vom neusten iPhone«, sagte ich.

»Ach, wir haben das gar nicht benutzt.« Er zog ein identisches Gerät aus der Hosentasche. »Meine Frau Fiona und ich haben zur selben Zeit ein Upgrade bekommen. Ehrlich gesagt, hat sie sich noch nicht mal an das alte gewöhnt, deshalb lag das neue noch bei mir im Büro in der Schublade.«

»Aber es gibt einen Vertrag dafür«, sagte ich.

»Ja«, erwiderte er bedächtig.

»Und es ist mit einer PIN geschützt. Wie sollte ein Zufallsdieb die knacken?«

»Ich habe sie mir aufgeschrieben, der Zettel lag neben dem Gerät in der Schublade.«

»Und sonst ist nichts weggekommen?«

»Wir haben nachts das Fenster aufgelassen, damit ist das Rätsel auch schon gelöst. Jemand ist eingestiegen und hat sich ein paar Sachen vom Schreibtisch geschnappt. Aber sie wurden wohl gestört, sonst hätten sie den Computer und den Fernseher auch noch mitgenommen. Wahrscheinlich Jugendliche.«

»Das oder sie waren nur hinter einer bestimmten Sache her. Was fehlte noch vom Schreibtisch?«

»Ein paar Unterlagen, nichts Wichtiges.«

»Und wann genau hat dieser Einbruch stattgefunden?«

Blake blies die Backen auf. »Ein genaues Datum kann ich jetzt nicht nennen.«

»Das sollten Sie aber. Für so was interessiert sich die Polizei normalerweise.«

»Jetzt werden Sie mal nicht frech, mein Junge!«

»Erzählen Sie uns bitte genau, wo sich die Unterlagen befanden, Mr Blake.« Er betrachtete den Tisch, rieb Daumen und Zeigefinger gegeneinander, als wollte er die Qualität eines Stoffes prüfen. »Hatten sie was mit Martin Wick zu tun?«, bohrte ich weiter und schob ihm den Asservatenbeutel erneut zu. »Ihr Schweigen deute ich als ein Ja.«

»Nichts Brisantes, nur Hintergrundinfos.«

»Insiderwissen über einen Mehrfachmörder? Klingt höchst brisant.«

Ich beugte mich vor, schaltete das Handy ein. Das Display leuchtete durch den Plastikbeutel.

Das Hintergrundbild zeigte ein Familienfoto der Moores.

Schweigen.

»Ihre Frau benutzt aber ein eigenwilliges Hintergrundbild …«, bemerkte ich schließlich.

»Als sie meinte, sie braucht das Ding nicht, hab ich beschlossen, das Handy für mein Buch zu benutzen. Deswegen gab es auch einen Vertrag dafür.«

Gute Antwort, dachte ich, aber zu lange überlegt.

»Auf so einem Teil könnte ich aber kein Buch schreiben.«

»Sehr witzig, Sergeant. Ich wollte es für die Recherche benutzen. Eine Überarbeitung meines bestehenden Buchs.«

»Haben Sie für jedes Projekt ein eigenes Handy?«

»Ja, für ein Projekt wie dieses schon. So was hält man besser fern von seinem Alltag.«

»Vielleicht sollte ich das auch mal ausprobieren. Und als die Hauptperson Ihres Buches kurz nach dem Handydiebstahl ermordet wurde, hielten Sie es nicht für nötig, uns darüber zu informieren?«

»Ich hatte noch nicht mit der Überarbeitung begonnen. Wäre etwas Brisantes darauf gewesen, hätte ich es freilich von den Dächern gerufen.«

»Statt es komplett zu verschweigen«, bemerkte ich. »Also stammt das Hintergrundbild von Ihnen?«

Er nickte. »Ich finde, ein solches Bild hilft bei der Konzentration. Dann weiß man wieder, wozu man das macht.«

»In der Zeit zwischen Martin Wicks Inhaftierung und dem Mord gab es keine neuen Entwicklungen«, sagte Naomi. »Was würden Sie in der neuen Ausgabe ergänzen wollen?«

»Wicks Zeit im Gefängnis«, sagte Blake. »Ich wusste, dass es nach seinem Tod wieder mehr Interesse an dem Fall geben würde, und nachdem man bei ihm Krebs festgestellt hatte, war mir klar, dass ihm nicht mehr lange blieb. Seine Zeit in Strangeways wäre der neue Aspekt gewesen.«

»Wir haben gestern seine alte Zelle besucht«, sagte ich.

»Widerlicher Ort …«

»Ganz meine Meinung. Nun, vielleicht wären Sie dann so freundlich, die PIN einzugeben.«

Ich bemühte mich um einen entspannten Ton, aber als ich abrupt aufsprang, scharrte mein Stuhl unangenehm laut über den Boden. Ich umrundete den Schreibtisch und sah Blake über die Schulter. Naomis Blick wich ich aus und hoffte, sie würde meinen Eifer als Vorsichtsmaßnahme gegen die Manipulation von Beweismitteln deuten.

Blake wischte durch den Beutel über das Display und tippte die PIN ein.

Ich nahm Blake das Gerät rasch wieder aus der Hand. Zuerst warf ich einen flüchtigen Blick auf die Nachrichten, aber da war nichts außer ein paar automatischen Hinweisen zu Updates. Dann öffnete ich die Kontakte. Fünf Einträge. Schnell scrollte ich zu »Louisa« vor, aber Naomi war schon aufgestanden.

»Darf ich?«, fragte sie.

Die Zeit blieb stehen. Ich wusste, dass ich mein Blatt ausgereizt hatte. Also gab ich ihr den Beutel, schloss aber vorher die Kontakte, damit sie nicht mitbekam, was ich mir angesehen hatte. Ich stellte mich neben sie, während sie dieselben Stellen noch einmal absuchte und erstarrte, als sie Louisas Namen entdeckte.

Das Corpus Delicti.

Sie zeigte ihn mir, und ich tat ganz überrascht. Wir setzten uns wieder. Ich war froh über Blakes lautes Atmen, so fiel ich nicht weiter auf. Er war blasser als sonst, zog ein Röhrchen mit Tabletten hervor und schluckte zwei ohne Wasser.

»Vielleicht können Sie uns mehr über Ihre Kontakte sagen?«, bat Naomi. Blake nickte. Auf einmal schien die Zeit zu rasen, ruckartig, verwackelt. »Wer ist Susan?«

»Ich habe bereits erwähnt, dass Wick bereits als junger Mann verheiratet war, die Ehe hielt ein Jahr.«

»Sie haben versprochen, uns die Nummer der Ex-Frau zu geben.«

»Constable, wie Sie sehen, wurde mir diese Information gestohlen. Für die erste Ausgabe hab ich sie nicht interviewt, aber für den neuen Teil hielt ich ein bisschen Hintergrund für interessant.«

»Frank Moore«, sagte Naomi, den Blick auf die Kontaktliste gerichtet.

Ich wusste nicht, wie ich sie aufhalten sollte.

»Erklärt sich wohl von selbst. Der Hinterbliebene. Oder der einzige Überlebende, wie einige sagen würden.«

Naomi nickte. »*Überlebender* klingt sehr nach einem Wort, wie es Frank Moore verwendet …«

»Mir war nicht klar, dass er sich das Wort hat schützen lassen.«

»Na, setzen Sie ihm bloß keine Flausen in den Kopf.« Sie lächelte. »Sie haben uns Moores Seminare zum Überlebenstraining empfohlen. Haben Sie selbst schon mal an einem teilgenommen?«

»Wenn ich mich recht erinnere, habe ich sie nur zur Illustration erwähnt, wie man sich selbst aus dem Sumpf ziehen kann.«

»Hätten Sie nicht auch davon profitiert, nachdem Sie den Fall abgegeben hatten?«

»Ich bin nicht sicher, ob ich Ihre Frage verstehe, Constable Black.«

»Ich wollte eigentlich nur gern wissen, ob Sie schon mal seine Seminare besucht haben.«

»Nein, das ist nichts für mich.«

»Die Ermittlung hat Sie also nicht weiter mitgenommen? Warum haben Sie den Dienst dann direkt nach Martin Wicks Verurteilung quittiert?«, fragte sie. »Das war der Fall Ihres Lebens, und Sie haben ihn gelöst. Danach stand Ihnen alles offen.«

»Genau.«

»Gut, Sie haben ein Buch geschrieben, vor zehn Jahren. Ich meinte allerdings, Sie könnten heute auf Chief Constable Granstons Stuhl sitzen.«

»Nein, auch das ist nichts für mich.«

»Sie würden also nicht sagen, dass der Fall Sie zerstört hat? So hat es Frank Moore zumindest ausgedrückt.«

Er schlug mit der Faust auf den Tisch. »Sitze ich hier oder nicht?«

»Auf der falschen Seite des Tisches.«

»Mich zerstören?« Er verschränkte die Arme. »Wenn Sie genauer hinsehen, werden Sie feststellen, dass ich bereits gekündigt hatte, als die Ermittlungen im Fall Martin Wick begannen. Aus Pflichtgefühl habe ich die Sache noch zu Ende gebracht. Weil ich es für richtig erachtet habe. Das hat aber nichts mit dem Ende meines Polizeidiensts zu tun.« Er beugte sich vor und zeigte auf Naomi. »Wenn Sie versuchen, mir eine anrüchige Verbindung zu Frank Moore zu unterstellen, sind Sie schiefgewickelt. Ich habe viel für ihn übrig. Wie gesagt, wir treffen uns manchmal auf Wohltätigkeitsveranstaltungen …«

»Was für welche zum Beispiel?«

Die Unterbrechung passte ihm gar nicht. »*Compassionate Friends*, eine Organisation für die Angehörigen von ermordeten Kindern. Die *Good Grief Foundation*, die *Howard League …*«

»Ah, da geht es um Gefängnisreformen, oder?«, fragte ich in der Hoffnung, die Stunde der Wahrheit so lange wie möglich hinauszuzögern. Er nickte. Ich blickte auf sein Handy. »Steht Christopher Back alias Short Back and Sides deswegen auf Ihrer Liste?«

»Nein, das hat wiederum was mit meiner Recherche zu Martin Wick zu tun. Auf das Treffen hätte ich zwar gern verzichtet, aber der Mann hat viel Zeit mit Wick verbracht.«

»Haben Sie vor dem Diebstahl mit ihm sprechen können?«

Blake schüttelte den Kopf. »Jetzt habe ich wenigstens Zeit, mir vorher einen Schutzanzug zu besorgen.«

»Den können Sie auch gleich anlassen, wenn Sie den nächsten Kontakt auf Ihrer Liste treffen«, sagte Naomi. »Charlie Sloane.«

»Sloane hat eine große Klappe und hält vermutlich den Weltrekord in Sachen Geschlechtskrankheiten, aber seine Schreibe ist verdammt gut, und er hat Prinzipien.«

»Erst gestern haben wir erlebt, wie er einer jungen Mutter geholfen hat«, bemerkte ich.

»Ich weiß nur, dass er den Fall Martin Wick vor zwölf Jahren mit Umsicht und Taktgefühl behandelt hat.«

»Das mag sein, aber ich dachte, das Handy war für die Recherche vorgesehen.«

»War es auch.«

»Wieso müssen Sie dann mit Charlie Sloane über zwölf Jahre alte Artikel reden?«

Blake zuckte mit den Schultern. »Vielleicht hat er Informationen, die er damals nicht veröffentlicht hat.«

»Sollte er seine Informationen nicht von Ihnen bekommen?«

»Ach, man weiß doch, wie das ist mit der Presse. Sind wir eigentlich fertig hier?« Er wies auf seine Herztabletten auf dem Tisch. »Ich hab nämlich einen Termin.«

Ich nickte. Naomis Stirnrunzeln ignorierte ich.

Seine Reaktion auf Louisas Namen wollte ich nicht sehen. Wenn er ihn nicht kannte, wäre klar, dass Esther ihn abgespeichert hatte, dass die beiden etwas miteinander zu tun hatten und Louisa in den Mord verwickelt war.

»Das Handy müssen wir noch behalten«, sagte ich, um seinen Abgang zu beschleunigen. »Wenn Sie uns bitte die PIN aufschreiben könnten?« Ich schob ihm Stift und Zettel hin, und er notierte vier Ziffern. »Danke«, sagte ich, erhob mich und ging zur Tür.

»Tut mir leid, Mr Blake, aber da steht noch eine Nummer«, sagte Naomi.

Sie zeigte ihm das Handy. Er sah sie verständnislos an.

Diese Reaktion wirkte überzeugender als alles, was er bisher von sich gegeben hatte.

»Die kenne ich nicht.«

»Und den Namen?«

Er schüttelte den Kopf. »Hab ich nicht gespeichert. Ich kenne keine Louisa.«

3

Während ich Blake zum Ausgang brachte, erwog ich kurz, ihm zu folgen und nicht mehr zurückzukehren. Wenn ich jetzt nicht abhaute, müsste ich Naomi zur Vernehmung von Louisa Jankowski begleiten. Angesichts der kritischen Beweise gegen sie würde Louisa sicher nicht zögern, Naomi meine Tasche zu übergeben und mich zur Hölle zu schicken. Als Blake und ich den Empfang erreicht hatten, wortlos, riss ich mich aus meinen Gedanken und bat ihn um seine Adresse.

»Wieso?«, fragte er, als wäre ihm plötzlich wieder eingefallen, welchen Rang er früher hatte.

»Wir müssen ein paar Kollegen vorbeischicken, die Ihre Aussage zum Einbruch aufnehmen.«

Ich klammerte mich an einen Strohhalm, versuchte verzweifelt, mir die Ermittlungen vom Leib zu halten. Blake zog eine Visitenkarte aus der Tasche. Sie sah aus, als hätte sie sich schon lange dort befunden. Bis ich die Adresse gelesen hatte, war Blake bereits durch die Sicherheitsschleuse und aus dem Gebäude gehastet. Jetzt hatte ich ein Problem, das immer größer wurde, denn langsam begannen alle am Empfang von meiner Untätigkeit Notiz zu nehmen und starrten mich an.

Mir fiel eine dritte Möglichkeit ein, eine Verzweiflungstat.

Ich würde Louisa warnen. Sie bitten unterzutauchen. Also trat ich an den Münzfernsprecher im Foyer, kramte mein letztes Kleingeld zusammen und wählte die Nummer, von der aus sie mir ihre Nachricht geschrieben hatte. Bevor ich damit fertig war, unterbrach mich jemand.

»Sergeant?«

Ich ignorierte ihn und wählte weiter.

»Sergeant Waits!«

»Ja«, sagte ich. Als ich mich umdrehte, stand ein junger Constable vor mir.

»Superintendent Parrs hat mich gebeten, dafür zu sorgen, dass Sie das Gebäude nicht verlassen.«

»Wie bitte?«

»Er möchte, dass Sie zu ihm und Constable Black in den Befragungsraum neun kommen.«

Ich legte auf, meine schweißnassen Fingerabdrücke klebten noch am Hörer, als ich auf die Befragungsräume zuging. In Zimmer neun fand ich Parrs, er lehnte an der Wand und starrte ins Leere. Naomi saß am Tisch, stocksteif und blass.

»Superintendent?«

Seine roten Augen nahmen mich ins Visier. »Wir dachten schon, du wärst abgehauen …«

»Nein. Ich wollte gerade zwei Kollegen zu Blake schicken.«

»Hat er was mit dem Junkie aus dem Krankenhaus zu tun?«

»Wir wissen es nicht.« Ich fragte mich, ob ich in eine Falle tappte. »Aber ich glaube, wir können uns ein Stück weit von der Theorie verabschieden, dass die Drogenabhängige persönlich involviert ist. Das Wissen über den Fall, vielleicht sogar ihr Kontakt zu Leuten wie Short Back and Sides scheinen mir doch eher aus den Unterlagen zu stammen, die sie Blake gestohlen hat, und vom Handy. Sogar das Bild für den Hintergrund stammt von ihm selbst. Möglicherweise will sie einfach nur Profit daraus schlagen.«

»Das sehe ich anders, Sergeant.« Er sah auf das vor Naomi liegende Handy. »Du solltest dir das mal ansehen …«

Naomi blickte zu mir auf, als ich den Tisch umrundete und neben sie trat. Sie tippte auf den Startknopf. Jemand trat ins Bild, es war Esther, das Mädchen im grünen Trainingsanzug. Sie fummelte mit dem Handy herum. Ich erkannte die Toiletten vom Krankenhaus St. Mary's. Die Kamera wackelte, als die Tür ins Sichtfeld kam. Sie öffnete sie einen Spaltbreit. Naomi regelte die Lautstärke hoch, irgendwo im Flur ertönte Gemurmel, dann zeigte die Kamera in dieselbe Richtung, aus der die Stimmen kamen.

Es handelte sich um die Station, in der Martin Wick gelegen hatte.

Die Kamera hatte einen ungünstigen Winkel, erfasste nur die Beine einer Person, die an der Schwesternstation stand. Die Stimme ließ auf einen Mann schließen, er schien mit Rennick zu sprechen, es kam zu einem Händedruck zwischen den beiden, dann beugte sich der Mann plötzlich über den Tresen. Es war nicht genau auszumachen, was hier geschah, ohne die Oberkörper der Handelnden zu sehen, doch es stand zu vermuten, dass es sich hier um den Moment handelte, in dem Rennick erstochen wurde. Als die Filmende, vermutlich Esther, verstand, was sie hier festgehalten hatte und in welcher Gefahr sie schwebte, zog sie das Handy rasch zurück in die Toilette. Der Bildschirm wurde kurz schwarz.

Rascheln gegen das Mikrofon.

Ihr Atem, ganz nah.

Dann das Bersten von Glas, laute Schreie, eine Explosion. Wieder filmte Esther aus der Tür heraus und erwischte die Beine einer zum Ausgang flüchtenden Person. Kaum war sie durch die Tür verschwunden, folgte Esther ihr. Dann ging der Feueralarm los und übertönte alles.

Das Video war vorbei.

Vier oder fünf Sekunden länger, und sie hätte mich dabei gefilmt, wie ich auf dem Weg nach oben auf der Treppe an ihr vorbeigekommen war.

Esther war dem Mörder nach unten gefolgt.

»Gratulation!«, sagte Parrs. »Du hast gerade die erste Verdächtige von der Liste gestrichen. Was allerdings ihre persönliche Beziehung zum Fall betrifft …« Er wartete, bis Naomi einzelne Fotos geöffnet hatte. Das erste kam mir bekannt vor, es war dasselbe, das bereits auf der Titelseite der *Mail* erschienen war.

Cereal Killer!

Aber als ich mir die restlichen Fotos ansah, verstand ich, worauf Parrs hinauswollte.

Die Kamera zeigte verschiedene Nahaufnahmen des lächelnden Martin Wick. Auf dem letzten Bild war Esther zu sehen, die Frau mit dem tätowierten Gesicht. Sie saß neben Wick am Bett, hatte den Arm um ihn gelegt und den anderen ausgestreckt, um das Foto zu schießen. Das erste Mal war ihr Gesicht klar zu erkennen, und plötzlich überkam mich das unangenehme Gefühl, dass ich sie früher schon mal gesehen hatte.

Sie und Martin Wick küssten sich.

4

Parrs befand sich im Gespräch mit Chief Superintendent Chase, er informierte sie über die neuesten Entwicklungen im Fall und die mögliche Komplizenschaft von Louisa Jankowski beim Mord an Martin Wick. Zum zweiten Mal forderte er Jankowskis Suspendierung.

Ich war sicher, dass Chase diesmal zustimmen würde.

Egal, wie sie sich entschied, wir sollten Louisa suchen, aber ich hatte keine Ahnung, was ich tun würde, wenn wir sie gefunden hatten.

Jankowskis Schicht begann erst später. Ich hatte keine Möglichkeit gehabt, sie vorzuwarnen, daher war ich bewusst langsam mit Naomi auf dem Beifahrersitz zu ihrer Adresse gefahren. Überrascht hatte sie zur Kenntnis genommen, dass ich nicht genau wusste, wo Louisa wohnte. Einmal mehr war mir klar geworden, wie leicht meine Lüge auffliegen konnte, wenn jemand sich die Mühe machte, sie genauer unter die Lupe zu nehmen, was sicher bald passieren würde.

»Ist wahrscheinlich besser, wenn ich allein reingehe«, sagte Naomi. Es war klar, dass sie sich von mir fernhalten wollte. Ich schüttelte den Kopf. »Fein, aber sag hinterher nicht, ich hätte dich nicht gewarnt.«

Also gingen wir gemeinsam zum Eingang.

Naomi drückte auf die Nummer, die wir in der Personalakte gefunden hatten. Kurz darauf summte der Türöffner, und wir traten ein. Ich lief voraus, wollte unbedingt vor meiner Kollegin oben sein, denn ich war nicht sicher, was mich hier erwartete. Als wir oben waren, erschien eine junge Frau an der Tür und sah uns verwirrt an.

»Wir suchen nach Louisa Jankowski«, sagte Naomi. »Wohnt sie hier?«

»Ich bin ihre Mitbewohnerin«, sagte die Frau. »Ist was passiert? Sie wissen, dass Louisa auch Polizistin ist?«

»Wir hätten ein paar Fragen an sie. Haben Sie jemand anderes erwartet?«

»Ich warte auf ein Paket, deshalb arbeite ich heute zu Hause.«

»Ist Louisa da?«

»Sie ist gestern Nacht nicht nach Hause gekommen …«

Naomi sah mich an. Das letzte Mal hatte sie Louisa vor meiner Tür gesehen.

»Wollte sie woanders übernachten?«, fragte ich.

»Ja, sie hat gesagt, dass sie vielleicht bei einem Freund bleibt.«

»Hat sie gesagt, wie dieser Freund heißt?«, fragte Naomi.

Die Frau schüttelte den Kopf. »Irgendein Typ. Alles sehr geheimnisvoll. Ist ihr was zugestoßen?«

»Davon gehen wir nicht aus.« Naomi gab der Frau ihre Karte. »Sie ist sicher bei diesem Freund, aber wenn Sie sie sehen oder von ihr hören, würden Sie uns bitte Bescheid geben?«

»Sicher.«

Auf dem Weg nach unten erschien mir die Treppe mit jedem Schritt enger und verwinkelter, doch irgendwann hatten wir die Tür erreicht und gingen zurück zum Auto. Ich musste den obersten Hemdknopf lösen, damit ich freier atmen konnte. Wir saßen nebeneinander im Wagen, Naomis Blick war stur geradeaus gerichtet.

»Was ist passiert, nachdem ich gestern gegangen bin, Aidan?«

»Nichts ist passiert.«

»Louisa ist nicht nach Hause gekommen …«

»Ich hab ihr klargemacht, wo wir stehen, fünf Minuten später hat sie meine Wohnung verlassen.«

»Und da ging es ihr noch gut?«

»›Wer nicht will, der hat schon‹, hat sie zum Abschied gesagt.«

»Kann es sein, dass sie sehr aufgewühlt war? Was Dummes vorhatte?«

Naomi wollte mir einen Ausweg eröffnen, aber ich schüttelte nur den Kopf.

Als das Funkgerät knisterte, ging ich ran. »Waits, kommen.«

Die Zentrale verband mich mit den Kollegen, die ich zu Blake geschickt hatte. Sie hatten Szenen einer Verwüstung vorgefunden.

5

Blake wohnte in einer geräumigen Doppelhaushälfte in Burnage, ein paar Kilometer außerhalb der Stadt. Jemand hatte das Fenster im Erdgeschoss eingeschlagen und mit grüner Farbe das Wort »KILLER« quer über die Hauswand gesprüht.

»Vandalismus«, sagte einer der Uniformierten, der uns in der Auffahrt entgegenkam.

»Anzunehmen. Ein Geständnis wird es wohl nicht sein. Wo ist Blake?«, fragte ich.

Der Kollege führte uns ins Haus, durch den Flur in ein großes Wohnzimmer, wo Blake auf dem Sofa saß, ein Glas mit bernsteinfarbener Flüssigkeit in der Hand. Derselbe Mann, der angeblich keinen Kaffee trinken durfte.

»Womit habe ich Sie nur verdient.« Er betrachtete uns mit verschwommenem Blick.

»Das fragen wir uns auch.« Ich wandte mich den Kollegen zu. »Würden Sie uns kurz allein lassen?« Die Uniformierten traten den Rückzug an und schlossen die Tür hinter sich. »Bei unserer ersten Begegnung haben Sie uns geraten, uns aufs Bauchgefühl zu verlassen. Vielleicht bin ich verrückt, aber wenn bei jemandem, der in einen Mord verwickelt ist, auf einmal ›Killer‹ an der Hauswand steht, knöpf ich ihn mir natürlich noch mal vor.«

»So was passiert schon mal, wenn man die Aufmerksamkeit der Öffentlichkeit auf sich zieht.«

»Wie es aussieht, ziehen sie nicht nur deren Aufmerksamkeit auf sich. Ist etwas gestohlen worden?« Er schüttelte den Kopf. »Sie müssen schon zugeben, dass die Botschaft ziemlich unheilschwanger klingt …«

»Aber ich kann Ihnen nichts dazu sagen.«

»Ihre Frau war zum Zeitpunkt der Sachbeschädigung nicht im Haus?«, fragte Naomi.

»Gott sei Dank nicht, nein. Sie ist bei Lucy, unserer Tochter. Die hat gerade Nachwuchs bekommen.« Er wies auf ein paar Fotos auf dem Kaminsims.

»Verstehe«, sagte Naomi. Sie betrachtete die Bilder genauer, dann wandte sie sich wieder Blake zu. Mir war der gleiche Gedanke gekommen, aber Esther war nicht Blakes Tochter. »Wo wir gerade hier sind, könnten Sie uns vielleicht zeigen, wo der frühere Einbruch stattgefunden hat?«

Er zog ein Gesicht wie einer, dem kein Ausweg mehr offensteht. Das Gefühl kam mir bekannt vor, und der Gedanke, dass Naomi bei mir bald den gleichen Ausdruck sehen würde, erfüllte mich mit Unbehagen.

Das kleine Arbeitszimmer befand sich im rückwärtigen Teil des Hauses. Als ich ans Fenster trat, stellte ich überrascht fest, dass der Garten an einem steilen Hang lag.

»Ganz schöne Kletterpartie«, sagte ich. »Als Sie es uns erzählten, klang es so, als hätte jemand im Vorübergehen durchs offene Fenster gegriffen …«

»Man hört immer das, was man hören will.«

»Sergeant Waits mag unter selektivem Hören leiden, aber ich habe es genauso verstanden«, mischte Naomi sich ein.

Ich inspizierte den Fensterrahmen. »Und diese Vorrichtung ist ganz neu. Da ist doch jemand richtig bei Ihnen eingebrochen. Hat das Fenster aufgehebelt und so, stimmt's?«

Blake mied unsere Blicke. »Kann sein, dass die Einbrecher beim Einsteigen ein bisschen was kaputt gemacht haben, aber was erwarten Sie denn?«

»Die Wahrheit vielleicht?«

»Ich habe Ihnen genug gegeben, Sergeant. Mehr habe ich nicht. Was Neues kann ich nicht beitragen, und Sie haben meine Zeit schon über Gebühr beansprucht.«

»Haben Sie etwas vor?«

Während der Befragung im Präsidium war er bereits sehr blass geworden, doch jetzt war sein Gesicht kalkweiß. Er ließ sich schwer auf einen Stuhl fallen, seine Hand wanderte an die Brust.

»Ich habe tatsächlich noch eine Verabredung wegen …«

»Wegen was?«

»Wegen der Neuausgabe meines Buches«, stieß er hervor.

»Mit wem?« Noch immer wich Blake meinem Blick aus. »Mit wem, Kevin?«

6

Na, Charlie? So sieht man sich wieder!«, sagte ich, als ich auf Sloane zuschlenderte, der vor Sinclair's Oyster Bar am Shambles Square saß, einem der ältesten Pubs der Stadt. Man hatte das Etablissement bereits zweimal Stein für Stein abgetragen und an einer anderen Stelle wiederaufgebaut. Sloane lümmelte an seinem Tisch mit einem Glas Ale in der Hand und sah aus, als hätte er schon immer zum Inventar gehört und wäre bei jedem Umzug mittransportiert worden.

»Heilige Scheiße!«, sagte er, als er mich erblickte. »Was wollen Sie denn hier?«

»Setzen Sie sich wieder, sonst verhafte ich Sie.«

»Weswegen?«

»Wegen Ihrer Nase oder Ihrer Visage – mir fällt schon was ein.« Er überlegte kurz. »Sie sehen besser aus als bei unserer letzten Begegnung, aber das liegt vielleicht daran, dass Sie jetzt vollständig bekleidet sind.«

Er zog eine Grimasse.

»Wir haben das Handy gefunden, mit dem die Bilder von Martin Wick gemacht wurden«, sagte Naomi.

»Schön zu hören, dass Sie nicht nur Ihre Zeit verschwenden.«

»Nicht nur«, erwiderte sie. »Das Bild von Ihrer Titelseite hat sich als Teil einer Serie herausgestellt.«

Sloane bemühte sich, seine Überraschung zu verbergen, doch seine Neugier gewann eindeutig die Überhand. »In dem Fall gehe ich davon aus, dass die anderen auch mir gehören.«

»Ich bin nicht sicher, ob Sie sie haben wollen«, sagte ich und zog mein Handy aus der Tasche. Ich hielt es ihm hin und scrollte durch die Fotos von Esther im Bett mit Martin Wick. »Wie es aussieht, haben Sie einem Mehrfachmörder und seiner Freundin fünf Riesen gezahlt …«

Sloane klappte die Kinnlade runter.

»Dank Ihnen ist sie noch auf freiem Fuß«, fuhr Naomi fort. »Sie haben es finanziert. Wie heißt das noch …?«

»Beihilfe zu einer Straftat«, sagte ich.

»So, so«, murmelte Sloane. »Aber in dieser Stadt gibt es auch echte Ermittler. Einen davon werde ich gleich treffen, also …«

»Ich fürchte, Kevin Blake ist gerade etwas im Stress«, sagte Naomi.

Sloanes Blick wanderte von Naomi zu mir.

»Sie hat recht«, sagte ich. »Jemand hat ihm die Scheiben eingeschlagen und ›Killer‹ aufs Haus gesprüht. Sie sollten Ihren Fotografen vorbeischicken, bevor Blake es wegscheuert. Wir fragen uns, wer es getan hat. Und warum?« Sloane schwieg. »So viele Fragezeichen. Wie es scheint, sind Ihre Freunde allesamt etwas fragwürdig.«

»Scheint so …«

»Weswegen wollten Sie sich denn heute mit Blake treffen?« Sloane gab keine Antwort. Ich betrachtete die vier vollen Pintgläser auf dem Tisch. »Ihr hattet wohl eine Menge zu besprechen. Kommen Sie schon, Sloane. Blake hängt voll in der Sache drin. Das Handy, mit dem Wicks Freundin Ihnen das Bild geschickt hat? Angeblich wurde es aus seinem Haus gestohlen.«

»Und aus unerfindlichen Gründen hat er den Einbruch nicht gemeldet«, fügte Naomi hinzu. »Fast, als steckten er und diese Frau irgendwie unter einer Decke.«

Ich nickte. »Und Sie als Finanzier … da haben wir doch gleich einen netten Dreier beisammen. Wenn man bedenkt, dass sie mit Ihrem Geld einen verurteilten Spice-Dealer bezahlt hat, sind wir schon bei einer Orgie.«

»Sie sollten sich ein Zimmer mieten«, schlug Naomi vor.

Sloane seufzte laut durch den offenen Mund. Sein Atem stank nach Verwesung. »Da ist nichts dran. Ich kenne Blake nicht mal, hab vor zwölf Jahren kurz mit ihm geredet. Er hat sich vor Kurzem wieder bei mir gemeldet.«

»Was wollte er?«

»Meinte, er würde an einer Neuausgabe seines fürchterlichen Buchs arbeiten, die erscheinen sollte, wenn Wick den Löffel abgibt. Er war interessiert an Gerüchten über Frank Moore.«

»Wieso kommt er wegen Gerüchten über Moore zu Ihnen?«

»Es gab da so ein paar Geschichten, die ich ihm während der damaligen Ermittlung zugespielt hatte. Unser Privatermittler hat die ausgegraben, und ich wollte von Blake wissen, was er davon hält. Heute ist unser Frank ja ein Mann des Wortes, aber damals war es mit seiner Eloquenz nicht weit her. Ließ lieber seine Fäuste sprechen, wenn Sie wissen, was ich meine.«

»Woher stammen diese Gerüchte?«

»Haben Sie sich mal gefragt, warum die Nachbarn in einer Doppelhaushälfte und einer ruhigen Sackgasse keinen Mucks gehört haben, als eine Mutter und ihre drei Kinder nebenan abgeschlachtet wurden?«

Er trank einen Schluck, wischte sich mit dem Handrücken über den Mund.

»Sie haben nämlich durchaus was gehört. Aber sie waren das Geschrei und die Auseinandersetzungen von nebenan schon so gewohnt, dass sie sich nichts dabei gedacht haben und ins Bett gegangen sind. Haben die Augen fest verschlossen, im wahrsten Sinne des Wortes.«

»Haben Sie mit diesen Nachbarn gesprochen?«

Er nickte und zog ein paar Papiere hervor. Die Aussagen der Nachbarn, abgetippt, ausgedruckt und unterschrieben. Naomi und ich lasen sie durch, während Sloane sich dem nächsten Pint widmete.

Die Nachbarn hatten bei Margaret Moore ein blaues Auge gesehen.

Sie hatten immer wieder Auseinandersetzungen gehört, durch die Wand. Zerschlagenes Geschirr, kaputte Scheiben. Türenknallen, Schläge. Die Kinder waren zusammengezuckt, wenn ihr Dad sich zu schnell bewegte.

Frank Moore, *Familienvater*.

»Wieso haben Sie das damals nicht veröffentlicht?«

»Wenn Sie nicht so schnell einen Schuldigen gefunden hätten, wäre das sicher bei uns erschienen. Es ist aber nun mal so, Sergeant, dass sich die Presse nicht wesentlich von der Polizei unterscheidet. Wir kennen nur Helden und Bösewichte. Als Ihre Leute Wick festgenommen haben, hatten wir unseren Bösewicht, nicht wahr?«

»Einen«, sagte ich, schob die Aussagen zusammen und erhob mich. »Das ist jetzt nicht Teil des polizeilichen Ermittlungsprozesses, aber ich würde Sie dringend bitten, die Stadt zu verlassen.«

»Musik in meinen Ohren«, sagte Sloane und leerte das zweite Glas.

7

Wir standen vor Frank Moores Haus, unangekündigt. Die perfekte Symmetrie des Gebäudes erschien mir unheimlich, aber vielleicht lag es daran, dass ich die Aussagen seiner ehemaligen Nachbarn gelesen hatte. Moore war ein großer Mann, ich konnte mir lebhaft vorstellen, wie einschüchternd er auf ein Kind wirkte. Auf unser Klopfen hin streckte Moores zweite Frau Rebecca den Kopf zur Tür heraus. Wieder fiel mir ihre frappierende Ähnlichkeit mit seiner ersten Frau Margaret auf.

»Mrs Moore«, sagte Naomi. »Wir würden gern mit Ihrem Mann sprechen.«

Sie kam heraus und zog die Tür hinter sich zu.

»Der arbeitet«, sagte sie leise. »Ist nicht da.«

»Kommen wir ungelegen?«

»Wieso fragen Sie?«

»Nur so. Gibt Mr Moore gerade ein Seminar?«

Sie sah sich um. »Heute ist er bei einer seiner Risikogruppen. Kann ich Ihnen vielleicht weiterhelfen?«

»Mr Moores Alibi für Samstagabend«, sagte Naomi.

»Ach so«, sagte Rebecca. Sie klang erleichtert. »Er war den ganzen Abend hier, wir hatten Gäste.«

»Die seine Anwesenheit bis Mitternacht bestätigen können?«

»Weit nach Mitternacht. Frank hat einigen von ihnen noch um eins ins Taxi geholfen.«

»Und zu keinem Zeitpunkt hat er sich aus der Runde entfernt? Für eine Stunde oder weniger?«

»Sie kennen meinen Mann nicht gut, oder? Nicht mal fünf Minuten hat er sich entfernt. Er war der Gastgeber, hat sich um die Leute gekümmert. Das macht er besonders gut.«

»Klingt nach einem richtig netten Abend.«

»Wir sind keine Partymenschen, aber ein paarmal im Jahr lädt Frank gern einige seiner wohlhabenderen Seminarteilnehmer zum Abendessen ein. Nach dem, was diese Leute durchgestanden haben, ist es sein großes Verdienst, dass sie an diesem Abend so viel Spaß hatten. Glauben Sie mir, alle Augen waren auf ihn gerichtet, als er sich über sein Lieblingsthema ausgelassen hat.«

»Das da lautet?« Ich stellte mich auf den Namen Martin Wick ein.

»Die Rettung der Welt.«

Ich lächelte. »Na, hoffentlich kommt er bald mal dazu. Würden Sie uns bitte die Namen dieser Gäste geben, damit wir ihre Aussagen aufnehmen können? Wir wollen Mr Moore nur ein für alle Mal von unserer Liste streichen können.«

»Natürlich. Müssen Sie dazu reinkommen?«

Es war klar, dass sie uns nicht im Haus haben wollte.

»Unbedingt«, sagte ich und drängte mich an ihr vorbei.

Im Flur hingen fein säuberlich aufgereihte Familienfotos, sie reichten bis zum Wohnzimmer. Die älteste Tochter Lizzie lag auf dem Sofa. Ich war überrascht, dass das Möbel keinen Plastikschutz mehr hatte. Rebecca bemerkte meinen Blick.

»Wir stehen nicht so auf laminierte Möbel, stimmt's, Lizzie?« Das Mädchen reagierte nicht und schwieg. Rebecca wuschelte ihr durchs Haar. »Und wir sind etwas niedergeschlagen, weil wir heute krank sind …«

Naomi lächelte. »Ich hab mich immer gefreut, wenn ich zu Hause bleiben durfte.«

»Das ist voll Zeitverschwendung«, entgegnete das Mädchen hitzig.

»Ah, du gehst also gern zur Schule?«

»Es ist wichtig, dass man keinen Stoff verpasst.«

Das klang so offensichtlich nachgebetet, dass Rebecca sich bemüßigt fühlte, die Aussage ihrer Tochter abzumildern. »Unsere

Kinder sind nicht gern eingesperrt. Da schlagen sie nach Frank. Die ganze Zeit auf dem Sprung, immer in Bewegung.«

»Wüsste gern, wie man das hinkriegt«, sagte Naomi.

»Meine Brüder und Schwestern wurden umgebracht«, sagte Lizzie plötzlich. Naomi und ich tauschten Blicke aus. »Deswegen wollen wir unser Leben nicht verschwenden.«

Die Mutter wuschelte ihrer Tochter erneut durchs Haar. »Warum putzt du dir nicht schnell die Zähne?«

Lizzie erhob sich und verließ wortlos das Zimmer. Rebecca widmete sich wieder der Schönfärberei. »Sie ist jetzt in einem Alter, wo es nicht mehr cool ist, zu Hause bei den Eltern rumzusitzen. Sie wissen ja, wie Mütter sind.«

Ich nickte und betrachtete die im Zimmer verteilten Familienfotos. Die Kinder waren alle von vorn aufgenommen, sie saßen aufrecht, mit verkrampftem Lächeln da. Die Bilder wirkten nicht wie Andenken, sondern wie Mahnungen. *So habt ihr zu sein. So müsst ihr aussehen.*

Wenn es nach Frank gegangen wäre, hätte er sie wohl auch in eine Schutzhülle gepackt wie seine Möbel.

»Sie wollten uns die Kontaktdaten Ihrer Gäste geben«, sagte ich.

»Selbstverständlich.« Rebecca holte ein Adressbuch und gab es Naomi, die sich die Details von vier Personen notierte.

»Darf ich fragen, warum Sie am Samstag nur die reichsten Seminarteilnehmer eingeladen haben?«, sagte ich.

»Das hat wirtschaftliche Gründe. Wir sind ein wohltätiger Verein. Wir brauchen das Geld, können es uns nicht leisten, zimperlich zu sein. Frank betont immer, dass die Trauer die sozialen Schichten vereint. Und so bringen wir eine Gruppe dazu, der anderen zu helfen.«

»Wir hätten da eine etwas heiklere Frage«, sagte Naomi.

»Nur raus damit, ich halte das aus.« Das traf eindeutig zu. Sie hatte einen gebrochenen Mann in ihr Leben gelassen, war zum großen Teil für seinen Neustart verantwortlich, hatte im Schatten seiner toten Familie eine neue gegründet. Das erforderte Kraft und Vertrauen, beides hatte sie offensichtlich im Überfluss.

»Wir haben uns die alten Akten angesehen und zu unserem Erstaunen festgestellt, dass Sie vor zwölf Jahren ebenfalls Franks Alibi waren …«

Rebeccas Lächeln wirkte etwas verkrampfter, hielt aber stand.

»Nun, das war etwas anders gelagert, aber ja, er war in der besagten Nacht bei mir.«

»Waren Sie damals mit ihm zusammen?«

»Wir haben uns hin und wieder getroffen …«

»Wie lang ging das schon so?«

Rebecca zuckte etwas ungelenk die Schultern. »Wochen, vielleicht ein paar Monate.«

»Frank Moore war also bei Ihnen, während zu Hause seine Familie ermordet wurde?«

»Damals hing er noch sehr an der Flasche. Er hatte eine schlimme Nacht hinter sich und ist völlig betrunken auf einem Sessel eingeschlafen. Ich hatte Angst, er würde an seiner Zunge oder Erbrochenem ersticken, deshalb habe ich die ganze Nacht neben ihm gesessen. Er hat sich nicht gerührt.«

Diese Aussage verpasste ihm ein eindeutiges Alibi, er war somit nicht für die Morde verantwortlich, auch wenn mir das überhaupt nicht gefiel. Also widmete ich mich einer anderen Frage.

»Haben sich die beiden Beziehungen überschnitten?«

»Überschnitten?«

»Hatten Sie eine Affäre mit ihm?«

»Frank und Margaret, das war schon tot, bevor …« Als sie merkte, was sie da gesagt hatte, hob sie die Hand. »Ihre Ehe war schon zerrüttet, als unsere Beziehung begann.«

»Er hat uns gesagt, er sei noch in seine Frau verliebt gewesen«, wandte ich ein. »Und er plante, nach der Trennung zu ihr zurückzukehren.«

»Ach ja?« Sie starrte mich an. Obwohl die Frage keine Antwort erforderte, nickte ich. Rebecca Moore verzog den Mund.

»Nun, wie dem auch sei. Nach jener Nacht war es jedenfalls vorbei.«

»Ja, tot«, sagte ich. »Und er hat sich nicht gerührt?«

»Keinen Finger.«

»Und die Hand? Ist ihm auch nicht ausgerutscht?«

»Wie bitte?«

»Wir haben gehört, er ist bei der Erziehung auch gern mal handgreiflich geworden. Damals.«

»Aidan!«, sagte Naomi.

Rebecca Moore erhob sich und sah mich böse an. »Sie sind nicht gekommen, um Fragen zu stellen. Sie wollen Ihre Wut an mir auslassen. Ich glaube, jemand hat Ihnen sehr wehgetan, Detective Waits. Deswegen haben Sie ein großes Talent darin entwickelt, andere zu verletzen. Schade, dass Frank nicht hier ist, er könnte es sicher besser erklären.«

»Davon bin ich überzeugt«, sagte ich.

Naomi mischte sich ein. »Wir wissen, dass bei den Moores nicht immer eitel Sonnenschein herrschte. Kein Wunder, schließlich haben sie sich getrennt. Wir wollen nur wissen, ob es neben den normalen Auseinandersetzungen auch mal handgreiflich wurde.«

»Das Problem in dieser Ehe lag bei Margaret«, sagte Rebecca, deren Wangen plötzlich Farbe bekamen. So richtig sauer wurde sie offenbar nur, wenn die Sprache auf Frank Moores Ex-Frau kam. »Sie wollen Affären? Glauben Sie mir, es war nicht Frank, der nicht zu Hause gegessen hat.«

Kurz sah es aus, als würde sie sich weiter darüber auslassen, aber dann strich sie sich übers Kleid und teilte uns mit, dass sie ihre anderen beiden Kinder von der Schule abholen müsse und bereits spät dran sei.

»Finden Sie es nicht verstörend, dass sie nach drei toten Kindern benannt sind?«, sagte ich und hatte damit die Grenze weit überschritten.

Rebecca wirkte jedoch selbstzufrieden, als hätte ich in diesem Moment mein wahres Gesicht gezeigt.

»In Ihrem Leben gibt es wohl keine Liebe, sonst würden Sie nicht so denken.«

Ich spürte Naomis Hand auf meinem Arm, und als ich sie ansah, errötete sie. »Wir haben Sie schon lang genug aufgehalten«, sagte sie. »Sie sagten, Mr Moore sei vermutlich bei einer seiner Risikogruppen. Darf ich fragen, wo?«

»Im Gefängnis.«

»Im Gefängnis?«, wiederholte ich ungläubig. »Frank Moore arbeitet in Strangeways?«

8

Wir hatten seit einer Weile geschwiegen, bis ich ans Fenster trat und es aufriss. Hatton, der Gefängnisdirektor, saß eingezwängt hinter seinem Schreibtisch und sonderte einen Gestank ab, mit dem er Leichenspürhunde kirre machen könnte. Der Hof war leer, zu meiner großen Erleichterung drang ein leichter Luftzug durchs offene Fenster.

»Kann bei Ihnen jeder so einfach reinspazieren und mit Ihren Gefangenen arbeiten?«

»Reinspazieren?«, fragte Hatton. »Jetzt übertreiben Sie aber, mein Freund. Mr Moore ist ein bekannter Therapeut, er ist dafür qualifiziert, mit gefährdeten Personen zu arbeiten, und kommt bei den Jungs gut an. Meiner Meinung nach hat er jedes Recht, hier zu sein.«

»Wie lange geht das schon so?«

»Ach, er hat schon vor meiner Zeit angefangen …«

»Und wie lange sind Sie schon hier?«

»Fünf Jahre.«

Es klang, als spräche er von einer Haftstrafe. Wenn mein Verdacht gegen Frank Moore allerdings berechtigt sein sollte, hatte Hatton vielleicht gerade unbeabsichtigt seine Zukunft vorausgesagt.

»Und Ihnen kam das nie seltsam vor, dass ein Mann freiwillig im selben Gefängnis arbeitet, wo der Mörder seiner Frau und seiner Kinder einsitzt?«

Ich wandte mich vom Fenster ab und sah ihn an. Er schüttelte den Kopf. »Ist doch wohl klar, dass die beiden nie miteinander Kontakt hatten, darauf können Sie sich verlassen. Aber ich habe meinen Jungs gegenüber eine Fürsorgepflicht, und Moore hilft ihnen sehr.«

»Was ist mit Ihrer Fürsorgepflicht gegenüber Martin Wick?«

»Der Mann ist doch lebendig rausgekommen, oder? Manche würden behaupten, dass das mehr war, als er verdient hat. Wenn ich mich recht erinnere, ist er erst unter Ihrer Aufsicht brutal ermordet worden.«

»Ihre Jungs haben es trotzdem oft genug versucht.«

»Das hat überhaupt nichts mit Frank Moores Anwesenheit in meiner Haftanstalt zu tun.«

»Wie können Sie da so sicher sein? Haben Sie ihn zu den Treffen begleitet?«

»Natürlich nicht.«

»Haben Sie mit ihm darüber gesprochen?«

»Nein, soweit ich mich erinnere, nicht.«

»Also? Hatten Sie einfach ein gutes Gefühl?« Ich wartete auf eine Antwort, doch die blieb aus. Stattdessen sah er aus dem Fenster. Als überlegte er gerade, was er zum Mittag essen sollte. Ich schüttelte den Kopf. »Dass Leute einfach wegschauen, ist mir bekannt, aber die meisten verrenken sich dabei nicht vor lauter Eifer den Hals.«

»Sie klopfen wohl gern schlaue Sprüche, Sergeant.«

»Wick hat die Kinder dieses Mannes ermordet«, sagte ich, als die Tür aufging.

Hatton, Naomi und ich waren gleichermaßen überrascht, Frank Moore zu sehen. Als er sich unter dem Türrahmen durchduckte, blitzte seine weiße Haarsträhne auf. Wie immer trug er seine Uniform: maßgeschneidertes Hemd, blaue Hose und Slipper.

Er wirkte fast etwas amüsiert.

Sein Auftritt kam zu einem schlechten Zeitpunkt, und ich bemühte mich, das Gespräch wieder unter Kontrolle zu bringen. »Was machen Sie hier, Mr Moore?«

Völlig entspannt schloss er die Tür hinter sich. »Mittwochs bin ich …«

»Nein, was machen Sie *hier*?«

»Wenn Sie mich bitte ausreden lassen. Mittwochs arbeite ich mit Risikogruppen.«

»Das Risiko ist besonders groß, wenn Mitglieder von Opferfamilien zum Personal gehören.«

»Was wollen Sie damit andeuten?«

»Dazu kommen wir noch. Das Kind ist zwar schon in den Brunnen gefallen, aber ich muss Ihnen wohl nicht mehr sagen, dass sie nicht hierherkommen dürfen.«

Hatton erhob sich. »Wenn Sie Ihre Muskeln spielen lassen wollen, sollten Sie sich erst mal welche antrainieren, Sergeant.«

»An Ihrer Stelle würde ich mich nicht zu laut für diese Sache starkmachen, Mr Hatton. Ihre nächsten fünf Jahre könnten Sie sonst in etwas beengteren Räumlichkeiten verbringen. Würden Sie uns kurz allein lassen?«

Er machte ein verächtliches Geräusch, quälte sich aber hinter seinem Schreibtisch hervor. Wir verabscheuten einander alle gleichermaßen, daher hielt ich es für besser, einen der Anwesenden aus der explosiven Gemengelage zu entfernen. Hatton tätschelte Moore im Hinausgehen die Schulter, seine Wahl war offenbar getroffen.

»Setzen Sie sich«, sagte ich und zeigte auf einen der Stühle vor Hattons Schreibtisch. Moore strich sich zögernd übers Haar, als könnte die weiße Strähne ihm Kraft verleihen. Dann folgte er lächelnd meiner Anweisung, als wäre der Stuhl der beste weit und breit, der perfekte Sitz im Zuschauerraum, um unser Affentheater live zu verfolgen.

Ich trat hinter den Schreibtisch und lehnte mich an die Wand, damit ich ihn im Blick hatte. Naomi stand näher, rechts von ihm neben dem Fenster. Er müsste sich den Hals verrenken, um sie anzusehen, was, ausgehend von unseren früheren Unterhaltungen, kaum zu erwarten war.

»Sie wirken verärgert«, sagte er. »Ich wusste nicht, dass ich Ihnen jeden Schritt melden muss.«

»Es hätte schon gereicht, wenn Sie uns darüber informiert hätten, dass Sie sich seit mehr als fünf Jahren jede Woche in unmittelbarer Nähe zu dem Mann aufgehalten haben, der Ihre Familie auf dem Gewissen hat.«

»Wieso informieren? Meine Arbeit hier ist kein Geheimnis.«

»Aus welchem Grund kommen Sie her?«

»Ich arbeite mit Risikogruppen, die …«

»Ihren wahren Grund, Mr Moore. Bei unserem ersten Treffen haben Sie mir gesagt, Sie wären froh, wenn man Wick wieder ausgraben und das Schwein noch mal anzünden würde.«

»Das klingt aber nicht nach mir«, gab er zurück. Das sagte er mit solcher Überzeugung, dass er mich zum Lügner machte, ohne selbst zu lügen. Ich war beeindruckt.

»Gut zu wissen, wie Sie mit Tatsachen umgehen.«

»Sie können so viel über mich erzählen, wie Sie wollen – ich habe schon alles gehört, und viel Schlimmeres, aber ich nehme meine Arbeit ernst und lasse sie mir von Ihnen nicht schlechtmachen.«

»Worin besteht Ihre Arbeit eigentlich?«

»Ich bin Experte für Überlebende von Gewalttaten. Ein Therapeut für gefährdete Personen, die mit niemandem sonst über ihre Erfahrungen sprechen können.«

»Also, ich halte Sie für einen Verkäufer.«

»Das begegnet mir häufig, Sergeant. Sie sind kaputt, ihr Privatleben ist Sperrgebiet, Sie steuern langsam auf einen Zusammenbruch zu. Dann sehen Sie mich, meine Integrität, meine Familie, mein Heim, was ich durchgemacht und überlebt habe. Natürlich sind Sie neidisch.« Ich bemühte mich um einen neutralen Gesichtsausdruck. »Sie könnten sich Ihre Antidepressiva genauso gut um den Hals hängen.«

»Nette Rede. War Margaret depressiv?«

In einer Bewegung schloss Moore die Augen und ballte die Hände.

»Wie kommen Sie dazu, sie mit ihrem Vornamen anzusprechen?«

»Sie leben in zweiter Ehe, Frank. Es wäre etwas verwirrend, sie Mrs Moore zu nennen.«

Als er die Augen wieder aufschlug, war sein Blick leer.

»Finden Sie es problematisch, dass ich noch mal geheiratet habe, Detective?«

»Überhaupt nicht. Besonders, da Ihre Beziehung zu Ihrer zweiten Frau bereits vor dem Tod Ihrer ersten begonnen hatte.« Moore erhob sich langsam von seinem Stuhl und starrte mich dabei an. Er war so groß, dass es etwas dauerte, bis er sich voll aufgerichtet hatte. »Aber nun«, sagte ich, »wenigstens haben Sie sich selbst vergeben.«

Sein Gesicht zuckte, doch er zwang sich zu einem Lächeln.

Er setzte sich wieder. »Verzeihung. Sprechen Sie nur weiter.«

Ich sah ihn schweigend an und überließ Naomi das Feld. Mir fiel nichts mehr ein, womit ich ihn noch provozieren könnte.

»Seine Frau zu ersetzen ist das eine«, sagte sie, »aber wir würden gern über Ihre Kinder sprechen …«

»Was ist mit ihnen?«

»Ihre Namen.«

»Sie sind impertinent.«

»Inwiefern?«

»Es ist eine Auszeichnung. Die höchste, die ich vergeben kann. Sind Sie allen Ernstes deswegen hier reingeplatzt? Wegen der Namen meiner Kinder? Sie stehen auf ihren Geburtsurkunden. Wiederum: kein Geheimnis.«

»Na, dann sprechen wir doch mal über Geheimnisse. Was würden die Mauern des Hauses in Briars Green 11 erzählen, wenn sie sprechen könnten?«

»Sie sagten vorhin was über den Umgang mit Tatsachen …«

»Okay, formulieren wir es anders. Was würden die Nachbarn sagen? Was würden sie uns über Ihre erste Ehe berichten?«

»Ich glaube, ich bin bezüglich unserer Probleme ehrlich gewesen.«

»Sie sagten, Sie hätten sich gestritten.« Ich zog die von Charlie

Sloane gesammelten Aussagen hervor. »Mir war nicht klar, wie *Sie* streiten definieren.« Ich legte die Aussagen auf den Tisch. Moore beugte sich vor und las sie flüchtig durch. Sein Kopf sank tiefer auf die Brust. »Sie können sie gern behalten, wir haben Kopien.«

Er setzte sich wieder auf den Stuhl, als könnte er nicht ertragen, sich in ihrer Nähe aufzuhalten, dann blickte er sich im Zimmer um, als wäre er gerade erst aufgewacht.

»Wir müssen wissen, wie das alles angefangen hat, Mr Moore. Und wie es zu Ende ging.«

»Das verdammte Ende kennen wir doch alle«, sagte er leise.

»Ja. Ging es bei Ihren Auseinandersetzungen um Ihr Verhältnis mit Rebecca?« Er sah zu mir auf. »Wir haben vor Kurzem festgestellt, dass sie Ihnen für die Tatnacht ein Alibi gegeben hat …«

»Ja, das stimmt, aber …«

»Hat Margaret es herausgefunden und Sie rausgeworfen?«

Er schob den Stuhl zurück, weiter weg von mir. »Könnten Sie die Unterlagen bitte wegnehmen?«

Als ich mich nicht rührte, wischte er die Papiere aggressiv vom Tisch. Er keuchte.

Was er danach sagte, sprach er ins Leere.

»Ich glaube, sie nennen es das verflixte siebente Jahr, oder? Na, Margaret und ich waren offenbar Spätzünder. Wir waren schon zwölf Jahre verheiratet, als es bei mir zu brennen begann. Daraus wurde schnell eine Entzündung. Als ich zum Arzt ging, fand ich heraus, dass meine Frau mich angesteckt hatte. Chlamydien, Sergeant.« Sein Grinsen wirkte leicht irre. Er trug denselben Ausdruck, den ich schon bei mehreren Männern gesehen hatte, und zwar kurz bevor sie zuschlugen. Er wies mit dem Kopf auf die Unterlagen, die jetzt auf dem Boden verteilt herumlagen. »Ich hätte vielleicht besser reagieren sollen.«

»Ihre Nachbarn hatten sich an die gewalttätigen Auseinandersetzungen in Ihrem Haus so sehr gewöhnt, dass sie nicht mal die

Polizei gerufen haben, als jemand mit einem Messer auftauchte. Meiner Meinung nach hätten Sie nicht schlechter reagieren können.«

Seine Lider flatterten. »Wozu das ganze Zeug über Briars Green? Was geht Ihnen durch den Kopf?«

»Mit seinen letzten Worten hat Martin Wick sein Geständnis zurückgezogen. Seitdem haben wir in diesem Fall diverse Ungereimtheiten entdeckt.«

»Ich hab sie nicht umgebracht«, sagte er aufgewühlt. »Um Himmels willen, doch nicht meine Kinder! Und Martin Wick hätte ich gar nicht umbringen können, das wissen Sie. Ich hatte Besuch. Hätte ich gewusst, dass er zu jenem Zeitpunkt den Abgang macht, wäre eine Flasche Schampus fällig gewesen. Aber ich war zu Hause, dafür gibt es Zeugen. Wieso wühlen Sie noch darin herum?« Er beugte sich vor und trat auf die Papiere ein. »Wozu jetzt noch diese verdammte Scheiße?«

9

Er hat nicht ganz unrecht«, sagte Naomi, als Frank Moore gegangen war. Wir standen nun beide vor dem offenen Fenster und atmeten die frische Luft ein, um unsere Lunge von Hattons Pesthauch zu reinigen. Ihre Wut über den Ton, den ich Rebecca und auch Frank Moore gegenüber angeschlagen hatte, war ihr deutlich anzusehen.

»Inwiefern?«

»Ich verstehe auch nicht, was das bringen soll, die alten Sachen wieder auszugraben. Es war gut, die Aussagen noch mal mit ihm durchzugehen, aber er hat doch eine plausible Erklärung abgegeben.«

»Dafür, dass er dauernd seine Frau und Kinder vermöbelt hat?«

»Ich sag ja nicht, dass er mir sympathisch ist, aber er hat sein Verhalten erklärt. Sie hat ihn betrogen. Ich glaube ihm. Du nicht?« Ich nickte unwillig. Er war immer noch wütend darüber, dass seine Frau ihn mit einer Geschlechtskrankheit angesteckt hatte. »Aber wichtiger als das«, fuhr Naomi fort, »und unabhängig davon, ob wir ihm glauben oder nicht, wir wissen, dass er Martin Wick nicht ermordet haben kann. Er war zum Tatzeitpunkt nicht allein.«

»Sagt seine Frau. Mit Sicherheit wissen wir nur, dass unser Heiliger nicht vor Handgreiflichkeiten zurückschreckt, wenn die Dinge nicht so laufen, wie er es sich vorstellt.«

»Kommt mir bekannt vor.«

»Ach, halt die Fresse, Naomi.«

»Das hättest du wohl gern.«

Ich ging auf und ab.

»Du kannst von mir halten, was du willst, aber pack mich nicht in eine Schublade mit Frank Moore.«

»Ich hab dich nirgendwohin gepackt. Aber du kannst dich nicht wie ein Schwein benehmen und dich dann aufregen, wenn dich jemand so nennt.«

»Es tut mir leid, dass ich dich enttäuscht habe. Tut mir leid, dass dieser Fall ein großer, dampfender Misthaufen ist.«

»Red bloß nicht mit mir wie mit einem verliebten Schulmädchen. Ich wollte nur, dass du dich anständig verhältst.«

»Deine Ansprüche sind eben einfach zu hoch.«

»Ja, offensichtlich. Du bist doch nur an Frank Moore interessiert – einem Mann, dessen gesamte Familie ermordet wurde –, weil er von der einzigen Person ablenkt, von der wir ganz sicher wissen, dass sie etwas mit dem Mord zu tun hat. Dein Fickbuddy Louisa Jankowski.«

Ich musste mich erst berappeln, bevor ich zu einer Antwort ansetzte.

»Ich interessiere mich für Frank Moore, weil er ein Lügner und Mistkerl ist. Aber hey, vielleicht kennt sich einer wie ich besonders gut mit so was aus.«

»Leg mir keine Worte in den Mund.«

»Du meintest, ich wollte dich ficken.«

»Hast du mich nicht deswegen in deine Wohnung mitgenommen?«

Als ihre Stimme brach, bemerkte ich zum ersten Mal, wie verletzt sie war.

»Wenn ich mich recht erinnere«, sagte ich mit gesenkter Stimme, »war es dein Vorschlag.«

»Ja, auf einen Absacker.«

»Und wie kommst du darauf, dass ich etwas anderes vorhatte?«

»Wegen dir.« Sie schluckte. »Dein Blick, als du die Tür aufgeschlossen hast.«

»Was für ein Blick soll das gewesen sein?«

»Nicht der eines Kollegen oder Freundes.«

Wir schwiegen beide.

»Dann tut es mir leid«, sagte ich schließlich. »Natürlich tut es mir leid.«

»Nein, mir tut es leid. Dass ich mit dir nach oben gegangen bin.«

Ich rieb mir das Gesicht und drehte mich zur Wand. »Ich rede mit James. Damit sie dich der offiziellen Ermittlung zuteilen.«

Naomi nickte.

»Lass uns für heute Schluss machen. Ich muss hier sowieso noch was erledigen.«

»Adam besuchen?«, fragte sie. Ich nickte. »Du willst checken, ob Carver seine Seite der Abmachung erfüllt hat und Adam nicht mehr drangsaliert wird.«

»Wenn man schon einen Pakt mit dem Teufel eingeht, sollte man wenigstens auf seine Kosten kommen.«

Sie lächelte. »In dem Fall steht dir ja noch ein Riesengewinn ins Haus.«

»Ich bin einfach ein Siegertyp.«

Wir sahen einander an, etwas zu lang, dann trat sie näher, berührte mich am Arm und ging.

10

Ich wartete auf Hatton und bat ihn, einen Wärter für mich abzustellen, damit er mich zum Zellentrakt begleitete. Eigentlich hatte ich erwartet, dass er mich zu Trakt E bringen würde, doch als ich ihn danach fragte, schüttelte er den Kopf.

»Der Bursche ist gestern verlegt worden.«

Das klang vielversprechend. Ich folgte ihm.

Auf dem Weg zur Zelle dachte ich über meinen Streit mit Naomi nach. Sie hatte den Job angenommen, weil sie mich für anständig gehalten hatte, und in weniger als einer Woche hatte ich ihr Vertrauen verspielt. Meine angebliche Beziehung zu Louisa Jankowski hatte das Fass zum Überlaufen gebracht, doch wenn sie die Wahrheit wüsste, wäre es erheblich schlimmer.

Ein mieser, jämmerlicher Fall von Erpressung, und ich hatte alles versaut, um meine Haut zu retten.

Adams neue Zelle war um ein Drittel größer als seine alte. Als wir an die verriegelte Tür traten, saß er im Schein einer Lampe und las. Er trug jetzt eine dick gerahmte Brille, und mein Anblick entlockte ihm ein Lächeln.

»Fünf Minuten«, sagte der Wärter und ging zurück auf den Gang. Adam drehte sich zu mir hin und machte eine ausschweifende Geste, um mir sein Reich zu präsentieren.

»Sieht aus, als wären Sie aufgestiegen«, bemerkte ich.

»Nicht ganz, aber wenigstens stehe ich nicht mehr am Abgrund. Danke!«

»Mir müssen Sie nicht danken.« Ich wollte sichergehen, dass er mich verstand. Er nickte, dann erhob er sich und trat in die Ecke seiner Zelle, wo ein beachtlicher Stapel Bücher lag.

»Ich hatte gehofft, Sie noch einmal zu sehen«, sagte er und kehrte mit einem zerlesenen Wälzer zurück. »Dachte mir, dass

Sie das vielleicht lesen wollen.« Es handelte sich um eine Taschenbuchausgabe von *Schuld und Sühne*. Zuerst sah es aus, als würde sie nicht durch die Gitterstäbe passen, aber nach einem festen Schubs ging es dann doch. Ich nahm das Buch lächelnd entgegen.

»Sicher?«

»Ich hab für ein Leben genug davon.«

»Wie viel haben Sie noch?«

»Sechs Jahre«, sagte er. »Gibt immer noch gute und schlechte Tage, wenn Sie also mal in der Gegend sind …« Als er die Brille abnahm, sah ich, dass sein blaues Auge langsam verheilte. Es fühlte sich gut an, endlich mal was richtig gemacht zu haben. Ich dankte ihm für das Buch und wandte mich zum Gehen. Kurz vor dem Ausgang kam es mir plötzlich.

»Adam«, sagte ich, als ich wieder vor seiner Zelle stand. Er saß auf dem Stuhl und las. »Ihre Tätowierung ist verschwunden. Die Träne …«

»Die brauche ich nicht mehr.« Er sah mich verwirrt an. Dann verstand er. »Die war nur vorübergehend«, erklärte er.

Auf dem Weg durch die Sicherheitsschleuse besah ich mir die Fotos von Blakes Handy noch einmal genauer. Esther, im Bett mit Martin Wick. Wusste ich doch, dass ich sie schon mal gesehen hatte!

11

Val's Hostel, ein privates Obdachlosenheim in Ardwick, war unter den hiesigen Stadtstreichern berüchtigt. Zum ersten Mal hatte ich den Namen während meiner Anfänge in der Nachtschicht gehört, in einem bösen Witz, den sich die Obdachlosen erzählten. Die Pointe lautete, dass es bequemer wäre, in einem Sarg zu schlafen.

Und sauberer auch.

Bei Wohltätigkeitsorganisationen und Sozialämtern löste der Name Schaudern aus, Notfallsanitäter empfanden Abscheu. Ein heruntergekommenes Labyrinth mit um die sechzig Kämmerlein. Ein Ort, den du höchstwahrscheinlich erst wieder mit den Füßen voran verlässt. Ich wusste, dass aus Val's Hostel allein in den letzten zwölf Monaten Hunderte Notrufe getätigt wurden, wegen Alkoholvergiftung, Überdosen, Wahnvorstellungen nach Spice-Missbrauch, Messerstechereien, sogar Mord und Totschlag, aber was genau dort geschah, würden diese misstrauischen Menschen, die nirgendwo Wurzeln schlugen, garantiert für sich behalten.

Bisher hatte ich keinen Grund gehabt, es genauer zu wissen, aber nach meinem Gespräch mit Adam war mir eingefallen, wo Esther sich vielleicht aufhalten könnte, und ich war ins Büro gefahren, um herauszufinden, wohin man die Leute aus dem Cornerhouse nach der Razzia verfrachtet hatte.

Als ich endlich vor Val's Hostel stand, war es bereits dunkel.

Das Hostel bestand aus einer Reihe von vierstöckigen Häusern, die einen ganzen Straßenzug bildeten. Ein Viertel der Häuser war von einem Baugerüst verdeckt, das allerdings aussah, als stünde es schon länger dort. Es ging wohl weniger ums Renovieren als darum, den gesamten Komplex vor dem Einsturz zu bewahren. Die Plastikplane hatte sich an manchen Stellen gelöst und hing in schmuddeligen Fetzen herab oder raschelte im Wind, von Bauarbeiten keine Spur. Einige Fenster waren mit Sperrholzbrettern vernagelt, überall bröckelte die Fassade und gab den Blick aufs nackte Mauerwerk frei.

Vier Haustüren, drei davon mit Metallplatten versiegelt. Nur ein Eingang und ein Ausgang.

Ein paar Stufen führten hinauf.

Als Erstes schlug mir der Geruch entgegen. Als hätte jemand Bleiche frittiert und den Gestank dann mit Zigarettenrauch zu kaschieren versucht. Rauchverbotsschilder waren abgerissen oder überstrichen worden.

Auch eine Möglichkeit.

Der Teppich war fast komplett durchgescheuert und von jahrzehntealten Schmutzablagerungen grau verfärbt. Die Originalfarbe ließ sich nicht mal mehr erahnen.

»Was is?«, fragte der Mann am Schalter.

Seine Wangenlappen hingen schlaff herab, sein Gesicht war säuferrot, der Bauch hing über dem Tresen. Er saß hinter einer Plexiglasscheibe, die so verschmiert war, dass er leicht verschwommen aussah.

»DS Waits«, sagte ich. »Ich suche nach einer Gruppe von Personen, die aus dem Cornerhouse rausgeworfen und hier einquartiert wurden.«

»Hamse den offiziellen Wisch? Ansonsten …« Er zuckte die Achseln.

»Ich brauche keinen, denn ich verfolge eine Person, die eine Straftat begangen hat.«

»Und wer soll das sein?«

»Ich fürchte, ich habe keinen Namen, aber es handelt sich um eine Frau, die zu dieser Gruppe gehört.«

»Na, so viele können's ja nicht sein.« Er wuchtete sein Register auf den Tresen und blätterte darin herum. »Gibt hier nur eine«, sagte er. »Zimmer 31. Am besten so richtig laut klopfen, Detective. Danach sah sie jedenfalls aus.«

Der Türöffner summte, und ich trat auf den düsteren Gang, der wohl auch als Gemeinschaftsraum diente, denn dort saßen fünf oder sechs Männer rauchend beim Kartenspiel und Branntweinsaufen. Die Wände waren nikotingelb, in der Decke, wo einst der Rauchmelder gehangen hatte, klaffte jetzt ein Loch. Als sie mich sahen, verstummten die Männer schlagartig, doch soweit ich erkennen konnte, stammte keiner von ihnen aus dem Cornerhouse.

Ich ging an ihnen vorbei über einen engen Flur, an dessen Ende eine Treppe zu den anderen Stockwerken führte.

Auf dem Weg nach oben sah ich Männer, die mit dem Gesicht nach unten auf dem Boden lagen, ihre Türen hatten sie mit Feuerlöschern am Zuschlagen gehindert. Aus den Zimmern drangen quäkende Handymusik und Gesprächsfetzen.

Die Türen boten ungefähr so viel Schutz wie die an Toilettenkabinen. Die ursprünglichen Schlösser waren aufgebrochen und offenbar nach und nach durch andere ersetzt worden, denn alle waren unterschiedlich. Ich fand Nummer 31 und klopfte.

Als sich nichts rührte, klopfte ich an die Nachbartür, die nur angelehnt war.

»Ja«, rief ein Mann.

»Ich suche nach der Frau aus Nummer 31 …«

»Bei der musste schon mehr machen als klopfen, mein Freund. Sie war komplett abgeschossen, als sie reinging, und das ist schon 'ne Weile her.«

Ich klopfte erneut. Immer noch keine Reaktion. Obwohl die Tür dünn aussah, hielt sie stand. Also gab ich auf und kehrte zurück zum Mann hinter dem Plexiglas.

»Ich brauche den Schlüssel zu Nummer 31«, sagte ich.

»Was wollense mit der Frau?«

»Sie vor sich selbst schützen.«

Da erst fiel mir auf, dass mir die Männer aus dem Gemeinschaftsraum gefolgt waren. An ihrer Spitze befand sich der Bärtige aus dem Cornerhouse.

»Da isser!«, rief er. »Hat uns vor zwei Tagen rausgeworfen, jetzt macht er hier weiter.«

Der Mann hinter der Plexiglasscheibe spähte über meine Schulter. »Niemand fliegt hier raus«, sagte er ruhig. Dann wandte er sich wieder mir zu. »Ohne offiziellen Wisch gibt's keinen Schlüssel.«

Ich wollte mich gerade mit ihm anlegen, als mich eine Bierdose am Hinterkopf traf. Die Männer hatten sich zusammengerottet und kamen näher. Als mich der Erste anstieß, machte ich mich schleunigst vom Acker. Da hörte ich lautes Klirren. Eine Scheibe. In dieser Gegend nicht weiter ungewöhnlich, daher dachte ich mir nichts dabei und ging weiter, um die Ecke, wo mein Wagen geparkt war. Ich rieb mir den Kopf und forderte Verstärkung an. Jetzt, wo zwei Streifenwagen auf dem Weg waren, traute ich mich, näher am Gebäude zu parken.

Ich wollte den Eingang bewachen.

Als ich um die Ecke bog, sah ich sofort, dass etwas nicht stimmte.

Männer liefen auf die Straße, einige halfen anderen Einwohnern, die nicht mehr gut zu Fuß waren. Ich bremste, stieg aus, lief erst langsam, dann immer schneller auf sie zu. Auf dem Boden lagen Scherben von zerbrochenen Scheiben aus dem ersten und zweiten Stock, aus dem Fenstern quoll Rauch. Kein Feuermelder schrillte. Ich drängelte mich durch die Menschenmenge zurück ins Gebäude und trat wieder vor den Mann am Empfang.

»Feuerwehr?«, fragte ich. Er zog gemächlich sein Handy aus der Tasche und wählte. Währenddessen sah ich mich unter den Herumstehenden auf der Straße um. »Hat jemand die Frau von Nummer 31 gesehen?«, fragte ich.

Auf einmal ertönte ein Geräusch, es klang wie ein Stöhnen, mit aufgerissenem Mund ausgestoßen, darauf folgte ein scharfes Einatmen und ein lautes Brüllen. Unter der Eingangstür quoll dichter Rauch hervor. Ich lief von Mann zu Mann, packte jeden an den Schultern, fragte sie, ob irgendeiner die Frau aus Zimmer 31 gesehen hatte.

»Schmatz mich anner Pupe!«, sagte einer.

Ich packte ihn am Arm und zerrte ihn zum Gerüst. »Räuberleiter«, sagte ich. Er sah mich an wie einen Irren. »Ich bin Polizist. Mach schon, verdammt!«

Ich stieg in seine gefalteten Hände und zog mich am Gerüst hoch. Von dort aus führte eine Leiter bis ganz nach oben. Während ich hochkletterte, wurde der Rauch dichter; als ich im dritten Stock angekommen war, schmeckte ich ihn schon.

Er quoll, waberte, dicht und giftig.

Drinnen wütete das Feuer, es zischte und britzelte wie Speck in der Pfanne, und unten rief jemand, ich solle sofort wieder runterkommen. Mit einer Metallstange brach ich das Fenster auf, holte tief Luft und kletterte ins Zimmer. Das Feuer war noch nicht bis hierhin vorgedrungen. Ich trat in den dampfenden Flur und schob mich bis zur Nummer 31 vor. Die Tür war immer noch verschlossen.

Mit angehaltenem Atem rammte ich meine Schulter ins Holz.

»Geh weg«, lallte eine Frau von drinnen.

Ich trat ein paar Schritte zurück und kickte die Tür auf, die sich allerdings nur ein paar Zentimeter bewegte, weil ein schweres Möbelstück sie blockierte. Ich rannte, so weit ich konnte, den Flur entlang, stieß endlich auf einen Feuerlöscher und rammte das Teil in die obere Hälfte der billigen Sperrholztür von Nummer 31, die sofort zersplitterte und den Blick auf die Kommode darunter freigab. Ich kletterte darüber hinweg in die sarggroße Kammer, das zerborstene Holz zerkratzte mir die Hände und die Kopfhaut.

Auf einem Feldbett lag die Frau, die uns ins Cornerhouse gelassen hatte.

Ihre Wangen waren immer noch feuerrot, aber jetzt erkannte ich, dass ihr Gesicht nicht vom Alkohol oder von der Sonne gezeichnet war, sondern weil sie sich die abwaschbaren Tattoos vom Gesicht geschrubbt hatte. Sie war high, lag schlaff und kichernd auf dem Bett, und als ich sie hochhob, sah ich die auf dem Boden verteilten Tabletten. Ich hievte mir die schlaffe Frau über die Schulter, rollte sie über die Kommode und trug sie durch den Flur, der jetzt vom Rauch erfüllt war. Er quoll von unten die Treppe hoch. Den Arm vor Mund und Nase, lief ich zurück zum Zimmer mit der zerbrochenen Scheibe, durch die ich eingestiegen war.

Ich schob sie durchs Fenster.

Sie landete wie ein Sack auf dem Gerüstboden. Schnell folgte ich ihr. Die Hitze war mittlerweile unerträglich, meine Kleidung klebte mir an der Haut, meine Augen brannten vom Schweiß.

Mit der Frau über der Schulter begann ich den Abstieg.

Als wir fast unten waren, sah ich, dass zwei Polizisten eingetroffen waren und die Schaulustigen vom Gebäude fernhielten. Einige Männer lösten sich aus der Menge und liefen auf uns zu, um zu helfen. Sie streckten die Arme nach der Frau aus, und ich reichte sie ihnen, bevor ich selbst hinuntersprang. Dem ersten Mann fiel ich in die Arme und verließ mich darauf, dass er mich in Sicherheit bringen würde.

Beim Blick zurück erkannte ich Silhouetten vor den Fenstern. Es dauerte ein wenig, bis ich begriff, dass sich noch Personen im brennenden Haus befanden. Sie saßen fest. Im vierten Stock zerbrach einer die Scheibe und sprang panisch vor Angst in den sicheren Tod.

Ich schloss die Augen, als seine Knochen auf den Beton trafen.

Als ich sie wieder aufschlug, waren die anderen Silhouetten verschwunden, das Gebäude brannte lichterloh.

12

Man hatte mir eine Sauerstoffmaske umgeschnallt und mich in eine Decke gehüllt. Meine Körpertemperatur war rapide gesunken, ich zitterte so sehr, dass meine Zähne heftig aufeinanderschlugen und ich mich schon beim Zahnarzt sah. Mein Versuch aufzustehen schlug kläglich fehl, ich sackte gleich wieder zusammen. Dann erkannte ich ein vertrautes Gesicht in der Menge. Es dauerte eine ganze Weile, bis ich ihren Namen sagen konnte.

»Naomi.«

»Kaum lässt man dich fünf Minuten allein …« Sie drückte mir den Arm, dann blickte sie über ihre Schulter, wo die Feuerwehr immer noch gegen die Flammen kämpfte. »Das Haus können sie vielleicht retten, aber ich glaube, du bist hinüber.«

»Was machst du hier?«

»Ich war in der Gegend … das Ganze hat mir nicht gefallen, deshalb habe ich mir Moores Alibi von Samstagabend noch mal vorgeknöpft, die Gäste.«

»Und?«

»Daran gibt's nichts zu rütteln, Aidan. Ich habe mit drei Leuten gesprochen, die alle anwesend waren. Ein Pärchen hatte zwar ziemlich viel intus, doch beide haben Stein und Bein geschworen, dass Moore die ganze Zeit da war. Der freiwillige Chauffeur ist ein Pfarrer, der, wenn nötig, auf die Bibel schwören würde. Frank Moore war zum Zeitpunkt des Anschlags kilometerweit vom St. Mary's entfernt.

Ich hob die Hand, und sie schwieg.

»Sergeant Waits?« Einer der Uniformierten trat zögerlich auf uns zu. »Wir sollten Sie auf dem Laufenden halten?«

Ich nickte.

»Die meisten Fenster im Erdgeschoss waren mit Brettern vernagelt. Diejenigen, die noch Glas hatten … also, die Bewohner haben zuerst nur mitgekriegt, dass etwas durch die Scheibe geflogen ist. Wir haben einen Zeugen, der gerade reinkam. Der hat ausgesagt, jemand wäre in die entgegengesetzte Richtung gelaufen, eine junge Frau. Er hätte sich nichts weiter dabei gedacht, wenn sie sich nicht beim Weglaufen hinter ein paar geparkten Autos weggeduckt hätte. Er hat nur blondes Haar gesehen.«

»Danke«, sagte Naomi.

»Jankowski«, sagte ich, aber erst, als der Constable außer Hörweite war.

»Ich wollte warten, bis es dir besser geht«, sagte Naomi. »Chase hat ihrer Suspendierung zugestimmt, aber Louisa hat sich krankgemeldet und ihre Schicht gar nicht erst angetreten. Gestern hat sie sich zwei Waffen aushändigen lassen, sie aber nicht zurückgebracht. Sie war nicht zu Hause und ist auch nicht im Dienst erschienen.«

Ich stieg in meinen Wagen und warf einen letzten Blick auf das Feuer, das man nun langsam eingedämmt hatte, dann auf den Krankenwagen, in dem Esther in Sicherheit war. Als ich aus der Parklücke fuhr, ging mir etwas auf. Jemand musste mir gefolgt sein, eine Person, die nicht vor drastischen Maßnahmen zurückschreckte, um Esther mundtot zu machen. Diese Person würde jetzt noch skrupelloser vorgehen. Als ich in die Finsternis sah, bildete ich mir ein, Louisa Jankowski direkt in die Augen zu blicken.

VI

TEETH DREAMS

1

Als ich aus dem Schlaf hochschreckte, steckte mir der Schrei noch in der Kehle. Tränen liefen mir übers Gesicht, ich hatte die Hände am Hals und rang um Atem. Es fühlte sich an wie ein Höllenkater – damit hatte ich einschlägige Erfahrung. Im Zimmer war es dunkel, zuerst wusste ich nicht, wo ich war, dann stürzte alles auf einmal auf mich ein. Eine abgeschlachtete Familie, ihr ermordeter Mörder, meine untragbaren Kompromisse, wie Fäuste in den Magen. Und jetzt lief auch noch eine psychisch labile Polizistin schwer bewaffnet Amok.

Als ich ans Fenster stolperte, stellte ich fest, dass ich den grauen Tag fast verschlafen hatte. Regen prasselte auf Neonpfützen. Obwohl ich in der vergangenen Nacht zweimal geduscht hatte, stank ich immer noch nach Rauch. Als mir der Brandgeruch erneut in die Nase stieg, riss ich mir das frische T-Shirt vom Leib und schleuderte es quer durchs Zimmer.

Ich wusste, dass Esther nicht bei Bewusstsein war, als man sie ins Krankenhaus St. Mary's brachte, vermutlich die Folgen einer Überdosis und einer Rauchvergiftung. Naomi hatte zwei bewaffnete Polizisten vor ihrem Zimmer abgestellt, aber erst, nachdem sie sicher war, dass die beiden Männer keine Verbindung zu Louisa Jankowski hatten. Meine Befürchtung, dass Louisa mir zum Hostel gefolgt sein könnte, um Esther ein für alle Mal zum Schweigen zu bringen, hatte ich für mich behalten.

Ich atmete so tief ein, wie es meine Lunge erlaubte, und schaltete mit mulmigem Gefühl die Nachrichten ein. Ein Mann war tot geborgen worden, weitere drei Personen wurden vermisst. Ich zog den Stecker aus der Wand, füllte ein Pintglas mit Scotch und setzte mich mit dem Rücken zur Wohnungstür.

Als es ein paar Minuten später klingelte, nahm ich einen großen Schluck, rappelte mich auf und ging an die Gegensprechanlage.

»UPS«, schallte es aus dem Hörer.

»Moment!«, krächzte ich und zog mir schnell was über.

Ich hatte nichts bestellt, aber wenn ich gleich den Tod finden sollte, wollte ich meinem Schöpfer nicht in Boxershorts entgegentreten. Der Bote wirkte, als wäre er voll auf Speed, ich nahm ihm das Päckchen trotzdem ab, drehte mich um und kickte die Wohnungstür zu. Das Ding war so groß wie ein Buch, in Plastikfolie eingeschlagen und dick mit braunem Klebeband umwickelt. Ich betrachtete es von allen Seiten, dann kramte ich in den Küchenschubladen nach einer Schere, als im Schlafzimmer mein Telefon klingelte. Ich ließ Päckchen und Schere aufs Bett fallen und hob ab.

»Naomi«, sagte ich.

»Du klingst, als hättest du mit Stacheldraht gegurgelt. Gut geschlafen?« Ich murmelte etwas Unverständliches. »Also, die gute Nachricht: Esther ist aufgewacht und ansprechbar – zumindest ansatzweise.«

»Ansatzweise?« Ich machte mich wieder daran, das durchgeweichte Päckchen aufzuschneiden.

»Sie kann sprechen, will aber nicht. Sie gibt keinen Mucks von sich, nicht mal mit den Ärzten und Schwestern redet sie.«

»Wenn sich ihre Kehle so anfühlt wie meine, wundert mich das nicht.« Ich zupfte nachdenklich an dem Klebeband. »Was ist mit den anderen Überlebenden passiert?«

»Die Leute aus dem Cornerhouse? Hab ich mich auch schon gefragt. Die hat man in einem anderen Hostel untergebracht. Ich wollte gerade los, um mit ihnen zu reden.«

»Wenn die uns was über Esthers Verbindung zu Martin Wick sagen könnten, wäre das ein echter Durchbruch.«

»Ich werde sie danach fragen. Jetzt ruh dich aus. Okay?« Sie wartete auf eine Reaktion, aber ich war mit dem Inhalt des Päckchens beschäftigt: eine große rosafarbene Handtasche. »Aidan?«

»Ich ruf dich gleich zurück«, sagte ich und legte auf.

Rasch befreite ich sie von der Verpackung. Als ich sie umdrehte, entdeckte ich das Label: Chanel. Größe und Farbe kamen mir bekannt vor, aber mir wollte nicht einfallen, woher. Ich löste die Schnalle und schaute hinein. Keine Fotos, Karten oder Münzen. Ich machte sie weiter auf und entdeckte ganz unten Dutzende runde Steinchen. Ich trat ans Fenster und schob die Vorhänge beiseite, um besser sehen zu können. Als ich begriff, was ich hier vor mir hatte, ließ ich die Handtasche abrupt fallen. Die Steinchen rollten über den Holzboden.

Nur, dass es keine Steine waren, sondern ein kompletter Satz menschlicher Zähne, ausgerissen, mitsamt der blutigen Wurzel.

2

Es war früh am Abend, die meisten waren bereits heimgegangen, die leeren, in Neonlicht getauchten Gänge der Polizeistation waren ein einziges hallendes Labyrinth. Ich war vom Regen nass bis auf die Knochen, schob mich, ohne anzuklopfen, ins Büro von Superintendent Parrs, der mit drei hochrangigen Polizisten konferierte. Als sie mich erblickten, herrschte schlagartig Schweigen.

»Würden Sie uns einen Moment entschuldigen?«, sagte Parrs und heftete seinen Blick auf mich. Seine Kollegen dachten offenbar, er meinte mich, denn sie reagierten nicht. »Meine Herren, würden Sie uns kurz entschuldigen?«, sagte Parrs, um Klärung bemüht. Zwei der Männer machten sich umgehend aus dem Staub, der Dritte führte beim Verlassen des Büros allerdings ein kleines Theater auf. Auf dem Absatz wandte er sich noch einmal um.

»Alistair, wenn wir vielleicht wenigstens …«

Ich knallte ihm die Tür vor der Nase zu. Dann warf ich Parrs das Päckchen hin. Er fing das nasse Teil auf und spritzte sich mit Regenwasser voll. Es dauerte eine Weile, bis er den Adressaufkleber entziffert hatte. Den Mund hatte er schon zu einer Ansage geöffnet, dann schloss er ihn wieder und sah erst einmal nach, was sich im Päckchen befand, bevor er mich zusammenstauchte.

Stirnrunzelnd wickelte er die rosafarbene Handtasche aus.

Und sah mich an.

Déjà-vu.

»Vielleicht erkennen Sie sie wieder«, sagte ich, zog den zusammengefalteten Zeitungsartikel aus der Jackentasche und knallte ihn auf den Schreibtisch. Dann bezog ich wieder Stellung an der Tür. Parrs betrachtete das Foto von Constable Tessa Klein mit ihrer rosafarbenen Handtasche über der Schulter.

»Woher hast du das?«, knurrte er.

»Spezialversand. Obwohl bei UPS keine Daten dazu vorliegen. Schauen Sie hinein.«

Er löste die Schnalle, spähte kurz hinein und schloss rasch die Augen. Die Tasche legte er auf den Schreibtisch und schob seinen Stuhl zurück.

Als er die Augen wieder aufschlug, sah er mich an. »Woher hast du das, Sergeant?«

»Wurde mir gestern in die Wohnung geliefert. Glauben Sie immer noch an Selbstmord?«

»Du bist offenbar ein bisschen verstört …«

»Ein bisschen?« Meine wunde Kehle brannte. Ich trat einen Schritt vor, damit er mich besser hörte. »Sie haben diese Frau auf dem Gewissen.«

»Wie kommst du zu dieser Einschätzung?«

»Sie haben sie bei Carver eingeschleust, obwohl Sie genau wussten, was passieren würde.«

Parrs stand auf und lehnte sich gegen die Schreibtischkante. Den Kopf hielt er gebeugt, wie ein Raubtier kurz vor dem Angriff. »Wie bist du darauf gekommen?«

»Erstens ist sie verschwunden. Das entspricht genau seiner Vorgehensweise.«

»Und zweitens?«

»Bei unserem Gespräch hat er so eine Andeutung gemacht. Hat mich gefragt, ob es nicht seltsam sei, dass man ihre Leiche nie gefunden hat. Besonders perfide, denn er weiß sicher genau, in wie viele Stücke seine Leute sie zerteilt haben.«

»Klein hat gekündigt …«

»Weil Carver sie durchschaut hat, wie er jeden durchschaut, und er hat mit ihr gespielt, wie er es mit allen macht. Er hat sie manipuliert, damit sie sich aus der Sicherheit ihres Jobs verabschiedet und sich damit selbst auf die Abschussliste setzt. Dann hat er sie getötet, einfach so. Sie hätte gar nicht erst in seine Nähe kommen dürfen, sie …«

Mir versagte die Stimme, ich bekam einen langen Hustenanfall.

Parrs schenkte ein Glas Wasser ein und hielt es mir hin.

Ich sah ihn nur an, bis er es abstellte.

»War das Teil des Plans? Dass ich ihm einen Besuch abstatte und ihn ein bisschen provoziere, damit Sie Gewissheit haben?«

Er nickte müde. »Sieht so aus.«

»Sieht so aus?«

»Ich hatte nichts damit zu tun«, sagte er mit Blick auf die Handtasche. »Und was Zain Carver betrifft: Wir wissen beide, dass er nichts mit der Sache im Krankenhaus zu tun hat. So ein Anschlag mit Pauken und Trompeten, das ist nicht sein Stil.«

»Wieso haben Sie dann darauf bestanden, dass ich mit ihm spreche?«

Es war deutlich zu erkennen, dass sich die Rädchen in seinem Kopf noch drehten. »Superintendent Chase hat deinen verdeckten Ermittlungen nur zugestimmt, wenn du dich unter vier Augen mit Carver triffst. Natürlich war ich neugierig, warum ihr das so wichtig war, aber um das herauszufinden, musstest du ihr den Wunsch erst einmal erfüllen.«

Er präsentierte mir sein Haifischlächeln.

»Und mit deinem typischen Feingefühl, Sergeant, hast du erst mal alles zertrümmert, bevor du den Nagel endlich auf den Kopf getroffen hast.«

Ich betrachtete den feuchten Fleck, der sich unter mir auf dem Teppich gebildet hatte. Mir wurde schlagartig klar, was ich Parrs gerade geliefert hatte: die Kugel, mit der er Chase zur Hölle schicken konnte.

Kopfschüttelnd wandte ich mich zur Tür.

»Hiergeblieben!«, knurrte Parrs. »Wenn du noch mal in dieses Büro stürmst und meinen Dienstrang vergisst, sorge ich dafür, dass er dir als Brandzeichen verpasst wird.« Er nickte zur Handtasche. »Weißt du, was wir hier haben, Sergeant? Abgesehen von den genauen Abmessungen für Chases Sarg?«

»Was?«

»Anschauungsmaterial dafür, was mit dir passiert, wenn ich beschließe, dass du hier ausgedient hast. Klein hat Carver hintergangen und dann den Dienst quittiert. Hier siehst du, was von ihr übrig ist.« Er ließ seine Worte kurz wirken. »Wie es aussieht, hast du gestern Abend endlich mal was geleistet.«

Ich nickte.

»Und der Brand legt nahe, dass sich Wicks Mörder noch auf freiem Fuß befindet …« Das klang wie ein Test, doch ich ging nicht darauf ein. »… wer sonst wäre dir gefolgt, um die einzige Zeugin zu erledigen?« Weil ich immer noch schwieg, fuhr er fort. »Dieses junge Ding im Trainingsanzug aus dem Hostel weigert sich, mit DCI James oder seinem Team zu reden. Du hast ihr das Leben gerettet, so armselig es auch sein mag. Vielleicht spricht sie ja mit dir.«

»Sie hat eine Menge Rauch eingeatmet …«

»Na, daran kann es nicht liegen, schließlich redest du ja wie ein Wasserfall. Ich schlage vor, du nutzt deine Wut für die Ermittlungen. Geh mir nicht weiter auf die Nerven. Nerv lieber unsere Zeugin.«

»Was ist hiermit?« Ich wies auf seinen Schreibtisch.

»Kein Sterbenswörtchen! Zu niemandem! Erst wenn wir Chase abserviert haben.«

3

Ich glitt wie ferngesteuert durchs Gebäude, zurück zur Einsatzzentrale, verstört von Parrs, der mit Feuereifer daran arbeitete, Tessa Kleins Tod für seine Zwecke auszuschlachten. Ich fragte mich, wie er reagieren würde, wenn ihm morgen meine Zähne ins Büro geliefert würden. Seine am Abend etwas gründlicher zu bürsten vielleicht. Mehr aber auch nicht.

Naomi kam herein und riss mich aus meinen trüben Gedanken.

»Was machst du hier?«, fragte ich.

»Sollte ich das nicht dich fragen? Ich habe gerade die Befragung der Leute aus dem Cornerhouse abgeschlossen.«

»Und?«

»Erinnerst du dich an den Paranoiden mit dem Bart? Der Mann ist dein größter Fan …«

»Kann ich mir vorstellen.«

»Er hatte keine Ahnung, dass Esther sich ins Krankenhaus geschlichen hat. Meint, er kennt sie gar nicht richtig. Da war noch was Interessantes. Jemand anderes ist im Cornerhouse aufgetaucht und hat nach ihr gefragt. Ein paar Tage vor uns.«

»Lass mich raten …«

Naomi nickte. »Sie haben nur durch die Tür mit ihm gesprochen, aber die Beschreibung klang doch sehr nach einem gewissen ehemaligen Kollegen.«

»Blake. Darum hat er sein Handy nicht als gestohlen gemeldet. Er hat damit ihre Bewegungen verfolgt.«

»Also weiß diese Esther etwas über ihn, oder auf dem Handy war was Verdächtiges …«

»Verdächtig? Inwiefern?«

»Klingt jetzt vielleicht verrückt«, sagte Naomi, »aber ich frage mich langsam, was Kevin Blake in der Nacht gemacht hat, als die Moore-Familie ermordet wurde.«

Ich dachte nach, lauschte dem Regen, kramte auf meinem Schreibtisch nach Blakes Buch.

Als ich die gesuchte Stelle fand, gab ich ihr das aufgeklappte Buch. »Hier.« Als persönliche Randbemerkung schilderte Blake an dieser Stelle, dass er zum Tatzeitpunkt an einer regionalen Polizeikonferenz teilgenommen hatte. Naomi las den betreffenden Abschnitt, dann blätterte sie vor zu den Fotos im Mittelteil des Buchs. Eines zeigte ihn auf der Veranstaltung, er trug Anzug und stand in einer Gruppe zusammen mit mehreren hochrangigen Kollegen, deren Namen unter dem Bild aufgeführt waren.

»Na, wenigstens ist dieser Schund zu irgendwas gut«, sagte sie und klappte das Buch zu. »Ich dachte, du wolltest es nicht lesen?«

»Irgendwie hat's mich dann doch interessiert. Du hast allerdings nicht viel verpasst. Er beschreibt den Fall aus seiner Sicht, das Ganze auf dreihundert Seiten aufgeblasen.«

Naomi seufzte. »Wenn wir noch mehr Verdächtige von der Liste streichen, musst du bald mich verhaften. Darf ich fragen, warum du heute im Büro bist?«

»Motivationsvortrag von Parrs.«

»Hat funktioniert, wie ich sehe. Solltest du hier sein, Aidan?«

»Ist das philosophisch gemeint?«

»Zum Teil. Es macht mir außerdem Sorgen, dass Louisa noch nicht erschienen ist …«

»Mir auch.«

»Sorgen macht mir auch der Gedanke, dass du über Nacht Raucherhusten entwickelt hast, und am meisten Sorgen macht mir, dass du mich so glücklich angestrahlt hast, als ich reingekommen bin.«

»Der Rauch hat offenbar auch mein Sehvermögen getrübt.« Naomi grinste. »Ich freue mich, dich zu sehen. Immer. Solltest ich dir je den Eindruck vermittelt haben, dass es nicht so ist, dann lag das allein an mir.«

»Durch den Rauch klingt deine Stimme noch sarkastischer als sonst.«

»Ich heiße Aidan Waits«, sagte ich, als wollte ich meine sarkastische Stimme gleich ausprobieren.

»Der reine Sarkasmus!«

»Meine Kollegin heißt Naomi Black.«

»Der reine …«

»Sie ist die beste Polizistin, mit der ich je gearbeitet habe«, sagte ich ernst. Sie lächelte, dann sah sie aus dem regenverschleierten Fenster hinter mir. Ich beugte mich zu ihr vor. »Das war sarkastisch gemeint«, sagte ich.

»Pass auf, sonst hau ich dir das Buch um die Ohren.«

»Au weia!« Wir sahen einander an. »Ich spreche heute noch mit James über deine Versetzung.«

Sie ließ das Buch auf den Tisch fallen. »Du glaubst nicht, dass Martin Wick die Moores umgebracht hat, oder?«

»Er hat mir gesagt, dass er es nicht war, direkt nachdem ihn jemand angezündet hat.« Ich erinnerte mich daran, wie Wick mit der Faust gegen meine Brust geschlagen hatte. Seine schwarzen Augen, die glühend vor Zorn aus seinem verbrannten Gesicht starrten. »Ich glaube ihm.«

Sie dachte ernsthaft darüber nach. »Wir wissen, dass Frank Moore es nicht gewesen sein kann. Er lag im Vollrausch bei seiner zukünftigen Frau auf dem Sessel. Wir wissen auch, dass Blake es nicht war. Er war auf der Gala, zusammen mit Dutzenden Kollegen. Esther war damals noch ein Kind. Wieso ist sie so interessiert an Wick?«

»Das fragt sich Parrs auch, deswegen soll ich mit ihr sprechen und es rausfinden.«

»Jetzt?«, fragte sie mit Blick auf die Armbanduhr. Ich nickte, und sie erhob sich. »Dann los. In deinem Zustand solltest du nicht ans Steuer. Deine Tapferkeitsmedaille haben sie dir hoffentlich schon geschickt?«

Ich nickte. »Die und noch ein paar andere Sachen.«

4

Die Besuchszeiten waren schon lange vorbei, aber nachdem sich Naomi so richtig ins Zeug gelegt hatte, gewährte man uns ein paar Minuten. Esther war so spindeldürr, dass ihr Körper unter der Bettdecke geradezu grotesk aussah. Von der Elektrolytlösung hatten sich ihre Lippen knallrot verfärbt, wodurch ihre Haut noch fahler wirkte.

Vielleicht lag es daran, dass sie mir jetzt auch erheblich jünger erschien.

Bei unserer ersten Begegnung in der Toilette hatte ich sie auf Mitte dreißig geschätzt, aber das korrigierte ich nun um mindestens zehn Jahre nach unten.

Trotz ihres geringen Alters trug sie bereits die Spuren ihres Lebens im Gesicht.

Ein Netz von tiefroten Äderchen zog sich über Nase und Wangen, die Falten unter ihren Augen sahen aus wie mit dem Skalpell gezogen.

Ihre Arme ruhten über der Bettdecke, die Hände hatte sie zu Fäusten geballt, als wollte sie die Welt vermöbeln. Erst als sie die müden, blutunterlaufenen Augen auf mich richtete, erkannte ich, dass sie viel von ihrem Kampfgeist eingebüßt hatte. Man hatte ihr den Magen ausgepumpt, weil sie Schlaftabletten genommen hatte, und sie wegen Rauchvergiftung behandelt.

»Nur ein paar Minuten später, und Sie hätten sie im Leichenschauhaus besuchen können«, hatte die Ärztin erklärt. »Aber erwarten Sie ja keinen Dank von ihr.«

Als sie uns sah, lockerte Esther die Fäuste. Ihre Fingernägel waren bis aufs Fleisch abgekaut. Komischerweise klebte an ihren Händen keine grüne Farbe, obwohl ich sicher war, dass sie das

Graffiti auf Blakes Hausmauer gesprüht hatte. Als sie meinen prüfenden Blick bemerkte, schloss sie sie schnell wieder.

»Dürfen wir uns setzen?«, fragte ich. Sie zuckte die Achseln. Also setzte sich Naomi auf eine, ich mich auf die andere Bettkante. »Wie geht es Ihnen heute?«

»Ihre Stimme …«, krächzte sie. »Sie haben mich rausgeholt.« Ich nickte. »Hätten Sie sich sparen können.«

»Hab ich mir heute beim Aufwachen auch gedacht.«

»Was ist passiert?« Ihr Akzent war sehr hart, irisch, genau wie ich es im Cornerhouse gehört hatte. Bei unserer Begegnung in der Toilette hatte er noch weicher geklungen.

»Wissen Sie noch, dass Sie in Val's Hostel waren?«

Sie nickte.

»Sie haben eine Überdosis Schlaftabletten genommen.«

»Das nicht …«

»Es war Brandstiftung«, sagte Naomi. »Molotowcocktails durchs Fenster. Mal abgesehen davon, wie egal Ihnen Ihr eigenes Leben sein mag, wie es aussieht, haben bei diesem Anschlag drei oder vier Männer ihres verloren.«

»Wegen mir?«

»Weil das Gebäude nicht den Sicherheitsvorschriften entsprochen hat«, sagte ich. »Die Ausgänge waren versperrt, und die Rauchmelder haben nicht funktioniert. Vor allem aber ist das wegen demjenigen passiert, der dieses Verbrechen begangen hat, und Sie können uns helfen, diese Person zu finden. Ich bin Detective Sergeant Waits, und das ist Detective Constable Black …«

»Wir kennen uns schon«, sagte Esther.

»Genau, Sie haben uns ins Cornerhouse gelassen. Und uns das Handy gegeben.«

»Ich wollte die anderen nicht in meine Scheiße mit reinziehen. Toll, dass wir dank Ihnen rausgeflogen sind. Herzlichen Dank!«

»Nach gestern Abend sind wir quitt. Sie könnten uns wenigstens verraten, wie Sie heißen.«

»Hab ich schon. Jazz.«

»Nicht Esther?«, fragte Naomi. Als die Frau wieder die Achseln zuckte, hakte Naomi nach. »Dieser Name wurde uns von einem gewissen Christopher Back genannt, auch bekannt als Short Back and Sides …«

Sie stöhnte. »Wenn es nach mir ginge, sollte man ihm nicht nur die Haare stutzen.«

»Sie mögen ihn nicht?«

»Ist 'n echter Pisser, der Typ.«

»Trotzdem haben Sie zu ihm Kontakt aufgenommen.«

»Hab ich das?«

»Sie haben offenbar zu allen eine Verbindung, die in diesen Fall verwickelt sind«, sagte Naomi. »Mit Martin Wick haben Sie sich getroffen, sein Foto an Charlie Sloane verkauft, es durch Short Back and Sides bestätigen lassen und Kevin Blakes Handy geklaut, um das Bild zu machen. Jetzt will sie jemand aus irgendeinem Grund aus dem Weg räumen.«

Ich trank einen Schluck von Esthers knallroter Elektrolytlösung. »Wir wissen, dass Sie vor ein paar Wochen bei Kevin Blake eingebrochen sind. Er hat ein Buch über Martin Wick geschrieben und ihn ins Gefängnis gebracht. Uns ist bekannt, dass Sie ihm Informationen über den Fall gestohlen haben. So haben Sie den Kontakt zu Charlie Sloane von der *Mail* hergestellt und ein Foto von Wick auf dem Totenbett angeboten. Wozu das alles?«

»Hab der fetten Sau fünf Riesen abgenommen.«

Ich schüttelte den Kopf. »Ich glaube eher, dass Sie unbedingt wollten, dass die Welt Martin Wick sieht.«

Sie schwieg, doch ich hatte offenbar einen Nerv getroffen.

»Na gut. Sie haben sich mit Gesichtstattoos getarnt und im Krankenhaus gewartet, bis Sie sich Zugang zu ihm verschaffen konnten. Und obwohl Sie das Foto für Sloane bereits geschossen hatten, sind Sie noch mal zurückgekehrt. Warum?«

Immer noch keine Antwort.

»In der Nacht des Anschlags waren Sie hier. Sie haben gesehen, wie jemand dem bewaffneten Polizisten die Kehle durchgeschnitten hat und zwei Männer in Flammen aufgingen. Sie sind vom Tatort geflohen, dann haben Sie das von Ihnen gestohlene Auto in Brand gesetzt und sich im Cornerhouse verschanzt. Wir haben Blakes Handysignal dort geortet. Und als Sie in Val's Hostel waren, hat jemand versucht, das ganze Haus niederzubrennen, um Sie zum Schweigen zu bringen. Worüber sollen Sie schweigen, Esther?«

»Dieses Gerede über Molotowcocktails, Feuer und Brände, Gott, was würde ich für 'ne Kippe geben.«

»Wir glauben, dass Sie eine Polizistin namens Louisa Jankowski bestochen haben«, sagte Naomi. Ich beobachtete Esther ganz genau, aber sie zeigte keine Regung. »Außerdem gehen wir davon aus, dass Sie Constable Michael Rennick bestochen haben.«

Esthers Blick wanderte zu Naomi. Ich hatte das Gefühl, dass ihr der Name Rennick etwas sagte, was mich überraschte. Wenn er kein Bestechungsgeld angenommen hatte, wie war der Täter dann nahe genug an ihn herangekommen, um ihm die Hand zu schütteln. Ihm die Kehle durchzuschneiden?

»Ich glaube, Sie hatten eine Beziehung mit Martin Wick.« Sie sah mich an. »Wir haben Ihre Selfies aus dem Krankenbett gefunden, auf dem Sie mit ihm zu sehen sind, und momentan untersuchen wir seine Briefe aus Strangeways. Wir werden die Verbindung finden, Esther.«

Sie grinste und zeigte uns ihre grauen, schlechten Zähne.

»Martin war mein Sugar Daddy«, sagte sie.

»Wie haben Sie ihn kennengelernt?«

»Sag ich nicht.«

»Vielleicht könnten Sie uns dann wenigstens sagen, was Sie gegen Kevin Blake haben.«

»Nein.«

»Sind Sie sauer auf ihn, weil er Ihren Lover eingelocht hat?«, fragte ich.

Esther funkelte mich an. »Ja. Bin ich.«

»Aber da ist noch mehr. Was ist zwischen Ihnen und Blake?«

»Eine Mauer wäre toll, aber wahrscheinlich immer noch nicht genug«, sagte sie.

»Er hat den Einbruch nicht angezeigt. Wir haben es zufällig herausgefunden. Blake hat so getan, als hätte er ihn vergessen, und behauptet, das Handy sei ihm nicht so wichtig. Das Problem ist nur, dass Ihre Freunde vom Cornerhouse ausgesagt haben, dass er dort danach gesucht hat. Und nach Ihnen. Was nahelegt, dass zwischen Ihnen eine persönliche Verbindung besteht. Vielleicht Hassliebe?«

»Wo wir gerade bei Hassliebe sind«, sagte Naomi. »Louisa Jankowski hat gerade eine Heidenangst, dass Sie ihre Beteiligung an dieser Sache verraten könnten, wie auch immer die aussehen mag. Ihre Angst ist so groß, dass sie seit gestern verschwunden ist – mit einer geladenen Waffe.«

»Mit der ist nicht zu spaßen«, fügte ich hinzu, obwohl die Botschaft eher an mich gerichtet war. »Wie es aussieht, wissen Sie etwas richtig Übles über sie und Blake, sonst wären die beiden nicht so aufgescheucht. Wenn Sie es uns verraten, retten Sie damit womöglich Ihr Leben.«

»Mein Leben retten? Da wär ich ja schön blöd!«, sagte Esther. »Kevin Blake, diese Louise Schlagmichtot, ihr beide …«, ihr Blick wanderte zwischen mir und Naomi hin und her, »… was habt ihr alle gemeinsam? Das Gesetz. Wir stehen nicht auf derselben Seite, das ist Quatsch.«

»Okay, dann reden wir doch mal über Ihre Seite. Martin Wick. Haben Sie den Mann gesehen, der ihn umgebracht hat?« Sie presste die Lippen zusammen, schüttelte den Kopf.

»Ich hab die Kamera nur zur Klotür rausgehalten. Hab mich nicht getraut hinzusehen.« Sie rieb sich übers Gesicht. »Niemand traut sich hinzusehen …«

»Was wollen wir nicht sehen?«, fragte Naomi.

»Alte Geschichten.« Esther schlug sich die Hände vors Gesicht und weinte. »Ihr wollt ein Puzzle legen, habt aber nur die Hälfte der Teile.«

»Woraus besteht die andere Hälfte? Aus den Moores?«

»Die heiligen Scheiß-Moores.«

»Was haben sie mit dem Mord an Martin Wick zu tun?«

»Martin hat sie nicht umgebracht!«, rief Esther wütend. »Das ist schon mal der Anfang.«

Ich nickte. »Das hat er mir auch gesagt.«

»Er hat es Ihnen gesagt?«

»Seine letzten Worte. Es war ihm sehr wichtig, Esther.«

»Habt ihr schon mit dem Eisschrank geredet?«

»Eisschrank?«

»So hat Martin sie genannt, seine Ex.«

»Wir vermuten, dass der Täter ein Mann war, das sieht man auf Ihrem Video.«

Sie schüttelte den Kopf. »Sie hat ihn nicht umgebracht, aber ihr solltet sie euch mal genauer ansehen, wenn ihr rauskriegen wollt, wer es war.«

»Sprechen Sie über Mrs Wick?«

Sie grinste fies, dann versank sie in ihrem Bett und schloss die Augen. »Wühlt mal ein bisschen im Eisschrank rum. Wenn ihr was Vertrocknetes findet, reden wir noch mal.«

5

Martin Wicks Ex-Frau Susan hatte einen Job bei *YouBet*, einem Wettbüro in Salford, in der Nähe der A6. Die Obdachlosen, die unter dem Vordach Schutz suchten, hatten offenbar nicht das große Los gezogen, aber das schreckte die vielen Kunden nicht davor ab, vor der Tür Schlange zu stehen, um kurz vor Ladenschluss noch schnell eine Wette abzuschließen. Es war fast zehn Uhr am Abend, und die leicht hysterische Torschlusspanik kam mir sehr bekannt vor.

Der letzte Wurf. Der dem Tag eine Wendung geben würde – in die eine oder andere Richtung.

Naomi hatte unseren Besuch schon auf der Fahrt telefonisch angekündigt, die Nummer stammte aus Kevin Blakes Handy. Am Telefon bestätigte Susan Wick im Großen und Ganzen die Aussage ihres Ex-Mannes. Sie sei nicht mal ein Jahr mit Wick verheiratet gewesen, und das war über zwölf Jahre her. Die beiden hatten sich bereits vor dem Mord an der Moore-Familie getrennt; sie betonte, dass sie keinerlei Kontakt zu Wick gehabt hatte. Es war ihr ein Rätsel, warum wir ausgerechnet jetzt mit ihr sprechen wollten, und auch Naomi wollte kein triftiger Grund einfallen. Eigentlich unterschieden wir uns nicht wesentlich von denjenigen, die auf gut Glück eine Wette abschlossen.

So weit waren wir gekommen.

Wir warteten, bis die letzten Verzweifelten im Regen verschwunden waren. Offenbar erkannte Susan Wick Polizisten schon von Weitem. Sie behielt uns im Blick, bis der letzte Kunde gegangen war. Dann öffnete sie die Sicherheitskabine, ging an uns vorbei zur Tür und sperrte ab. Kurz darauf tauchte ein Mann vor der Scheibe auf und tippte ungläubig auf seine Armbanduhr.

Susan Wick schüttelte den Kopf.

»Es gibt immer einen«, sagte Naomi.

»Ha! Wenn's nur einer wäre«, erwiderte Susan und musterte uns unverhohlen. In ihrem Job musste sie wachsam sein, ich konnte mir gut vorstellen, dass sie ihren Argwohn nach Feierabend nicht einfach abstreifte. Sie hatte einen scharfen Blick, scharfe Fingernägel und roch schwach nach Rauch. Nach den Erlebnissen der vergangenen Nacht wurde mir davon übel. Sie nahm sich eine Zigarette und spielte damit herum, um uns zu signalisieren, dass wir uns kurzfassen sollten.

»Danke, dass Sie sich für uns Zeit genommen haben.«

»Seit seiner Tat hatte ich keinen Kontakt mehr zu Martin. Aber davor auch schon nicht.« Sie sah aus, als hätte das Rauchen nicht nur die Stimme und die Haut ausgetrocknet, sondern auch ihre Persönlichkeit. Allein bei ihrem Anblick bekam ich eine raue Kehle.

Naomi übernahm das Ruder.

»Die Nachricht von seinem Tod hat sicher einiges wieder aufgewühlt.«

»Er hat drei Kinder umgebracht«, sagte Susan Wick. »Für diesen Menschen habe ich nichts übrig. Wenn ich die Chance gehabt hätte, ihn abzufackeln, hätte ich nicht gezögert.«

»Aha. Die Liebe ist vergangen.«

»Sie hat nie existiert, Schätzchen. Wenn Sie gekommen sind, um mich zu fragen, wo ich gewesen bin …«

»Nein, nein.«

»Weil ich bis in die Puppen hier war und danach bei meiner Mutter.«

»Wir wissen, dass Martin von einem Mann getötet wurde. Er wurde am Tatort gesehen. Wenn es stimmt und Sie in den letzten zwölf Jahren keinen Kontakt mehr zu ihm hatten, dann gibt es keinen Grund, Sie zu verdächtigen.«

»Seit der Unterzeichnung der Scheidungspapiere haben wir kein Wort mehr miteinander gewechselt.«

»Seine Unterschrift haben Sie sicher kaum entziffern können …«

Susan nickte. »Musste ihm beim Schreiben helfen. Martin ist so gut wie nie in die Schule gegangen. Wenn Sie mich nicht verdächtigen, wieso sind Sie dann hier?«

»Wie haben Sie sich kennengelernt?«, fragte Naomi.

»Er hat den Dachboden über meinem damaligen Laden ausgebaut. Ich hatte davon geträumt, dort einzuziehen.« Sie lachte trocken. »Wie Sie sehen, ist der Traum voll in Erfüllung gegangen. Mein erster Partner Al hatte mir dabei geholfen. Wunderbarer Mann. Ist bei einem Autounfall ums Leben gekommen.« Diese Worte sprach sie sehr behutsam aus, als handelte es sich um etwas Kostbares.

»Herzliches Beileid«, sagte Naomi.

»Nach dem Trauerjahr war es eine willkommene Abwechslung, mit einem Mann auszugehen. Allerdings kann ich nicht behaupten, dass es bei uns gefunkt hätte. Martin war ein unsteter Geist, ich war lieber zu Hause.«

»Aber Sie haben ihn trotzdem geheiratet«, bemerkte Naomi.

»Ich bin schwanger geworden.« Naomi sah sie fragend an. »Am Ende haben wir keine Kinder bekommen. Ich hatte eine Fehlgeburt, aber da standen wir schon fast vor dem Altar. Ich wusste, dass es die falsche Entscheidung war, aber ich habe es trotzdem gemacht.«

»Das Gefühl kenne ich«, sagte ich.

»Also hab ich mir den großen Tag schöngeredet. Dachte, dass ich nach den vielen Verlusten, Al und das Baby, in der Ehe Trost finden würde. Stattdessen hatte meine Pechsträhne erst begonnen.«

»Aber Sie haben noch mal geheiratet?«, fragte ich mit Blick auf ihren Ehering.

Sie schüttelte den Kopf. »Die meisten Kerle, die hier reinkommen, pfeifen aus dem letzten Loch. Alle suchen nach jemandem, die ihnen das bisschen Zeit vertreibt, das ihnen noch bleibt. Es ist leichter, wenn ich einen Ehering trage.« Sie zögerte. »Nach Martin hätte ich nie wieder heiraten können.«

»Sie tragen keine Schuld an dem, was er getan hat«, sagte ich.

»Schuld?«, rief sie und lachte humorlos. »Das ist Ihre moderne Begründung. Meine ist altmodischer. Nach Martin gehörte ich zum Ausschuss.«

»Verstehe ich nicht …«

»Ich konnte keine Kinder bekommen.«

»Wegen der Fehlgeburt?«, fragte Naomi.

Susan Wick schwieg lange, spielte mit der Zigarette herum.

»Wie gesagt, Martin war ein unsteter Geist. Manchmal hat er mir was mitgebracht. Einmal waren es Chlamydien. Ich habe eine Unterleibsentzündung bekommen, danach waren meine Eierstöcke vernarbt.« Ihr Blick wanderte zur Tür. »Wie gesagt, meine Pechsträhne hatte erst begonnen.«

6

Wenn ihr was Vertrocknetes findet …«, wiederholte Naomi. Wir saßen in einem düsteren, aber gemütlichen Pub neben dem Wettbüro, zwei Pints und eine Schale Erdnüsse vor uns auf dem Tisch.

»Nicht gerade nett ausgedrückt, aber sie hat uns mit der Nase drauf gestoßen. Weil Susan Wick sich vor ungefähr zwölf Jahren mit Chlamydien infiziert hat, kann sie keine Kinder mehr bekommen …«

»Zur selben Zeit zerbricht Frank und Margarets Ehe an einer Geschlechtskrankheit«, sagte Naomi. »Woher weiß Esther das alles?«

»Die Fotos auf dem Handy zeigen uns, dass Esther mit Wick gesprochen hat, außerdem steht zu vermuten, dass die beiden davor im Kontakt standen.«

»Außerdem hat sie ja noch mehr von Blake gestohlen«, sagte Naomi und sah mich an. »Na los, spuck's aus!«

»Was?«

»Dass du glaubst, zwischen den Moores und den Wicks gibt es eine Verbindung.«

»Die Zeiträume passen. Angenommen, Martin Wick hatte ein Verhältnis mit Margaret Moore. Das ist eine bisher unentdeckte Verbindung. Und könnte ein Motiv sein für den Mord an der Familie …«

»Welches?«

»Wick gibt Margaret die Schuld an der Infektion und dem Ende seiner Ehe. Er bringt sie und ihre Kinder um.«

»Oder«, sagte Naomi, »Frank Moore findet heraus, dass Margaret eine Affäre hatte. In seiner Wut bringt er sie und die Kinder um und hängt es dem Mann an, mit dem sie ihn betrogen hat.«

»Das Problem ist, Frank hat für die Mordnacht ein Alibi.«

»Das ist nicht das einzige Problem«, sagte Naomi. »Wieso ist Wick so interessiert an Lizzie? Wie passt das zu seiner Affäre mit ihrer Mutter?«

»Vielleicht haben sich die Kollegen damals einfach was zusammengereimt?«

Naomi schüttelte den Kopf. »Es gab Zeugen, die gesehen haben, wie er vor ihrer Schule rumlungerte. Und vor dem Haus. Er hat sie beobachtet.«

»Vielleicht hat er gehofft, dort ihre Mutter zu treffen?«

»Sie haben Lizzies Kleidung in seinem Zimmer gefunden. Außerdem vergisst du Short Back and Sides.«

»Was ist mit dem?«

»Er hat sich doch wegen Wicks Fotos von Lizzie aufgeregt. Die hatte Wick sich aus den Zeitungen ausgeschnitten.«

Ich nickte unwillig.

Es war eine der wenigen Aussagen, die aufrichtig geklungen hatten. Adam hatte mir die Bilder aus Wicks Nachlass sogar gezeigt.

»Und wenn Lizzie und Martin eine Affäre hatten, was dann?«

»Lizzie war ein Kind, Aidan.«

»Na, so was kommt doch vor. Sieh dir doch das Ding zwischen Wick und Esther an. Sogar vom Gefängnis aus hat er sie um den Finger gewickelt. Der Altersunterschied ist ja wohl auch ziemlich heftig.«

»Also willst du behaupten, Martin Wick hatte eine Affäre mit Lizzie und steckt sie mit Chlamydien an …« Ich nickte. »Aber warte mal … wie soll Frank sich von seiner eigenen Tochter Chlamydien holen?«

Ich schwieg und ließ Naomi Zeit, die richtigen Schlüsse zu ziehen.

»Was ist nur mit dir los?«, fragte sie schließlich.

»Niemand weiß es genau, aber das wäre sicher ein Geheimnis, für das Frank morden würde.«

»Da hast du recht.«

»Und egal, wie es gewesen sein mag, wir haben hier eine mögliche Verbindung zwischen den beiden Familien, die niemand vorher aufgedeckt hat.«

»Aber was sollen wir jetzt damit anfangen? Frank meidet das Thema wie die Pest. Das Ganze ist nur rausgekommen, weil ihn die Aussagen der Nachbarn so verstört haben.«

»Moment mal«, sagte ich.

Ich zog mein Handy raus und rief Charlie Sloane an.

»Ich steige gerade in den Zug und sitze dann im Ruheabteil …«

»Das freut mich für Sie. Aber ich muss Sie um einen Gefallen bitten.«

»Das können Sie dem Freizeichen erzählen.«

»Wissen Sie, wir könnten Sie immer noch verhaften«, sagte ich. »Oder Sie veröffentlichen etwas für uns.«

»Das gedruckte Wort ist mir immer noch heilig, auch wenn Sie mir das nicht glauben. Ich habe kein Interesse daran, fingierte Geschichten in die Welt zu setzen.«

»Keine Sorge. Das gedruckte Wort ist zu langsam, das hier muss schneller unter die Leute.«

»Wie, ein Tweet?«, fragte er nach kurzem Zögern. »Raus mit der Sprache! Was ist los?«

»Der Polizist, der den Anschlag auf das St. Mary's überlebt hat, erholt sich sehr schnell. Man hat ihn aus dem künstlichen Koma geholt, und wir werden morgen früh mit ihm über den Anschlag sprechen.«

»Hm. Um wie viel Uhr morgen?«

»So früh wie möglich.«

»Okay. Aber dann sind wir quitt.«

»Klar«, sagte ich und legte auf.

Der Barmann läutete die letzte Runde ein. Naomi sah mich finster an.

»Sutty liegt noch im Koma.«

»Ich will rauskriegen, wer ihn besucht, wenn bekannt wird, dass er wach ist. In der Zwischenzeit möchte ich, dass du noch mal nach Strangeways fährst. Besorg dir die Unterlagen zu Frank Moore. Alles zu seinen Therapiesitzungen, den Teilnehmern und so weiter.«

»Jetzt?«

»Im Gefängnis ist hoffentlich immer einer wach.«

»Und du?«

Ich leerte mein Glas. »Du hast recht. Short Back and Sides hatte ich ganz vergessen.«

7

»Was ist?« Axel funkelte mich über die Kette hinweg durch den Türspalt an. Diesmal hatte ich mein Lockpicking-Set nicht dabei und musste im Regen warten, bis mich eine kleine alte Dame ins Haus ließ. Nachdem ich zehn Stockwerke hinter mir hatte, war ich noch außer Atem.

»Ich muss mit Short Back reden, so unglaublich es klingt.«

»Is nicht da.« Axel wollte zumachen, aber ich hatte den Fuß in der Tür. »Aber wir haben 'nen neuen Couchtisch, falls du deine Aggro ausleben willst.«

Ich wartete.

»Er präsentiert im Carlyle.«

»Präsentiert was?«

»Karaoke. Immer donnerstags.«

»Wie …«, Axel funkelte noch böser, »… überraschend«, ergänzte ich rasch.

»Ja«, sagte er, »unverhofft kommt oft. Sonst noch was?«

»Warte nicht auf ihn, er kommt heute spät.«

Das Carlyle an der Ecke war schon lange reif für die Abrissbirne. Vor dem Eingang stand ein ausgebranntes Autowrack, das aussah wie eine provokative Skulptur. Drinnen hielten sich noch ein paar Hartnäckige an ihren letzten Drinks fest. Aus den angeschlagenen Lautsprechern drang eine Instrumentalversion von *Young at Heart*, während Short Back auf der Bühne eine passable Sinatra-Kopie zum Besten gab.

Zumindest von der Stimme her.

Die Bühnenbeleuchtung setzte den Krater in seinem Schädel eindrucksvoll in Szene. Die Diskrepanz zwischen seinem Aussehen und seinem Gesang, zwischen dem, was er darstellte, und dem, was er darzustellen glaubte, war so groß, dass es fast metaphorisch wirkte: eine traurige, universelle Erkenntnis. Ich ließ ihn singen.

An der Bar bestellte ich mir einen großen Jameson, ließ Short Back aber nicht aus dem Blick.

Der Mann ging so in der Musik auf und war von der Bühnenbeleuchtung dermaßen geblendet, dass er mich nicht sah. Als seine Stimme kurz vor Ende des Liedes unter der Last seiner Emotionen brach, hatte ich meinen Whiskey bereits geleert. Ich wandte mich zur Bar, er stellte sich arglos neben mich, um sich nach seinem Auftritt einen Drink zu holen.

Da streckte ich die Hand aus, als wollte ich ihn begrüßen, stattdessen legte ich ihm blitzschnell Handschellen an.

»Was soll der Scheiß!«, sagte er. In seinen Augen glitzerte die Manie in Reinform.

»Lass uns was trinken.«

»Nimm mir diese Kackdinger ab!«

Ich zog seinen Arm näher an mich heran. »Ich sagte: Lass uns was trinken!«

»Wow! Wenn das deine Aufreißnummer ist, liegt dir die Damenwelt sicher zu Füßen.«

Ich bestellte uns zwei große Whiskeys, die uns sofort serviert wurden.

»Martin Wick war besessen von Lizzie Moore. Hast du zumindest behauptet.«

»Ja«, erwiderte er unsicher. »Das blonde Mädchen, das er ermordet hat.«

»Und du hast Bilder von ihr in seiner Zelle gefunden?«

Er nickte, misstrauisch, aber offenbar immer noch verstört von seiner Entdeckung. Als mir einfiel, dass der Krater in seinem Schädel laut seinen Schilderungen von seinem Stiefvater stammte, beschloss ich, etwas sanfter mit ihm umzuspringen. Ich zeigte ihm den Umschlag mit den Zeitungsausschnitten, den Adam mir gegeben hatte.

»Sprichst du von denen, Chris?«

Er warf einen raschen Blick darauf, bevor er sich angewidert abwandte. »Ja.«

Ich wartete, bis er mich wieder ansah, dann löste ich die Handschellen.

»Erzähl mir alles«, sagte ich.

VII

VIOLENT PAST

1

Naomi und ich saßen links und rechts vor der Tür in Suttys dunklem Krankenzimmer und lauschten dem regelmäßigen Signalton des EKG-Monitors. Es war mitten in der Nacht.

Von draußen waren wir nicht zu sehen.

Suttys wenige Besucher hatten wohlweislich keine Blumen mitgebracht. Ich öffnete den Johnny Walker auf seinem Nachtkasten und trank einen großen Schluck aus der Flasche. Als ich sie Naomi hinhielt, sah sie mich mit instinktiver Missbilligung an, zuckte dann aber mit den Schultern und trank ebenfalls.

»Herrje«, sagte sie, als sie mir die Flasche zurückgab. »Für ein Mixgetränk hat das Mitgefühl wohl nicht gereicht.«

»Ich könnte mal nachsehen, ob sie hier Flüssigseife haben …«

»Sag mir lieber, wen oder was du eigentlich erwartest.«

»Keine Ahnung, ehrlich nicht. Könnte die Putzkraft sein oder ein Molotowcocktail.«

»Dann wüssten wir wenigstens, was wir hier machen.«

»Vielleicht passiert auch gar nichts.«

Schritte im Flur ließen uns verstummen.

Es war deutlich zu hören, dass sie von zwei Personen stammten. Ich hielt die Luft an, als sie vor der Tür stoppten. Diejenigen waren offenbar stehen geblieben, vielleicht spähten sie gerade durch die kleine Scheibe ins dunkle Zimmer. Ein gedämpftes Murmeln, dann öffnete sich die Tür, und sie traten ein. Als sich eine der Gestalten, ein großer Mann, Suttys von einem Vorhang geschütztem Bett näherte, knipste ich das Licht an.

Frank Moore blieb stehen und fuhr herum. Sein Blick wanderte von Naomi zu mir, dann zu seiner Frau Rebecca, die auf dem Absatz stehen geblieben war. Er richtete sich zur vollen Größe auf und rang sich ein Lächeln ab.

»Tappen Sie mal wieder im Dunkeln, Waits?«

»Frank Moore«, sagte ich mit einem Nicken. »Und Mrs Moore. Herzlich willkommen!«

Als Moore die beiden leeren Stühle neben Suttys Bett entdeckte, ging er zielstrebig auf einen zu. Er straffte den Rücken und setzte sich stocksteif hin, wie er es beim Militär gelernt hatte. Seine Frau folgte ihm, etwas weniger selbstsicher, blieb erst neben ihm stehen und wählte schließlich den anderen Stuhl.

Moore zupfte am Vorhang und spähte kurz durch den Spalt.

»Der sieht aber nicht besonders wach aus …«

»Das haben die Leute schon vor dem Koma behauptet. Was führt Sie her?«

Moore strich sich über die weiße Haarsträhne. »Wir haben gelesen, dass man Sutcliffe aus dem Koma geholt hat. Ich hatte gehofft, dass er den Fall übernehmen würde.«

»Frank«, sagte Rebecca.

»Es gibt keinen Grund, diesen Mann ernst zu nehmen«, sagte er zu seiner Frau.

»Wir sind gekommen, um unsere Unterstützung anzubieten«, sagte sie und arrangierte die Blumen in ihrer Hand. »Frank will es nicht zugeben, aber er fühlt sich verantwortlich.«

»Das wäre ja mal was ganz Neues«, erwiderte ich. »Wir haben eine ermordete Familie, einen ermordeten Häftling, einen im Dienst ermordeten Polizisten und einen, der noch um sein Leben kämpft. Aber niemand fühlt sich verantwortlich.«

»Martin Wick«, sagte Frank Moore. »Er ist verantwortlich, ob das Schwein es will oder nicht. Und die anderen? Das ist Ihr Job, Waits. Der Berg kommt nicht zum Propheten.«

»Was, wenn Martin Wick nicht verantwortlich ist?«

Moore wiegte den Kopf wie ein getroffener Boxer, dann hielt er sich an den Knien fest. »Er hat alles genau aufgeschrieben. Sie sollten es mal lesen.«

»Das ist wahrscheinlich mehr, als er in Wahrheit hinbekommen hätte.«

»Wovon reden Sie?«

»Martin Wick war Analphabet, Mr Moore. Wir haben heute mit seiner Ex-Frau gesprochen. Sie haben sich ein paar Monate vor dem Mord an Ihrer Familie getrennt, und sie musste ihm helfen, die Scheidungspapiere zu unterzeichnen. Wie soll er da ein fünfundzwanzigseitiges Geständnis geschrieben haben?«

»Na, Blut lügt nicht.«

»Manchmal schon.«

»Was wollen Sie damit andeuten?«

Es klang, als wollte er in einer Bar einen Streit provozieren. Rebecca bemühte sich indessen, ihre Anwesenheit zu rechtfertigen, als hätte die zwischenzeitliche Unterhaltung gar nicht stattgefunden.

»Wir wollten den Mann besuchen, der verletzt wurde, als er Martin Wick bewacht hat – und Sie tun so, als wären wir durchs Fenster eingestiegen.«

»Sie haben die Anmeldung ausgefüllt, nehme ich an?«

»Was glauben Sie denn?«, entgegnete sie barsch und klang dabei genau wie ihr Mann.

»Würdest du das bitte überprüfen?«, sagte ich an Naomi gewandt.

Sie erhob sich und verließ das Zimmer. Wir warteten schweigend.

Moore war so groß, dass er selbst im Sitzen auf alle herabschaute. Wieder dachte ich daran, wie riesig er auf seine verängstigte Frau und die erschreckten Kinder gewirkt haben musste.

Naomi kehrte mit einem Anmeldeformular zurück, reichte es mir und setzte sich wieder. Sowohl Frank Moore als auch seine Frau hatten es ausgefüllt, mit Namen und Adresse. Sogar den Grund ihres Besuchs hatten sie angegeben.

Kostenlose therapeutische Hilfe für Detective Inspector Sutcliffe und seine Familie.

Frank Moore hatte den Kopf gesenkt, seine Frau hielt sich an ihrem Blumenstrauß fest. Mir wurde heiß.

»Es tut mir leid«, sagte ich aufrichtig. »Wie Sie sicher schon gemerkt haben, liegt Detective Inspector Sutcliffe immer noch im Koma.«

»Was soll das alles hier?«, fragte Rebecca Moore, die plötzlich so energisch wirkte wie neulich, als wir den guten Namen ihres Mannes in Zweifel zogen. »Die Medien interessieren sich bestimmt auch dafür. Charlie Sloane hat Sie von Anfang an durchschaut.«

»Rebecca …«, sagte Frank, der offenbar scharf nachdachte.

»Ist doch wahr!«, empörte sie sich, den Finger auf ihren Mann gerichtet. »Vor Ihnen sitzt ein Mann, der genauso unter Martin Wick zu leiden hatte wie alle anderen seiner Opfer, aber Sie sehen nur …«

»Rebecca!«, wiederholte Moore, diesmal mit Nachdruck. Sie sah ihn an, aber sein Blick war auf mich gerichtet. »Erzählen Sie mir das noch mal, Waits. Das mit dem Geständnis.«

»Es muss nichts bedeuten«, sagte ich. »Aber es stimmt. Er konnte weder lesen noch schreiben. Als er das Geständnis unterschrieb, stand er noch unter Schock oder Schlimmeres. Der Mann hatte keinerlei Beistand, und sobald er wieder einen klaren Gedanken fassen konnte, hat er es widerrufen.«

Moores Gesicht war von wachsender Sorge gezeichnet. Er sah aus, als hätte man seine wertvolle Bestellung an die falsche Adresse geliefert. Plötzlich war ich sicher, dass er seine Familie nicht ermordet, dass er mit der Tat nichts zu tun gehabt hatte.

Denn er hatte Wicks Schuld keine Sekunde lang angezweifelt. Bis jetzt.

»Es gibt hier noch ein weiteres Verbrechen, und ich muss Sie das fragen, Mr Moore. Hatten Sie etwas mit dem Anschlag auf Martin Wick zu tun?«

Moore hielt meinem Blick stand und schüttelte den Kopf.

Naomi stand auf.

»Die brauchen sicher Wasser«, sagte sie und wies auf die Blumen. Rebecca erhob sich ebenfalls und ging ins Bad. Als sie

Short Back and Sides mit seinem Sinatra-Hut erblickte, entfuhr ihr ein Schrei.

»Alles fit, Frank?«, rief er.

Moores Ausdruck verhärtete sich, Verwirrung wandelte sich zu unterdrückter Wut. Er streckte die Hand aus, und seine Frau eilte an seine Seite. Er überließ ihr den Stuhl, lehnte sich gegen die Wand und verschränkte die Arme. Seine Armmuskeln unter dem Blazer waren angespannt.

»Mr Sides ist Ihnen ja bekannt«, bemerkte ich.

»Was ist hier los?«, fragte Mrs Moore. »Wer ist dieser Mann?«

Short Back trat ins Zimmer, nahm den Hut ab und entblößte die Delle in seinem Schädel. Er bleckte die goldenen Grillz. Mit der Tätowierung quer über den Hals und dem psychoaktiven Blick sah er ein bisschen aus wie ein entlaufener Patient.

»Mr Moore war mein Therapeut in Strangeways«, sagte er.

»Was hat er denn so therapiert bei dir?«, fragte ich.

Short Back lutschte laut an seinen Grillz. »So einiges«, sagte er schließlich. Seine Aufmerksamkeit richtete sich auf Rebecca Moore, die einzige Person im Zimmer, die er noch nicht kannte. »Sie haben es vielleicht noch nicht bemerkt, aber ich habe, ähm, einen körperlichen Defekt, wegen dem ich mich manchmal schäme. Mr Moore hat mir gezeigt, dass so was auch schön sein kann, egal wie es aussieht.«

»Außerdem hast du jemanden umgebracht«, erinnerte ich ihn.

»Ja, aus Versehen. Deswegen war ich im Bau. Mr Moore hat gemeint, ich sollte mir vergeben.«

»Wie hast du dich mit ihm verstanden?«, fragte ich.

»Er war gut zu mir.« Short Back klang richtig bewegt. »Das hätten nicht viele für mich getan.«

Frank Moore nickte. »Das habe ich gern getan, Chris. Du warst auch gut zu mir.«

»Jep. Besonders gut waren Sie zu mir, als Sie herausgefunden haben, dass Martin Wick mein Zellennachbar war. Und noch besser wurde es, als ich Ihnen erzählt hab, warum ich einsitze.«

Frank Moore zuckte die Achseln, ließ die Armmuskeln spielen. »An so was kann ich mich nicht mehr erinnern.«

»Constable Black«, sagte ich.

Naomi hob ein paar Papiere auf. »Ich komme gerade aus Strangeways«, sagte sie. »Der Leiter legt großen Wert auf akribische Dokumentation aller Vorgänge. Wir haben uns die Akten aller Insassen angesehen, die während ihrer Haftzeit an Mr Moores Seminaren teilgenommen haben. Könnten Sie uns diese Namen bitte bestätigen?«

Sie erhob sich und gab Moore die Listen.

Moore war knallrot angelaufen, mir war klar, dass er krampfhaft nach Ausreden suchte, die ihn aus dieser Situation retten könnten, aber er warf einen Blick auf die Unterlagen und nickte.

»Soweit ich das beurteilen kann, stimmt alles. Kein Martin Wick, wie ich gesagt habe.«

»Nein«, erwiderte Naomi. »Aber Chris steht hier drauf.«

»Das ist ja auch richtig so.« Moore lächelte. »Hören Sie, ich kann gern jeden Namen auf der Liste mit Ihnen durchgehen, schließlich habe ich mit diesen Männern gearbeitet, aber …«

»Tut mir leid«, sagte Naomi. »Ich habe Ihnen offenbar die falsche Liste gegeben.« Sie drückte ihm ein anderes Papier in die Hand. »Auf dieser hier stehen die Namen aller Männer, mit denen Sie in Strangeways gearbeitet haben. Auf der ersten standen alle, die Martin Wick während seiner Haftzeit angegriffen haben.«

Mit einem Lächeln betrachtete Moore die fast identischen Listen. Sein Blick wanderte zur Tür.

Ich schlenderte an ihm vorbei und verstellte ihm den Fluchtweg. »Wie haben Sie das bewerkstelligt?«

»Keine Ahnung, wovon Sie reden.«

»Na, dann kann uns Chris vielleicht weiterhelfen …«

»Er hat uns erzählt, was Martin mit seiner Familie angestellt hat. Mit seinen Kindern. Martin hat Moores Tochter verfolgt und dann umgebracht. Moore hat uns verraten, dass Wick auf kleine Mädchen stand.«

»Was ist mit den Bildern?«, fragte ich.

»Ja, genau, er hat gemeint, Wick würde ihm dauernd Zeitungsausschnitte schicken. Bilder von Moores kleiner Tochter …«

»Lizzie?«, fragte ich mit Blick auf Frank.

»Ja. Voll psycho. Wie ein verdammter Serienkiller oder so was. Mr Moore hat mich gefragt, ob ich, ähm, heimlich unsere Zelle durchsuchen könnte. Ich würde sicher noch mehr Bilder finden, hat er gemeint. Und er hatte recht. Danach war ich überzeugt, dass es stimmt.«

»Ich verstehe nicht …«, sagte Rebecca Moore.

Frank legte ihr die Hand auf die Schulter, aber sie schüttelte ihn ab.

»Mr Moore hat seine Arbeit in Strangeways dazu missbraucht, um Männer, die wegen Gewaltverbrechen einsaßen, gegen Martin Wick aufzuhetzen. Das da in seiner Hand ist eine klug ausgewählte Liste. Er hat sich häufig diejenigen mit Lebenslänglich ausgesucht. Stimmt's, Frank?«

Moore schwieg.

»Männer, die zwanzig, dreißig Jahre absitzen. Die haben kein Problem damit, jemanden anzugreifen und dafür ein paar Monate mehr zu kassieren, vor allem nicht, wenn es um Martin Wick geht, den alle so hassen. Manche hat er dafür bezahlt, andere manipuliert. Seine Vorgehensweise konnte er leicht rechtfertigen, schließlich hat Wick ja seine Familie auf dem Gewissen, aber jetzt fragt er sich langsam: Was, wenn der Mann unschuldig war?«

»Rebecca!« Frank Moore wandte sich ab. »Wir gehen!«

Ich wedelte mit dem Formular. »Vergessen Sie nicht, sich schriftlich abzumelden.« Moore runzelte die Stirn. Mit betontem Interesse studierte ich seine Unterschrift. »Hm«, sagte ich schließlich, »irgendwo habe ich die schon mal gesehen.« Ich zog den Umschlag von Adam hervor und hielt ihn neben das Formular. »Mrs Moore, darf ich Sie um einen letzten Gefallen bitten? Ist das die Handschrift Ihres Mannes?«

Sie erhob sich ungelenk, fiel auf den Stuhl zurück, stand abrupt wieder auf und kam unsicher zu mir, aber ohne ihren Mann oder mich anzusehen. Beim Anblick des Umschlags flog ihre Hand vor den Mund. Er war an Martin Wick adressiert, in der Handschrift ihres Mannes.

»Was ist da drin?«, fragte sie.

»Komm, Rebecca, lass uns …«

»WAS IST DA DRIN?«, wiederholte sie lauter. Ich hielt ihr den Umschlag hin. Ihre Hand wanderte vom Mund an ihre Brust, als bekäme sie keine Luft. »Du …«, sie wandte sich zu ihrem Mann um, »… du hast diesem Monster Bilder von deiner toten Tochter geschickt? Von deinem kleinen Mädchen?«

Moore bemühte sich vergeblich, seine Betroffenheit hinter einem Lächeln zu verstecken.

Mich konnte er ohne Weiteres belügen, aber unter den Fragen seiner Frau brach er zusammen. Ich begleitete Short Back zur Tür. Er setzte sich den Hut auf und verließ erstaunlich diskret das Zimmer. Sogar er spürte offenbar, wie sehr sich Frank Moore schämte.

2

Als die Tür sich plötzlich öffnete, fuhren wir alle herum. Doch es war nicht Short Back, der etwas vergessen hatte, sondern Kevin Blake, der ehemalige Detective Inspector. Und als er mich erblickte, wurde ihm offenbar klar, dass er sich nicht so einfach wieder aus dem Staub machen konnte. Also trat er mitten ins Zimmer und ließ die Tür hinter sich zufallen.

Er war noch fahler als bei unserer letzten Begegnung. Im kalten Krankenhauslicht wirkte seine Haut so leichenblass, dass sie fast leuchtete.

Blake stierte stumm auf den Vorhang um Suttys Bett. Im Zimmer herrschte Schweigen, nur der regelmäßige Ton des EKG-Monitors war zu hören. Wäre ich daran angeschlossen gewesen, hätte er schneller gepiepst.

»Abend, Kevin, schön, dass Sie vorbeikommen.«

Er versuchte es zunächst mit dem Offensichtlichen. »Sieht nicht aus, als wäre er wach …«

»Ja, so kennen wir ihn, unseren Sutty«, sagte ich. »Aber Sie haben recht, man hat uns an der Nase rumgeführt. Naomi und ich haben die Nachricht gelesen und sind sofort hergekommen. Sie auch, wie ich sehe.«

»Was wird hier gespielt?«, fragte Blake in die Runde. Seine Antennen waren immer noch ausgefahren, und er nahm uns genau ins Visier, um zu erkennen, was wir im Schilde führten.

Moore stand auf, bot Rebecca seinen Stuhl an und bezog wieder seine alles überragende Stellung an der Wand, die Arme fest verschränkt.

»Mr Moore hat sich in Strangeways so wohl gefühlt, dass er bald dort einziehen wird«, bemerkte ich.

»Wie bitte?«

»Sie haben es ja gesagt, Kevin, aber wir wollten es einfach nicht hören.«

»Was habe ich gesagt?«

»Sie haben uns auf Moore angesetzt.«

Moore zeigte keine Regung, aber ich hörte den Stoff an seinen Ärmeln knirschen, als er seine Arme noch fest verschnürte.

»So würde ich das nicht beschreiben. Mir ist einfach sein Name untergekommen.«

»Ohne Ihren Tipp wären wir aber nie in seinem Seminar aufgetaucht. Was sollten wir dort sehen?«

»Einen Mann, der es geschafft hat, sich aus der Krise zu befreien.«

»Oder einen Scharlatan, der für Geld Binsenweisheiten zum Besten gibt?«

»Moment mal«, sagte Blake, der jedoch schnell erkannte, dass nicht mal die Moores Lust hatten, ihre Arbeit zu verteidigen.

»Bei jeder Unterhaltung haben Sie uns Frank Moores wohltätige Arbeit unter die Nase gerieben, die schlechten Bedingungen in Strangeways. Sogar Short Back and Sides haben Sie aufs Tapet gebracht, als wollten Sie uns auf seine Fährte setzen.«

»Das ist wirklich zu viel der Ehre, mein Freund. Welche Fährte soll das sein?«

»Moores Arbeit in Strangeways«, sagte ich.

»Moore arbeitet in Strangeways? Das ist mir neu.«

»Wir haben heute seine Personalakte eingesehen. Sie stehen als Referenz drin«, mischte Naomi sich ein.

Blake zuckte die Achseln. »Ich kann nicht kontrollieren, wer mich als Referenz angibt.«

Bevor wir ihn weiter dazu befragen konnten, klopfte es an der Tür, und als ich öffnete, stand Charlie Sloane vor mir. Er war außer Atem und versuchte hektisch, über meine Schultern zu spähen.

»Ist hier geschlossene Gesellschaft oder kann jeder mitfeiern?«

»Je mehr, desto lustiger«, sagte ich und trat zur Seite. »Ich dachte, Sie säßen im Zug?«

»Da war ich auch, bis Sie mir gesagt haben, dass Ihr Mann

wieder gesund und munter ist.« Sloane schob sich ins Zimmer und klatschte in die Hände. »Hat er schon was gesagt?«

»Sie müssen nicht alles glauben, was Sie in der *Mail* lesen. Er ist leider noch ohne Bewusstsein. Aber der Strom der Besucher, die ihm baldige Genesung wünschen wollen, reißt nicht ab. Ich nehme an, Sie sind deswegen gekommen?«

»Klar«, sagte Sloane, setzte sich auf meinen Stuhl und zupfte sich ein paar von seinen mitgebrachten Trauben ab.

»Wir haben gerade festgestellt, dass Frank Moore in den letzten fünf oder sechs Jahren jeden Monat in Strangeways war.«

Sloane sah sich um, bemerkte die angespannte Situation und lachte. »Kein Wunder, dass sie dem armen Martin bei jeder Mahlzeit ins Essen gespuckt haben.«

Ich nickte. »Das ist aber wohl nur Ihnen und mir aufgefallen. Blake hier behauptet, er hätte gar nicht gewusst, dass Moore eine Neigung zur Gewalt hat.«

»Ach? So, so.« Sloane schob sich noch mehr Trauben in den Mund und betrachtete Blake genauer. Der Journalist in ihm war offensichtlich erwacht.

»Ja, das hat mich auch überrascht. Vor allem, weil Sie ihm vor zwölf Jahren doch die entsprechenden Aussagen von Moores Nachbarn vorgelegt hatten.«

»Aussagen? Worüber?«, fragte Rebecca.

Sloane sprach mit vollem Mund. »Ihr Mann hat sich mit den Fäusten am Gesicht seiner ersten Frau ausgetobt.«

Rebecca Moore sah zu Boden. Trotz allem strahlte sie eine gewisse Würde aus, wie ich fand.

»Ich habe keine Aussagen gesehen«, bemerkte Blake. »Einen Scheiß hat Sloane mir vor zwölf Jahren erzählt.«

Sloane funkelte ihn böse an. »Damals haben Sie sich nicht dafür interessiert.«

»Aber diese Woche schon. Darum hat er auch dafür gesorgt, dass wir sie zu Gesicht bekommen«, sagte ich.

»Hab ich das?« Blake faltete die Hände. »Tatsächlich?«

»Sie haben Ihr eigenes Haus besprüht, bevor ich ein paar Leute vorbeigeschickt habe, um Ihre Aussage aufzunehmen.«

»Blödsinn!«

»Dann haben Sie ganz nebenbei fallen lassen, dass Sie sich mit Sloane treffen wollten.«

»Ach, und in mein Haus bin ich auch selbst eingebrochen, um mein eigenes Handy zu klauen?«

»Nein, jetzt wollen Sie ablenken. Die Person, die Ihr Handy gestohlen hat, haben wir festgenommen, keine Sorge.« Blake war zwischen zwei Themen gefangen, über die er nicht sprechen wollte. Er beschloss, sich mit dem ersten zu befassen.

»Wieso sollte ich zwölf Jahre lang Informationen über Frank Moores Neigung zur Gewalt zurückhalten?«

»Mr Sloane«, sagte ich, »Sie haben uns erklärt, warum Sie die Aussagen damals nicht veröffentlicht haben.«

»Wie gesagt, wir kennen nur Helden und Bösewichte. Als Blake Wick festnahm, hatten wir unseren Bösewicht.«

»So einfach ist das«, sagte ich. »Frank Moore als Bösewicht, das hätte nicht in die Geschichte gepasst, die Sie vor zwölf Jahren erzählen wollten.«

Frank Moore starrte ins Leere.

Bei einem Mann von seiner Größe fällt einem zuerst die Körpersprache auf. Er wirkte aufgewühlt, war ständig in Bewegung.

Blake machte eine abwertende Handbewegung. »Wenn ich damals von diesen Aussagen gewusst hätte …«

»Sie erzählen uns ständig, was Sie getan hätten, Kevin. Mit Kenntnis der Aussagen hätten Sie sich Frank Moore genauer angesehen. Wäre Wick nicht über und über mit Blut bedeckt gewesen, hätten Sie nach anderen Verdächtigen gesucht. Sie hätten Frank Moores Verstöße im Gefängnis gemeldet, wenn Sie von seiner Arbeit dort gewusst hätten. Sie hätten Ihr Handy als gestohlen gemeldet, wenn Sie es nicht vergessen hätten. Und wir sollen Ihnen abnehmen, dass all diese kleinen, Ihre Version der Dinge begünstigenden Ausrutscher glückliche Zufälle waren?«

»Glücklich? Ha! Weit gefehlt!«, rief er, die Hand an der Brust. »Was wollen Sie damit sagen? Dass Frank Moore der Täter ist?«

Es sah fast aus, als hätte er Angst vor der Antwort.

Moore stieß sich von der Wand ab und schritt langsam durchs Zimmer. Er baute sich vor Blake auf und starrte ihn an.

Jede seiner Bewegungen war eine Gewaltandrohung.

»Lassen Sie uns über das gestohlene Handy sprechen«, forderte ich ihn auf.

»Schon wieder …«

»So lange, bis wir etwas hören, was nach der Wahrheit klingt. Warum haben Sie den Diebstahl nicht gemeldet?«

»Hab's vergessen.«

Ich schüttelte den Kopf. Sah ihn an. »Entweder wollten Sie nicht, dass die Polizei herausfindet, was auf dem Handy war, oder Sie wollten nicht, dass die Polizei den Dieb erwischt.«

Blake zitterte. »Wieso sollte ich mich um einen verdammten Junkie scheren?«

»Vielleicht hat sie Ihnen etwas erzählt, was Sie nicht hören wollten.«

»Was denn bitte?«

»Etwas, das ein anderes Licht auf die Ereignisse von vor zwölf Jahren wirft. Etwas, das Sie dazu gebracht hat, unsere Aufmerksamkeit mit aller Kraft auf Frank Moore zu lenken.«

»Entschuldigung«, fuhr Rebecca Moore dazwischen.

»*Was denn bitte?*«, wiederholte Blake.

»Entschuldigung!« Mrs Moore war aufgestanden.

Außer Charlie Sloane, der immer noch Trauben mampfte und amüsiert das Drama verfolgte, standen jetzt alle. Rebecca Moores Blick ruhte auf dem hektisch piepsenden EKG-Monitor.

»Ich glaube, wir sollten jemanden rufen.«

»Über den würde ich mir keine Sorgen machen«, sagte ich. Alle sahen mich an. »Detective Inspector Sutcliffe ist nicht hier. Er wurde schon vor zwei Stunden verlegt.«

3

Ich zog den Vorhang zurück, die Person im Bett setzte sich auf und entfernte ihre Bandagen. Jetzt, da sie enttarnt war, sah Esther sich mit hellwachem Blick im Zimmer um. Ihre Haut war noch röter als sonst, sie schwitzte. Zuerst schob sie das Bettzeug zur Seite, das wir ihr zur Staffage unter die Decke geschoben hatten, dann riss sie sich die vielen Klamottenschichten vom Leib und befreite sich schließlich von den Elektroden des EKG-Geräts.

Nulllinie, Dauerton.

»Sind Sie bei diesem Mann eingebrochen?«, fragte ich.

Esther betrachtete Kevin Blake und nickte.

»Wer ist diese Frau?«, fragte Rebecca Moore.

Charlie Sloane kicherte. »Sie ist eine Intimfreundin von Martin Wick. Ich hab die entsprechenden Fotos …«

»Warum ist sie dann hier?«

»Die beiden hatten Kontakt, als Wick im Gefängnis saß«, erklärte ich. »Sie haben sich sogar getroffen, trotz strengster Bewachung. Durch sie bekommen wir einen Einblick in Wicks Seelenleben.«

»Na, darauf kann ich gern verzichten.« Rebecca Moore verschränkte die Arme.

»Esther, wann sind Sie Kevin Blake das erste Mal begegnet?«

»In seinem Haus«, erwiderte sie und sah zu Blake, der sich unter Frank Moores wütendem Blick sichtlich unwohl fühlte. »Vor ein paar Wochen.«

»Sie haben ihm von dem Gewaltterror gegen Martin Wick erzählt. Und wer dahintersteckt, haben Sie ihm sicher auch verraten, weil er postwendend Frank Moore ins Visier genommen und Material gegen ihn gesammelt hat.«

»Helfen wollte er mir aber nicht.«

»Womit sollte er Ihnen helfen?«

»Mir reicht's!«, rief Blake. Er wirkte schwach, krank, wackelig auf den Beinen. »Ich muss mich für dieses Theater entschuldigen, Frank. Und Sie …«, er wies wütend auf mich, »… sollten sich schämen!«

»Da ist die Tür, Kevin«, erwiderte ich.

Er wollte sich gerade in Bewegung setzen, doch Moore stieß ihn zurück auf seinen Stuhl.

Esther klammerte sich am Laken fest, um ihr Zittern in den Griff zu bekommen. »Als ich kapierte, dass ihn die Wahrheit nicht interessiert, dachte ich mir, scheiß drauf, bin nachts bei ihm durchs Fenster gestiegen und hab mir alles gekrallt, was er über Wick gesammelt hat.«

»Und das Handy.«

»Lag so rum, Passwort dabei. Warum nicht?«

»Und wie haben Sie die Informationen genutzt?«

»Er wusste, wo Wick sich befunden hat, welches Personal für ihn zuständig war, die ganzen Daten. Blake hatte noch immer eine Menge Freunde bei der Polizei. Außerdem hab ich *seine* Nummer in die Finger gekriegt.« Sie wies auf Sloane. »Hab dem fetten Schwein, das die ganze Scheiße über Martin geschrieben hat, um ein paar Tausender erleichtert.«

Sloane funkelte sie wütend an. »Wenn ich gewusst hätte, wer du bist, wäre das anders ausgegangen, meine Kleine.«

»In dem Fall hätte sie vermutlich noch mehr dafür bekommen«, sagte ich.

»Was soll das heißen?«

Ich bedeutete ihm zu schweigen. »Warum haben Sie das Foto gemacht, Esther?«

»Sie haben recht. Ich wollte, dass die ganze Welt auf Martin blickt. Wir wollten sie alle vorführen, die ganzen dummen Wichser.«

»Mission erfüllt!« Naomi lächelte Esther aufmunternd zu. »Was haben Sie mit dem Geld gemacht?«

»Short Back ausgezahlt, der Rest ging an diese Polizistin.«

»Louisa Jankowski?«

»Ja, irgendein ausländischer Name. Ich hab sie bezahlt, damit sie mir sagt, wann Martin allein ist, damit ich ihn für ein paar Minuten besuchen konnte.«

»Entschuldigung!«, unterbrach Sloane. »Sie haben behauptet, ich hätte mehr gezahlt, wenn ich gewusst hätte, wer sie ist. Also, raus mit der Sprache: Was soll das heißen?«

»Männer«, sagte Esther. »Ihr könnt immer nur an Sex denken. Ich mit Martin? Er war mein Vater, du Vollhonk.«

»Martin Wick hatte keine Kinder«, sagte Frank Moore.

Alle Blicke ruhten auf mir.

»Sie wussten, dass Martin was mit Margaret hatte, als Sie mit ihr zusammenkamen. Da muss Ihnen doch der Gedanke gekommen sein, dass Lizzie vielleicht nicht von Ihnen war.«

4

Frank Moore rammte seine Faust in die Wand, so heftig, dass das Zimmer bebte. Dann packte er das EKG-Gerät und schleuderte es zu Boden. Seit Esther sich die Elektroden abgerissen hatte, war nur noch der Dauerton zu hören gewesen. Jetzt trat Moore auf den Apparat ein, bis er in tausend Stücke zerbrochen war.

Als er fertig war, blieb er mit geballten Fäusten mitten im Zimmer stehen.

»Als wir Moore mit den Aussagen konfrontiert haben, die allesamt darauf hindeuten, dass er ein Schläger ist, hat er uns ausnahmsweise mal die Wahrheit gesagt. Nämlich, dass es bei seinen Auseinandersetzungen mit Margaret darum ging, dass sie ihn mit Chlamydien angesteckt hatte. Umso interessanter fanden wir es, als Wicks Ex-Frau uns erzählte, dass Martin sie zur selben Zeit mit dem gleichen Erreger infiziert hatte. Frank Moore hat uns allerdings verschwiegen, dass Margaret ihm schon mal untreu gewesen war.«

Moore hatte den Blick auf Esther gerichtet.

»Mrs Moore? Sie haben uns doch mitgeteilt, dass Ihr Mann und seine damalige Frau schon lange Probleme miteinander hatten. Welche denn genau?«

»Frank hat nie geglaubt, dass Lizzie seine Tochter war.«

»Das Geburtsdatum passte nicht«, murmelte Moore. »Ich war im Einsatz, als Maggie schwanger wurde.«

»Okay«, mischte Sloane sich ein, »also ist Esther Martins Tochter. Heißt das, er hat die Moores nicht umgebracht? Oder hat er doch? Wo war sie? Wo hat sie die ganze Zeit gesteckt?«, fragte er.

»Ich bin abgehauen«, sagte Esther. »Ich hab rausgefunden,

dass Frank nicht mein Vater ist, sondern Martin. Dann hab ich gedacht, er hätte sie alle umgebracht. Ich hatte niemanden.«

Kevin Blake löste die obersten Knöpfe seines Hemds.

»Wann haben Sie herausgefunden, dass Frank Moore nicht Ihr leiblicher Vater ist?«, wollte Sloane wissen.

»Die ständigen Drohungen, die ganze Scheiße«, sagte Esther an Moore gewandt. »Die Gewalt. Ist dir eigentlich klar, dass sie es mir nur zu gern gesagt hat?«

»Du liegst falsch«, sagte Moore, dem sichtlich Luft ausgegangen war. Selbst seine Stimme klang schwach. »Ich war immer dein echter Vater, und das bin ich auch jetzt noch. Mir ist es egal, was die DNA sagt, ich habe dich zwölf Jahre lang großgezogen. Dich zwölf Jahre lang geliebt. Und jeden Tag danach.«

Er bewegte sich unsicher auf das Bett zu.

Esther, Lizzie Moore, sah ihn an, als wäre er giftig.

»Kapierst du's nicht? DNA bedeutet mir einen Scheiß. In dem Moment, als du gegen sie die Hand erhoben hast, warst du nicht mehr mein Vater. Das ist nicht deine Entscheidung, Frank, es ist meine. Ich sage, das kleine Mädchen, das du großgezogen hast, das lebt noch, mein Bruder und meine Schwester, die leben noch, genau wie meine Mutter. Du bist der Einzige, der krepiert ist, weil wir es so entschieden haben.«

Ich trat ans Bett und baute mich zwischen den beiden auf. »Warum erzählen Sie uns nicht einfach, was in jener Nacht passiert ist?«

»Eines weiß ich sicher: Martin hat es nicht getan«, sagte sie. »Er war mit mir zusammen. Es war unser erstes Treffen. Ehrlich gesagt, hab ich ihn nicht mal gemocht. Er hat sich aufgetakelt, sein Haar nach hinten gekämmt, aber neben Frank sah er aus wie ein Loser. Wir haben im Little Chef Pommes gegessen, dann hat er mich nach Hause gefahren.«

Sie hielt kurz inne.

»Das Problem war, dass sein Transporter auf dem Rückweg eine Panne hatte. Wir kamen zu spät. Es war dunkel. Wir haben geklopft, an die Tür gehämmert, aber keiner hat aufgemacht. Martin wusste nicht, was er machen sollte, also hat er mich mitgenommen in sein Hotel. Hat mich reingeschmuggelt, damit niemand Fragen stellt. Am nächsten Morgen sind wir noch mal hin.«

»Und dann?«

»Es war noch ganz früh am Morgen. Er hat geklopft, aber es hat immer noch keiner aufgemacht. Wir haben drinnen ein bisschen was sehen können, weil Licht brannte. Er wollte durchs Fenster spähen, aber als er sah, was da drinnen los war, ist er fast umgekippt. Er hat gemeint, ich soll warten, und ist hintenrum. Als ich hörte, wie die Scheibe zerbrach, hab ich richtig Schiss gekriegt. Ich war nicht groß genug, um durchs Fenster zu schauen, also hab ich gewartet. Es dauerte ewig.«

Sie schluckte, wischte sich die Tränen ab.

»Überall lagen Scherben, aber ich bin trotzdem reingeklettert. Dann durch den Flur, und da … war überall Blut. Und vor der Treppe lag lauter Kleidung auf einem Haufen. Irgendwie hatte der Haufen ein Gesicht, das aussah wie meine Mum. Ich stand stocksteif da und starrte sie an. Ich wusste nicht mal mehr, wie man atmet. Dann kam Martin von oben. Er war voller Blut. Über und über. Da merkte ich, dass von Arthur und Mary kein Mucks gekommen war. Martin sagte was. Es klang wie: Sie sind alle tot. Da hab ich losgeschrien. Er hat versucht, mich zu umarmen, aber ich hab um mich geschlagen. Heute weiß ich, dass er genauso viel Angst hatte wie ich, aber damals dachte ich, er wäre eingebrochen und hätte sie alle umgebracht. Ich hab ihn angebrüllt und bin abgehauen.«

»Wohin?«, fragte Naomi.

Esther schüttelte den Kopf, als könnte sie sich nicht mehr erinnern.

»In die Schule, glaube ich. Die erste Nacht habe ich im Geräteraum der Turnhalle geschlafen. Noch nie im Leben war ich so müde gewesen. Als ich am nächsten Morgen in die Stadt bin, stand Martins Name in allen Zeitungen. Der Schlafwandler, so haben sie ihn genannt. Man hatte ihn verhaftet. Sie haben behauptet, er wär schuldig, und ich war überzeugt, dass ich vor dem Haus gestanden habe, während er sie alle umgebracht hat. Manche Zeitungen haben sogar behauptet, ich wär tot.«

Sie legte sich die Hand auf die Brust und drückte fest zu.

»Lizzie …«, sagte Frank Moore.

»Nach dem vielen Blut und den Toten und dem ganzen Horror, weißt du, was da das Schlimmste war? Was mir wirklich Angst gemacht hat?« Moore schüttelte den Kopf. »Dass ich bei dir leben musste.«

Moore sah aus wie ein getretener Hund.

»Der, der das Messer genommen und sie abgestochen hat, der hat es wenigstens schnell gemacht. Echte Grausamkeit ist, wenn man jemanden langsam umbringt, mit Worten, Beleidigungen, Drohungen und Lügen. Ich werde den Mörder meiner Mutter nie so hassen wie dich, Frank. Du warst der Grund, warum ich an jenem Tag abgehauen bin. Du bist der Grund, warum ich bis heute auf der Flucht bin.« Ihre Stimme brach. »Ich hab auf der Straße gelebt. Hab mich einem Mädchen angeschlossen, das mit seiner Mutter die Sozialämter betrogen hat. Die haben sich um mich gekümmert. Sie gehörten zum fahrenden Volk, irgendwann sind wir in Irland gelandet. Ich hab mich ficken lassen für Drogen und Geld. Frank, ich will, dass du das weißt. Zuerst war Esther nur mein Hurenname, aber irgendwann hatte ich das Gefühl, dass ich schon immer Esther war.«

»Warum sind Sie zurückgekehrt?«, fragte Naomi.

»In den Zeitungen stand, dass Martin im Sterben liegt. Da ist alles wieder hochgekommen. Ich hab sein Buch in einem Secondhandladen gesehen.« Sie wies mit dem Kopf auf Blake. »Es war schwer, das zu lesen, aber es war das erste Mal, dass ich mich getraut habe, das alles wieder hochzuholen. Darin stand, laut Rechtsmedizin seien alle Freitagnacht gestorben. Da habe ich kapiert, dass ich Martins Alibi war. Er ist die ganze Zeit mit mir zusammen gewesen.«

»Was die Frage aufwirft, wie er ein fünfundzwanzigseitiges Geständnis verfassen, lesen und unterschrieben haben konnte«, sagte ich zu Kevin Blake. »Besonders, da Martin Wick Analphabet war.«

»Darüber möchte ich jetzt nicht sprechen«, sagte Blake.

»Dad hat mir erzählt, dass man ihn drei oder vier Tage lang wachgehalten hat. Immer wieder haben sie ihm eingetrichtert, was er angeblich getan hat. Wieder und wieder, bis er es auswendig aufsagen konnte. Dann haben sie den Aufnahmeknopf gedrückt und alles protokolliert. Wenn er die fünfundzwanzig Seiten unterschrieben hätte, dürfte er endlich schlafen, haben sie gesagt. Er stand noch unter Schock, als sie ihn in die Finger bekommen haben.«

»Wer?«, fragte Blake. Er hatte Tränen in den Augen. »Wer dann, wenn er es nicht war?«

»Diese Frage hätten Sie sich schon viel früher stellen sollen«, sagte ich. »Vielleicht haben Sie es gut gemeint. Einen Mörder hinter Gitter bringen und dafür sorgen, dass er drinbleibt. Aber Sie haben den Falschen reingelegt, Kevin. Es war so einfach, nicht wahr? Die Mordwaffe in seinem Hotelzimmer zu deponieren, ihm das Geständnis einzuflüstern. Ihr Buch war dann das Tüpfelchen auf dem i.«

Blake krümmte sich.

»Aber zwölf Jahre später taucht auf einmal Esther auf und liefert ein unumstößliches Alibi für Martin Wick. Der Beweis dafür, dass alles auf Lügen gebaut ist: Ihre Ermittlung, Ihr Buch, Ihr Leben. Ich habe mich immer gefragt, wie jemand nah genug an Rennick herankommen konnte, um ihm die Hand zu schütteln und ihn dann zu erstechen. Ich hab die ganze Zeit an Erpressung oder Bestechung gedacht …«

»Er hat mich erkannt«, sagte Blake. »Meinte: ›Sie sind der Mann, der Martin Wick erwischt hat‹, und hat mir die Hand hingestreckt.«

»Sie haben ihm in den Hals gestochen.«

Blake schnappte nach Luft.

»Ich verachte mich dafür«, sagte er. »Aber ich hab nicht mehr lange. Wenn einem das Leben am Ende noch die Arschkarte unterjubeln will, muss man sich wehren. Ich wollte nicht, dass ich als mieser Bulle sterbe, als Witzfigur. Und Sutty?« Er schüttelte den Kopf. »Ist doch egal. Der war kein Polizist, genauso wenig wie Sie. Kein Wunder, dass er Sie unter seine Fittiche genommen hat.«

»Ich hab niemanden mit einem Molotowcocktail beworfen, Mr Blake.«

»Bei unserer ersten Begegnung habe ich es Ihnen schon gesagt …«, Blake griff sich an die Brust, »… für irgendjemanden war dieser Brandanschlag der einzige Ausweg. Nun, diese Person war ich. Mir blieb keine Wahl. Fünf Minuten später war die Sache vorbei.« Er schnappte erneut nach Luft, dann rutschte er vom Stuhl und blieb reglos liegen.

5

Naomi, Esther und ich standen auf dem Krankenhausdach und blickten auf den in orangefarbenes Licht getauchten Parkplatz. Frank Moore war verhaftet worden, Kevin Blake lag nach einem Herzinfarkt auf der Intensivstation. Kollegen hatten Rebecca Moore, leichenblass nach den Enthüllungen des vergangenen Abends, im Streifenwagen nach Hause gebracht, während Charlie Sloane in die Redaktion gehetzt war, um seinen Exklusivartikel zu schreiben.

Kaum hatte sich die Aufregung gelegt, hatte Esther uns angefleht, mit ihr an die frische Luft zu gehen. Wir waren nach oben gegangen, über die Treppe, auf der wir bei unserer ersten Begegnung aneinander vorbeigelaufen waren, dieses Mal allerdings mit Naomi im Schlepptau. Es war eine lange Nacht gewesen, doch wir waren hellwach, fast euphorisch über die lang ersehnte Aufklärung des Falles, und teilten uns zur Feier des neuen Tages eine Flasche Johnnie Walker von Suttys Nachttisch.

Nur eine Frage hing über allem.

Esther sprach sie laut aus. »Wer hat sie umgebracht?« Das große Rätsel ihres Lebens.

Wir standen an der Mauer und spähten über die Kante.

»Ich weiß es nicht«, sagte ich. »Blake ist erst mit Wicks Verhaftung ins Spiel gekommen, so viel ist sicher. Sowohl er als auch Frank haben Alibis, und ich glaube wirklich, dass Moore aufrichtig von Martins Schuld überzeugt war. Er hielt die von ihm angezettelten Angriffe in Strangeways für gerechtfertigt, weil er Martin für den Mörder seiner Familie hielt.« Als ich Esther genauer ansah, fiel mir wieder ein, wie jung sie war. Trotz der milden Temperaturen zitterte sie, und ich fragte mich, ob ihr die

Ereignisse der letzten Tage helfen würden, von den Drogen loszukommen.

»Wieso haben Sie Ihre Meinung geändert?«, fragte sie.

»Sie sind Martins Alibi. Wir können nicht mehr mit ihm sprechen, aber Sie sind so von seiner Unschuld überzeugt, dass ich Ihnen glaube.«

»Keine Ahnung, ob's am Thema oder am Wetter liegt, aber ich frier mir hier den Arsch ab.« Sie trug drei Nachthemden übereinander, meinen langen Mantel hatte sie aus modischen Gründen abgelehnt. »Wenn ich was rauchen könnte, kommt mein Kreislauf vielleicht in Schwung …«

Ich sah Naomi an.

Sie war in ihren dunkelgrünen Parka gehüllt und zuckte irgendwo darunter mit den Schultern. Das erste Mal, seit wir uns begegnet waren, hatte ich mein Bestes gegeben, und ich wollte, dass sie mich mochte. Die Hoffnung stirbt zuletzt.

»Ich geh schon«, sagte ich und griff nach der Flasche. »Heute ist wahrscheinlich kein guter Tag für Cold Turkey.«

»Morgen hör ich auf«, sagte Esther.

Ich nickte und bewegte mich auf die Tür zu, vorbei an einer riesigen Lüftungsanlage. Als ich fast davorstand, wandte ich mich noch einmal um. Esther und Naomi schienen in ein angeregtes Gespräch vertieft, sie hatten mir den Rücken zugewandt.

Nur ein Parka und drei Lagen Nachthemd.

Als ich den letzten Schluck aus der Flasche trinken wollte, erwischte mich ein plötzlicher Schmerz am Kinn, es war wie eine Explosion.

Kurz darauf ging ich zu Boden, alles geschah so schnell, dass ich den Sturz nicht mehr mit den Händen abfedern konnte. Als ich mich aufrichten wollte, kassierte ich einen weiteren Schlag auf den Kopf. Ich schmeckte Blut, dick und metallisch rann es mir übers Kinn.

Zwei Stiefel ragten vor mir auf.

Ich erhaschte einen Blick auf Louisa Jankowski, bevor sie mir mit dem Lauf ihrer Waffe einen dritten, vierten, fünften Schlag verpasste. Als ich mich endlich wieder aufrappelte, wusste ich nicht, wie viel Zeit vergangen war. Meine Sicht war verschwommen, ich spürte, wie mir das linke Auge zuschwoll.

Schemenhaft erkannte ich Louisa, sie bewegte sich von hinten auf Naomi zu. Sie lehnte an der Mauer, den Blick noch auf den Parkplatz gerichtet. Mit aller Kraft versuchte ich zu schreien, brachte aber keinen Laut heraus. Louisa hob die Pistole, ich tastete mich vor, hielt mich an der Lüftungsanlage aufrecht. Naomi musste mich gehört haben, denn sie war im Begriff, sich umzudrehen, als die Waffe losging. Naomi fiel tot zu Boden.

Jankowski fuhr herum und entdeckte mich.

Ich schob mich ins Treppenhaus, rannte hinunter, als ein weiterer Schuss fiel.

Kaum war ich auf dem ersten Absatz angekommen, wurde mir klar, dass ich einen Fehler begangen hatte. Ich hätte mich hinter der Tür verstecken sollen, dann wäre Jankowski an mir vorbei nach unten geflohen, und ich hätte sie von hinten angreifen können. Aber mein Fluchtinstinkt hatte jeden klaren Gedanken ausgeschaltet. Auf der nächsten Stufe stolperte ich und stürzte kopfüber in die Tiefe. Unten blieb ich liegen, ein Bündel aus Schmerz.

Mein Unterkiefer fühlte sich an, als hätte er sich von meinem Körper gelöst. Als ich versuchte, mich am Geländer hochzuziehen, quoll mir ein Blutschwall aus dem Mund. Ich hörte Schritte, jemand kam von oben. Ich erkannte nur einen Schemen, das Bild dreifach überlagert.

Louisa. Sie bog um die Ecke und zog die Waffe.

»Ich hatte keine Wahl«, sagte sie. »Ohne Esther habt ihr nur ein Handy mit meiner Nummer.« Sie leckte sich die Lippen. »Aber das hier habe ich wirklich nicht gewollt.«

Sie zielte. Ein ohrenbetäubender Knall.

Als ich die Augen öffnete, sah ich zuerst die Blutspritzer an der Wand, dann Louisa, sie lag tot am Boden. Ein großer Mann mit Sturmhaube stand unten im Treppenhaus. Er neigte den Kopf, es sah fast komisch aus, dann tippte er sich mit der Waffe gegen die Schläfe, als wollte er mich warnen, in Zukunft vorsichtiger zu sein. Ich rappelte mich hoch und bewegte mich auf ihn zu, aber er wandte sich ab und ging.

Zwei Schritte später verlor ich das Bewusstsein.

VIII

EVERYTHING MUST GO

1

Ich, acht Jahre alt, erwachte auf dem zugemüllten Rücksitz unseres Familienwagens. Wir sind viel herumgefahren, im Jahr bevor meine Schwester und ich in Pflege kamen, und haben oft an Haltebuchten und Autobahnrastplätzen übernachtet. Unsere Mutter fuhr den ganzen Tag, ohne uns zu erklären, warum wir wegmussten oder wohin die Reise ging.

Sie war einfach gern in Bewegung, hatte die Welt lieber im Rückspiegel.

Es war dunkel, ich hörte den regelmäßigen Atem meiner neben mir schlafenden kleinen Schwester. Als sich meine Augen an die Finsternis gewöhnt hatten, konnte ich sogar ihre Umrisse ausmachen, sie lag zusammengerollt unter ihrer Decke, den Kopf auf einem Kissen. Der Blick durch die beschlagenen Fenster war befremdlich, es kam mir vor, als wäre die Welt untergegangen, während wir schliefen. Ich wischte mit der Hand über die Scheibe, aber draußen waren keine Lichter zu sehen. Seltsam, dass kein Verkehr zu hören war. Neben dem Motorway klingt es oft, als wäre man am Meer.

Ich wusste nicht mehr, wie ich ins Auto gekommen war. Verwirrt blickte ich nach vorn. Unsere Mutter hatte beide Hände am Steuer und starrte offenbar auf die beschlagene Windschutzscheibe. Ich sah nur ihren Hinterkopf, ihr verfilztes dunkles Haar, aber ihre Haltung verriet mir, dass sie nicht schlief.

Der Motor lief.

Ich wollte die Tür öffnen, aber sie war verschlossen. Mutter drehte sich nicht um, schien aber mehr Gas zu geben, denn der Motor wurde lauter. Mein Verstand war vernebelt, meine Gedanken träge, noch nie war ich so müde gewesen. Ich rüttelte erneut an der Tür, aber sie gab nicht nach.

Als ich mich vorbeugen wollte, bemerkte ich den Gurt.

Ich zog meiner Schwester die Decke weg, Abgase kratzten mir im Hals. Rasch löste ich den Gurt und kletterte nach vorn zu meiner Mutter, versuchte die Verriegelung zu lösen. Meine Mutter holte aus und drückte mich nach unten, ihr Unterarm lag auf meinem Nacken. Als ich mich wehrte, packte sie mich ungelenk am Gesicht, ihre Fingernägel gruben sich in meine Wangen, zerkratzten mir die Haut. Ich schaffte es dennoch, den Knopf hochzuziehen, zerrte am Türgriff und rollte aus dem Wagen, direkt auf den nackten Garagenboden, hustete und griff mir ans Gesicht.

Als ich mich zu meiner Mutter umdrehte, saß sie immer noch ungerührt da, stocksteif, die Hände am Steuer. Ich rappelte mich auf, rannte um den Wagen herum und riss die Tür auf der anderen Seite auf. Meine Schwester murmelte schlaftrunken vor sich hin, sie war völlig verwirrt und konnte nicht stehen. Ich wickelte sie in die Decke, öffnete das Garagentor, und wir torkelten Arm in Arm und unter Keuchen und Husten zurück zu dem Haus, in dem wir übernachtet hatten. Wir waren schon an der Haustür, als die Hupe erklang. Drei kurze Signale.

Unsere Mutter schlug mit beiden Händen aufs Steuer ein.

2

Am besten hältst du den Mund«, bemerkte Parrs. Er stand am Fenster und betrachtete den stahlgrauen Himmel. »Du bist mal wieder im St. Mary's – offenbar gefällt es dir hier. Dein Kiefer ist an zwei Stellen gebrochen, und deine Zähne? Wollen wir es mal so sagen: Du hättest besser gelächelt, als du es noch konntest. Weißt du, was passiert ist?«

Als ich zu einer Antwort ansetzte, durchfuhr mich ein scharfer Schmerz.

Tränen schossen mir in die Augen.

»Hab ich nicht gesagt, du sollst den Mund halten? Mit dem Gehorsam hattest du schon immer deine Probleme. Man hat dir den Kiefer mit Draht fixiert, weil du dir sogar, als du bewusstlos warst, Schaden zugefügt hast. Du wirst dich wohl erst mal in flüssiger Form ernähren.«

Er schenkte mir sein Haifischlächeln.

»Keine Sorge«, fuhr er fort. »Ich hab ihnen gesagt, dass du ein Ex-Junkie bist und Schmerzmittel einen Rückfall auslösen könnten …«

Mir lief der Schweiß in die Augen, doch ich konnte die Hand nicht bewegen, um ihn abzuwischen.

Man hatte mich am Bett fixiert.

Als ich strampeln wollte, bemerkte ich, dass auch meine Beine festgeschnallt waren. Ich spannte alle Muskeln, um mich zu befreien, dadurch schmerzte mein Kiefer nur noch heftiger.

Schließlich gab ich auf, keuchte und schwitzte.

»Es ist wohl klar, dass du unter Arrest stehst. Du kannst die Aussage verweigern, aber es wird sich vor Gericht nachteilig auswirken, wenn du uns während der Befragung was verschweigst, auf das du später während der Verhandlung Bezug nimmst. Verstanden?«

Ich keuchte.

»Ich nehme an, das sollte ›Ja‹ heißen. Ich werde gleich deine rechte Hand lösen, damit du dein vollumfängliches Geständnis über die Ereignisse der letzten Stunden niederschreiben kannst. Und damit wir uns nicht missverstehen, ich möchte vor allem wissen, wie du die zehntausend Pfund und den gefälschten Pass mit deinem Foto erklärst, die wir in Louisa Jankowskis Besitz gefunden haben. Sie ist übrigens tot. Also lass am besten nichts aus. Du gehst ins Gefängnis, egal, was du sagst. Wie ich höre, ist in Strangeways gerade eine Zelle frei geworden.«

Ich sah ihn fragend an – er nickte.

»Wicks ehemaliger Zellennachbar, dein Kumpel Adam. Hat sich gestern weggehängt. So nennen sie das, wenn sich jemand mithilfe eines Lakens aus dem Leben verabschiedet. Von der Decke baumeln funktioniert nicht, die ist nicht hoch genug, deshalb wickeln sie das Laken um die Stäbe, legen sich die Schlinge um den Hals und beugen sich so weit nach vorn, wie sie können. Nur ein kleiner Tipp, falls du es nicht mehr aushältst.«

Mein Blick wanderte von Parrs zum Fenster. Wenn ich es mit einem Stuhl hätte einschlagen und rausklettern können, ich hätte es glatt versucht. Parrs glaubte meine Gedanken zu erraten, denn er nickte und wirkte zumindest ansatzweise verständnisvoll.

»Du hast es versucht, mein Junge, zumindest das. Stell dir die Welt als Hölle vor. Sag dir einfach, dass der arme Teufel wegen guten Benehmens vorzeitig entlassen wurde.«

Parrs kramte einen Notizblock und Stift hervor und legte beides aufs Bett. Dann trat er näher und löste die Fessel an meinem rechten Arm. Ich wollte ihm mit dem Stift die Augen ausstechen, aber er wich zurück und sah seelenruhig zu, wie ich mich verausgabte.

Unter lautem Keuchen versuchte ich, das Bett umzustürzen,

indem ich mein Gewicht von einer zur anderen Seite verlagerte. Parrs sah mir eine Weile zu, bis mich die Kraft verließ, dann packte er meine Hand und drückte mich an sich. Ich sah fragend zu ihm auf, als er mir die Finger quetschte und mich mit der freien Hand am Kinn packte … Irgendwo schrie jemand.

Parrs ließ nicht los, schob meine gebrochenen Gelenke zwischen seinen Fingern hin und her. Mir brach der kalte Schweiß aus, ich hatte am ganzen Körper Gänsehaut. Irgendwann zersplitterte etwas in mir, Parrs trat einen Schritt zurück und betrachtete angewidert die Bettdecke. Den nassen Fleck, der sich rasch ausbreitete.

Er bückte sich, um den Notizblock und den Stift aufzuheben, und legte beides erneut aufs Bett. In meinen Ohren schrillte es, mein Puls raste.

»Eine Stunde«, sagte er und rückte sein Hemd gerade. »Sonst machen wir noch ein paar Lockerungsübungen.« Als er gegangen war, dachte ich über meine Möglichkeiten nach. Doch nach einem vergeblichen Versuch, die Fessel an der linken Hand zu lösen, gab ich auf.

Ich nahm den Block, auf dem Parrs bereits ein paar Dinge notiert hatte.

Die Basisinformation über den Fall, eine kurze Zusammenfassung dessen, was mit den Hauptakteuren geschehen war. An die Sache auf dem Dach konnte ich mich nicht mehr genau erinnern. Dann sah ich die Worte *Constable Naomi Black*.

Sie waren durchgestrichen.

Ich begann mit den Ereignissen am Samstagabend und meiner Schlussfolgerung.

Martin Wick hatte vor vielen Jahren mit Margaret Moore ein uneheliches Kind gezeugt, das Frank Moore als seines angenommen hatte. Als Frank den Seitensprung entdeckte und zu allem Überfluss herausfand, dass er sich bei seiner Frau mit Chlamydien infiziert hatte, wurde er zu einem gewalttätigen Tyrannen, der seine Frau und Kinder in Angst und Schrecken versetzte. Ich hielt ihn allerdings immer noch für unschuldig. Er hatte seine Familie nicht getötet, denn er verbrachte die nächsten Jahre mit einer Hasskampagne gegen den Mann, den er für den Mörder hielt.

Ich schrieb über Kevin Blake, der Martin Wick damals die Tat anhängte und ihn zwang, ein für ihn kaum verständliches Geständnis zu unterschreiben, eine fiktive Version der Ereignisse in der Mordnacht, die Blake mit untergeschobenen Beweisen und einem Bestseller untermauert hatte. Lizzie Moore hatte überlebt und konnte Martin Wick ein Alibi geben, das Kevin Blake als Betrüger entlarven würde. Daher hatte er Martin Wick hier im Krankenhaus ermordet, um ihn ein für alle Mal mundtot zu machen.

Das war natürlich nicht alles. Ich schrieb auch meine Geschichte nieder. Dass ich mir für viel Geld einen gefälschten Pass zugelegt und jahrelang kleinere Summen gespart hatte, die sich nicht zurückverfolgen ließen. Dann hatte ich eine Nottasche gepackt, weil ich mitten in der Ermittlung verschwinden und so vor Zain Carver fliehen wollte, der immer wie ein Schatten hinter mir lauerte. Ich erklärte, dass Louisa Jankowski mir die Tasche gestohlen, mich damit erpresst und die Ermittlung kompromittiert hatte. Meine Aufzeichnungen gingen bis zu den Ereignissen auf dem Dach: Naomis sinnloser Tod und meine Begegnung mit dem Unbekannten in der Sturmhaube, der mir das Leben gerettet hatte.

Jede Lüge gestanden. Jede Regel gebrochen.

Bis Parrs zurückgekehrt war, meine Aufzeichnungen vom Bett genommen und sich zum Lesen in die Ecke verzogen hatte, war meine nasse Decke abgekühlt, ich begann zu zittern. Während des Lesens würdigte er mich keines Blicks, aber seine Überraschung über meine Offenheit war ihm deutlich anzusehen.

»Etwas verstehe ich nicht«, sagte er schließlich. »Wenn du nicht mit Louisa Jankowski unter einer Decke gesteckt hast, warum hast du ihr nicht einfach das Handy gegeben, als du es noch konntest? Oder es zerstört?«

Ich streckte die Hand nach dem Block aus.

Esthers Leben, schrieb ich.

»Denk mal drüber nach«, sagte Parrs. »Du hättest längst über alle Berge sein können. Wir haben uns gefragt, wie du es geschafft hast, Louisa Jankowski umzulegen und die Waffe loszuwerden. Hast du den Mann mit der Sturmhaube erkannt?«

Ich schüttelte den Kopf.

»Frank Moore und Kevin Blake waren beide in Polizeigewahrsam. Und ich habe schon bei den Leuten nachgefragt, die Carver überwachen. Er war zu Hause bei Frau und Kind. Scheint, als hättest du einen persönlichen Schutzengel.«

Das bezweifelte ich.

»Es hat zwar nicht viel Gewicht, aber ich freue mich, dass du nicht direkt in die Verschwörung verwickelt warst.«

Er fing meinen Blick auf und nickte.

»Und jetzt habe ich gute und schlechte Nachrichten für dich. Die schlechte: Ich kann dich nicht vor den Konsequenzen schützen. Es wird für uns alle extrem ungemütlich. Ein ehemaliger Detective Inspector, der einen Unschuldigen hinter Gitter bringt, Frank Moore, der diesen Unschuldigen im Gefängnis foltern lässt … Chase will Tabula rasa. Es ist also möglich, dass du deine erste Zeit in Strangeways im normalen Vollzug verbringst. Wir können es uns nicht leisten, dir eine Sonderbehandlung angedeihen zu lassen. Nach einer gewissen Eingewöhnungszeit wird man dich aber beim ersten Anzeichen von Gewalt in Isolationshaft versetzen. Mein Rat? Zettel so schnell wie möglich einen Streit an, am besten mit dem kleinsten Häftling, der dir übern Weg läuft.«

Ich reagierte nicht.

»Aber es gibt auch einen Hoffnungsschimmer. Die gute Nachricht lautet, dass ich vermutlich befördert werde. Chief Superintendent Chase und ich haben uns bezüglich des Todes von Tessa Klein gestern Nacht auf einen Kompromiss geeinigt. Angesichts fehlender Beweise sind wir bereit, ihren Tod als Selbstmord zu bezeichnen und die Suche nach ihrer Leiche einzustellen.«

Parrs glitt vor das Fenster und verschwand fast vor dem grauen Himmel. Dieser Mann warf keine Schatten, manchmal fragte ich mich, ob es ihn wirklich gab, ob das alles wirklich geschah. Leider bestätigte mir der Schmerz in meinem Kiefer, dass diese grausame Wirklichkeit tatsächlich existierte.

»Wir haben die Zähne, die du mir gebracht hast, im Krematorium verbrannt. Du hattest recht, Chase hat Klein tatsächlich bei Carver eingeschleust. Offenbar wollte sie seinen Kopf auf einem Tablett, um damit die Beförderungsgötter milde zu stimmen. Sie hat ihn wohl unterschätzt. Unsere Arbeitshypothese lautet, dass Carver und Klein eine Affäre hatten. Er hat sie überzeugt, dass seine Gefühle für sie echt waren, und sie überredet, den Dienst zu quittieren. Danach hat er sie entsorgt.«

Er wandte sich um. Mein Gesichtsausdruck blieb ihm nicht verborgen.

»Keine Sorge, wir haben ihn noch im Visier. Deswegen haben wir dir ja auch Constable Black an die Seite gestellt. Ein Schatten, der jede Einzelheit und Nuance deiner Beziehung zu Carver registriert, bevor wir ihr die Ermittlung im Fall Carver ganz übertragen.«

Parrs schlenderte zur Tür, blieb aber noch mal stehen.

»Es hat sich ein kleiner Fehler in deine Aufzeichnungen geschlichen. Jankowski hat auf dem Dach nicht Black erwischt, sondern Esther. Constable Black hatte dem Mädchen ihre Jacke geliehen. Ihr ist nichts weiter passiert, sie hat nur einen Schlag auf den Kopf abbekommen. Schlimme Gehirnerschütterung, aber das wird schon wieder. Danach ist sie sicher bereit, sich an Carver abzuarbeiten. Also, gute Arbeit, mein Junge. Mit ein paar Abweichungen hast du unsere Erwartungen genau erfüllt.«

Als er mir sagte, dass Naomi noch lebte, erfasste mich ein bis dahin unbekanntes Gefühl. Ich biss den Kiefer so fest zusammen, wie es mir möglich war, und stieß ein Wort hervor.

»Umdrehen!«

Parrs wandte sich amüsiert um, den Blick auf mein verschwitztes Gesicht gerichtet.

Meine verkrampften Finger, die sich in die Decke krallten.

»Wenn du sie zu Carver schickst, begrab ich dich«, schickte ich mühsam hinterher.

»Wenn Blicke töten könnten, würde ich diese Drohung ernst nehmen. Aber so, wie die Dinge liegen, bist du leider in einer schlechten Position. In ein paar Tagen wirst du in Strangeways einfahren. Verrat mir, wie zerstoßenes Glas schmeckt.«

»Wie viele Zähne hat ein Mensch«, presste ich hervor. Ich konnte die Lippen nicht richtig bewegen, schlucken tat weh, und der Speichel rann mir aus dem Mund.

Parrs beugte sich vor. »Wie bitte?«

»Wie viele Zähne hat ein Mensch?«

»Na, *du* hast sicher weniger als die meisten.«

»Hast du Kleins Zähne vor dem Verbrennen gezählt? Hast du aufgepasst? Ob welche fehlen?«

Ruhig spazierte Parrs zur Tür und öffnete sie. Ich dachte, er würde einfach gehen, doch er vergewisserte sich nur, dass niemand davorstand. Zufrieden schloss er sie wieder, trat an mein Bett und packte mich erneut am Kinn.

»Ich glaube dir kein Wort«, zischte er mir ins Ohr.

Mein Gelächter klang völlig irre, ich drückte mein Kinn tiefer in seine Hand, verschlimmerte meine Schmerzen und sah ihm dabei fest in die Augen, während mir der Blutschaum über die Lippen quoll und sein Hemd befleckte.

Er ließ los und sah angewidert an sich herab.

Dann zog er ein Taschentuch hervor und wischte sich damit über Gesicht und Hände.

»Ich zerlege dein Auto in alle Einzelteile«, sagte er, »ich nehme deine ganze Wohnung auseinander.«

»Du wirst nichts finden.«

»Was willst du von mir?«

»Mach die ganze Scheiße hier ab.«

Er rieb sich mit den Fingerknöcheln die roten Augen, dann löste er die Fessel an meinem linken Arm, ließ mich aber nicht aus den Augen.

»Ich will die Tasche zurück.«

»Geht nicht.«

»Charlie Sloane kriegt bald eine interessante Mail von mir.«

»Du bluffst doch.«

Ich hielt seinem Blick stand.

»Das muss ich erst mit Chase besprechen«, sagte er. »Sonst noch was?«

»Naomi bleibt weg von Carver.«

Er sah mich nachdenklich an. Es war sicher nicht leicht, meinen Ausdruck zu deuten.

»Ich schau mal, was ich machen kann. Du weißt sicher, dass du als freier Mensch in größerer Gefahr bist als im Gefängnis? Carver wartet nur darauf. Er wird sich mit deinen Eingeweiden schmücken.« Das saß. Offenbar hatte er gemerkt, dass er mich getroffen hatte, denn er setzte sofort nach. »Wieso überlegen wir uns nicht was anderes? Du hast die Zähne. Wie ich das sehe, hast du damit was in der Hand. Wir könnten dich befördern, zum Beispiel in ein kleines Kuhkaff schicken, wo du in Sicherheit wärst …«

Ich dachte an Tessa Klein. Eine junge Frau, von beiden Seiten manipuliert und schließlich getötet, ohne dass jemand dafür zur Rechenschaft gezogen wurde. Wie leicht hätte es mich treffen können? Was war ihr nur passiert? Wo lag ihre Leiche, wie hatten ihre letzten Momente ausgesehen? In ein paar Stunden würde ich es vielleicht am eigenen Leib erfahren. Es hätte mir nicht egal sein sollen, dachte ich kopfschüttelnd. Ich hätte mehr tun sollen, als ich noch die Gelegenheit hatte.

»Schicken Sie mir jemand anderen mit der Tasche. Ich will Sie nicht mehr sehen.«

»Wie du willst«, sagte Parrs. »In Zukunft wird es für dich so wenig Positives geben, da mache ich dich gern noch ein letztes

Mal glücklich. Aber ich bin sicher, dass ich dich bald wiedersehe, mein Junge. Vermisstenplakate, Autopsieberichte, Aufbahrungen …«

Damit verschwand er. Löste sich einfach auf wie Rauch.

Kaum war er gegangen, kam mir ein Gedanke. Ich zerrte die Fesseln von den Füßen, stieg aus dem Bett und wankte zur Tür. Draußen stand kein Bewacher.

Ich ging bis ans Ende des Flurs, an einer Putzkraft vorbei, und spähte um die Ecke. Parrs unterhielt sich mit Chase, keiner von beiden wirkte besonders aufgebracht. Hatte man mich tatsächlich verhaftet? Oder wollten sie nur herausbekommen, was ich wusste und wie sie mir am besten den Garaus machen konnten? Ich konnte beweisen, dass sie eine junge Frau in eine untragbare Lage gebracht hatten, in der sie ums Leben kam, und der Öffentlichkeit danach weisgemacht hatten, sie habe Selbstmord begangen. Und das alles nur, um ihre eigene Karriere zu retten. Sie amüsierten sich bestimmt darüber, dass sie mich so leicht abgespeist hatten. Auf dem Weg zurück wandte ich mich an eine Schwester.

Sie zog ein mitfühlendes Gesicht. »Schmerzmittel?«

»Was der Laden hergibt«, stieß ich hervor.

3

Die Schmerzmittel machten alles etwas erträglicher, ich schlief sogar ein wenig, wenn auch unruhig, schreckte hoch, wenn jemand vorbeilief, bildete mir Leute ein, die gar nicht da waren. Immer wieder kreisten meine Gedanken um Lizzie Moore – oder Esther, wie sie sich später genannt hatte. Sie hatte zwei Leben gelebt, die sich drastisch voneinander unterschieden, und hatte vor dem Beginn eines ganz neuen Abschnitts gestanden. So viel Schlechtes hatte sie überwunden, nur um schließlich den Tod zu finden. Wahrscheinlich verbarg sich eine Lektion dahinter, aber nicht für mich, ich war beratungsresitent.

Ich sah dem Tag beim Sterben zu, das Zimmer hatte die Farbe einer Wunde, dann klopfte es an der Tür. Beim Anblick des schlanken, ernsten Besuchers, eines jungen Manns, fragte ich mich sofort, ob er einer von Carvers Leuten war. Aber er gab mir nur die von Jankowski gestohlene Reisetasche zurück und bat mich, den Empfang zu quittieren. Als er gegangen war, sah ich hinein. Und musste lachen. Der Mann hatte offensichtlich null Interesse am Inhalt gehabt. Wusste er eigentlich, dass er mir damit das Leben rettete?

Mir war klar, dass ich erst in der Dunkelheit fliehen konnte, also trat ich ans Fenster, sah zu, wie die Farbe aus dem Himmel wich, und fragte mich, wohin ich als Nächstes gehen sollte, als sich wiederum die Tür öffnete. Zu meiner Überraschung trat Sutty ins Zimmer. Sein enger Bademantel klebte ihm am Körper, sodass sich alles überdeutlich abzeichnete. Seine Arme waren unter dicken Verbänden verborgen, den Kopf und die knallrote Haut an seinen Wangen hatten sie bereits freigelegt. Sein Haar war völlig versengt, er hatte keine Augenbrauen mehr.

»Du bist wach«, stieß ich hervor. Das Sprechen fiel mir jetzt leichter, aber ich redete immer noch im Stakkato.

»Nee, Kumpel. Ich bin gestorben und in den Himmel aufgefahren. Hab beim großen Mann ein gutes Wort für dich eingelegt, wir sind jetzt Zellennachbarn bis in alle Ewigkeit.«

Ich wollte, konnte aber nicht lächeln. »Wie geht's?«

»Ich wünschte, du hättest mich an dem Abend im Temple gelassen und nicht hergeschleppt, aber wenigstens hat die Sache meiner Schönheit keinen Abbruch getan. Und du? Sieht aus, als wär's dir richtig blendend ergangen.«

Seine Ironie brachte mich zum Lachen. Es schmerzte.

»Gut gemacht, dass du Blake einkassiert hast!«

»Hat Wick dir das vor dem Anschlag zugeflüstert?«

»Meinte, man hätte ihn reingelegt. Dass er Lizzie Moore als Zeugin hätte. Als er behauptete, sie würde in der Nacht noch zu Besuch kommen, wollte ich unbedingt abwarten, was passiert.«

»Wenn du mir das vorher erzählt hättest, wär alles leichter gewesen.«

»Ich hab ihm das Foto in der Zeitung gezeigt«, sagte Sutty. »Das, was auf der Krankenstation geschossen wurde. Er hat mir erzählt, seine Tochter könnte ihn besuchen, weil sie die Polizisten besticht. Ich wusste nicht, ob du einer von ihnen warst oder ob ich dir vertrauen konnte.«

»Sie hat das alles überlebt. Wozu?«

»Die Wahrheit«, sagte Sutty einfach.

»Ich glaube, ich hab genug von der Wahrheit. Sie ist wie ein Koffer voller alter Scheine. Nichts mehr wert.«

Sutty sah mich an. »Ich war als Erster vor Ort, als sie Wick festgenommen haben.«

»Ja, hab's auf Band gesehen.«

Er nickte. »War ein echt herber Anblick. Der Typ ist umgekippt, hatte Schaum vor dem Mund, war voller Blut. Ich musste ihn wieder auf die Beine stellen. Als ich später erfahren hab, wessen Blut da an meinen Fingern klebte, wurde mir speiübel. Drei Kinder …«

Er ließ den Satz in der Luft hängen, zog eine kleine Flasche alkoholhaltige Waschlotion aus der Tasche und schmierte sie sich auf die Haut.

»… und jetzt muss ich mich ständig mit diesem Zeug einreiben, wenn ich daran denke.« Er mied meinen Blick, unmöglich zu erkennen, ob er rot anlief oder es an seinen Verbrennungen lag, aber so offen war er mir gegenüber noch nie gewesen. »Wick hatte das Blut auch an den Händen. Du hast es abgewischt. Du wirst deinen Weg finden«, sagte er mit einem Nicken. »Das hast du immer getan.«

Er öffnete die Tür und ging.

»Halt dich aufrecht, Peter!«, rief ich ihm hinterher, so laut ich konnte.

»Mach ich, Aidan. Wir sehen uns!«

4

Ich zog mich an und verließ ohne weiteren Kontakt das Krankenhaus. Die Schmerzmittel hielten mich auf den Beinen, aber nichts hatte mich auf den Anblick meiner zerschundenen Visage vorbereitet, der mich auf dem Weg nach draußen eiskalt erwischte. Ich blieb wie angewurzelt stehen und starrte auf mein lädiertes, geschwollenes Gesicht im Fenster.

Vom Krankenhaus war es nur ein kurzer Spaziergang zu meiner Wohnung, aber ich versuchte trotzdem, ein Taxi anzuhalten. Der erste Fahrer brauste davon, als er mein Gesicht sah. Beim zweiten ging ich kein Risiko ein, sondern hechtete sofort auf den Rücksitz, meine Tasche fest an mich gedrückt. Ich wühlte darin nach dem nie abgeschickten Brief an meine Schwester, den ich mir ein letztes Mal ansah, bevor ich ihn in winzige Stücke zerriss und durchs Seitenfenster entsorgte.

Manche Dinge sollen einfach nicht sein.

Zwei Straßen vor meinem Haus stieg ich aus und zahlte bar. Kaum war ich drin, holte ich die Leiter aus dem Hausflur und trug sie in die Wohnung. Ich stellte sie direkt unter die lockere Lampenfassung, kletterte hinauf und schob die Tasche dorthin, wo sie hingehörte. Erst als ich ein weiteres Mal auf mein Spiegelbild blickte, wurde mir klar, dass ich mit meinem geschwollenen Gesicht nirgends hinkonnte.

Mit meinem Passfoto hatte ich momentan keinerlei Ähnlichkeit.

Oben auf der Leiter suchte ich nach dem Umschlag, in dem ich drei von Tessa Kleins Zähnen versteckt hatte. Um mir im Krankenhaus die Zeit zu vertreiben, hatte ich alles aufgeschrieben, was ich über ihren Fall wusste, die Machenschaften von Parrs und Chase. Jetzt schrieb ich Charlie Sloanes Namen auf den Umschlag, darunter seine Adresse bei der *Mail* und stopfte alles zurück in die Tasche.

Als ich die Leiter zusammenklappte, klopfte es zaghaft an der Tür. Ich wusste nicht, ob ich die Haustür unten wieder abgeschlossen hatte, aber ich konnte nicht fragen, wer da klopfte, denn ich brachte nur ein unverständliches Brummen hervor.

»Hallo?«, rief eine Männerstimme.

Ich öffnete. Auf dem Absatz stand Robbie, mein neuer Nachbar.

Bei meinem Anblick wich er schockiert zurück. »Aidan? Meine Güte, was ist Ihnen denn passiert, Kumpel?«

»Autounfall«, murmelte ich. »Sieht schlimmer aus, als es ist.«

Ich hatte gleich doppelt gelogen, denn in Wahrheit war es viel schlimmer, als es aussah.

»Aha«, sagte Robbie. Offenbar war ihm kurz entfallen, warum er geklopft hatte, denn er musste etwas überlegen. »Na also«, sagte er schließlich. »Eigentlich wollte ich mich entschuldigen. Wegen der Sache vor ein paar Tagen.«

Ich schüttelte den Kopf. Ich hatte so viele beschissene Tage hinter mir, dass ich nicht wusste, worauf er sich bezog.

»Die Frau, die ich reingelassen hab. Die Blonde im roten Kleid …«

Louisa Jankowski.

Als ich nickte, fuhr er fort.

»Ich hab sie davor schon draußen in der Kälte stehen sehen und sie irgendwann gefragt, ob ich ihr helfen könnte, da hat sie gemeint, sie würde auf Sie warten und ob sie vielleicht ins Haus dürfte. Ich wollte zwischen Ihnen und Ihrer Freundin keinen Ärger anzetteln – ich meine, Ihrer Kollegin, oder was immer sie ist.«

»Weder, noch«, sagte ich. »Machen Sie sich keinen Kopf.«

»Aha«, sagte er wieder, immer noch sichtlich bestürzt über meinen Anblick. »Aber ich habe meine Lektion gelernt. Vorhin hat ein Mädel bei mir geklingelt, sie wollte zu Ihnen.« Er kramte in seiner Tasche. Dort stand eine Telefonnummer, aber erst der Name erregte meine volle Aufmerksamkeit. »Eine … Anne?«, sagte er. Ich nahm den Zettel vorsichtig entgegen, hielt ihn wie ein rohes Ei in beiden Händen. Als ich aufblickte, bemerkte ich, dass er offenbar auf eine Erklärung wartete.

»Meine Schwester«, sagte ich.

5

Meine Schwester hatte keine Adresse aufgeschrieben, aber ich wusste, wo sie wohnte. Ein großes Haus in Fallowfield, im Süden der Stadt, das sich mehrere Leute teilten. Ich war schon ein paarmal vorbeigefahren, hatte sogar davorgestanden und mich bis zur Haustür vorgewagt, doch mein Spiegelbild, der Ausdruck auf meinem Gesicht, hatte mich verschreckt.

Wenigstens erkannte ich mich jetzt selbst nicht mehr wieder.

Ich fuhr vorsichtig, denn ich wusste, dass ich nicht klar dachte. In meinem Zustand in eine Polizeikontrolle zu geraten könnte böse ausgehen, doch ich musste persönlich mit ihr sprechen, denn am Telefon konnte mich niemand verstehen.

Ohne länger darüber nachzudenken, parkte ich den Wagen und marschierte zielstrebig aufs Haus zu. Während der Fahrt hatte ich ständig im Rückspiegel nach dem mattschwarzen Mercedes Ausschau gehalten, der in den letzten Tagen immer wieder aufgetaucht war. Ich wusste nicht, wer mein Schutzengel im Treppenhaus war, aber ich wollte ihn nicht hier haben.

Ich klopfte und wartete.

Es war mein letzter Zwischenstopp, danach würde ich verschwinden. Nach diesem Besuch würde ich in eine andere Stadt fahren, mir in einem anonymen Hotel ein paar Flaschen Scotch hinter die Binde gießen und warten, bis mein Kinn wieder abgeschwollen war. Wahrscheinlich würde ich schnell Nackenschmerzen bekommen, weil ich ständig über die Schulter sehen musste. Wenn es so weit war, würde ich den längsten Flug ins heißeste Land der Erde buchen und beten, dass ich die Sicherheitskontrolle passierte.

Thailand, Kuba, Mexiko. Alles Orte, wo man gut verschwinden konnte.

Ein Licht flammte auf und riss mich aus meinen Gedanken, dann öffnete sich die Tür, und sie stand vor mir. Ihr Haar war dunkler, als ich es in Erinnerung hatte, aber ihre Augen hatten sich nicht verändert. Am Ohr hielt sie ein Handy, auf ihrem Gesicht lag noch ein Lächeln. Offenbar hatte ich sie mitten im Gespräch unterbrochen.

»Ich ruf dich zurück«, sagte sie und beendete den Anruf.

Ihre Stimme war mir völlig vertraut. Wahrscheinlich weil sie genauso klang wie meine. Gefühle wallten in mir auf, füllten meine Brust, meinen Kopf, den ganzen Körper. Ich schwankte auf dem Absatz.

Anne lachte und berührte mich am Arm, als wollte sie sich vergewissern, dass ich tatsächlich vor ihr stand.

»Aidan?« Ich nickte. »Magst du reinkommen?«

Zuerst ging sie ein paar Schritte ins Haus, doch dann fuhr sie herum und drückte mich fest an sich. Langsam hob ich die Arme und legte sie um sie. So verharrten wir eine lange Zeit.

Im Wohnzimmer herrschte behagliches Durcheinander. Bücher, Platten, Laptops und Decken, eine lag am Boden vor dem Sofa, wo sie offenbar zuvor gesessen hatte. Nachdem wir uns gesetzt hatten, betrachtete sie mich eingehend.

»Prügelei?«, fragte sie.

»Ob du's glaubst oder nicht: Ich hab gewonnen. Sie haben mir den Kiefer verdrahtet.«

»Ich würde gern behaupten, dass du gut aussiehst, aber …«

»Wahrscheinlich hätte ich dir vorher Bescheid geben sollen.«

»Nein, du hättest einfach herkommen sollen, allerdings schon vor Jahren. Ich weiß nicht mal, was ich sagen soll. Haben wir Zeit? Ich meine, hast du Zeit?« Ich nickte und fragte mich gleichzeitig, ob das so stimmte. »Wie lange ist es jetzt her?«

»Zweiundzwanzig Jahre«, sagte ich. Sie nickte ernst. »Neun Monate, drei Wochen, vier Tage, sechs Stunden …«

Das brachte sie zum Lachen.

»Manchmal hab ich gedacht, du bist eine Einbildung«, sagte

sie kopfschüttelnd. »Oder meine Erinnerung ist irgendwie falsch. Als wäre das alles nicht passiert.«

»Ist es aber.«

»Ich habe so viele Fragen. Wo bist du gelandet, nachdem sie mich aus dem Waisenhaus geholt haben? Das habe ich mich immer gefragt …«

»Jugendheime, mal hier, mal da.«

»Du hast keine Pflegefamilie gefunden?«

»Zu alt«, sagte ich und schämte mich, auch wenn es keinen Grund dafür gab. Meine Wangen wurden heiß. »Und ich hatte Probleme, meine Wut zu kontrollieren. Hab einfach nicht die Richtigen gefunden.«

Es klang schrecklicher als beabsichtigt. Anne wirkte sehr ernst, als sie behutsam mein Gesicht in beide Hände nahm und mir tief in die Augen sah. »Jetzt hast du sie gefunden. Die Richtigen.«

Sie ließ mich los. Ich nickte, sie auch.

»Was hat dich hergeführt? Warum jetzt?«

»Du warst bei mir.« Die Schmerzmittel wirkten nicht mehr, das Sprechen fiel mir jetzt sehr schwer. »Was Wichtiges?«

»Na ja, das Sozialamt hat mich angerufen.« Ich schloss kurz die Augen. »Ich glaube, sie haben es bei dir auch versucht, oder?«

Ich nickte auf eine Weise, die ihr hoffentlich mein Versagen in dieser Angelegenheit kommunizierte.

»Es geht ihr nicht gut, Aidan …«

»Ging's ihr noch nie.«

»Nein«, sagte Anne. »Ist gerade ein mieser Monat für mich. Eliza, meine Adoptivmutter, ist letzte Woche gestorben. Wahrscheinlich habe ich deshalb eingewilligt, Christine zu besuchen. Womöglich hat mir das auch den Ruck gegeben, endlich bei dir aufzutauchen. Du bist jetzt meine einzige Familie.«

Ihre Stimme zitterte heftig.

»Wie hast du mich gefunden?«

»Die Sozialarbeiterin. Sandra? Sie hat gemeint, Christine hätte ihr deine Adresse gegeben. Hattest du Kontakt zu ihr?«

Ich schüttelte den Kopf. Hatte unsere Mutter mich ausspioniert? Nach all den Jahren? Wenn ja, hatte sie das garantiert nicht aus Mütterlichkeit getan.

»Ich dachte … also … vielleicht gehen wir zusammen?« Mir fielen die versteckte Tasche ein, das Hotelzimmer und die Minibar, die ich leer trinken wollte. Die laufende Uhr. Ich hatte keine Zeit, mich auf diesen Vorschlag einzulassen.

Aber ich sah meine kleine Schwester an und nickte.

»Wann?«, fragte ich.

6

Im Gästezimmer ließ ich mich völlig erschossen auf die Matratze fallen. Im wahrsten Sinne des Wortes. In den vergangenen vierundzwanzig Stunden war die Erinnerung an die Schüsse zweimal aufgeblitzt, auch jetzt kehrten die Ereignisse auf dem Dach schlagartig zurück, die letzten Bilder, bevor ich in den Tiefschlaf sank. Am nächsten Morgen stellte ich fest, dass eine meiner Wunden offenbar nässte. Das Kissen klebte an meinem Gesicht. Also zog ich die Bettwäsche ab und ging damit nach unten in die Küche, wo ich die Waschmaschine vermutete.

Stattdessen traf ich auf meine Schwester, sie war am Tisch eingeschlafen, ihr Kopf ruhte auf den verschränkten Armen, der Laptop stand zugeklappt davor. Sie hatte sich Tee gekocht, der Becher stand noch mit dem Beutel auf der Anrichte. Er war kalt. Ich fragte mich, wie lange sie wohl schon hier saß.

Ich ging an ihr vorbei in den Hauswirtschaftsraum, und als ich die Bettwäsche in die Maschine stopfte, fiel mein Blick auf mein Spiegelbild. Die Schwellung war nicht abgeklungen, sondern hatte sich offenbar im Schlaf verlagert. Ich stieß auf ein Röhrchen Paracetamol und eine Packung Ibuprofen, von denen ich je vier einwarf. Den Rest steckte ich in die Tasche. Als ich in die Küche zurückkehrte, war Anne wieder wach und betrachtete den geschlossenen Laptop.

Zaghaft bewegte ich den Mund. »Ich hab dir die Bettwäsche vollgeblutet«, murmelte ich. Es klang, als würde ich beim Sprechen die Zähne zusammenbeißen. Als Anne sich zu mir umwandte, sah ich, dass ihre große Wiedersehensfreude offenbar abgeklungen war.

Jetzt war ich nur noch ein Fremder in ihrem Haus.

»Das musst du nicht machen.«

Ich setzte mich ihr gegenüber an den Tisch, damit sie sich nicht den Hals verrenken musste.

»Beweise vernichte ich am liebsten sofort«, sagte ich. Sie schwieg. »Stimmt was nicht?«

»Weißt du, wie ich erfahren habe, dass du Polizist bist?«

Ich nickte. Jetzt ahnte ich, was sie gelesen hatte. »Du hast meinen Namen und ein Bild von mir in der Zeitung gesehen. Damals hast du mir geschrieben und den Brief ans Präsidium geschickt.«

»Ich habe mich immer gefragt, ob du ihn bekommen hast.«

»Den habe ich noch heute«, sagte ich.

»Warum hast du nicht geantwortet?«

»Ich steckte in der Klemme«, antwortete ich aufrichtig. »Und habe mich geschämt.«

Ihr Blick wanderte zum zugeklappten Laptop. »Also stimmt die Geschichte?«

»Nur zum Teil.«

»Du hast Drogen aus der Asservatenkammer gestohlen?« Ich nickte. »Hat man dich gefeuert?«

»Nein, da noch nicht.«

»Aber jetzt?«

Wieder nickte ich.

»Und was ist mit den Drogen?«

»Das ist vorbei«, sagte ich und hoffte inständig, dass das Tablettenröhrchen beim Gehen nicht klappern würde.

»Du steckst immer noch in der Klemme, richtig?«

»Bin nie richtig rausgekommen.« Mein Ton widerte mich an. Er klang abgehackt und emotionslos. »Ich hab nicht immer das Richtige getan …« Meine Gedanken wanderten zu Lizzie Moore, Tessa Klein, Naomi. »… und es oft nicht mal versucht.«

»Okay.« Anne schob den Laptop zur Seite und sah mich an. »Wie wär's, wenn du jetzt damit anfängst.«

7

Wir nahmen meinen Wagen. Ich fuhr, sie kramte in meinen alten CDs im Handschuhfach, um den passenden Soundtrack für unser Abenteuer zu finden. Wir hörten *Carrie & Lowell*, gefolgt von *Hats* von Blue Nile, Martha Wainright. Bei *Factory* summte meine Schwester leise mit, ich war sicher, sie merkte es nicht mal. Irgendwann sah sie zu mir und verstummte.

Als wir auf die M25 fuhren, entdeckte ich den mattschwarzen Mercedes. Er hing ein bisschen zurück, drei Autos waren zwischen uns. Mir lief es eiskalt über den Rücken. In was hatte ich Anne da nur hineingezogen?

»Diese ganzen Straßen kommen mir so vertraut vor«, unterbrach sie meine Gedanken, lange nachdem der letzte Song verklungen war. »Weißt du noch, wie viel wir damals rumgefahren sind? Ich hab immer gedacht, die vielen Autos auf den Straßen wären bewegliche Häuser, in jedem würde eine Familie wie unsere sitzen, und alle würden auf Rastplätzen übernachten.« Wir tauschten Blicke aus. »Danach bin ich noch jahrelang nachts wach geworden und habe gedacht, ich liege auf der Rückbank. Morgens habe ich mich als Erstes gefragt, an welchem neuen Ort ich heute wohl gelandet war. Denkst du noch oft daran?«

Ich nickte. »Als ich jünger war, hab ich Autos geklaut.«

»Und das hast du gemacht, weil …«

»Ja. Bin nie weit damit gefahren, sondern hab auf der Rückbank geschlafen.« Während ich redete, wurde mir klar, dass ich das noch niemandem erzählt hatte. Es laut auszusprechen fühlte sich an, als würde ich mein Inneres aufsperren. Als wäre ich von einer tödlichen Krankheit geheilt.

»Weißt du noch, wie wir in den Büros gewohnt haben?«

Unsere Mutter hatte eines Nachts bei einer ihrer Irrfahrten ein leer stehendes Bürogebäude entdeckt. Die Abbruchfirma hatte die Treppe im Foyer zerstört, um Obdachlose abzuhalten. Aber sie hatte mich einfach durch ein Fenster gehoben, damit ich den Notausgang von innen öffnen konnte.

»Du hattest deinen eigenen Schreibtisch«, sagte ich.

Anne lachte. »Und du hast mich zur Chefin erklärt. Hast mich auf dem Schreibtischstuhl gedreht, bis mir schlecht wurde.«

»Ich glaube, deswegen hast du mich gefeuert …«

»Du hattest es verdient.« Schweigend fuhren wir weiter, die Erinnerung brachte uns zum Lächeln. »Was ich nicht verstehe … wir waren doch gar nicht schlimm. Warum konnte sie nicht …?«

»Nein«, pflichtete ich ihr bei, »wir waren nicht schlimm.«

Nach einiger Zeit wandte sie sich ab und starrte wieder nach vorn.

»Hattest du je das Gefühl, dass du ein Versehen warst?«, fragte sie. »Dass wir beide ein Versehen waren?« Ich dachte scharf nach, wollte ihr eine ehrliche Antwort geben, fand sie aber nicht. Nach einer Weile wechselte sie das Thema. »Erinnerst du dich noch an den Mann? Der, der manchmal bei uns gewohnt hat?« Jetzt hatte sie meine volle Aufmerksamkeit. Mir schossen die Tränen in die Augen. Ich nickte. »Ich glaube, das war das Einzige«, sagte sie und rieb sich die Arme. Sie trug lange Ärmel, und ich fragte mich, ob sie immer noch Narben hatte. »… das war das Einzige, was mir noch heute richtig Angst macht.«

»Er ist tot«, sagte ich schnell.

»Bist du sicher?«

»Ich war dabei.«

Den Rest der Fahrt schwiegen wir. Ich hielt im Rückspiegel nach dem mattschwarzen Mercedes Ausschau, sah ihn aber nicht mehr.

8

Nach nur vier Stunden Fahrt kamen wir lange vor unserem Termin auf dem Parkplatz des Royal Sussex County Hospital an. Meine Schwester holte ein Ticket, während ich im Wagen blieb und den glänzenden, riesigen Glaskasten betrachtete, in dem sich unsere Mutter von einem Suizidversuch erholte. Ich war so in Gedanken versunken, dass mich Annes Klopfen im Sitz hochfahren ließ.

Wir gingen hinein und wandten uns an die Frau am Empfang.

»Sind Sie verwandt?«

Meine Schwester berührte meine Hand und nickte.

»Ich finde hier keine Christine Farrow«, sagte die Frau. »Ist sie vielleicht unter einem anderen Namen registriert?«

»Christine Waits?«, schlug Anne vor.

Die Frau tippte, dann schüttelte sie den Kopf. »Nein …«

»Wir sind hier mit ihrer Betreuerin vom Sozialamt verabredet«, sagte ich. »Sandra Allen.«

»Wir arbeiten nicht auf diese Weise mit den Betreuern zusammen. Am besten nehmen Sie direkt zu ihr Kontakt auf.«

Wir zogen uns in den Wartebereich zurück, Anne kramte in ihrer Handtasche herum.

Mir schwante Fürchterliches. Ein mulmiges Gefühl, das mit einer Erinnerung zusammenhing, die mir gestern gekommen war. Als sie die Tür geöffnet und die ersten Worte gesprochen hatte, war mir Annes Stimme so vertraut vorgekommen, weil sie vermeintlich wie meine eigene geklungen hatte. Jetzt fragte ich mich, ob sie mich nicht eher an die Stimme der Sozialarbeiterin erinnert hatte. Während Anne in ihrem Handy nach der Nummer suchte, entfernte ich mich ein paar Schritte von ihr, ließ sie aber nicht aus dem Blick. Ich fand die Nummer des zuständigen

Sozialamtes. Der Person am anderen Ende der Leitung erklärte ich, ich sei Polizist und würde gern mit Sandra Allen sprechen oder, falls das nicht gehe, mit ihrer Vorgesetzten.

Kurz danach beendete ich das Gespräch und ging zurück zu meiner Schwester.

»Ich krieg nur die Mailbox«, sagte sie.

»Sandra Allen kommt nicht. Wie es aussieht, existiert sie gar nicht.«

In unseren Blicken lag so viel, lebenslange Zweifel, der Alltag in Heimen, unsere Familiengeschichte, unsere Beziehung.

»Mit wem haben wir dann gesprochen?«, fragte Anne. Im nächsten Moment veränderte sich ihre Miene, denn sie war offensichtlich zum selben Schluss gelangt wie ich. »Ach du Scheiße!« Ich nickte. Mir fielen die verbitterten Worte ein, mit denen ich die Frau am anderen Ende der Leitung abgespeist hatte. »Und was nun?«

Ich sah mich um, dann packte ich sie am Arm und zog sie zum Ausgang. In der Drehtür klingelte ihr Handy.

Sandra Allen ruft an.

»Hallo?« Anne stellte auf Lautsprecher.

Stille, dann diese Stimme.

»Es ist so schön, euch endlich wiederzusehen«, sagte die Frau am anderen Ende der Leitung.

Ich sah mich sofort nach allen Seiten um, konnte aber niemanden sehen. Vor uns war der Parkplatz, hinter uns das Krankenhaus. Ich blickte hinauf zu den Fenstern, doch das brachte nichts, es waren einfach zu viele.

»Einmal im Leben wollte ich etwas richtig machen«, sagte die Frau. »Ich wollte euch wieder zusammenführen.«

Anne rang um Fassung. »Wer spricht da?«

»Du bist so hübsch geworden«, sagte die Frau. »Meine Anne …«

»Wo bist du?«, fragte meine Schwester mit zitternder Stimme.

»Sorgt gut füreinander«, sagte die Frau. »Wenn ich einen Wunsch frei habe, dann diesen.«

»Warte!«, rief ich, aber die Leitung war bereits tot.

Anne rief sofort zurück, doch es kam nur die Mailbox. »Scheiße«, flüsterte sie.

Nun sahen wir uns beide um, spähten in geparkte Wagen, blickten zu den Krankenhausfenstern, betrachteten die Personen, die ein und aus gingen, aber niemand kam infrage. Ich steckte in einem Sturm der Gefühle, nur eines konnte ich genau identifizieren, denn es war mir vertraut: Erleichterung. Sie kannte meine Nummer und meine Adresse. Tagelang hatte ich das Gefühl gehabt, beobachtet und verfolgt zu werden. Vielleicht lautete die unschuldige Erklärung einfach, dass meine Mutter nach all den Jahren endlich den Mut aufgebracht hatte, mit uns Kontakt aufzunehmen.

Ganz hinten sah ich einen mattschwarzen Mercedes auf die Parkplatzausfahrt zusteuern. Ich setzte mich in Bewegung, zuerst langsam, dann sprintete ich hinterher, und hatte ihn fast erreicht. Aber der Wagen fuhr durch die Schranke und verschwand im Verkehr, bevor ich mir noch das Nummernschild merken konnte. Als ich völlig außer Atem zu meiner Schwester zurückkehrte, war meine Erleichterung restlos verflogen. Anne schien es auch zu bemerken.

»Den Wagen hast du schon mal gesehen, stimmt's? Deswegen hast du die ganze Zeit in den Rückspiegel geguckt.«

Ich nickte. Meine Wirklichkeit hatte mich eingeholt.

»Warum sollte sie uns den ganzen Weg aus Manchester gefolgt sein, wenn sie doch genau wusste, wohin wir gefahren sind?«

»Ist sie nicht«, sagte ich und wandte mich zur Straße um. »Das war jemand anderes. Im Auto saß nur ein Mann.«

»Wer?«

»Keine Ahnung. Hab ihn noch nie gesehen.«

»Du siehst schlecht aus, Aidan. Irgendwas vermutest du doch.«

Zwei Krankenwagen kamen angebraust, die Sirenen wurden lauter, und ich dachte an Zain Carver. Er hatte mir genau erklärt, wie er Menschen umbrachte. *Wenn man es richtig anstellt, schlen-*

dert man einfach davon, ein munteres Liedchen auf den Lippen, die Hände in den Hosentaschen.

»Was hältst du davon, wenn wir getrennt zurückfahren. Du nimmst den Zug?«

Statt mir zu antworten, stieg Anne ins Auto und wartete mit verschränkten Armen auf mich. Ohne mich würde sie nirgendwohin gehen.

9

Also fuhren wir den ganzen Tag, manchmal redeten wir, manchmal nicht. Das stundenlange Schweigen fühlte sich immer wieder anders an, partnerschaftlich oder unangenehm. Es war leicht und gleichzeitig schwierig. Zwischen uns herrschte eine Dynamik, und wenn ich jetzt darüber nachdachte, hätte mir das schon erheblich früher gutgetan. Beziehungen hatte ich viele gehabt in den letzten Jahren, aber wenn es ernst wurde, wenn es sich zu sehr in die eine oder andere Richtung entwickelte, hatte ich die Flucht ergriffen. Jeder sollte Menschen in seinem Leben haben, die er einfach nicht fallen lässt, dachte ich, und Menschen, die einen nie fallen lassen.

Annes Adoptivmutter hatte in einem restaurierten Bauernhof draußen im Moor gewohnt, wo sie ein kleines Gartencenter mit Baumschule und vier Gewächshäusern betrieb. Sie war schon lange krank gewesen, und Anne hatte ihr geholfen, ihren Betrieb vor ihrem Tod zu verkaufen. Im Haus sollte ein Restaurant mit Café und Teestube entstehen, Gartencenter und Baumschule wurden vergrößert. Bis das Bauvorhaben losging, hatte Anne noch die Schlüssel fürs Haus und wollte eigentlich in den nächsten Tagen alle noch übrigen Besitztümer in Kartons verpacken.

Eine logische Zuflucht.

Erschöpft nach acht, neun Stunden Fahrt, kamen wir am Samstagabend spät im Dorf an. Nach den Ereignissen des Tages hatten wir einen Drink bitter nötig.

Als ich auf den Feldweg zum Haus einbog, dachte ich zuerst, ich hätte mich verfahren.

Es ging steil bergauf, fast einen Kilometer lang, mitten durch den Wald. Auf einer Seite war ein Wall, auf der andern ging es steil nach unten, wo ein Kanal floss.

Nach einer schlecht einsehbaren Biegung waren wir endlich oben angekommen, meine Scheinwerfer fielen auf das Farmhaus, ein graues Gemäuer, das unser gesamtes Sichtfeld einzunehmen schien.

Anne erzählte mir, dass sie die meiste Zeit über zu zweit hier gewohnt und den damit verbundenen Freiraum genossen hatten. In einem separaten Teil des Hauses, das sie extra für solche Zwecke umgebaut hatten, waren noch ein paar Arbeitskräfte untergekommen gewesen, die ihrer Mutter im Gartencenter geholfen hatten. Ich gewann den Eindruck, dass meine Schwester stolz auf das Anwesen war und Wert darauf legte, es mir zu zeigen, als würde sie mir ein von ihr erobertes und urbar gemachtes Gebiet auf der Landkarte ihres Lebens präsentieren, das ich sonst übersehen hätte.

Wir duschten und marschierten auf einem Pfad durch den Wald, beim Licht der Taschenlampe am Kanal entlang, zur Dorfkneipe. Noch immer ins Gespräch vertieft, noch immer schweigend. Noch immer machten wir uns das Leben leicht, machten uns das Leben schwer. Im kleinen Schankraum roch es nach Ale, würzigem Essen und Kaminfeuer. Der Barmann erkannte meine Schwester und begrüßte sie herzlich.

»Auf einen letzten Drink?«

»Für dein Steak-and-Ale-Pie würde ich glatt pendeln«, erwiderte sie.

Nichts klang appetitlicher, aber ich bekam dafür meinen Mund nicht weit genug auf, also begnügte ich mich mit burgunderrotem Ale und Chips. Ein paar Einheimische hatten ihre Teller geleert und machten einen Platz am Feuer frei. Dorthin zogen wir uns zurück, um schweigend unser Ale zu genießen. Als ich am Tresen eine neue Runde bestellen wollte, musterte der Barmann neugierig meinen Kiefer. Offensichtlich fragte er sich, wer ich war. Ich bemühte mich zu lächeln, bezahlte für zwei Pints und kehrte zu Anne zurück, die mittlerweile mit einer jungen Frau und ihrem Freund plauderte, deren

Hund streichelte und lachte. Ich hielt mich im Hintergrund, wollte sie nicht stören, doch als sie mich entdeckte, winkte sie mich zu sich, legte mir den Arm um die Schulter und drückte so fest, dass es schmerzte.

»Da ist er! Das ist mein großer Bruder.«

10

Fast den ganzen nächsten Tag verbrachten wir mit Packen. Gegen Mittag fuhr ich mit Anne ins Dorf, sie wollte sich von dem jungen Paar, das wir am Abend zuvor in der Kneipe kennengelernt hatten, einen Ford Transit leihen, eine alte Klapperkiste, die kaum noch fahrtüchtig aussah. Ich folgte ihr in etwas Abstand und fragte mich, wie sie damit wohl den steilen Hang zum Haus hinaufkommen wollte. Erst als sie die letzte scharfe Biegung geschafft hatte, atmete ich erleichtert aus.

Den Rest des Tages sortierten wir die letzten Habseligkeiten, die noch nicht verpackt waren. Überwiegend Bücher, Kleinkram, Bilder. Dabei erzählte Anne mehr von den Phasen ihrer Kindheit, die ich nicht miterlebt hatte, und von den wichtigsten Menschen in ihrem Leben. Ihre Adoptivmutter war verheiratet gewesen, als Anne in die Familie kam, ihr bereits schwerkranker Mann starb zwei Jahre später. Sie hatte ihn nie richtig kennengelernt, betrachtete ihn nicht als Vater, stattdessen waren die Arbeiter in der Gärtnerei zu ihren wichtigsten männlichen Bezugspersonen geworden. Sie meinte, das sei wohl der Grund, warum sie so ein Wildfang war, doch ich wusste, dass sie schon immer so gewesen war.

Burschikos und unverwüstlich.

Fasziniert davon, wie sich Dinge zusammensetzten oder, besser, wie man sie auseinandernehmen konnte. Kaum hatte Anne den Transit geparkt, hatte sie schon die Motorhaube aufgeklappt und kontrollierte Öl und Bremsflüssigkeit, machte sich so unbeschwert die Hände schmutzig, wie ich es nur bei einer Panne am Straßenrand tun würde. Hochzufrieden werkelte sie eine Weile vor sich hin.

Als sie bemerkte, dass ich sie beobachtete, zwinkerte sie mir zu.

Irgendwann waren wir im letzten Zimmer angekommen und räumten das Buchregal aus, als mir eine lädierte Ausgabe von *Schuld und Sühne* in die Hände fiel. Beim Durchblättern sah ich mehrere mit Bleistift geschriebene Randnotizen.

»Nein, nein, nicht lesen!«, rief Anne, die über meine Schulter blickte.

»Hat es dir gefallen?«

»Das wirst du noch rausfinden«, sagte sie lachend. »Ich steh auf die Russen. Hast du's mal gelesen?« Ich schüttelte den Kopf. »Kannst es haben. Ich muss nur die Notizen wegradieren …«

»Ein Freund hat mir dieses Buch vor Kurzem geschenkt«, sagte ich. Ich dachte an Adam, der sich in seiner Zelle erhängt hatte. Den Wärtern war er entkommen, den Dealern und sogar Zain Carver, aber vor sich selbst kann man nicht fliehen. Vielleicht war ich genau aus diesem Grund hergekommen. In eine etwas größere Zelle gezogen, bevor das Unausweichliche geschah? »Ja, ich werde es wohl lesen. Es steht zu Hause auf dem Regal, und in der Mitte steckt dein Brief.« Anne lächelte, ihr Blick wanderte zum Fenster, wo unter den Wolken am Horizont ein rosa Streifen aufblitzte. Es wurde dunkel. »Gehen wir heute Abend auf einen Drink weg?«

»Ich würde gern hier fertig werden, aber ein Bier wäre nicht schlecht. Sie verkaufen es auch zum Mitnehmen, wenn du nichts gegen einen kleinen Spaziergang hast.«

Ich war einverstanden, freute mich darauf, mir ein bisschen die Beine zu vertreten, auf den Whisky, den ich mir am Tresen genehmigen würde, und den Rückweg mit klirrenden Bierflaschen in der Tasche. Am meisten aber freute ich mich darauf, sie gemeinsam mit ihr zu trinken. Ich nahm meinen Mantel, ging hinunter zum Kanal, eine Viertelstunde später war ich schon an der Kneipe. Diesmal war der Barmann weniger reserviert, er packte mir munter die Flaschen ein, beäugte mich aber immer noch mit einem gewissen Misstrauen.

»Das Mädchen ist ein echtes Goldstück. Wir werden sie vermissen, ihre Mutter natürlich auch.«

Ich nickte.

»Sind Sie mit ihr verwandt?«

»Nur ein Freund. Ich helfe ihr beim Packen.«

»Sieht schlimm aus, Ihr Kinn ...«

»Das höre ich öfter«, erwiderte ich und versuchte zu lächeln.

Als er mir das Wechselgeld gab, beugte er sich verschwörerisch zu mir vor. »Gestern Abend hat ein Typ nach Ihnen gefragt, da waren Sie schon weg.«

»Was?«

»Großer Kerl. Hatte ein ziemlich rotes Gesicht, aber als er gesprochen hat, klang er ganz ruhig. Wollte wissen, ob ich den vermöbelten Burschen kenne, der mit Annie hier aufgetaucht ist.«

»Er hat ihren Namen benutzt?« Der Barmann nickte. »Hat er gesagt, wer er ist?«

»Hat gemeint, er wäre auch ein Freund von ihr.« Sein Blick war vielsagend. »Aber wie ein Freund sah der nicht aus.«

Ich eilte hinaus und sah mich nach dem mattschwarzen Mercedes um. Nichts. Niemand. Rasch machte ich mich auf den Weg zurück zum Haus. Den Drang, sofort bei Anne anzurufen, versuchte ich zu unterdrücken, aber das klappte nicht. Ich landete direkt auf ihrer Mailbox.

Also beendete ich den Anruf und schickte ihr eine Nachricht.

Auf dem Rückweg. Alles gut?

Keine Antwort. Als ich endlich am Haus war, hastete ich zuerst ins Arbeitszimmer, dort hatte ich mich von ihr verabschiedet. Auf mein Rufen kam keine Antwort. Panisch rannte ich von Zimmer zu Zimmer, riss die Türen auf, ignorierte das Schrillen in den Ohren, bis ich sie schließlich in der Küche fand. Sie stand vor der Spüle.

Ich stürmte ins Zimmer, und Anne machte einen Satz, ihre Hand flog an die Brust.

»Scheiße, hast du mich erschreckt!« Sie musterte mich besorgt. »Alles okay?« Ich nickte. Meine Beine kribbelten, als wären sie eingeschlafen. »Wo ist das Bier?«, fragte Anne mit Blick auf meine leeren Hände.

11

Nachdem Anne zu Bett gegangen war, wartete ich noch eine Stunde, dann schlich ich vorsichtig nach unten und holte mir die Flasche Scotch aus dem Umzugskarton. Damit ging ich hinaus in die Nacht. Draußen war es stockfinster, keine Lichter weit und breit. Es dauerte eine Weile, bis sich meine Augen an die Dunkelheit gewöhnt hatten.

Ich machte einen Rundgang ums Haus, um die Stallungen und Gewächshäuser. Mir fiel nichts Ungewöhnliches auf.

Danach stieg ich in den Wagen, der neben dem Transporter geparkt war.

Es war so bitterkalt, dass mir das Atmen wehtat, aber ich hatte ja den Scotch, um mich warm zu halten. Ich bewachte die Zufahrt zum Haus, bis ich am Himmel einen hellen Schein wahrnahm. Dann erst kehrte ich ins Haus zurück und schlief ein paar Stunden. Geräusche im Erdgeschoss weckten mich. Anne war aufgestanden. Als ich in die Küche kam, wandte sie sich zu mir um, den Kaffeebecher in beiden Händen.

»Warst du gestern Nacht noch mal draußen?«, fragte sie. »Ich dachte, ich hätte dich gehört.«

»Ja, hab nach dem Rechten gesehen.«

»Du warst lange weg. Schläfst du immer noch auf der Rückbank?«

»So was in der Art, ja.«

Sie legte den Kopf schief. »Ich hatte schon befürchtet, dass du abhaust«, sagte sie und drückte mir einen Becher in die Hand.

Ich bemühte mich darum, einen zuverlässigen Eindruck zu machen, als läge mir so etwas völlig fern.

12

Der Transporter war beladen, das Haus abgesperrt.

»Ich glaube, ich sollte mit dem Ding fahren«, sagte ich und nickte zum Transit.

Anne fand das offenbar witzig. »Der fährt sich wie ein Kreuzfahrtdampfer …«

»Gute Idee! Wenn nichts mehr geht, könnte ich als Käpt'n anheuern.«

»Ich hab das schon zigmal gemacht, aber tu dir keinen Zwang an. Bin gespannt, wie du dich schlägst.«

Sie lachte.

»Und du fährst hinterher?«

Anne war einverstanden. Also stieg ich in den Transporter, schob den Sitz zurecht und stellte die Spiegel ein.

Dabei sah ich, dass sie in meinem Wagen das Gleiche tat, und plötzlich schoss mir ein Gedanke durch den Kopf. Der Mann, der uns hierher gefolgt war, hatte meinen Wagen im Visier. Rasch stieg ich wieder aus und rannte zu ihr, bevor sie den Motor starten konnte.

»Alles zurück!«, rief ich und zog die Fahrertür auf. »Du hast recht, das ist blöd.« Achselzuckend nahm sie die Schlüssel.

»Feigling!«

Sie stieg in den Transporter und versuchte, ihn anzulassen.

Zuerst stotterte der Motor, dann heulte er laut auf. Eine schwarze Wolke quoll aus dem Auspuff. Vorsichtig steuerte sie auf den Abhang zu und ließ den Transporter langsam den Hügel hinabrollen. Als ich ihr folgte, sah ich, dass sich ihr Tempo beschleunigte, obwohl ihre Bremslichter leuchteten.

Ich trat auf die Bremse, als sie sich der scharfen Kurve näherte. Keine Wirkung.

Die Bremsleitungen mussten durchtrennt worden sein.

Der Transporter schlingerte auf die Böschung und die niedrige Mauer davor zu, bevor er unvermittelt nach rechts ausbrach und durch die Bäume krachte. Dort verschwand er aus meinem Sichtfeld, als hätte er nie existiert.

Zuerst herrschte Stille, dann ertönte ein Knirschen, als würde ein Baum brechen. Es knallte. Dreimal, schnell hintereinander. Dreieinhalb Tonnen Metall donnerten den Hügel hinab. Eine kurze Pause, wie ein Atemholen, dann ein ohrenbetäubendes Krachen, als der Transporter unten aufkam.

Sie hatte das Steuer herumgerissen, um dem mattschwarzen Mercedes auszuweichen, der quer auf der Straße stand.

Ich zog die Handbremse und kam gut einen Meter vor dem Mercedes schlitternd zum Stehen.

Während ich noch an meinem Gurt riss, war der Mann schon ausgestiegen und zielte mit einer Waffe auf mich. Er war groß, hatte ein rotes Gesicht und eine Glatze. Der Barmann hatte recht. Wie ein Freund sah er nicht aus.

Ich hob die Hände, er kam auf mich zu. Als er zwischen seinem und meinem Wagen stand, löste ich die Handbremse und gab Gas.

Mein Wagen machte einen Satz, und plötzlich war er zwischen beiden Fahrzeugen eingeklemmt, lag mit dem Oberkörper auf meiner Motorhaube und sah mich völlig entgeistert an. Die Waffe fiel auf die Motorhaube.

Ich stellte den Motor ab und stieg aus.

Er griff nach der Waffe, aber ich hatte schon seine Hand gepackt und bohrte ihm meine Finger zwischen die Fingerknöchel. Mit einem lauten Knacken brachen sie, einer nach dem anderen. Er feuerte noch zwei Schüsse ins Leere ab, bevor ich ihm endlich die Waffe entreißen und sie wegschleudern konnte.

»Wer bist du, Wichser?«, schrie ich, meine Kieferverletzung vergessend.

Er musterte mich emotionslos, während ihm das Blut aus dem Gesicht wich.

»*Come and trip as you go, on the light fantastic toe …*«

Er wollte sich in die Jackentasche fassen, doch ich schlug ihm mit der Handkante aufs Nasenbein und nahm ihm das Handy ab.

Er blickte hinunter auf seine Beine, die zwischen den beiden Wagen eingequetscht waren. »Ich brauch Hilfe …«

»Erst Antworten«, sagte ich und wedelte mit dem Handy.

»… leck mich!«

»Vielleicht kannst du hinterher noch auf einem Skateboard durch die Stadt rollen. Viel Spaß dabei!« Ich wandte mich ab.

»Warte!«, stieß er hervor. »Was willst du wissen?«

»Hast du Tessa Klein umgebracht?«

Er sah mich amüsiert an. Offenbar war ich völlig schiefgewickelt.

»Du warst der vom St. Mary's«, sagte ich. Meine Zweifel waren nicht zu überhören. »Du hast Jankowski erschossen …«

Zuerst dachte ich, es läge an den Schmerzen, dann erkannte ich, dass sein heiseres Schnaufen Gelächter war.

Ein widerlicher Anblick.

»Du kapierst gar nichts, oder?«

»Was gibt es zu kapieren?«

Ein Blutschwall quoll ihm aus dem Mund und lief ihm übers Kinn. Als er mich angrinste, waren seine Zähne blutrot verfärbt.

»Nein«, sagte er schließlich. »Ich habe Klein nicht umgebracht. Und ich war noch nie im St. Mary's.«

Er wiegte den Kopf, seine Stimme wurde immer leiser.

»Wer dann?« Ich packte ihn an der Schulter. »Ich weiß, dass es nicht Carver war. Spuck's endlich aus, damit ich dir helfen kann!«

Er sah abwesend in die Ferne, lächelte erneut und schüttelte den Kopf. »Du kannst niemandem mehr helfen, Kumpel. Ich bin froh, dass ich nicht an deiner Stelle bin.« Ich wandte mich ab und ging auf die Böschung zu. »Das Handy!«, brüllte er mir hinterher.

»Leck mich!«, rief ich zurück, ließ es fallen und ging weiter.

Als ich den vom Transporter hinterlassenen Pfad der Zerstörung sah, ging ich fast in die Knie.

Ich hatte gehofft, ein Baum oder ein Fels hätte den Wagen gebremst, doch er war so weit nach unten gesaust, dass ich nicht mal sehen konnte, wo er zum Stehen gekommen war. Im Wald herrschte unheimliche Stille. Auf dem Weg durch das zerstörte Unterholz suchte ich an Wurzeln und Zweigen Halt.

Schließlich stand ich an einem Abhang und sah den Transporter tief unter mir, er war in den Kanal gestürzt. Die Front und der Innenraum befanden sich im Wasser, lediglich das Heck mit den beiden Hecktüren und der Unterboden ragten noch heraus. Ich rannte los, rutschte, stürzte.

Nur das sanfte Schwappen des Wassers war zu hören, dazu mein keuchender Atem.

Ich zerrte mir die Schuhe von den Füßen, riss mir die Jacke vom Leib und hechtete ins Wasser.

Es war eiskalt und so trüb, dass ich kaum was erkennen konnte. Als ich auftauchte, rieb ich mir den Sand aus den Augen. Ich watete zur Fahrerseite, atmete tief ein und riskierte unter Wasser einen Blick durchs Fenster. Mit den Händen an der Scheibe erkannte ich Anne, die schlaff und kopfüber im Sitz hing, während um sie herum Wasser eindrang.

Ich zerrte an der Tür, doch der Wasserdruck war zu hoch, sie blieb fest verschlossen.

Atemlos kam ich wieder hoch, watete auf die Beifahrerseite. Das befestigte Kanalufer blockierte die Tür.

Ich hievte mich ans Ufer, wusste nicht, was ich tun sollte, suchte nach etwas Hartem, womit ich das Fenster einschlagen konnte. Mit einem Baumstumpf bewaffnet, stolperte ich zurück ins Wasser. Da der Transporter hochkant stand, war die Windschutzscheibe nicht erreichbar. Der Platz reichte gerade, um mit dem Ast gegen die Scheibe an der Fahrerseite zu schlagen, Ausholen war leider unmöglich.

Meine Hand mit dem Stumpf bewegte sich wie in Zeitlupe durchs Wasser, der Aufprall war nicht der Rede wert.

Ich ließ ihn fallen, quetschte mich zwischen die Uferbefestigung und den Transporter und trat mit beiden Beinen, so fest ich konnte, gegen das Fenster. Das tat ich so lange, bis ich zum Luftholen hoch musste, tauchte aber sofort wieder ab und blickte ins Innere.

Das Fenster hatte keinen einzigen Sprung. Aber dann fiel mein Blick wieder in die Fahrerkabine.

Anne war jetzt bei Bewusstsein und drückte mit beide Händen gegen die Scheibe. Ihren Gurt hatte sie gelöst, sie stand auf dem Sitz und versuchte den Kopf so gut wie möglich über Wasser zu halten. Mit gehobenem Finger bedeutete ich ihr, dass ich gleich zurückkäme, und stieg aus dem Wasser, um mir den Wagen genauer anzusehen. Er lag mit der Front im Kanal, die Hecktüren befanden sich zwar über Wasser, ragten aber in die Luft und waren nicht erreichbar.

Mit einem Stöhnen ließ ich mich erneut ins Wasser gleiten, watete zur Front des Transporters und hievte mich auf den frei liegenden Unterboden. Dort hangelte ich mich am Auspuffrohr nach oben.

Ich bewegte mich vorsichtig, prüfte die Wirkung meines Gewichts.

Das Heck neigte sich noch weiter nach unten. Wenn die Hecktüren auch noch abtauchten, würde der Wasserdruck sie fest verschließen, und meine Schwester würde sterben. Ich klammerte mich an die hintere Kante der Karosserie und streckte den Arm aus.

Als meine Finger den Türgriff ertastet hatten, zog ich mit aller Kraft daran.

Die Türen waren verriegelt.

In dem Moment verließ mich alle Kraft. Ich ließ mich achtlos zurück ins Wasser fallen. Am Ufer schnappte ich nach Luft, fühlte mich schwer und mutlos. Das laute Schrillen in meinen Ohren hätte fast das Klingeln meines Handys übertönt. Es steckte in meiner Jacke, die ich achtlos auf den Boden geworfen hatte. Ich kroch dorthin, kramte in den Taschen, bis ich es gefunden hatte.

»Ich komme nicht raus«, sagte Anne.

»Nein«, stieß ich hervor. Ich war völlig außer Atem. »Muss Hilfe holen.«

»Es steigt so schnell, reicht mir schon bis zum Kopf …«

Auch sie war außer Atem, ihr klapperten die Zähne.

»Bitte geh nicht weg«, flehte sie, aber vor meinen Augen tanzten schon wieder schwarze Punkte. Ich ließ das Handy fallen, kroch weg, kämpfte gegen die Panik an. Ich musste nachdenken! Niemand, der zufällig vorbeikam, konnte sie dort rausholen. Die Feuerwehr käme zu spät. Ich dachte an mein Lockpicking-Set, aber das war im Auto, weit oben, zu weit weg.

Mittlerweile tanzen Tausende Punkte vor meinen Augen, mein Brustkorb war wie zugeschnürt, doch ich schlug mir auf den Kopf, um nicht abzudriften. Verzweifelt durchsuchte ich meine Jackentaschen, verteilte den Inhalt auf dem Boden.

Meine Schlüssel. Ich löste sie vom Ring, bog den Draht so weit wie möglich zurecht. Annes Stimme drang aus dem Handy, sie redete immer noch. Ich ließ es liegen, kehrte ins Wasser zurück, kletterte wieder auf den Unterboden, streckte den Arm über das Heck zum Türschloss. Der Draht war zu dick. Ich ließ den Arm hängen.

Mein Handy lag am Ufer.

Selbst wenn ich es mitgenommen hätte, würde ich keinen Ton herausbringen, mein Kiefer war zu geschwollen. Am liebsten hätte ich mir den Draht eigenhändig herausgezogen, damit ich wenigstens mit Anne sprechen konnte. Ich schob mir die zitternden Finger in den Mund und tastete nach dem Draht.

Er war gespannt, sehr dünn. Mein Blick fiel wieder aufs Schloss.

Ich umklammerte den Draht und zog daran. Er schnitt in meinen Finger.

Es fühlte sich an, als würde ich mir die Zähne ausreißen.

Da war noch der gerade gebogene Schlüsselring. Ich befestigte ihn am Draht und zog an. Der Schmerz ging mir durch Mark und Bein. Ich ignorierte ihn, zog fester, bis etwas riss und der Draht sich vom Zahnfleisch löste. Beim nächsten Zug spürte ich, wie sich meine Backenzähne bewegten, ich klammerte mich am Wagen fest, riss den Mund auf, schrie, jammerte, brüllte.

Heißes Blut schwappte mir übers Kinn. Ich schmeckte es, roch es, spürte es an den Fingern.

Eins, zwei, drei – *ziehen*! Eins, zwei, drei – *ziehen*!

Alles wurde blank, die Luft war statisch aufgeladen. Ich schlug mit der Faust gegen den Wagen, um bei Bewusstsein zu bleiben. Als ich wieder klarer sehen konnte, erkannte ich den Draht in meinen blutgetränkten, zitternden Fingern. Er glänzte rot, feucht. Ich wischte ihn an meiner Kleidung ab, brach ihn in zwei Stücke und beugte mich wieder über den Rand, über die Hintertür.

Ich schob den Draht ins Schloss und bewegte ihn vorsichtig. Es war ganz einfach, mit Zylinder und Stiften, genau wie die, die ich früher routinemäßig geknackt hatte.

Glück, endlich!

Ich schob einen nach oben gebogenen Draht hinein, einen selbst gebastelten Spanner, den anderen verwendete ich zum Harken. Während ich arbeitete, bewegte sich der Transporter unter mir, das Heck sank tiefer ins Wasser. Ich hielt den Atem an, zwang mich zur Ruhe und arbeitete weiter, bis ich ein Klicken hörte. Sehr vorsichtig zog ich am Griff.

Die Tür öffnete sich.

Im selben Augenblick bewegte sich der Transporter in die Waagerechte. Ich stürzte in den Kanal, Wasser rauschte durch die geöffnete Tür ins Wageninnere. Hinten stapelten sich die Umzugskartons, die meisten enthielten Bücher. Mit beiden Händen packte ich sie und schleuderte sie ins Wasser, um mir einen Weg nach vorn, zu Anne, zu bahnen. Nach einer Weile sah ich sie. Das Wasser reichte ihr bis zum Kinn.

Ein Metallgitter trennte uns voneinander. Wir waren jetzt beide fast vollständig unter Wasser.

Ich holte tief Luft.

Zerrte mit aller Kraft am Gitter.

Es bewegte sich nicht. Ich sah meine Schwester an. Sie umklammerte das Gitter mit beiden Händen. Wir nickten einander zu, eins, zwei, drei – sie drückte, ich zog. Immer wieder, bis sich das Metall in unsere Hände fraß.

Jetzt waren wir beide unter Wasser.

Als die Verankerung an einer Seite brach, konzentrierte ich mich auf diese Stelle, zerrte das Gitter heraus und schob es beiseite. Ich umklammerte Annes mittlerweile erschlafften Körper und zog sie durch die schmale Öffnung. Ich hangelte mich mit ihr durch den hinteren Teil des Transporters, und wir beide schossen, keuchend, nach Luft schnappend, an die Oberfläche.

Arm in Arm taumelten wir ans Ufer, aber ich hatte keine Kraft mehr, um aus dem Wasser zu klettern. Ich blutete an den Händen, an den Fingern, im Mund, zitterte am ganzen Leib, weinte, schlotterte, fluchte.

Anne hievte sich zuerst an Land, dann half sie mir.

Dort blieben wir liegen, hielten einander fest in den Armen, während ich jeden Fluch ausstieß, der mir in den Sinn kam, wieder und wieder, es musste alles raus, ich fluchte mich warm, als wollte ich so beweisen, dass wir noch am Leben waren. Auf Annes Arm, dort, wo ich sie gepackt und herausgezogen hatte, prangten zwei tiefe Abdrücke meiner Hände.

Erst nach einer ganzen Weile sahen wir einander an.

»Warte, bis du die Polizei rufst. Gib mir einen Vorsprung«, brachte ich mühsam hervor.

»Wo willst du hin?«, fragte sie, immer noch zitternd.

Ich rappelte mich auf und sammelte meine Habseligkeiten ein, steckte die Schlüssel in die Tasche, schlüpfte in meine Schuhe. Meine Finger waren vom Draht und Metallgitter zerschnitten, mein Unterkiefer hing herab.

»Du kommst nicht zurück«, sagte sie, während sie sich aufrichtete. »Hab ich recht?«

Als ich schwieg, ballte sie die Hände zu Fäusten. Zuerst dachte ich, sie würde mich schlagen. Stattdessen schloss sie mich in die Arme, schmiegte sich fest an mich. Ich spürte ihren Herzschlag durch die klatschnasse Kleidung.

Sanft flüsterte ich ihr ins Ohr.

»Du warst kein Versehen. Unmöglich. Dich wiederzusehen war das Beste, was mir im Leben passiert ist.« Wir lösten uns, sie wandte sich ab, schlug die Hände vors Gesicht und murmelte etwas. Als ich ihren Arm berührte, wiederholte sie es. Ihre Augen waren gerötet, in ihrem Blick lag Verletztheit.

»Du redest, als wäre dein Leben vorbei.«

IX

PUSH THE SKY AWAY

1

Ich lief am Kanal zurück und hoch zum Haus, spülte ein paar Schmerztabletten mit Scotch runter, steckte den Rest in die Tasche und ging wieder hinaus. Eigentlich dachte ich, es könnte nicht mehr schlimmer kommen, trotzdem hatte ich Angst vor dem, was mich hinter der nächsten Biegung erwarten würde.

Der Mann war noch dort, wo ich ihn zurückgelassen hatte, er war kreideweiß im Gesicht und eindeutig tot.

Und ich hatte mir Sorgen gemacht, dass sie mich wegen des gefälschten Passes drankriegen würden. Ich hob das Handy vom Weg auf und entsperrte es mit dem kalten Finger des Toten. Es war ein Wegwerfhandy. Fotos, Notizen, Kontakte, alles leer. Aber eine Nachricht von einer unbekannten Nummer:

IN POSITION?

Ich betrachtete den Mann, eingequetscht zwischen zwei Autos, über der Motorhaube zusammengesunken, und tippte eine Antwort.

IN POSITION.

Dann wischte ich über den Bildschirm und schob ihm das Handy in die Tasche. Ich nahm seine Schlüssel, stieg in den Mercedes und setzte zurück. Der Mann fiel zu Boden wie ein Sack Kartoffeln. Als ich gewendet hatte und langsam losfuhr, bot sich mir im Rückspiegel ein Bild des Grauens.

Ein blutverschmierter Wagen, eine Spur der Verwüstung, ein Toter, sein Körper in der Mitte fast durchtrennt.

Ich hielt noch einmal kurz an, um mir die Waffe zu schnappen, dann fuhr ich davon. Auf halbem Weg in die Stadt klingelte mein Handy. Meine Finger waren so zerschnitten, dass ich während der Fahrt nicht telefonieren konnte, also hielt ich am Straßenrand und ging ran.

»Aidan, wo bist du?«

»Naomi«, nuschelte ich. Ein scharfer Schmerz durchfuhr mich. Ich klang entsetzlich.

Ich schüttete mir ein paar Tabletten in den Mund und spülte mit Scotch nach. Die Flasche klirrte.

»Du solltest doch im Krankenhaus sein.«

»Mir ging's wieder besser.«

»Nicht, wenn deine Freundin dich so zugerichtet hat wie mich.«

»Jankowski war nie meine Freundin.«

»Ich weiß, Sexfreunde.«

»Keine Freunde und kein Sex. Ich habe dich belogen. Sie hat mich erpresst.«

Naomi schwieg, irgendwann siegte aber ihre Neugier. »Was wollte sie von dir?«

»Sie wollte, dass ich Beweise gegen sie zurückhalte. Auf dem Handy war ihre Nummer.«

»Und warum hast du es nicht getan?«

»Weil ich Angst hatte, dass sie Esther umbringt.«

Wieder herrschte Schweigen. Ich massierte mir den Kiefer.

»Ich weiß nicht, ob ich dich deswegen mehr oder weniger verabscheuen soll.«

»Na, überleg's dir.«

»Willst du mir nicht sagen, wo du bist? Muss ich mir Sorgen machen?«

»Nicht um mich.«

»Soll ich tun, als hätte ich das nicht gehört?«

Ich brummte.

»Dann tu mir wenigstens einen Gefallen«, sagte Naomi.

»Wenn du eine Empfehlung brauchst …«

»Ich will, dass du mit Frank Moore sprichst.«

Ich sah in den Rückspiegel. Mit meinem Gesicht könnte ich im Kuriositätenkabinett auftreten. »Könnte schwierig werden.«

»Ein Anruf genügt. Er will mit dir reden.«

»Ich brauche kein Überlebenstraining. Was will er?«

»Hat er mir nicht verraten.«

»Wichser.«

»Wieso?«

»Er hat ein Problem mit Frauen. Hat dich nie direkt angesehen. Immer nur mir geantwortet. Wenn überhaupt. Ist dir das nicht aufgefallen?«

»Auf solche Scheiße achte ich nicht.«

»Solltest du aber.«

Sie lachte. »*Jetzt* kommst du mir mit guten Ratschlägen?«

»Ist vielleicht meine letzte Chance.«

»Es hätte anders laufen sollen zwischen uns.«

Ich wollte etwas antworten, ihr zustimmen und mehr noch. Stattdessen wechselte ich das Thema. »Ich hab gerade nichts Besseres zu tun. Er soll mich anrufen.«

»Sagst du mir, was er dir erzählt hat?«

»Klaro.«

»Und kann ich irgendwas für dich tun?«

»Gib auf dich acht.«

»Du auch, Loverboy.«

Ich legte auf und wartete auf Franks Anruf. Nervös tippte ich auf dem Lenkrad herum, betäubte meinen Schmerz mit noch mehr Scotch. Naomi hatte recht, es hätte anders laufen sollen zwischen uns. Warum hatte ich ihr dann nicht einfach zugestimmt? Wieso ließ ich mir alles Wichtige aus der Nase ziehen?

Zehn Minuten später klingelte mein Handy.

»Waits?«, fragte Moore, nachdem die automatische Ansage der Haftanstalt beendet war. *Ihr Anruf wird aufgezeichnet.*

»Wie geht's? Alles fit?«, fragte ich.

»Es gibt keinen Grund, flapsig zu sein.«

»Hör zu, Moore. Seit Ihrer Verhaftung hat man mir den Kiefer gebrochen, ihn mit Draht zusammengeflickt und dann noch mal gebrochen. Wenn ich also was sage, dann tut das weh, und zwar im wahrsten Sinne. Also raus mit der Sprache.«

»Ich habe über Briars Green nachgedacht, die Nacht, in der Maggie und die Kinder gestorben sind …«

»Wurde auch Zeit.«

»In dieser Nacht war ich betrunken.«

»Filmriss?«

»Ich rufe nicht an, um ein Geständnis abzulegen. Als ich wieder zu mir kam, saß ich in Rebeccas Wohnung, meine Hose war heruntergezogen.«

»Na, danke für die Info.«

»Hören Sie zu!«, knurrte Moore. »Nach allem, was danach passiert ist, war ich ihr dankbar. Sie war so unerschütterlich mit ihrem Alibi für mich, dass ich es selbst geglaubt habe. Ich weiß sicher, dass ich mich nicht aus dem Sessel bewegt habe, ich konnte ja nicht mal laufen, deshalb hatte ich auch keine Skrupel zu behaupten, dass wir die ganze Nacht zusammen waren. Aber jetzt frage ich mich, ob …«

Ich hörte ihn atmen.

»Ob?«

»Ich frage mich, ob sie wusste, wie dankbar ich ihr sein würde. Wie dringend ich ihre Aussage brauchte. Ich frage mich, ob sie mich dazu benutzt hat, um ihr ein Alibi zu verschaffen.«

»Heilige Scheiße, Moore!« Er schwieg. »War sie eifersüchtig auf Margaret?«

»Sie hat sie gehasst. Und ich …«

»Sie haben ihr gesagt, dass Sie zu Ihrer Familie zurückwollen.«

»So was in der Art, ja.«

»Rufen Sie sofort bei Naomi Black an und legen die Karten auf den Tisch!«

»Es wäre mir lieber, wenn Sie …«

»Ich bin nicht mehr bei der Polizei, Moore.«

»Genau wie Blake, hm? Dieser Fall bringt wirklich jeden um, der mit ihm zu tun hat.«

»Wenn Sie nicht auch noch Ihre Kinder auf die Liste setzen wollen, reißen Sie sich jetzt zusammen und rufen meine Kollegin an. Sie ist die Einzige, die Ihnen jetzt noch helfen kann.«

»Wird gemacht«, sagte er. Dann lachte er. »Ich hab das wirklich geglaubt, wissen Sie? Ich dachte, ich würde den Leuten helfen.«

»Klingt, als hätten Sie eine Menge Mist geglaubt.«

»Ja«, sagte er nachdenklich. »Trotzdem wäre ich lieber wie ich als einer wie Sie. Ich meine, woran glauben Sie denn eigentlich?«

Die Frage überraschte mich, und ich musste ernsthaft über die Antwort nachdenken. Als ich etwas erwidern wollte, ertönten die ersten Piepser, die das Ende des Telefonats einläuteten. »Man sieht sich«, sagte Moore und legte auf. Mir blieb nur das Freizeichen im Ohr.

2

Ich wartete, bis der Manager und die Hostess aus dem Light Fantastic gegangen waren, bevor ich den Mercedes startete und meinen Blick auf das einzige beleuchtete Fenster im Erdgeschoss richtete. Ich gab Gas und bretterte direkt auf den Eingang zu, krachte durch die doppelt verglasten Türen, in den leeren Club, rammte mich durch Tische und Stühle hindurch direkt in die Bar.

Ich ließ den Motor laufen und stieg aus.

Eine Alarmsirene schrillte, unter meinen Schuhen knirschte zerbrochenes Glas.

Ich ging durch die rückwärtige Tür und den Flur, die Wendeltreppe aus Metall hinauf zu Carvers Büro und trat die Tür ein.

Er stand hinter seinem Schreibtisch und schenkte gerade zwei große Schwenker Hennessy ein. Erst als er mir eines hingeschoben hatte, sah er mich an. Vielleicht hatte er mich erwartet, aber meine Waffe überraschte ihn offenbar doch, und beim Anblick meiner zerschnittenen Hände und Arme und meiner lädierten Visage runzelte er leicht die Stirn.

Ich grinste ihn an.

Er grinste zurück. »Ich würde sagen, damit solltest du zum Arzt«, sagte er, »aber ich bin nicht sicher, ob der den Anblick ertragen könnte.«

Ich trat an den Schreibtisch, nahm das Glas und hob es zum Anstoßen. Er tat es mir gleich, stieß an und trank. Ich schlug ihm mit der Waffe auf den Hinterkopf, sodass das Glas zerbrach und sein Gesicht zerschnitt. Er stürzte zu Boden.

Als er aufblickte, waren seine Lippen blutrot.

»Pardon«, sagte ich. »Ich schenk dir nach.«

Ich schüttete ihm die Flasche über den Kopf, die Waffe auf ihn gerichtet. Er saß ungerührt da, lächelte, als ich fertig war und ihm die leere Flasche in den Schoß fallen ließ.

»Hast du 'ne Zigarette?«, fragte er.

Jetzt lachten wir beide, ich setzte mich auf die Schreibtischkante und betrachtete ihn von oben herab. Von der Tür her ertönte ein Geräusch, dann tauchten zwei große Männer auf.

Carver schüttelte den Kopf. »Macht die Alarmanlage aus, okay?« Einer trat unsicher den Rückzug an, der andere blieb stehen und beäugte mich misstrauisch. Carver, immer noch am Boden, schenkte mir seine volle Aufmerksamkeit. Er rappelte sich an der Wand auf und wartete, bis das Schrillen aufgehört hatte.

Als das geschah, war es plötzlich so still, dass ich mich atmen hörte.

»Was verschafft mir die Ehre?«, fragte Carver.

»Dein Handlanger hat versucht, mich umzubringen. Und meine Schwester hat er auch fast erwischt.«

Carver wischte sich den Cognac aus den Augen. »Schlimme Sache.«

»Dass er uns nicht erledigt hat?«

»Dass er übers Ziel hinausgeschossen ist. Du kennst meine Vorgehensweise …«

»Vielleicht war er einfach besser informiert als du.«

»Ach?«

»Ich bin frei. Vogelfrei.«

Der Mann an der Tür trat einen Schritt vor, und ich umklammerte die Waffe fester, richtete sie auf Carvers Kopf, sicher, dass ich es endlich tun würde.

»Das ist mir neu. Trotzdem keine Entschuldigung für dieses Malheur.« Er klang wie eine Empfangsdame im Hotel, die mir mitteilen muss, dass mein Zimmer versehentlich an einen anderen Gast vergeben wurde. »Ich würde dich gern dafür entschädigen.«

»Ruf deine Killer zurück«, sagte ich.

»Du weißt, dass ich das nicht tun kann. Mich umzulegen wird

dir auch nicht helfen. Der Auftrag ist erteilt, es ist zu spät.« Er grinste fies. »Vielleicht solltest du versuchen, deinen Job zurückzukriegen.«

Ich dachte an den Deal zwischen Parrs und Chase. Sie hatten beschlossen, den Tod einer jungen Frau und einiges mehr zu vertuschen, um ihre Karrieren zu retten. Ich schüttelte den Kopf.

»Diese Sache mit deiner Schwester«, sagte Carver, während er sich aufrappelte, »das tut mir leid. Ich kann dir versprechen, dass ihr von jetzt an nichts mehr zustoßen wird. Schließlich habe ich auch eine Familie.«

»Ja, das habe ich schon öfter gehört. Heute morgen hatte ich zwei Möglichkeiten, entweder ich fahre hierher oder nach Fairview. Ich habe genügend Munition für deine Frau und dein Kind.«

Seine Miene verfinsterte sich. »Ist das eine Drohung?«

»Eine alternative Wirklichkeit. Aber ich bin hier.« Das Adrenalin brachte meine Hände zum Zittern, und ich trat einen Schritt zurück, um außerhalb seiner Reichweite zu sein. Der Mann stand immer noch in der Tür. Ich sah nur noch abgehackte Einzelbilder, als wäre alles in Stroboskoplicht getaucht. »Tu was dafür, dass ich bleibe.«

»Ich könnte ein paar Anrufe machen, mehr kann ich dir nicht anbieten. Solange die denken, dass du noch bei der Polizei bist … so bis Ende der Woche, dann hast du wenigstens noch ein paar Tage.« Er schenkte sich ein frisches Glas ein, dann sah er mich an, als wäre er überrascht, dass ich noch da war. »Deine Entscheidung.«

3

Ich ließ den Wagen einfach dort, wo er war, mitten in der Bar vom Light Fantastic, und legte die Waffe auf den Boden daneben. Dann machte ich mich auf den Weg zu meiner Wohnung. Für die Flucht brauchte ich meine Tasche, das Geld und den Pass. Die Nacht wirkte noch aufgedrehter als sonst, die Augen der Leute, ihr Lächeln, die Lichter. Alles stand unter Strom, ich fühlte mich aufgeladen, strahlte mit.

Als ich Piccadilly überquerte, machten die Leute mir Platz.

Sie sahen mein Gesicht, meine geschwollenen Augen, den Blutbart. Meine Klamotten stanken nach Kanalwasser und Cognac, meine Ärmel waren zerrissen, die Finger und Hände voller Schnitte.

Ich begegnete Männern, die zu Freunden werden konnten, Frauen, die ich lieben könnte, mit wachem Blick und voller Menschlichkeit sahen sie mich an. Ich wandte mich um, taumelte rückwärts, war ihnen dankbar, fragte mich, ob sie sich an mich erinnern würden.

Irgendwie kam es mir vor, als wäre ich wieder auf Empfang. Ich war aus der Reichweite gelaufen, aber jetzt vernahm ich das Signal, laut und deutlich. Ich war kein Versehen, hatte keine Panik und lief nicht mehr herum wie ein Schlafwandler, es fühlte sich an wie ein Wunder, einfach nur am Leben zu sein.

Ich lief schneller, rannte zu meiner Wohnung, lachte ohne Grund.

Vor dem Haus standen keine Autos, drinnen brannte kein Licht. Ich eilte die Treppe hinauf in mein neues Leben, zog die Leiter in mein Zimmer. Die Tür kickte ich mit dem Fuß zu, das Licht ließ ich ausgeschaltet. Ich stellte die Leiter unter die Fassung, schwebte hinauf, schob sie zur Seite und fasste ins Loch.

Plötzlich ertönte ein Klicken, und das Licht ging an.

»Suchst du das hier?«, fragte ein Mann hinter mir. Ich wandte mich um und erkannte meinen neuen Nachbarn Robbie. Er saß neben der Tür und hatte eine Waffe auf mich gerichtet. Meine Tasche stand neben ihm. »Warum kommst du nicht erst mal da runter, hm?«

Die Leiter wurde weggezogen, und eh ich michs versah, landete ich auf dem Boden. Er sah zu mir herab.

»Du hast Tessa Klein umgebracht«, bemerkte ich. Leider zu spät.

Er zog den Umschlag aus der Tasche, den ich an Charlie Sloane schicken wollte. Er drückte ihn mir in die Hand und bedeutete mir, ins Bad zu gehen. Mühsam rappelte ich mich auf und drückte den Umschlag an meine Brust, als könnte ich noch etwas ändern.

Robbie zog die Nase hoch. »Ins Klo!«

Ich schüttete die letzten drei Zähne in meine Hand.

»Wickle sie in Toilettenpapier«, sagte er.

Ich gehorchte, warf alles in die Toilette, den Brief hinterher. Er beugte sich vor, betätigte die Spülung, und beides verschwand. Robbie ging zuerst zurück ins Wohnzimmer, ich folgte ihm nach einer Weile.

»Du hast auch Jankowski getötet«, sagte ich. Robbie tippte sich mit der Waffe an die Schläfe und grinste. »Du wolltest nicht, dass sie mich umlegt, weil sie dich sonst nicht bezahlt hätten.«

»Musste meine Investition schützen.«

»Wie lange hängst du schon an mir dran?«

»Ich hab schon eine ganze Weile ein Auge drauf gehabt, aber irgendwann ist der Preis so angestiegen, dass ich aktiv geworden bin. Und das war auch gut so, sonst wärst du vielleicht draufgegangen …«

»Und das wollen wir ja nicht.«

»Hey, ich hab dir einen Gefallen getan. Hab ich dir nicht ein paar Tage mit deiner Schwester gegönnt?«

Ich nickte. »Jemand hat uns für dich ausspioniert?«

»Klar.« Die Art, wie er die Achseln zuckte, deutete darauf hin, dass er keine Ahnung hatte, was mit seinem Freund passiert war. »Was hat es damit auf sich?«, fragte er, den Finger auf mein Gesicht gerichtet.

»Hast du gesehen, in welchem Zustand sie mich ins Krankenhaus eingeliefert haben?« Er nickte. »Bin abgehauen, bevor sie mich wieder richtig zusammenflicken konnten. War alles für die Katz.«

»Ja, Kumpel, ich weiß. Dann sorgen wir jetzt mal dafür, dass die Dinge wieder in Ordnung kommen. Ich möchte, dass du was für mich aufschreibst.«

Ich zeigte ihm meine lädierten Finger. »Hoffentlich ist es kurz.«

»Sehr.« Er deutete auf meinen Schreibtisch. Mir war schwindelig, und ich musste mich festhalten, um nicht umzufallen. Neben einem meiner Notizhefte lag ein getippter Abschiedsbrief.

»Da würde ich gern drauf verzichten«, sagte ich. »Ich habe schon mit Carver gesprochen, wir haben uns geeinigt. Er gibt mir noch ein paar Tage Aufschub.«

Robbie lächelte. »Tut mir leid, aber er hat mir was anderes gesagt.« Er holte eine Zange aus der Tasche. »Also, auf geht's.« Hinter dem Rücken hatte er einen Umschlag verborgen, den er jetzt auf den Tisch legte.

»Was ist das?«

»Öffnen.«

Ich riss ihn auf und sah hinein. Lauter Fotos von meiner Schwester. Manche zeigten sie in der Stadt, mit Freundinnen, zu Hause. Sogar ein paar vom Haus ihrer Adoptivmutter im Moor, mit dem Teleobjektiv aufgenommen.

»Wie gesagt, ich habe einen Mann vor Ort.«

»Was, wenn ich dir nicht glaube?«

Wieder lächelte er, zog sein Handy hervor, scrollte zu einer Nummer und hielt sie mir vor die Nase. Sie gehörte zu einem

Festnetzanschluss. Vermutlich das Haustelefon von Annes Mutter.

Ich tippte darauf und wartete.

»Hallo?«, sagte jemand. Es war Anne.

»Wer spricht da?«, fragte ich, als würde ich mit einer Fremden sprechen.

»Aidan, bist du das?«

»Aha, verstehe«, sagte ich leise.

Ich beendete den Anruf und gab Robbie das Handy zurück. Dann schrieb ich den vorgetippten Abschiedsbrief ab. Meinen ursprünglichen Brief hatte ich noch, von damals, als ich nicht gewusst hatte, an wen ich ihn adressieren sollte. *Liebe …* Mehr hatte da nicht gestanden, jetzt fügte ich den Namen meiner Schwester an. Meine Hände zitterten heftig, aber ich fragte mich, ob es das alles wert war.

»Was ist mit Tessa Klein passiert?«, fragte ich, als ich fertig war. »Berufliche Neugier …«

Als ich mich umdrehte, stand Robbie viel näher als vorher, und ich fragte mich, wie er sich so lautlos bewegen konnte.

»Ist von ihm schwanger geworden. Hat ihm das Herz gebrochen.«

»Glaub ich dir aufs Wort. Und was hast du mit ihr gemacht?«

»Zeig ich dir gern«, sagte er. »Um deine Neugier zu befriedigen. Aber es gibt dann kein Zurück mehr. Du solltest dir also ganz sicher sein.«

Ich unterschrieb den Brief mit meinen Initialen und erhob mich. »Ja, bin ich.«

Robbie öffnete die Wohnungstür und trat in den Flur. Die Waffe, jetzt in seiner Tasche, blieb die ganze Zeit über auf mich gerichtet. Ich folgte ihm, blieb noch kurz an der Tür stehen und warf einen letzten Blick zurück.

Als ich den Rahmen berührte, bekam ich einen Schlag ab, und auf einmal verstand ich alles.

Die brutalen, grellen Geister meiner Vergangenheit und all

der Menschen, denen ich die Tür zugeschlagen hatte. Freigelegte Fundamente und Horizonte voller Kräne, die ständige Erneuerung. Die Menschen darunter, Abrissbirnen, die in ihr Leben krachten. Halb zugeschnitten, halb geformt, halb fertig. Die armseligen, zusammengewürfelten Krankenhausmöbel und Obdachlosen, die sich ihren Weg durch den Verkehr bahnen, ihre Schlafsäcke wie Umhänge über den Schultern. Kleine Jungs, die warten, bis sich ihre Augen an die Dunkelheit gewöhnt haben, all ihre Ersparnisse im Strumpf. Meine kleine Schwester auf der Rückbank und *My Heart Will Go On* in einer kitschigen Instrumentalversion. Karrieregeile Politiker, die nach oben wegbefördert werden, immer aus dem Schneider, und all die guten Männer mit schwarzen Löchern an der Stelle, wo ihre Augen sein sollten. Klimarelevante Fußabdrücke. Schutzräume. Charismatische Rassisten und talentierte Schwindler. Händler. Geschäftsleute. Zahlmeister. Alle guten Männer mit schwarzen Löchern an der Stelle, wo ihr Herz sein sollte. Alle Lippenstifte, die an allen Kragen Spuren hinterließen. Apokalyptische Wettermeldungen, und die Vögel, singend, tirilierend, kreischend auf den Bäumen. Und dann konnte ich mich atmen hören, mich denken hören. Ich sah meine Hand, entstellt, zerschunden, wie sie den Türrahmen umklammerte. Loslassen war die leichteste Sache der Welt. Ich wandte mich um, schloss Robbie in die Arme und katapultierte uns beide über das Geländer.

X

LET'S STOP HERE

1

Arzt, leck mich am Arsch!«, brummte Sutty, als er auf die Oxford Road einbog. Es war sein erster Arbeitstag, er hatte darauf bestanden, am Steuer zu sitzen. Darauf bestanden, jeden Gedanken laut auszusprechen, der ihm so durch den Kopf ging. Die Nachtschicht war ohne Vorfälle verlaufen. Es war sechs Uhr morgens, und am Ende ihres Einsatzes wurden sie mit einer spektakulären, grellpinken Dämmerung belohnt, die die Stadt in etwas völlig Neues verwandelte.

»Kannst du mich irgendwo am Piccadilly absetzen?«, fragte Naomi, um das Thema zu wechseln.

Sutty sah das Mädel, die *Frau*, wie sie immer betonte, neben sich kurz an. Sie steckte tief in ihrem brandneuen schwarzen Parka, hatte ein Knie am Armaturenbrett abgestützt und las den Artikel über Chases Beförderung zum Chief Constable. Den hatte Sutty schon vorher gelesen und laut bemerkt, dass Alistair Parrs ihr als Chief Superintendent nachfolgen würde. Ohne zu zögern.

Naomi riss die Seite heraus und zerknüllte sie.

Die ganze Nacht hatte sie abwesend gewirkt, aber Sutty fragte nicht, warum. Besser, sie im Auge zu behalten, abzuwarten und es so herauszufinden. Als er an der Portland Street hielt und sie die Tür aufriss, um auszusteigen, wandte er sich zu ihr.

»Bis morgen, selbe Zeit?«

»Abgemacht, Sutty.«

Ohne einen weiteren Blick stieg sie aus, die Hände an diesem kalten Morgen in den Parkataschen vergraben. Er beobachtete sie noch ein Weilchen. Sie ging in Richtung Northern Quarter. Sutty nickte zufrieden. Daher wehte der Wind.

Naomi wusste selbst nicht, warum sie ständig hierher zurückkehrte.

Manchmal fühlte es sich gut an, manchmal schlecht, es kam nie viel dabei heraus. Sie bog auf Aidans Straße ein und stellte überrascht fest, dass in seiner Wohnung Licht brannte. Kurz blieb sie stehen und lachte. Sie drückte auf die Klingel. Es dauerte nicht lange, da surrte der Türöffner, und sie lief den schmalen Flur entlang die Treppe hinauf. Die Wohnungstür war nur angelehnt; als sie sie aufstieß, fiel ihr Blick auf die Umzugskartons und Mülltüten.

»Warum hast du mir nicht Bescheid gesagt?«, fragte sie. »Ich hätte dir geholfen.«

Anne wandte sich lächelnd zu ihr um.

»Ich hab eine Menge Übung gehabt in letzter Zeit, ich habe gehofft, ihm auf diese Weise nah zu sein. Was führt dich her?«

»Manchmal muss ich einfach vorbeikommen«, sagte Naomi auf dem Weg in die Kochnische. »Den Wasserkocher hast du hoffentlich nicht schon eingepackt?«

»Nein, setz ihn gern auf.«

Naomi kramte zwei Becher hervor und plauderte, während das Wasser für den Tee kochte, über ihre erste Schicht mit Sutty. Irgendwann mitten in der Geschichte hielt sie inne und sah nach Anne. Aidans Schwester stand vor dem Buchregal mit den Rücken zum Zimmer. Naomi zögerte, trat dann aber doch an ihre Seite, tätschelte ihr die Schulter und drückte ihr den Becher mit dem Tee in die Hand.

»Alles okay?«

Anne nahm den Becher in die Hand. Mit der anderen hielt sie sich am Regal fest, zitternd und sichtlich verstört. Es war vollgestellt, nur an dieser einen Stelle, zwischen Charles Dickens und Geoff Dyer, klaffte eine Lücke, als hätte jemand einen dicken Wälzer herausgezogen. Naomi versuchte, Annes komplexes Mienenspiel zu entschlüsseln, und war überrascht, als sie plötzlich lächelte.

»Vermisst du was?«, fragte Naomi, um Leichtigkeit bemüht.

»Knallhart. Ich habe es geliebt.
Ein großartiger Thriller!«
Ian Rankin

JOSEPH KNOX

SMILING MAN.
DAS LÄCHELN DES TODES

THRILLER

Ein anonymer Mann in einem verlassenen Hotel mitten in Manchester. Er lächelt. Und er ist tot. Detective Aidan Waits, der resigniert und ohne Zukunftsperspektive die Nachtschicht schiebt, sieht sich mit einem nahezu unlösbaren Fall konfrontiert. Wer ist der lächelnde Tote, was wollte er im Palace Hotel und wie ist er gestorben? Während Aidan versucht, die Puzzleteile aus dem Leben des unbekannten Toten zusammenzusetzen, muss er feststellen, dass die Dämonen seiner eigenen Vergangenheit ihn heimsuchen. Und die sind ziemlich tödlich …

Der zweite Fall für Detective Aidan Waits aus der Feder des britischen Shooting-Stars Joseph Knox

KNAUR

Attentat am Alexanderplatz –
ein neuer Fall für Lopez und Saizew vom LKA-Berlin

KAJTA BOHNET

FALLEN UND STERBEN

THRILLER

Sechs Menschen fallen am Berliner Alexanderplatz einem Attentat zum Opfer – ausgerechnet, während in der Stadt ein Kongress der Polizeiorganisation Interpol stattfindet. Mit einer Machete richtet der Killer ein Blutbad an. Anschließend flüchtet ein Motorradfahrer vom Tatort Richtung Berlin Falkensee. Dort muss sich Viktor Saizew wegen eines Dienstvergehens einer Therapie in einer psychiatrischen Einrichtung unterziehen, doch das Verbrechen respektiert keine Auszeit. Mit Viktors Hilfe kommt Rosa Lopez, die vom LKA Berlin mit den Ermittlungen beauftragt wird, dem Täter bedrohlich nahe. Bis sie selbst zur Zielscheibe wird.

»Lesen! Ein großartiges Ermittlerpaar. Unglaublich dicht geschrieben, sprachlich außergewöhnlich.«
Radio Bremen über Kerkerkind

KNAUR